古典落語

興津　要 編

JN276179

講談社学術文庫

目次

本書は一九七二年に小社より刊行された『古典落語』(上)(下)を、著作権継承者の了解を得て、再編集したものです。なお原本の編集にあたって著者は、明治、大正、昭和三代にわたる多くの落語家の速記本を参照してテキストを作成し、読んでおもしろいものを集めています。そのため、「こんにゃく問答」や「強情灸」などのように、有名でも、高座で見たときに真価を発揮する落語は省略されています。(編集部)

古典落語

明《あけ》烏《がらす》

「ばあさんや、うちのせがれにもこまったね、なんという堅人《かたじん》だろう、世間では、せがれが道楽をしてこまると、親御さんがぐちをこぼすのがあたりまえだが、うちでは、せがれがかたくってこまるとぐちをこぼすのもおかしなはなしじゃないか」

「ほんとうにそうでございますね」

「すこしぐらい道楽をしてくれるほうが心配なくていいなあ。ああやって毎日部屋へこもって本ばかり読んでいたら、からだのためにもよくなかろうし、しまいに病気にでもなっちまうだろうよ」

「ちいさいうちから、ああやって病身でございますから、このごろのように、青い顔をして本ばかり読んでいられますと、どうにも心配でなりませんよ」

「ときにせがれはどこへいったんだい？」

「きょうは初午《はつうま》だものでございますから、横町のお稲荷《いなり》さまへおまいりにゆきました」

「そうかい、いい若い者が稲荷祭りにいくんだからなあ……ばあさんや、あれでもうすこし色気でもでてくれるとまだたのしみのところがあるんだがなあ」

「あっ、あの子が帰ったようですよ」

「へえ、おとっつあん、おっかさん、ただいま帰りました」

「はい、お帰り」

「お帰んなさい」

「どうもおそくなって申しわけございません」

「もうしわけないことはないよ。おまえだってもう二十一だ。勝手にであるいたっていい年ごろだよ……で、どこへいってなすった」

「ええ、きょうは初午でございますから、横町のお稲荷さまのお祭りで、ただいま参詣《さんけい》をしてまいりました」

「ああそうかい、にぎやかだろうね」

「はい、地口《じぐち》あんどんというものがかかっておりまして、いろいろみてまいりましたが、ずいぶんかわったのがございました」

「そうかい」

「いろいろありましたなかに、あたくしにわからないのがありました。天狗さまの鼻の上にからすがとまっております」

「地口の絵はおもしろいね、なんと書いてありました？」

「はな高きが上に飛んだからすと書いてございましたが、あれは、おとっつあん、あたくしのかんがえますには、実語教のなかにある山高きがゆえに貴《たつと》からずのまちがいではなかろうかと存じますが……」

「これはおそれいったね、そこが地口というものだ。つまりことばのあそびなのだからまちがいではない。わざとそうしゃれてるんだよ」

「それからお稲荷さまへ参詣をいたしましたら、善兵衛さんがいらっしゃいまして、若旦那、お赤飯をめしあがれと申しましたから、ごちそうになってまいりましたが、お煮しめのお味がまことに結構でございましたから、おかわりをいたしまして、三膳ちょうだいいたしました」

「あきれたな、どうも……おまえは地主のむすこだよ。それが町内の稲荷祭りへいって、こわめしを三膳おかわりしちゃこまるね……すこし自分の年をかんがえなさいよ。もう二十一だよ……そりゃあ、おまえはまことに堅くって、親孝行で、おとっつあんはよろこんでます。けどね、いいかい、商人《あきんど》というものは、この世のおもてばかり知っていてもなにもならない。あそびのひとつもして、裏を知ってなけりゃあ、お客さまのおもてなしもできゃしないよ。これからは、世のなかの裏もみるようにしなさい。ねえ、これも商売のためだ。世わたりなんだから……おまえみたいに青い顔をして勉強ばかりしていると、第一からだのためによくないよ。たまには気晴らしにどっかへいっておいで」

「それではおとっつあん、ちょうどよろしいことがございます。いま、おもてで源兵衛さんと多助さんに会いましたら、たいへんにはやるお稲荷さまがありますそうで、ぜひおまいりにいかないかとさそわれましたが、まいってもよろしゅうございますか」

「源兵衛と多助が、はやるお稲荷さまだって？　……ふーん、で、お稲荷さまは、どっちの方角だといってたい?」

「なんでも浅草の観音さまのうしろのほうだそうでございます」

「浅草の観音さまのうしろのほう? ……えーと、観音さまのうしろのほうのお稲荷さまと……うふふふ、あのお稲荷さまはばかに繁昌するお稲荷さまでね、おとっつぁんなんか若いときには日参《にっさん》したもんだ。あんまり日参がつづいたもんだから、親父に叱言《こごと》をいわれて、蔵のなかへほうりこまれたこともあった。いいから、いっといで、いっといで……なんならおこもりしてきてもいいんだから……」

「さようでございますか。おこもりということになりますと、寝まきを持ってまいるのでしょうか」

「ばあさんや、心配することはないよ。いったほうがためになるんだから……時次郎や、寝まきなんぞは持っていかなくてもいいんだよ。そのまんまでいきゃあ……おっと、そのまんまじゃあまずいな。着かえていらっしゃい」

「いいえ、信心にまいりますのに、身なりなんぞはなんでもよろしゅうございます」

「いいや、そうでないよ。人なかへでるんだからね、着かえていかなくっちゃあいけません……それにあのお稲荷さまは、たいそう派手なことがお好きでいらっしゃるから、身なりがわるいとご利益《りやく》がないなんてことがよくあるんだから……おい、ばあさんや、なにをくすす笑っているんだい。はやく着物をだしてやりなさい。そうだ、このあいだできてきた結城《ゆうき》お召しをだしておやり……それから、帯はお納戸献上《なんどけんじょう》にしてやっておくんなさいよ。うーん、よく似合う……それならご利益うたがいなしだ。それから、おばあさんや、お賽銭《さいせん》がすくないとご利益がないからたっぷり持たせてやっておくれ。えーと……それから……そうだ、時次郎、これは心得ておきなさい。途中で、中継ぎということをするから……」

「中継ぎといいますと、どんなことで？」

「一ぱい飲むんだ」

「ああ、水を」

「水なんか飲むやつがあるもんか。飲むといったらお酒だよ。それで、おまえは飲まないが、源兵衛と多助はいける口なんだから、おまえはさきにご飯を食べてはいけないよ。すこしは酒の相手をしなくてはね……そのときに、若旦那といって、おまえにさかずきをさす。あたしは飲めませんなんてことをいっちゃいけない。座がしらけてしまうからね……一応いただくだけはいただいて、盃洗《はいせん》へ、この酒をすててしまうんだ」

「盃洗へお酒をすてれば、それでよろしいんですか」

「まあそんなもんだ。それからね、手をたたいて勘定というのは、これは野暮《やぼ》だから、ほどのいいところで、おまえが裏ばしごから、はばかりへいくふりをしておりてって、そこで全部の勘定をしてしまうんだ」

「そうしますと、帳面につけておきまして、あとで、おふたりから割り前をいただくので？」

「とんでもない、割り前なんかもらっちゃいけないよ。相手は町内の札つきの悪《わる》だ。割り前なんかとったらあとがこわい」

「ああ、さようでございますか」

「じゃあ、あとは、源兵衛と多助にまかして……万事お金だけはおまえがだすようにしなさい。では、心おきなくおまいりにいっといでなさい」

「では、おとっつあん、おっかさん、いってまいります」


「おいおい、源兵衛、源兵衛」

「なんでえ」

「なんでえじゃねえや、もういこうじゃねえか。あのせがれがくるもんか。よくかんがえてごらんよ。相手はしろうとの、すっ堅気《かたぎ》の家だよ。それなのに、自分とこのせがれをあそびにつれてってくれなんて、そんな親父があるもんか。さあ、でかけようじゃねえか」

「いや、くるよ。きっとくる。いいかい、あの親父のことだからかならずよこす。じつは、二十日ばかり前に床屋で逢ったんだ。すると、『うちのせがれのようじゃあまことにこまります。人間堅いのは結構でございます。しかし、うちのは堅すぎます。あれでは、ろくにお客さまのお相手もできません。あたしが承知でございますから、ひと晩つれだしてください。ああやって、ひと間へはいって、青い顔をして勉強ばかりしていてはかえって心配でなりません』とこういうんだ」

「ふーん、親なんてものはつまらねえな。だってそうじゃねえか。堅きゃあ堅いで心配だし、やわらかすぎれば苦労だし……」

「そうそう……だから、おれはひきうけちまった。『ええ、旦那、よろしゅうございます。そりゃあ、やわらかいものを堅くしてくれってことはとてもできませんが、堅いものをやわらかくするのはわけはございません。きっとぐちゃぐちゃにやわらかくしてさしあげますから……』と、おれは胸たたいてうけあった」

「つまんねえことをうけあうない」

「だからくるよ、きっとくる……ほーれ、きた、きた、きたじゃねえか。駆けだしてきた……若旦那っ、こっちですよ」

「どうもおそくなって申しわけございません。親父が身なりがわるいとご利益《りやく》がないと申しますので、着物を着かえておりまして……すっかりお待たせいたしました」

「いやあ、結構、結構、そのお身なりならご利益うたがいなしですよ。なあ多助」

「ああ、ばかなご利益だ」

「では、若旦那、さっそくでかけましょうか」

「で、なんですか、途中で中継ぎとかいうものをするんだそうで」

「おや、心得てるね、中継ぎかなんかいって……ええ、若旦那、どっかでかるく一ぱいやりましょう」

「一ぱい飲むったって水じゃありません」

「そりゃあそうですよ。水飲んでおまいりにいったってしょうがねえや」

「そのときに、『若旦那、おひとつどうぞ』といって、あたくしにさかずきをさしますか」

「そりゃあ、さしますよ」

「そのとき、あたくしは飲めませんなんてことはいいません。座がしらけてしまいますから……一応いただくことはいただきます。で、そっと盃洗のなかにすてます」

「もったいないや、そいつあ……下戸《げこ》は下戸でね、ほかに食べるものがあるんですからね、そんな心配はいりませんよ」

「それから、ほどのいいところで手をたたいて、お勘定というのは野暮なんだそうですね。ですから、裏ばしごから、はばかりへいくふりをして、そっと下へおりて、お勘定は、あたくしが全部はらってしまいます。あなたがたの分もみんなすませてしまいます」

「いやあ、そいつあわるいや。割り前はだしますよ」

「いいえ、とんでもありません。あなたがたから割り前なんかとったら、あとがこわい」

「あれ、あんなことをいってるよ」

「なんかおとっつあんにいわれてきたんだろう。人間がいいからみんなしゃべっちまうんだ。おまえ、そんないやな顔をすることはねえだろう。このほうがざっくばらんでいいじゃねえか。さあ若旦那でかけましょう」

そこは勘定がむこう持ちということになることは百も承知ですから、すこしぐらいわるくいわれたってちっともおどろきません。ほどのいいところで一ぱい飲んで、土手へかかってまいりましたが、ちょうど夕方でございますから雑踏をきわめております。

「たいへんな人でございますね。みなさん、お稲荷さまへおこもりのかたでしょうか」

「さあね……みんなおこもりとはきまっちゃあいないでしょう。なかには、ざっとおまいりをすませて帰る人もいるでしょうね」

「たいへんに大きな柳の木がございますが……」

「ええ、これが有名な見返り柳……いえ、その……お稲荷さまのご神木で……」

「柳のご神木とはかわっておりますね。でもちょうどよろしゅうございます。この混雑でもしもはぐれましたら、あたくしはこの柳の木の下に立っておりますから……」

「お化けだね、まるで……さあ着きました。これが有名な大門《おおもん》……いや、その……鳥居なんで……」

「へー、これが鳥居でございますか。めずらしゅうございますね」

「なにが？」

「だって、お稲荷さまの鳥居というものは、みんな赤いもんでございますのに……」

「いえ、それが、その……このお稲荷さまのお狐さまというものが黒狐で……いえ、その、ちょっとこれからおこもりのしたくに……お巫女《みこ》さんの家へたのみにいってまいりますから、多助とふたりで待っててくださいまし。おい、多助、若旦那たのむよ」

「おい、源兵衛、おれひとりおいてきぼりにするなよ。心ぼそいじゃねえか」

「いいよ。おまえは若旦那にお稲荷さまのご利益のありがたさでもおはなし申していろよ。じゃあ、ちょっといってくるぜ」

「おい、源兵衛……」

「こんばんは、お女将《かみ》」

「まあ、おめずらしいじゃございませんか。どうなすったんですの、このところずっとおみかぎりで……このごろはなんですって、品川のほうにいい人ができたんですって……いけませんよ、そう浮気してあるいては……」

「それどころのはなしじゃないんだよ。ほら、この前にちょっとはなしたろう。例の田所町の堅物《かたぶつ》、あれをきょうつれてきたんだ。堅《かて》えの、堅くねえのって、堅餅の焼きざましみてえな人間なんだ……なにしろ見かえり柳をお稲荷さまのご神木、大門を鳥居だとおもいこんでるくらいなんだから……」

「まあ、ごじょうだんを……いまどきそんなかたが……」

「うそじゃねえよ。きょうつれだすたって、お稲荷さまへおこもりということになってるんだから、ひとつたのむよ。むこうへいけば、どうせばれちまうにきまっているけれど、ここにいるあいだだけでもごまかしておきてえんだ。だからさ、ここのうちをお茶屋だなんていっちゃあいけないよ。まず、お稲荷さまのお巫女《みこ》のうちだとか、神主のうちだとかいうことにして」

「まあいやですよ、そんなごじょうだんをなすっちゃあ」

「いやじゃないよ、たのむ、たのむよ……ほら、もう多助がつれてきちまった……さあ、若旦那いらっしゃい。さあどうぞ……ここはお巫女さんのうちでして、ここに坐ってるのがお

「さようでございますか。へい、お初《はつ》にお目にかかります。あたくしは、日本橋田所町三丁目、日向屋半兵衛のせがれ時次郎と申します。本日は、三名でおこもりにあがりました。なにぶんよろしくおねがい申しあげます」

「まあ、これはごていねいにおそれいります。よくいらっしゃいました。それでは、おはなしができませんから、どうぞお手をおあげくださいまし。まあ、ごきりょうがおよろしくって……それに、お身なりがまた結構でございますから、お巫女《みこ》さんがたが、さだめし大よろこびでございますよ……まあ、なんですよこの娘《こ》は……くすくす笑ったりして、失礼じゃありませんか。おまえが笑うから、あたしだっておかしいじゃないか。しょうがないね。あの、若旦那、すぐにお送りしますから……」

　お茶屋のほうでも、いつまでもぐずぐずしていたら化けの皮があらわれてしまいますから、なんとかしてすぐに送りこんでしまおうと、ずっと送りこまれまして、ひきつけの座敷《ざしき》へ通されました。ひきつけったって、なにも目をまわすところじゃありません。まあ、早いはなしが待合室というようなところで……そこで待っておりますと、廊下をおいらんが通ります。文金、赤熊《しゃごま》、立兵庫《たてひょうご》なんて髪を結《ゆ》いまして、部屋着というものを着ております。そして、左で張り肘《はひじ》というものをして、右手で褄《つま》をとり、厚い草履《ぞうり》をはいて、廊下をパターン、パターンとあるきます。これをみれば、どんな堅物だってお稲荷さまであるかないかぐらいのことはわかります。

「源兵衛さーん！　多助さーん！」

「なんですよ、若旦那、大きな声をだして……こういうところで、そんな声をはりあげちゃあいけませんよ」

「いけませんたって……あなた、ここは吉原じゃありませんか。あたくしはお稲荷さまへおこもりをするというからきたんですよ。それをあなたがたはあたくしをだましてこんなところへつれてくるなんて……」

「若旦那、怒っちゃいけませんよ。泣きだしちゃあこまるな。おい多助、逃げちゃずるいよ。いっしょにきたんじゃないか。人にみんなおしつけちまって……こまるじゃねえか。おまえってものは薄情だよ。することが……ねえ、若旦那、あなたもこまりますよ。こんなところで泣きだしたりしたんじゃあ……」

「とんでもないことです。あたくしは、お稲荷さまへおこもりだというから……だから……あたくしは……」

「若旦那、泣くのはおやめなさい。泣くとこじゃありませんよ。ここは……そりゃあ、あなたをだましてつれてきたのはわるい。だから、あやまります。この通り手をついて……しかしね、このことは、あなたのおとっつあんも心得てなさることなんだから、なにも心配はいらないんですよ」

「いいえ、うちの親父はああいう人間でございますから、なにを申したか存じませんが、とにかくあたくしとしましては、とてもこんなところにはいることはできませんから、すぐに帰らしていただきます」

「こまったな、どうも……じゃあ若旦那、こうしましょう。いまここへお酒がでます。そうしたら一ぱい飲んで、女の子がずらりとならんで、陽気にさわいでお引けになります。そのとき、あなたを大門まで送ってゆきますから、せめてそれまで辛抱してくださいな」

「いいえ、あなたがたはどうぞおあそびになっててください。あたくしは帰りますから……」

「まあ、そんなことをいわずにさ……せめて酒を飲むあいだぐらいつきあってくださいな」

「いいえ、もうあたくしは……」

「まあそういわずに……」

「おいおい源兵衛、なにをいってるんだよ。帰《けえ》りてえものは帰したらいいじゃねえか。なにもそれほどたのんでいてもらうことはあるめえ……なにいってやがるんだ。さっきだってそうだ、町内札つきの悪で、割り前もらうとあとがこわいだってやがら……なにぬかしやがんでえ。くそおもしろくもねえ……帰ってもらおうじゃねえか。帰ってもらおうだがね、若旦那、あなたに吉原の規則というものをおはなししときましょう。いいですか、さっきあなたにお稲荷さまの鳥居だと教えたところがあったでしょう、じつをいえば、あれが有名な吉原の大門というところだ。あすこは一本口ですよ。あの門のところへ髭の生えたこわいおじさんが五人ぐらい立ってたでしょ？　あれはね、どういうわけで立ってるかというと、どんな身なりをした男が何人できたかということを、ちゃーんと帳面につけてるんですよ。だから、あたしたち三人がいっしょに通ってきたのに、若旦那がひとりだけでのこのこでてってごらんなさい。こいつはあやしいやつだってんで、たちまちふんじばられちまいますぜ。なあ源兵衛、そうだな」

「へー、そうかね。はじめて聞い……」

「こら、ばかだな、こいつは……そうなんだよ。カンのにぶいやつだな……だから、ふんじばるだろ、なあ源兵衛」

「ふんじばるかな？」

「あれ、まだわからねえや、まぬけな野郎だな……三人でへえってきて、そのうちのひとりだけがでていけば、こいつあやしいってんでしばられるじゃねえか。なあ、そうだろ」

「あっ、そうか、すまねえ、すまねえ。そうだ、そうだ、ひとりででていきゃあ、そりゃあふんじばられるとも……」

「なあ、そうだろう、ふんじばられちゃうな」

「ああ、ふんじばられちゃうとも……」

「そうなりゃあ、なかなか帰してくれねえな」

「そうとも、なかなか帰してくれるもんか。この前なんか元禄時分からしばられたままの人がいた」

「そんな長《なげ》えやつがいるもんか……まあ、そういったことがわかってりゃあいいんだ。さあ若旦那、どうぞお帰んなさい」

「それはたいへんこまります。人間と生まれて縄目《なわめ》の恥をうけたとあっては、世間さまに顔むけができません。あいすみませんが、おふたりで、あたくしを大門まで送ってきてくださいな」

「若旦那、あなた、それが身勝手というもんですよ。あっしたちは、これから一ぱいやって、わーっと陽気にさわごうてんだ。それなのに、あそびなかばで、送り迎えなんかしてられますか……あそびは気分のもんなんだから……だからさ、さっきからいってるように、酒飲むあいだだけでもつきあったらいいじゃありませんか」

「じゃあお飲みください。どうせお酒あがるんなら早いとこ大きいもんであがってください。たらいかなんかで……」

「じょうだんいっちゃあいけねえや」

　座敷がかわって、飲めや唄えの大さわぎになりました。

　このとき、若旦那の敵娼《あいかた》にでましたのが、浦里《うらざと》というおいらんで、ことし十八の絶世の美人。そんなうぶな若旦那ならば、こっちからでてみたいという、おいらんのほうからのお見立てということになりました。

　ところが、若旦那の時次郎は、床柱によりかかって、畳へのの字を書きながら、なみだをぽろりぽろりとこぼすばかり……。

「おいおい、源兵衛ごらんよ。ええ、酒飲んだってうまくねえや。ああやってめそめそ泣いてるんだからな。まるでお通夜《つや》だよ……あれ、おばさんがよろこんでやがらあ。うぶでいいかなんかいって……おいおい、おばさん、その駄々っ子をなんとかしてくれよ。酒がまずく

「あの、若旦那、若旦那」

「なんですよ。あなた、そばへよっちゃいけません。そっちへいっててください」

「だってねえ、若旦那、あなたがそうやってそこにいらっしゃると、源兵衛さんと多助さんがいじめますからね。おいらんのお部屋へいってゆっくりおやすみなさいましな」

「いいえ、あたくしはここのほうがよろしゅうございますから、どうぞおかまいくださいますな」

「そんなことをおっしゃらずに、どうぞおいらんのお部屋のほうへ……」

「じょうだんいっちゃいけません。そんな部屋で寝てごらんなさい。悪い病気をしょいこみます」

「おいおい、源兵衛、聞いたかい？　いいせりふじゃないねえ、悪い病気をしょいこみますだとさ、ますます酒がまずくなっちまったぜ」

「さあ、若旦那、そんなことをおっしゃらずに……まあ、よろしいじゃございませんか」

「いいえ、いけませんよ。あたくしの手をひっぱっちゃあ、たすけてください。源兵衛さーん、多助さーん！」

大さわぎするのを、そこは餅は餅屋。なんとかなだめすかして、うまくおいらんの部屋へ送りこみました。

あとは邪魔者がいなくなったというので、飲めや唄えのどんちゃんさわぎ——ほどのよろしいところで、お引けという声がかかります。

大一座振られたやつが起こし番

まことにうまいことをいったもんで、廓《くるわ》へ泊まったあくる朝、ひとの部屋をがらりがらりとあけて、なにかいってるひとに、もてたひとはおりませんようで……。

「おい、おはよう。どうだったい、ゆうべのできは？」

「うん、フワフワフワ」

「なんだい、おい、口に楊子《ようじ》をいれたままでしゃべるなよ。なにいってるかわからねえじゃねえか。おいらんがきたかときいてるんだよ」

「フワフワフワ……こない」

「きたねえな、歯みがきがこぼれるじゃねえか。やっぱりこなかったろう。おめえんとこへくるわけはねえや。だいたいおめえの顔てえものは女をよびよせる顔じゃねえね、きた女の子を帰しちまうって顔だ」

「じゃあ、おめえんとこはどうだったい？」

「おれんとこか、そりゃあきたよ。『ねえおまえさん、あたしはばかりへいってくるからね、待っててよ』てんで、いっちまったきり、小便の長えの長くねえのって、いまだに帰ってこない。ことによったら、あの女は丑年《うしどし》かも知れねえ」

「なにいってやんでえ……まあ、おたがいに顔を洗ったら帰ろうじゃねえか」

「そうよ、まごまごしてるうちに陽があたってきちまった」

「そいつあたいへんだ。いそがなくっちゃあ」

「あっ、そうだ、珍談、珍談」

「どうしたい？」

「駄々っ子おさまってるとさ」

「なんだって……ゆうべ帰っちまったんじゃねえのか」

「それが帰らねえんだとさ、おさまってるんだってさ」

「へえ、そいつあおどろいた。とまったのかい？　あんなにめそめそしてたのに……酒がまずかったよなあ……それにしても泊まったというんなら部屋をみまわってやろうじゃねえか。もしも泊まって目でもまわしていたらたいへんだからな。……えーと、角の部屋、角の部屋と……ああ、この部屋、この部屋だ。若旦那、おはようございます。あけますよ。えー、おい、どうだい。あけてすぐに寝床がみえねえとこなんざあ、なんといっても大店《おおだな》の値打ちだね……おい、どうでもいいけど、なにを食ってるんだい？」

「いえね、いまあすこをあけたら甘納豆がでてきたから、さっそくこれをいただいちまったんだ」

「へん、女に振られて甘納豆食ってりゃあ世話あねえや」

「けどね、朝の甘味はおつなもんだぜ。これで濃い宇治かなんかありゃあ、おもいのこすことさらになしだ」

「なにいってんだ、しまらねえ男じゃねえか……しかし、うまそうだな。うまいかい？え、そんなにうまい？　それじゃあおれにもひとつおくれ」

「じょうだんいうない。こんなうめえものを人にやってたまるもんか。そちらのうらをかいて一ぺんにたいらげちまうという……」

「おいおい、ほうばるなよ。ばかだな。まるで子どもじゃねえか……ええ、若旦那、あけますよ。どっこいしょのしょ、と。おや、敵の守りは厳重だね。ふすまのむこうに屏風《びょうぶ》をはりめぐらしてというやつだ。若旦那、若旦那、おや、ご返事なし……無言とはひどいね。源兵衛と多助でござんすよ。とりますよ。屏風をとるよ。それ、どっこいしょのしょっと……うわあ、まっ赤になってもぐっちまったぜ。どうです？　若旦那、おこもりのぐあいは？」

「ええ、まことに結構で……」

「おいおい、聞いたかい、結構なおこもりだとさ」

「ねえ、若旦那、あそびてえものはおもしろうござんしょ。おもしろいけど、切りあげどきがかんじんでござんすからね。きょうのところは、ひとつ、きれいにひきあげて、またくるということにしようじゃありませんか」

「ええ、しかし……」

「さあ、おいらん、またくるから、若旦那を起こしてやってくんねえ」

「若旦那、みなさんがああおっしゃるんですから、お起きなさいましな」

「おいらんが、起きろ起きろっていってるのに、若旦那、起きたらどうなんです。案外ずうずうしいね、あなたも……」

「でも、おいらんは口では起きろといってますけれど、ふとんのなかでは、あたくしの手をぎゅーっとにぎってはなしません」

「おい、おい、甘納豆食ってる場合じゃねえぞ。聞いたか、いまのせりふを……」

「ちぇっ、なにいってやんでえ。ばかにしゃがって……ゆうべはなんといったとおもってるんだ。こんなとこで寝ると、悪い病気をしょいこむといってたじゃねえか……くそおもしろくねえ」

「おい、おい、そう怒るなよ。いまいっしょに帰るから、待てよ、待てったら……あっ、階段からおっこっちまいやがった。しょうがねえなあ。じゃあ若旦那、あなたはひまなからだだ。まあゆっくりあそんでらっしゃいよ。あっしたちは、これから仕事にでかけなくっちゃあならないんですから……じゃあ、さきに帰りますからね」

「あなたがた、さきに帰れるもんなら帰ってごらんなさい。大門でしばられちまいますから」


【解説】

新内「明烏夢泡雪《あけがらすゆめのあわゆき》」や人情噺「明烏後正夢《あけがらすのちのまさゆめ》」の発端を落語化した廓噺《くるわばなし》の代表作。

商人としての社交もできない若旦那の軟化をたくらむいきな父親のアイディアと、それを実行にうつす源兵衛と多助の活躍によって噺が展開されるが、それが、堅い梅のつぼみもほころびる初午の季節を背景に、堅い時次郎の青春も花ひらくという筋立てのために、たくまざる色気があふれている。人生と季節感が効果的に交錯した佳編といえる。

亡き八代目桂文楽によって、艶と品位をそなえるにいたったこの廓噺も、もとはかなり官能的な演出もあったらしいことは、明治二十五年五月の雑誌『百花園』所収の春風亭柳枝《りゅうし》の速記からも想像される。その夜の場面は、

「若旦那、勘忍してくんなましよ」年齢《とし》はとらなくっても、そこは多くの客を取扱う遊女のことでございますから、襠《しかけ》をとりまして、朱の長襦袢にて掻巻《かいまき》のなかへいきなりはいって、時次郎の首へ手をかけてひきよせました。（中略）白粉と麝香《じゃこう》の臭《にお》いでプーンとした。（中略）初対面に裸になりまして、床のなかへはいってまいりますから、無礼でございましょう……でもまんざら憎くないそうで、嫌も応もない。時次郎、木の股から生まれた人間でございませんから、そのままグニャグニャとなりまして、そのあとは柳枝も存じません。

と嫌味な演出だし、朝、床をでない時次郎が「おいらんは、口じゃあいいましても、まくってごらんなさいまし。足と足ではさんでいるじゃあございませんか」と、官能的で品のないことをいっている。これでは、時次郎の青春がほころびそめた恥じらいが読みとれない。やはり本書所載の現行の型が、早春の詩情を背景にしたこの佳編にはふさわしい。

三人旅《さんにんたび》

ただいまでは、新幹線などできまして、旅行もかんたんになりましたが、むかしの旅は、てくてくあるいたのですからたいへんでした。しかし、風流な点においては、むかしの旅のほうがまさっていたようで……とりわけ春の旅は結構でございまして、山は霞《かすみ》につつまれ、麦畑は青々としているし、菜の花は黄金色にかがやき、どこかでひばりの声がしているという、のどかなたんぼ道を気のあった者同士の遊山旅というのは、まことにおもしろいものでございます。

「どうしたんだい？　おい、八公、しっかりしろよ。だいぶおそいじゃねえか、はやくあるかねえかい」

「ああ」

「情けねえ声だすなよ。しゃんとあるけ」

「だめだよ」

「どうした？」

「腹が……」

「いてえのか？」

「いや」

「張るのか？」

「いや」

「どうしたんだ？」

「いや」

「しっかりしろい！　はっきりいえよ」

「腹がへった！　あー、腹がへった！」

「おい、もうわかった。わかったよ。はっきりいやあがったな。いい若え者《わけえもの》がなんでえ」

「若えから腹もへらあ……ああ、なにか食いてえ」

「なにか食いてえって、おめえ、けさ宿をでてから、もう二度も食ったじゃねえか。おめえってやつあ、どういうもんなんだ、『あすこの店に、かわいい娘《こ》がいるから、だんごを食おう。あすこに渋皮のむけた女がいるから一ぺえやっていこう』って、女さえみりゃあ、飲み食いしてるじゃねえか」

「そうなんだ。おれは、女をみると腹のへる生まれつきでなあ、とくに、十六、七から二十七、八までのいい女をみると、むやみにへってくらあ」

「助平な腹だなあ……あれ、半ちゃん、おめえは、へっぴり腰であるいてるけど、どうしたんだい？」

「いやあ、辰つあんの前だが、めんぼくねえ、足へ豆をでかしちまって……」

「豆ができた？　ふーん、そうかい。これが食える豆だとな、八公に食わせて、八公の腹のたしになるし、半ちゃんの足もなおるしと、両方めでてえんだが、どうもしかたのねえもんだ」

「なにをのんきなことをいってるんだよ」

「しかしなあ、そうやって、八公が『腹がへった、腹がへった』とふらふらあるく。半ちゃんがびっこをひいているとなると、道中の駕籠《かご》屋や馬子《まご》が足もとをつけこんで、うるさくってしょうがねえぜ」

「おーい、そこな旅のお人！　そこへふらふらゆく人とびっこひいてく人よ！」

「ほーれ、みねえ。さっそく馬子にみこまれた。おらあ知らねえぞ。半ちゃん、おめえ応対しねえ」

「しょうがねえなあ……馬子衆、なにか用か？」

「どうだな、でえぶおつかれのようだが、馬あさしあげますべえか？」

「えっ、馬あさしあげる？　おめえ、ずいぶん力があるんだなあ、ひとつさしあげてみてくれ」

「いや、そうでねえ。馬あやんべえかちゅうだな」

「おい、どうする？　馬あくれるとよ。もらうかい？」

「そうよなあ、旅さきで馬なんかもらったって、どうにもあつかいにこまるからなあ……」

「それもそうだ。せっかくだが、馬子さん、おれたちゃあ、これからまだ旅をつづけるんだ。馬なんかもらったってどうにもならねえ」

「またおかしなことをいって……やるではねえよ。馬へ乗っかってくだせえてえことだ。あたまのわりい人たちだ」

「おうおう、あたまがわりいまでいわれりゃあ世話あねえや」

「どうかまあ、乗っかってくだせえまし」

「ああ、乗ってやってもいいんだが、おれたちゃあ三人いるんだぜ。どうだ、馬は三頭いるかい？」

「ああ、おりやすとも……おまけに宿《しゅく》へむかっての帰り馬だ。お安くねがいますべえ」

「なにいやあがる。こちとらあ江戸っ子だ。高《たけ》えの、安いの、金のことをぐずぐずいうんじゃあねえぞ。いいか、だから、そのつもりでまけとけ」

「なんだかわけのわかんねえこたあいわねえもんだ。お江戸のかたかね？」

「そうよ。江戸は神田の生まれだ。道中あかるいんだから、ほんとに高えことといったってだめだぞ」

「そんなにあかるいかね？」

「そうとも……東海道、中仙道《なかせんどう》、木曾街道と、日のうちに、なんべんもいったりきたりするおあにいさんだ」

「ばかあいわねえもんだ。そんなにはやくいったりきたりできるもんかな」

「ああ、できるとも、双六《すごろく》で……」

「やあ、こりゃあどうもおもしれえことをいうなあ……まあ、しかし、道中あかるいんじゃあ、そんなに高えことをいってもなんめえ。じゃあ、宿場《しゅくば》までやみでどうかね？」

「なに？」

「やみだよ」

「やみだ？　おう、八公、やみってのを知ってるか？」

「そんなこと知るもんか。おめえが道中あかるいなんていうから、むこうで皮肉にでて、やみだなんてくらくしちまうんじゃねえか」

「そうかい、じゃあ、あかるくしよう……おい、馬子さん、やみだなんて、そりゃあだめだぞ」

「だめかね」

「だめだとも、月夜にまけとけよ」

「月夜？　なんだね、その月夜てえのは？」

「月夜に釜をぬくっていうだろ」

「ああ」

「だから、ただだ」

「とんでもねえ。ただなんていかねえだよ」

「そうかい、ただではだめか」

「あたりめえでねえすか……じゃあこうしますべえ。じばということに……」

「あれっ、こんどはじゅばんか……じゅばんじゃ高えぞ」

「高えかね？」

「ああ、高えとも……じゅばんじゃ高えから、ももひきにしろい」

「ももひき？　なんだね、そのももひきてえのは？」

「なんだ、ももひきを知らねえのか。ももひきは、お足が二本へえるだろ、だから二百だ」

「おう、二百か、まけますべえ」

「おう、まけるか。やっぱりかけあいは呼吸のもんだ。とんとんとんとすぐにまけたな」

「まけたって、おめえ、馬子の言い値はいくらなんだ？」

「さあ、わからねえが、聞いてみようか……おい、馬子さん、おめえのいうじゅばんてえのはいくらなんだ？」

「じゅばんではねえ、じばだ」

「そうだ。そのじばだ。いくらなんだい、そのじばってえのは？」

「やっぱり二百だ」

「なんだい、まるっきり言い値じゃねえか」

「ああ、じゃあ、言い値にまけたんだ」

「言い値にまけるってやつがあるもんか。まあいいや、乗るから持ってこい……ふーん、馬のつらなんてものは、そばでみると、えらく長《なげ》えもんだなあ。馬の丸顔てえのはねえやなあ」

「あたりめえよ」

「このつらに頬かぶりするとなると、ずいぶん手ぬぐいもいるだろうな」

「つまんねえ心配するねえ」

「しかしなあ、馬のつらってものは、むかしはこんなに長くなかったんだぜ」

「へーえ、そうかい」

「もとは丸顔だった」

「それがどうして長くなっちゃったんだ？」

「だってな、飼葉桶《かいばおけ》てえものは底が深いだろ、だから馬が丸顔じゃあ桶の底のほうまで口がとどかねえ。馬が腹をへらしてかわいそうだってんで、神さまが、飼葉桶の底へ口がとどくように、馬のつらあ長くこしらえなおしたのよ」

「へーえ、すると、飼葉桶がさきにできて、馬のつらあ、あとからできたのか？」

「はははは……こりゃうまくなかった」

「つまんねえしゃれいうねえ」

「さあさあ、乗っかってくだせえやし」

「おう、乗るから、馬をしゃがませてくれ」

「馬がしゃがむやつがあるもんかね」

「不器用《ぶきよう》な馬だ。高くて乗れやしねえ。はしごかけろい」

「なにいうだ。馬へはしごかけて乗るやつがあるもんかね。それへ足かけて乗っかんなせえ。それへ足かけて、ぐっとふんばって、ぐっと……地べたをふんばったってだめだよ。かけた足をふんばるだ。ああ、わからねえ野郎だな。こうなりゃあ、荷鞍《にぐら》の上へほうりあげてやるべえ。そーれ」

「やあ、ちくしょうめ、ほうりあげやがった。荷物じゃあるめえし……やあ、たいへんだ。馬子さん、この馬あ、首がねえぜ」

「なにいってるだ。首のねえ馬なんかあるもんかね。おめえさまあ、うしろ前に乗っかっただ」

「そうだったのか。どうしよう？　ええ？　乗りかえろって？　めんどうじゃねえか。そうだ。おれが腰をあげてるから、その間に馬あひとまわりさせろい」

「だめなこんだ。乗りかえてくだせえ」

「そうかい……じゃあ、乗りかえるか……やあ、なるほど、乗りかえたら首があった」

「あたりめえだ。首のねえ馬があるもんかね。では、でかけるから、よくつかまってくんなせえやしよ」

「やあ、馬子さん、この馬あうごくぜ」

「なにいってるだ。うごかねえ馬があるもんかね」

「しかしなあ、馬子さん、馬なんてものは、りこうなもんだってなあ」

「そりゃあ、もうりこうさ。自分の乗っけてる客が、りこうか、ばかか、すぐわかるんだから……」

「そうかなあ、それじゃあ、もう、おれたち三人のことなんかわかってるだろうな、りこうだって……」

「そんなことはおもうめえよ」

「それじゃあ、ばかだってえのか？」

「なにしろ馬は正直だから……」

「よせやい」

「ははは……はい、はい」

　ブウッ！

「あれっ、なんだこいつめ、豆べえ食らって、まあ、屁《へ》べえこいてるだあ、こいつあ」

「あははは、馬子さん、そうおこるなよ。いまのはおれなんだから……」

「あれっ、客人けえ。どうもえけえ屁《へ》えこいたなあ、おめえさまあ、おら、また、馬かとおもっただ。おー、はい、はい、はーい」

　ブウッ！

「あれ、またやんなすっただな」

「いまのは馬だい」

「両方でかけあいとは、どうもあきれけえったもんだ。なあ……どう、どう……はい、はい」

「ところで、お客さまがたあ、江戸のかただっておっしゃるが、なんのご商売だね？」

「おめえ、いったいなんだとみる？」

「そうよなあ、ごまの灰でもあるめえね」

「よせやい。そんなふうにみえるか？」

「いや、みえやしねえ。ごまの灰にしちゃあ、いやにぽーっとぬけたつらあしてるだ」

「ふざけたことをいうねえ。こうみえたって役者だ」

「へーえ、お役者かね、役者にしちゃあ、えかく色がまっ黒だの」

「道中したから日に焼けたんだ」

「なんちゅうお役者さまだえ？」

「尾上菊五郎だ」

「はっはははは、よしなせえ。でたらめこかねえもんだ。尾上菊五郎なんてえ役者は、絵双紙でみても、もっと鼻が高えぜ」

「そりゃあ、もとは高かったんだけれど、道中したからすりきれたんだ」

「わらじじゃあんめえし、すりきれるやつがあるもんかね」

「おい、馬子さん、むこうからくるのは、おめえの仲間じゃねえのか、ほーれ、やっぱり馬あひいて、にこにこ笑ってるじゃねえか」

「ああ、そうだ。おう、花之丞よう、もう帰るのか？　もっとはたらけやい。おらなんか、つぎの宿まで豆粕《まめかす》つんでの帰りだが、から馬あひっぱって帰るのももってえねえから、豆粕のあとだあ、こんなもんだが、人間のかすを乗っけてきただぞ」

「おいおい、馬子さん、あんまりひでえことをいうなよ。なんだい、その人間のかすってえのは？」

「あははは、聞えちまったかね、いまのはないしょばなしだ」

「そんなでけえ声のないしょばなしがあるもんか……おい、馬子さん、あとの三頭めの馬あどうしたい？　すがたがみえねえぜ」

「ああ、いちばんしめえの馬かね、ありゃあ、びっこ馬だもんで、どうしてもおくれるだ」

「びっこ馬かい……おい、八公、半ちゃんの乗った馬あ、びっこ馬だとよ。みてやれ、みてやれ」

「そうかい。当人がびっこひいてるとおもったら、馬のほうもびっこかい。こりゃあおどろいた。類は友をよぶだな。それにしても、いやにおかしなかっこうでやってくるぜ。ぴょこたん、ぴょこたんと……おーい、半ちゃん、おめえの乗ってる馬はびっこだとよ」

「そうかい。おれもようすがおかしいとおもったよ。むやみとおじぎするから、礼儀正しい馬だとおもったが、べつに礼儀正しいわけじゃあねえんだな。ひでえ馬に乗せやがる。おーい、馬子さん、この馬あ、びっこ馬だってなあ」

「いや、びっこではねえ。おらたちのほうでは、長《なげ》えみじけえちゅうだ」

「それじゃおんなじじゃねえか。おーい、みんなもっとゆっくりやってくれよ。おればっかりおくれてしょうがねえや」

「まあ、いいからゆっくりきなよ。そうやって、ぴょこたん、ぴょこたんくれば、いい腹ごなしになるぜ」

「なにいってやんでえ。腹ごなしにはいいが、おらあ、首がくたびれちまった。これ以上いそげば、首がおっこっちまわあ」

「まあ、いいから、ゆっくりこいよ。なんなら、首をおとすといけねえから、ふろしきにつつんでしょってきねえ」

「かぼちゃじゃあるめえし、ふざけんねえ……しかし、馬子さん、この馬なんか、びっこなくれえだから、おとなしいだろうな?」

「いや、それはしろうとかんげえだ。これで、えかく癇持ちでな、なにかものにたまげたり、腹あ立ったりすると、むやみやたらとかけだすんでいけねえ」

「そりゃあ、あぶねえなあ。まさか、客を乗せてるときに、そんなこたあるめえな」

「それがなかなかそうでねえ。この前も、客を乗っけてつぎの宿場までいったとき、あんまりでけえ屁をたれやがったんで、おらがしかりつけたら、それが気にくわなかったんだな。ぷーっとふくれっつらあしたかとおもったら、いきなりかけだした」

「それでどうした?」

「乗ってた客は、まっ青な顔をして、『たすけてくれ!』と、声をかぎりによばったが、こっちは馬といっしょにかけつづけるほどの足はねえ。しかたがねえから、運を天にまかせて、手綱をはなしてみてただ」

「ずいぶん薄情じゃねえか。それでどうなった?」

「いや、馬ははしる、はしる。野越え、山越え、風を切ってつっぱしる。いや、そのいさましいこと、みている者一同やんや、やんやの大かっさい」

「おいおい、じょうだんじゃねえや。で、結局どうなったんだ？」

「ああ、日暮れどきに、馬は無事にもどってきただ」

「で、客は？」

「さあ、どうなったかねえ？」

「どうなったかねえって、それからのちも消息はわかんねえのか？」

「ああ、わかんねえ。しかし、たよりのねえのはいいたよりっていうから、ことによったら、唐《から》、天竺《てんじく》へでもすっとんだかね」

「とんでもねえ馬に乗っちまったな……しかし、そんなことは、しょっちゅうあるわけではあるめえ」

「まあ、そりゃあそうだ。せいぜい日にいっぺんだ」

「えっ、日にいっぺん！　すると、きょうは？」

「きょうかね、きょうはまだだから、そろそろはじまるかな」

「おいおい、おちついてちゃいけねえ。おろしてくれ。おろしてくれ」

「あはははは、本気にして青くなったな。いまのはじょうだんだ。なんでこの馬がかけまわれるもんかね。びっこで、おまけに目っかちだ」

「なんだい、ひでえ馬だなあ、山本勘助みてえな馬だ……でもまあ、これでやっと安心したぜ」

日の暮れがた、馬からおりた三人が、宿場《しゅくば》へはいってまいりますと、両側に客ひき女がならんで、さかんに客をよびこんでおります。

「おい、ぶらぶらあるこうじゃねえか」

「そこがもう宿場の入り口だ。しっかりあるけやい」

「おう、ゆうべ泊まった宿屋の亭主がいうには、『この宿《しゅく》の鶴屋善兵衛という宿屋は、わたしどもの親類だから、わたしどもから聞いてきたといえば、ていねいにしてくれます』と教えてくれたなあ」

「そうそう」

「だから、今夜は、その鶴屋善兵衛へ泊まろうじゃねえか」

「だが、おめえ、鶴屋善兵衛てなあ、どこのうちだかわからねえな」

「聞きゃあいいじゃねえか。鶴屋善兵衛という旅籠屋《はたごや》はどちらさまでございましょうって」

「だけどもな、それがほかのうちで聞くんならいいが、もしも鶴屋善兵衛のうちへいって、鶴屋善兵衛はどちらさまですと聞くなあおかしいじゃねえか。江戸っ子三人が、鶴屋へいって、鶴屋を聞くなあ変じゃねえか。あんな大きな看板がでているのに、さては江戸っ子は字が読めねえもんだから、鶴屋へきて鶴屋を聞いたなんていわれるとおかしいじゃねえか」

「それじゃあ、看板をみていこうじゃねえか」

「ところが、あいにくおれが有筆で読めねえんだ」

「なにをいってやがるんだ。有筆てえなあ、読めるんじゃねえか。それをいうなら無筆だろう」

「まあ、その見当だね……どうでえ、辰つあんは、鶴屋善兵衛という字が読めるかい？」

「さあ、おれが知ってる字数のうちに、うまく鶴屋善兵衛という字があればいいがなあ」

「どのくらい字数を知ってるんだい？」

「四十八知ってるんだ」

「よせやい、いろはじゃねえか……こまったなあ、どういうことにしよう」

「おっと、うめえことがあるよ。こうするんだ。なんでも宿場へへえったらな、鶴屋善兵衛のはなしをしてあるこうじゃねえか。大きな声をして、鶴屋善兵衛、鶴屋善兵衛というんだ。そうすると、鶴屋の宿ひきがでてきて、『ただいまおたずねの鶴屋善兵衛は、てまえどもでございます。お泊まりさまをねがいたいもんで……』とくるから、そこのうちへ泊まりこんじまおうじゃねえか」

「なるほど、こいつあうめえや。そういうことにしよう。さあ、そろそろ宿場へへえった。はなしをはじめるかな」

「よかろう……なあおい……」

「ええ」

「この前、この宿場へ泊まったときには、鶴屋善兵衛のうちへ厄介になったたな」

「そうそう、いい宿屋だったたな」

「鶴屋善兵衛てえなあ気にいったもんだから、四、五日逗留《とうりゅう》したたな」

「そうよ、あのときは勘定をはらわなかった」

「あれ、そんなはなしをしちゃあいけねえやな……なにしろ鶴屋善兵衛へ泊まろうよ。もてなしのいいうちだからな」

「そうとも、この前泊まったときには、冬だったが、ひどくあったかくして寝かしてくれたなあ」

「ちげえねえ、夜なかに下から火事がでてな……」

「よせよ、なにしろ鶴屋善兵衛へ泊まろうじゃねえか」

「おいおい、もういくらそんな大きな声をしてもだめだい。宿場は通り越しておしめえになっちまった」

「おやおや、それじゃあしかたがねえからひっかえそうよ。もういっぺんまわろうじゃねえか」

「だって、おかしいやなおめえ、どうにかして鶴屋善兵衛がでてくるような趣向をかんがえようじゃねえか」

「どうするんだい？」

「しかたがねえから、なれあい喧嘩《けんか》をするんだな。『おれが鶴屋善兵衛へ泊まろうってのに、てめえがいやだとぬかしゃがって、おらあ、どうしても鶴屋善兵衛へ泊まるんだ』って大きな声をするんだ。せめえところだ。すぐにひとがあつまってくらあ、すると、鶴屋の若い者がでてきて、『ただいまのおことばの鶴屋善兵衛は、てまえどもでございます』ときたら、

『それじゃあ、おめえんとこへ厄介になろう』ということにしたらいいじゃねえか」

「だが、そのおしまいのとこがおかしいじゃねえか」

「なぜ？」

「鶴屋へ泊まるのはいいけれども、喧嘩のおさまりがつかねえじゃねえか」

「それもそうだな……それじゃこうしろい。だれでもかまわねえから、ひとりが病人になれ。宿場のまんなかへいったらな、往来へたおれちまうんだ」

「うん」

「ふたりで介抱していらあ、いなかの人は親切だ。おおぜいの人がたかってきて、水をやるとか、薬をやるとかいってくれらあ。そのときにいうんだ。『じつは、鶴屋善兵衛へ泊まろうとおもっておりますが、つれの男がこんなことになっちまったんでよわります』『それじゃあ、みんな手を貸して鶴屋善兵衛のうちへかつぎこんでやれ』とこうくらあ、そうすりゃあ、ひとりでに鶴屋善兵衛へいけちまうじゃねえか」

「なるほどうめえや……ところで、だれが病人になるんだい？」

「まず、八公、おめえの顔なんざあ、病人づらだね」

「よせよ、おかしなことというねえ」

「いやあ、やっぱりおめえ病人になれよ」

「そうかい、それじゃあしかたがねえ。おれがなろう……このへんでたおれようか」

「はやくたおれろい」

「いけねえよ」

「なぜ？」

「前に生薬屋《きぐすりや》があらあ、あの生薬屋の番頭がとんできて、気つけにこれを飲みなさいなんて、熊《くま》の胆《い》かなにか飲まされちゃあたまらねえからな。もうすこしさきに酒屋があったから、あすこの前で、おらあたおれるよ」

「どうして？」

「おめえたちふたりでそういってくんねえな、『この男には、薬を飲ませるよりも冷酒の二合ばかり飲ませると、すぐになおってしまいます』って……」

「じょうだんじゃねえ。そんな病人があるもんか。さあ、ここらあたりがいいぜ、はやくたおれろい」

「あいよ……うーん、うーん」

「うめえな……どうした、どうした？」

「どうした、どうした？」

「うーん、うーん」

「しっかりしろい、しっかりしろい。おれたちふたりがついているんだ。しっかりしろよ」

「そうかい、じゃあ、しっかりした」

「しっかりしちゃいけねえよ」

「じゃあ、たおれた……うーん、うーん」

「くるしいか?」

「うーん、うーん、うーん」

「なあおい、なにしろよわっちまったな。こうやって病人になってひっくりかえっちまったんだよ。はやくその鶴屋善兵衛へかつぎこもうじゃねえか」

「へい、鶴屋善兵衛はてまえどもでございますが……」

「はやくでてこい、この野郎め。てめえのでようがおそいばっかりに、いろいろなまねをしたじゃねえか。まったく世話を焼かせやがらあ。さあ、おめえんとこへ厄介になるよ」

「はい、ありがとうございます。どうぞこちらへねがいます……これお花や、お客さんだよ、はやくお洗足《すすぎ》を持ってこねえか……お客さまだってのに……」

「おい、みろや、ふしぎな女がでてきたぜ。ねえや、すまねえな、わらじをぬがしてもらっちゃあ」

「ひゃあ、どういたしまして……あのう、お客さま、ちょっくらうかがいますがの……」

「なんだい?」

「あの、えかくわらじがよごれておりますがの、どういたしますべえ」

「なにいってやんでえ。人をみてものをいえ。こちとらあ江戸っ子だ。一日はいたわらじを二度とはくんじゃねえやい。ぱっぱとうっちゃっちまえ」

「かしこめえりました……それからはあ、お脚絆《きゃはん》もえかくよごれておりますがの」

「なにをいってやんでえ、こちとら江戸っ子だ。一日はいた脚絆を二度とはくんじゃねえやい。ぱっぱとはたいてしまっとけ」

「よせやい、しまらねえたんかを切るな」

「さあどうぞ、こちらのお座敷へねがいます」

「なるほど、こいつあいい座敷だ。今夜はこりゃあゆっくり寝られるぜ。ゆうべの旅籠屋はおどろいたな。夜なかに車井戸の音がきいきいしゃあがるんで寝られなかった」

「お客さまにちょっくらうかがいますがの」

「なんだい、ねえや、おめえ、たいそうようすがいいな」

「まあ、いやだね、そんなことをいわれると、おっぱずかしい」

「おお、おっぱずかしいとよ。このねえやが……」

「なかなかようすのいいねえやだな。おめえいくつだい？」

「わたしの年かあね？」

「そうだよ」

「わたしあ、じ、じょ、う、ご、だよ」

「いくつ？」

「じょうごだってば……」

「なんだい、そのじょうごてえのは？」

「あんれまあ、わからねえふとだね。じょうに、じょうさん、じょうし、じょうご」

「ああなるほど、十五てえのか……ここのうちにゃあ、ねえさんたちは何人いるんだい？」

「三ねんおりますよ」

「三ねんおります？　……年期を聞いてるんじゃねえや、いくたりいるてんだい？」

「わからねえふとだね、ふとり、ふたり、さんねん……」

「ああ、三人いるてえのか。こいつあむずかしいや……で、ねえちゃん、なんの用だったい？」

「ちょっくらうかがいますがの」

「うん」

「ほかのことでもねえ。お風呂のかげんもようがすし、おまんまのしたくもできております
が、お風呂をさきにされますか、おまんまをさきにされますか、ちょっくらうかがいます」

「おう、どうするい？　湯のかげんもめしのしたくもいいてんだが……」

「ひとっ風呂あびてから、膳につきてえなあ」

「それじゃあそうしようじゃねえか」

「おらあ、めしを食ってから、あとで湯にへえりてえな」

「それじゃあ、はなしがまとまらねえや。おい、おめえはどうする？」

「おらあ、からだがよごれてちゃあ、めしを食ったってうまくはねえやな。ちょいとひとっ
風呂とびこんで、それから膳にむかって一ぺえやりてえやな」

「それじゃあ、てめえもそうしろい」

「ごめんこうむるね、おらあ腹がすいてるんだから、めしを食って、それから湯にへえって

あったまったところで床へへえりてえや」

「おいねえや、聞いての通りだ。ひとりのいうには、湯にへえってからめしを食おうといい、また、ひとりのいうには、めしを食ってから湯にへえるてえんだ。おたげえにこういいあっているんだ。江戸っ子の顔をつぶしたくもねえや。ここは無理かも知れねえが、湯殿へ膳をはこんでやってくんねえか。それで、湯にへえったかとおもうとめしを食い、めしを食っちゃあ湯にへえる。湯めしというやつをやってみてえんだ。たのむぜ」

「はっははははは、そんなばかげたまねはできましねえ」

「おう、できねえとよ」

「ふーん、いなかは不自由だな」

「どこへいったってできるもんか。まあ、なにしろねえや、こうしてくんな。ここへ膳を持ってきておくれ……それじゃあ、おめえさきにひとっ風呂とびこんでこねえか」

「じゃあ、ちょいといってくるか」

「おい、辰つあん、おめえ矢立をだしな。あいつが湯にへえっているうちに日記をつけちまおうじゃねえか」

「よかろう、さっきのびっこ馬のことなんざあ、江戸へ帰ってからいいはなしの種だね」

「そうとも、あんなことは、江戸にいちゃあみたくも聞きたくもねえからなあ……おや、もう湯からあがってきたのか、どうでえ風呂のかげんは？」

「結構な湯だぜ」

「そうかい」

「うん、ゆうべの宿屋の湯なんぞは、膝っこぶしかなかったろう」

「おどろいたな。あの湯のすくねえのじゃ」

「それがおめえ、今夜の風呂は肩まで湯があるぜ」

「そいつあ豪勢だな」

「だが、へえりかたがむずかしいや」

「どうするんだ?」

「さかさまにへえるんだ」


三人とも風呂からあがりますと、もう夕食のしたくがすっかりととのっているという寸法で……。


「やあ、ありがてえな、すっかりしたくができてるな。おまけにねえさんがつきっきりだ。おう、お酌かい、すまねえなあ……さあ、みんな順についでやってくれ……うん、なかなかいい酒だ。それに、ねえさん、おめえなかなかかわいいぜ、こう、ぽちゃぽちゃとして……なに? おせじじゃねえよ……どうだい、一ぱいやんねえか、さあ、このさかずきでよ」

「だめだ」

「そうかい、飲めねえのかい?」

「いんや、さかずきではだめだ」

「さかずきではだめたって……これよりちいせえものはねえぜ」

「そうでねえ、おらあ、いつもどんぶりでやるだ」

「うわばみだな、そりゃあ、うっかりすすめられねえや……ときに、この土地にゃあ、よぶと泊まりにくるような女なんかいるかい？」

「ああ、おしっくらのことかね」

「おしっくら？　……ふーん、ここではおしっくらっていうのかい……土地によって、いろいろいうな。だるま、草もち、提《さ》げ重《じゅう》なんて……ところで、どうだい、八公も半ちゃんもそのおしっくらをよぶかい？」

「ああ、ねがいますよ」

「おや、おつに気どりやがったな」

「半ちゃん、おめえはどうだい？」

「もちりんでげす」

「あれっ、もちりんときたな。じゃあ、きまった。ねえさん、ほどのいいおしっくらを三人たのむぜ。よんでくれよ」

「あれまあ、よばねえでもいいだよ」

「いやにさからうじゃねえか。よべといったらよべよ」

「よばなくても、おまえさまの前にいるよ」

「あれっ、おめえのことか、こりゃあおどろいた。売りこんでやがる。そうかい、じゃあ、おめえと、ああ、足をあらってくれたねえさんと……それから、もうひとりはどうするんだい？　え？　そとからよぶ？　……ふーん、そうかい、では、よろしくたのまあ」

「では、さっそくもうひとりよんでまいりますから……」

「たのむぜ……さあさあ、みんな、はやいとこめしを食っちまいねえ。いまのねえさんが下へいって、もうひとりよんでくるってえから、その間にめしをすましとこう」

「……あのう……お客さま……」

「おう、ねえさんかい……なんだい？　え？　耳を貸せって？　なんの用だ？　え？　もうひとりの女は……ふん、ふん、うふふふ……そうかい、それをここへつれてきちゃあまずいや。それで、部屋はどういうことになるんだい？　うん、うん、ふたりはこの二階で……ひとりは下かい……よし、それじゃあ、いまひとりの女を下のほうへやっといてくれ。三人のうちで、だれが下へいくか、それをきめて、そいつをやるから……さあてと……ここで、ものは相談なんだが、八公も半ちゃんも女の割りふりを、ひとつこのおれにまかしてくんねえか」

「そりゃあまかせてもいいが、いったいどういうことになるんだい？」

「じつはな、下にきた女てえのは、もと江戸の柳橋で芸者にでていた女なんだが、男ができて、そいつと手に手をとってこの土地へながれてきた。ところが、おさだまりで、男が長のわずらいで、あげくの果てに死んじまった。ために、女が食いつなぎのために、ときどきかせぎにでるというやつだ」

「なあるほど」

「そこでだ。この三人のうち、だれが、その柳橋のほうにまわるかだが……まあまあ、待ってくれ。ここだ。おれに割りふりをさせてくれといったのは……どうだい、半ちゃん、そういっちゃあくやしいんだが、こうみわたしたところ、やっぱりおめえがいちばん江戸前の男っぷりだ」

「ふん、ふん、ふーん」

「おいおい、そうそっくりけえるなよ。ひっくりけえるじゃねえか。そこで、おめえに柳橋を割りあてるんだが……八公、おめえはだまってろ。おめえだって、おすすぎのねえさんというものを割りあてたんだ。ありゃあいいぜ、尻がこうひき臼みてえにでっかくって……おめえの太棹《ふとざお》にはもってこいというもんだ」

「しかし、なにもわざわざ半ちゃんにだけいい目をみせることもあるめえ」

「おい、八公、いま、辰つあんがいったろう、こうみわたしたところ、やっぱりこの半ちゃんがいちばん江戸前の男っぷりだてえんだ。してみりゃあ、なんといっても柳橋のれきには、おれというのが役どころということにならあ」

「そうかなあ」

「そうだよ。やっぱり辰つあんは、人をみる目があらあ」

「さあさあ、これで女の割りふりはついた。半ちゃん、しっかりやってこいよ。しかし、あしたになって、あんまりいいから居続《いつづ》けだなんてえのはやめてくれよ。やい、色男、しゃんとしろい」

「うふふふ、よせよ。おらあ、女の子に泣きつかれるのは毎度のことだ。だから、わかれぎわの呼吸はよく心得ているよ……じゃあ、みんなおやすみ……」

これで、三人は、それぞれの部屋へひきあげました。

で、烏カアーで夜があけて……。

「おい、どうだったい、八公……おめえのところのひき臼は？」

「うん、うん、もう腰がまわらねえくれえだ……おてんとさまは黄色くみえらあ」

「あれっ、朝っからもろにのろけてやがらあ。首尾は上々だな……そいつあよかった……おれのほうも、あのぽちゃぽちゃのやつ、とんだもち肌でよ、おまけにきんちゃくときてらあ……けさは、おたげえに、朝めしにゃあ生たまごの三つ四つも食わねえじゃあ命がもたねえや……あれっ、半ちゃん、どうしたい？　下からもうろうとしてあがってきたな。どうだったい？　女の子のぐあいは？　聞かせてくれよ。おい、半ちゃん、色男」

「なにいってやんでえ！」

「おお、ばかにおこってるな」

「あたりめえじゃねえか。どうもはなっからおかしいとおもったんだ。人のことをいやにおだてやがるから……下の部屋へ案内されていってみりゃあ、あかりもついていねえ真の闇だ。しかたがねえから、こう手さぐりでいくと、ふとんがしいてあって、女が寝ているようすだ」

「色っぽいな」

「だまってろい……ふとんをまくってなかへへえって、おれが女にいくらはなしかけてもなんともいわねえ。しかたがねえから、こうすそをまくって……おれだって、おめえたち同様、このところいく日か女ひでりだ。たまらねえや……ぐっと乗っかるてえと、さっそくひと仕事おえようってんだが、なにげなく女をだきよせて、そのあたまに手がさわっておどろいた。つるっとしてるんだ」

「なんだい、そりゃあ」

「おれの敵娼《あいかた》が、か、か、からやかんの丸坊主よ」

「ふーん」

「としを聞いたら八十三だって……」

「そいつあ大年増《おおどしま》だ」

「ふざけるない、年増すぎらい」

「でも、年増は情《じょう》が深くって、色っぽかったろう」

「じょうだんじゃねえやい。いくらなんでも、八十三のばばあに手がだせるかどうか、かんがえてみろい」

「でも、この道ばかりはべつだっていうぜ……あれっ、半ちゃん、おめえのうしろに妙な坊さんが立ってるぜ」

「え？　坊さんが？　ああ、これだ、これだ」

「なるほど、こりゃあ大年増だ。顔のしわが、たてよこによっていらあ……羽二重《はぶたえ》のような手ざわりの肌というのはあるが、これは、ちりめん肌、ちぢみ肌、しぼり肌てえところかな。まあ、半ちゃん、あきらめなよ。世のなかはわりいことばかりはありゃあしねえ。きっといいこともあるよ。ものごと、なんでもがまんがたいせつだ。さあ、八公、おめえも敵娼にやるものをやっちまいな。おれもそうするから……おう、ねえさん、ゆうべはたいそう厄介をかけたな。すまねえ。また帰り道によるから、待っててくれよ。こりゃあすくねえけど、ゆうべの礼だ。女は髪を大事にするもんだ。まあ、油でも買ってつけてくんねえ」

「まあ、こんなにたんとちょうだいしまして……ありがとうごぜえます」

「さあ、八公、おめえもはやくその女にやんなよ」

「ああ、やるとも……ねえさん、どうもゆうべはすまなかったな……おめえのその尻はわすれられねえぜ……帰りにまたよるからな……女は髪を大事にするもんだ。油でも買ってつけてくんねえ」

「ありがとうごぜえます」

「さあ、半ちゃん、おめえもいくらかやったらどうだい？」

「ふざけんねえ……だれがやるもんか」

「だって、おめえだって、その人に厄介かけたんだろう？」

「だれが……おめえ……こんな者に厄介なんか……はなしはあべこべだ。おれが夜なかに三度も小便をさせにいったんだ」

「そうかい。そりゃあいい功徳《くどく》にならあ。しかし、なにごともまわりあわせだ。いくらかやれよ」

「やるよ。あーあ、こんなばかなはなしはありゃあしねえ。おい、おばあさん！　これだ、かなつんぼなんだ。これでゆうべもあやうくひっかかるところだったんだ。ふとんにおれがはいって、いくらくどきかけてもなんにもいわねえはずだ。おれはまた、柳橋のれきてえものが、はずかしがって、もじもじしているのかと、かんちがいしてしまったんだ。おーい、おばあさーん！」

「はーい」

「やっと聞こえやがった。ゆうべはいろいろ厄介を……いや、厄介をかけたのは、おめえのほうだけれどよ。まあ、これをおめえにやるから、女は髪を大事にするもんだ。油でも買って、髪へ……つけろったって毛がねえんだな。じゃあ、まあ、油でも買って、お灯明《とうみょう》をあげてくんねえ」

【解説】

数ある旅の落語のなかでの代表作。

上方では、旅の噺を、前座噺、いれこみ噺などと称している。

「三人旅」は、十返舎一九の『東海道中膝栗毛』（享和《きょうわ》二年・一八〇二）が刊行されたころにつくられた旅の噺の一種で、かなり古いものといえる。

本書には、馬子とのやりとりを中心とした発端の部分と、宿屋をさがす「鶴屋善兵衛」といわれる部分、さらに、飯もり女や尼を買う「おしくら」とよばれる部分をつづけておさめた。このうち、発端の部分は、春さきののどかな田園風景を背景に、滑稽な会話がつづいてうけるので、若い演者もさかんに演じておなじみになっている。

なお、「おしくら」とは、中山道《なかせんどう》の熊谷あたりから碓氷峠《うすいとうげ》あたりまでの私娼的な飯もり女の別名だった。

廐火事《うまやかじ》

ただいまでは、女のかたは美容院へおいでになりますが、むかしは、髪結《かみゆ》いさんというものが、ほうぼうのお宅をまわって髪を結ってあるいたものでございます。

これがたいへんにいい収入になったんだそうで……おかみさんがこうおかせぎになって、ご亭主もおかせぎになればたいへんによろしいのですが、なかなかそううまくいかないもので、ご亭主はあそんでばかりいらっしゃるから夫婦喧嘩がたえません。

「旦那、いらっしゃいますか？」

「おや、おさきさんじゃないか。また夫婦喧嘩だな」

「そうなんでございますよ」

「そうなんでございますよじゃないよ。おまえのとこみたいに喧嘩ばかりしてるうちはないねえ。そりゃあ、たしかにあたしは仲人《なこうど》はしたよ。けどね、こうたえず喧嘩をしちゃあ、そのたびにあれこれいってこられちゃあとてもたまらないじゃないか。どうしたんだい、きょうの喧嘩は？」

「けさのおまんまなんです」

「おまんま？　おまんまがどうしたい？」

「いえね、あたしは鮭《しゃけ》が好きだから、新鮭が塩が甘くってうまいから、鮭を焼いて食べようというと、うちの人は、やつがしらを煮てくれというんです。それからねえ、『やつがしらを、これからゆでたり、煮たりするのは手がかかってしょうがない。おまえさんは、うちであそんでんだけど、あたしは、これから商売にでるんだから、それは晩にしておくれ』とこういったんです。するとおこっちまって、『てめえは、亭主と食いものがちがうから、りょうけんまでちがうんだ。てめえは、なまぐさものが好きだから、いやに気がつよくって亭主をばかにしやがる。この魚河岸《うおがし》あまめ』っていうんでしょ、あたしもくやしいから、『なんだ、この大根河岸野郎』といってやったんです」

「つまらねえ喧嘩だなあ」

「それから、まだ、つづきがあるんです」

「まだあるのかい……」

「仕事にいこうとおもっておもてへでたんですよ。すると、旦那もご存知でしょ？　あたしの友だちのおかっつあん、あの人が、指を怪我して、当分仕事にまわれないっていうんです。それで、あの人にたのまれて、あの人のお得意を二軒ばかりまわったんですよ」

「うん、そりゃあ、おたがいさまだからな。また、おまえがかわってもらうこともあるだろう」

「そうでしょ……それでね、二軒めの伊勢屋さんてえお宅へうかがったんです。ところが、そこの娘さんの毛が、くせっ毛でわるい毛ったらありゃあしないんですよ。おまけに、ここがでてるとか、ここがひっこんでるとか、もううるさいったらありゃしない。でも、どうにか結《ゆ》っちまって、いつもよりすこしおそくなって、かれこれ七時ごろにうちへ帰ったんです。そしたら、うちの人ったら、なにが気にいらないか知らないけど、まっ青な顔でおこってて、『どこをあそんであるいてやがるんだ』と、いきなりけんつくを食わせるんでしょ。あたしがあそんであるってるわけはないじゃありませんか」

「おいおい、おれに叱言《こごと》をいうなよ」

「あんまりくやしいから、『なにいってるんだい、だれのおかげで昼間っからそうやってあそんでいられるんだ』といってやったんですよ」

「おいおい、どうでもいいけど聞き苦しいね。おまえさん、それがいけないんだよ。すこうしばかりかせぐのを鼻へかけて……」

「ええ、まあ……うちの人だって、男だから負けてやしませんからね。『なにをなまいきなことをいってやがんだ、このおかめめっ』ていやがるから、あたしも『このひょっとこめっ』って、そういってやったんですよ。そしたら、むこうが『般若《はんにゃ》めっ』てんでしょ、それから、あたしが『この外道《げどう》めっ』って……」

「おいおい、こんどは面づくしかい。おまえさんとこは、どうしてそういうおかしな喧嘩するんだい？　まあ、そんなことはどうでもいいけど、おまえさんは、きょうはどういう気でやってきたんだよ」

「ええ、もう、きょうというきょうは、もう愛想がつき果てましたから、旦那には、仲人《なこうど》までしていただいて申しわけないんですけど、あたしはわかれさせていただこうとおもいまして……」

「ああそうかい。いいだろ、いいだろ、わかれたほうがいいや。まあ、本来からいえば、おまえさんの亭主はあたしが世話したんだから、かばわなけりゃならないんだ。でもねえ、かばえやしない。というのは、おまえさんの亭主についちゃあ、あたしゃ気にいらないことがあるんだ。つい三、四日前だった。近所に用事があったんで、おまえのうちへよってみた。そのとき、そこへでていたお膳の上をみて、あたしが気にいらない。刺身が一人前のっていた。こりゃあ、まあいいとして、その横に酒が一本のってるじゃないか。これがあたしの気にいらない。そうだろう？　女房のおまえさんが、油だらけになってかせぎまわってる留守に、いくら亭主だからって、まっ昼間から酒を飲んでるって法はあるまい。そりゃあ、飲むなじゃないよ。でも、どうせ飲むんなら、おまえが帰ってきてから、いっしょに飲んだらどうなんだい。自分はあそんでて、女房がはたらいてるんだから、それくらいの心づかいをするのが夫婦ってものだ。それができない亭主なら、もう縁がないんだよ。わかれたほうがいい。遠慮なくわかれなさい」

「そういえば、まあそうですけど……なにも、うちの人が、お刺身を百人前もあつらえて長屋じゅうにくばったわけじゃなし、二升も三升もお酒飲んでひっくりかえってたわけじゃなし……お酒の一合や刺身の一人前やってたって、なにもそんなにおっしゃらなくってもいいじゃありませんか」

「おいおい、なにいってるんだい？　おまえさんが、きょうは愛想がつき果ててわかれたいというから、あたしがいって聞かせたんじゃないか。いったいどうする気なんだい？」

「どうするって、旦那、どうするんです？」

「それをあたしが聞いてるんじゃないか」

「ええ、そりゃあ、きょうお宅へうかがうについちゃあ、もうわかれようとおもってのことなんですが、やっぱりおいそれとわかれられませんねえ。ですけど、あたしゃ、あの人より七つも年上なんですから、いろいろと心配になってきて……もしも、あたしがしわだらけのおばあさんになって、もうどうにもこうにもからだもきかなくなってから、あの人が若い女をこしらえたりしたらくやしいじゃありませんか。そのとき、食いついてやろうとしても、歯なんかぬけちまって土手ばかり……」

「おいおい、よくしゃべるねえ。あたしがひとことしゃべるうちに、おまえさんは、二十ことも三十こともしゃべるんだからおどろくねえ。それじゃあ喧嘩になるはずだよ」

「けどね、あんないい亭主はどこをさがしたっていやあしまい、とおもうくらいにやさしいときもあるんですよ」

「こんどはのろけかい。なにいってんだい、おまえさんは……」

「そうかとおもうと、きょうみたいににくらしいこともあるんですよ。もうあたしゃあ、あのひとのりょうけんがわからないからじれったくって……」

「まあ、そうじれったがったってこまるよ。あの男のりょうけんがわからないっていうけど、おまえさん、もう八年もいっしょにいるんだろ、そのおまえさんにわからないのに、あたしにあの男のりょうけんがわかるはずはないじゃないか。しかし、まあ、そうやっておまえさんがいつまでくよくよしてるのも気の毒だから、ひとつあの男の心をためしてごらんよ。それについておもしろいはなしがあるんだが、むかし、おとなりの唐《もろこし》の国に孔子という学者がいた」

「へえー、幸四郎の弟子ですか？」

「役者じゃない。学者だよ」

「学者っていいますと、どんなもんです？」

「こまったひとだね、学者もわからないなんて……いまでいえば、まあ、文学博士とでもいうような、たいそう学問のあるりっぱなおかただ。このかたが、お役所へ馬でおかよいになっていた。二頭の馬を持っていらしったんだが、とくに白馬のほうをお愛しになった」

「へーえ、そうですかねえ。うちのひともあれが好きなんですよ。冬はあったまっていいなんていって……」

「おいおい、白馬たって、どぶろくのことじゃないよ。孔子さまのお乗りになった馬のことだよ」

「ああそうですか。それがどうしました？」

「ある日、めずらしく乗りかえの黒馬《あお》に乗っておでかけになった……わからないといけないからいっとくけど、黒い馬を黒馬《あお》てえんだよ。いいかい……ところが、そのお留守中に、お厩《うまや》から火事がでた。ふだん孔子さまが、ご家来におっしゃるには、『この白馬は、わたしの大事な馬だから、どうかとくにたいせつにとりあつかってくれ』とのことなので、ご家来衆は心配して、ご愛馬の白馬に怪我でもあってはたいへんだと、なんとかしてこの馬をひきだそうとしたのだが、名馬ほど火をおそれるのたとえ通り、どうしてもうごこうとしない。ご家来衆も、自分たちのいのちにはかえられないから、羽目をやぶってのがれでた。で、とうとう白馬は焼け死んじまった。ご家来衆にしてみれば、旦那さまのご秘蔵の愛馬を焼き殺してしまったのだから、なんとも申しわけないと青くなっていた。そこへ孔子さまがお帰りになったので、このことをおわびしようとすると、孔子さまは、『家来の者一同に怪我はなかったか』とお聞きなすった。『家来一同無事でございます』とおこたえすると、『ああ、それはめでたい』とおっしゃったきり、お叱言ひとつおっしゃらない。そこで、家来衆は、『ああ、ありがたい。あの馬を焼き殺したからどんなことになるかとおもったら、馬のことをひとこともおっしゃらないで、われわれのことだけをおたずねになった。まことにおそれいったことだ』というので、このご主人のためにはいのちもいらないとおもって、いっしょうけんめいにつくしたという。じつにえらいはなしじゃないか。また、これとあべこべのはなしがある。麹町にさる殿さまがあって……」

「あらまあ、めずらしいはなしですねえ。三本毛がたりないなんてことをいいますけど、猿のお殿さまがいたんですか？」

「なにをいってるんだ。そんなことをいってるから、すぐに喧嘩になっちまうんじゃないか。猿が殿さまになるわけがないだろ。さる殿さまてえのは、名前がいえないから、それで、さる殿さまというんだよ」

「へーえ、そうですかね、その殿さまがどうかしましたか？」

「その殿さまが、たいそう瀬戸物に凝《こ》っていらしった」

「まあ、そうですか。おんなじような人がいますねえ。うちの人も瀬戸物に夢中なんですよ。このあいだも、二円五十銭もだして、ひびのはいった瀬戸物を買ってきて、掘りだしものだなんてよろこびましてね、桐の箱へいれて、黄色い布でつつんで、なぜたり、ふいたり、もうたいへんなんですよ」

「ほんとうによくしゃべるなあ、おまえさんは……その殿さまの瀬戸物は、おまえの亭主が買うような、二円とか、二円五十銭なんて安物じゃないんだよ。ひとつで、何千円、何万円というような品物なんだから……」

「まあ、おどろいた。そんな大きなお皿かどんぶり鉢があるんですかねえ」

「おいおい、大福もちやなんか買ってるんじゃないよ。なにも高ければ大きいときまっちゃいないんだ。どんなに小さくても、ものによっては何千円、何万円とするんだよ……で、ある日のこと、珍客がおみえになった」

「殿さまが猿だから、狆《ちん》のお客がきたんですね」

「そうじゃないよ。めずらしい客を珍客というんだ」

「へー、じゃあ、始終くる客をニャン客とかなんとかいうんですか？」

「おい、すこしはだまって人のはなしをお聞きよ。ごじまんの瀬戸物をお客さまにおみせして、お客さまがお帰りのあとで、殿さまがたいせつにしていらっしゃる品物だから、奉公人にこれをはこばせたりしない。奥さまが瀬戸物を持って二階からおりようとなすった。ところが、運のわるいときはしかたのないもので、足袋《たび》があたらしかったから、つるりっとすべると、どどどどどっと階段からおっこってしまった。すると、殿さまが目の色を変えてとんでくると、『瀬戸物をこわしゃしないか、皿をこわしゃしないか』と息もつかずに三十六ぺんおっしゃった。奥さまはこわしてはならないと、おからだでかばったから、いいあんばいにこわさなかった。『いいえ、瀬戸物はなんともございません』とおこたえになると、『ああ、瀬戸物は無事だったか。それはよかった』と、これだけのおことばだ。これが、この殿さまの本心なんだな。すると、翌日になると、奥さまが、『わたくし、実家《さと》に用事ができましたので、ちょっとお暇をいただきます』とおでかけになったが、まもなくご実家からご離縁をねがうというかけあいがきた。なにごとかとおたずねになると、『瀬戸物のことだけおたずねになって、からだのことをすこしもおたずねにならないところをみると、お宅さまでは、娘よりも瀬戸物のほうがお大事なんでございましょう。そんな不人情なところへかわいい娘はやっておかれません。さきざきが案じられますからどうかご離別をねがいます』というので、いやでもない奥さまをよんどころなく離別するようなことになったんだが、それからは、その殿さまは不人情なかただと評判になって、とうとうご独身でおわったそうだ。おまえの亭主が瀬戸物を大事にしてるてえのはさいわいだ。これからうちへ帰って、亭主がいちばん大事にしてる瀬戸物をこわしてごらん。もしもそのとき、おまえの亭主が瀬戸物のことばかりいってたら、もうのぞみはないからあきらめてしまいな。そのかわり、たとえ、おまえの指一本爪一枚でもたずねたらしめたもんだ。心のうちに真実があるてえやつだ。おまえの一生がかかってるんだよ。おもいきってやってごらん」

「ええ……でもねえ……まさか二円五十銭の瀬戸物と、あたしのからだといっしょになるわけはありませんから、そりゃあ、あたしのからだのことを聞いてくれるとおもいますよ」

「おもいますよって、だから、そこをためすんじゃないか」

「なるほど、そういうことですかねえ。瀬戸物もずいぶん大事にしてますから、まるっきり安心もできませんかしら？　……うまく唐《もろこし》の白馬のほうならよござんすけど、これが麴町の猿になっちゃあこまりますね……じゃあ、旦那、こうしてくださいな」

「なんだい？」

「ひと足さきにうちへいって、うちの亭主に、瀬戸物のことを聞かずに、きっとからだのことを聞くようにいってくださいな」

「おい、そんなこしらえごとをしたんじゃあなんにもならないよ。おまえさんは、どうもまだまだみれんがあっていけない。いいかい、うちへ帰ったら、そーっと裏のほうからはいんなさい。たぶん、亭主がまだおこってるだろうから、亭主によくあやまって、すぐに食事のしたくをするかなんかいって、台所へはいるんだ。そのとき、ついでに洗っとこうといって、亭主の大事にしてる瀬戸物を持ちだして、すべったふりをしてこわしちまうんだ。どっちを聞くか、おもいきってやってごらん。もしこまることができたら、また相談にのってあげるから……」

「ありがとう存じます。じゃあ、おもいきってやってみますから……、あとでうかがいます。いろいろお世話さまでした。ごめんくださいまし……あーあ、旦那はほんとうにりこうなひとだねえ。いいことを教えてくれたよまったく……でも、うちの人が唐《もろこし》のほうならいいけどねえ……ただいま……おまえさん、まだおこってんのかい？　こわい顔をして、え？　おこってるんだろ」

「おこってやしねえけど、おまえみてえにわがままじゃしょうがねえよ。なにか気にいらないてえと、ぷいととびだしたっきり三時間も四時間も帰ってこねえんだから……おれはね、いっしょにめしを食おうとおもって、さっきからおめえの帰りを待ってたんだぜ」

「あら、おまえさん、あたしといっしょにごはんが食べたいかい？」

「あたりめえよ、夫婦じゃねえか……朝だって、おめえは、めしなんかろくすっぽ食わずに、おきぬけに仕事にでていってしまうし、昼めしだってそとですましちまうんだから、夫婦がいっしょにめしが食えるのは、晩だけのことじゃねえか。日に一ぺんぐれえは、ゆっくりと差しで食いてえやな」

「あーら、ちょいと、おまえさん、唐《もろこし》の学者だよ」

「なんでえ、その唐の学者てえのは？」

「ちょいとうれしくなってきたから、あたしゃ、すぐに瀬戸物のほうにとりかかるよ」

「なんだかわけのわかんねえことばかりいうじゃねえか。なんだい、その、瀬戸物にとりかかるてえのは？　おい、それをどうするんだよ？　よごれてもなにもいやあしねえ。どこかへ貸してやるんならほかのにしてくれ」

「いいじゃないか、たかが瀬戸物ぐらいのことにそんなにさわがなくても……おまえさんのものはあたしのものなんだから……」

「そりゃあそうだけども……おい、めしになるってのに、いまそんなものだしたってしょうがねえじゃねえか。こわしでもしたらどうするんだ、なかなか手にはいらねえものなんだぞ」

「あれっ、あんなことといって……だから安心できないんだよ。いま唐《もろこし》かとおもったら、もう麴町になっちまうんだから……」

「なにをぶつぶついってるんだよ……おい、あぶねえじゃねえか。変なかっこうして台所なんかへいって……あっ、そーらこわしちまった。だから、いわねえこっちゃねえ、よけいなことをするからそんなことになるんだ。おめえ、どうした？　どっか怪我はなかったか？　指かどっか痛めなかったか？　あれっ、おい、なにをぼんやりしてるんだよ？　瀬戸物なんざあ銭をだしゃあいくらでも買えらあ。それよりも、どっかからだを怪我しなかったか？」

「あらまあ、うれしいじゃないか、おまえさん、麴町の猿になるかとおもってどのくらい心配したか知れやしないよ……まあ、ほんとにうれしいじゃないか」

「泣くこたあねえやな」

「これが泣かずにいられるもんかね……でも、おまえさん、そんなにあたしのからだが大事かい？」
「そりゃあそうよ。おめえが手でも怪我してみねえ。あしたから、あそんでて酒を飲むことができなくならあ」

【解説】

題名は、噺のなかにもでてくるように、「厩焚《や》けたり、子朝《ちょう》より退《しりぞ》き、人は傷つけざるやとのみ言いて、問いたまわず」（『論語』）という文章によるもので、古くは、「厩焼けたり」という題名で演じたこともあったという。

寄席《よせ》落語がさかんになりはじめた文化年間（一八〇四〜一七）ごろから口演されてきた噺で、歳上のはたらき者の女房が、歳下のなまけ者の亭主に惚《ほ》れぬいているところからおこったもめごとが中心になっているが、歳上なるがゆえに、亭主の愛情が信じきれないという、女主人公の不安な心情のいじらしさがよくえがかれた佳編だ。しかも、女主人公が無知であるために、逆にその純情ぶりが目立つという結果になっているところがおもしろい。

亡き八代目桂文楽の至芸によって、女主人公の慕情がみごとに浮き彫りにされた。

千《ち》早《はや》振《ぶ》る

無学者は論に負けずなんてことを申します。ろくにしりもしないことを知ったかぶりをする人がよくございますな。

「ねえ先生、よく晦日《つごもり》なんてことをいいますが、ありゃあなんのことです？」

「ばかだなあおまえは……つごもりぐらい知らないと、人に笑われるぞ」

「そうですか、笑われますか。じゃあ、どんなわけなんです？」

「つまりだな……つごもりというのは……その……つごがもるからつごもりじゃないか」

「へー、つごなんてものはもるもんですかねえ」

「あー、もるとも……」

さっぱりわけがわかりません。こういう人があつまるとお笑いも多いようで……。

「先生、こんちわ」

「よう八つあんかい、よくきたな」

「いえ、あんまりよくもこねえんで……じつは夜逃げをしようとおもいまして……」

「夜逃げをする？　おまえさんがか？　そりゃあおだやかでないな。どんなわけなんだい？」

「で、相談にきたんですが、じつはね。あっしのところに、女のあまっちょがいるんですがね」

「なんだよ、口がわるいな。女のあまっちょとは……娘さんのことだな」

「へえ、あいつが、近ごろ、へんなものに凝《こ》っちまいましてね」

「なんに凝ったんだい？」

「いえ、正月になると、よくやるでしょ……みんなでとぐろをまいて、ぱっぱと札をきったりして、目の前にならべると、ひとりのやつが〽なんとかの　なんとかで……なんておかしなふしをつけてよむでしょ、すると、まわりのやつがわってんで札をふんだくりあう、あいつなんで……」

「百人一首か」

「それなんで……で、あのなかにいい男の歌があるでしょ」

「在原《ありわら》の業平《なりひら》か」

「そうそう、業平、業平……その業平の歌なんですがね」

「業平の歌といえば、千《ち》早振《はやぶ》る神代《かみよ》もきかず竜田川《たつたがわ》からくれないに水くぐるとは、というんだ」

「それなんですよ。業平の歌は……」

「そうだろう、これが業平の歌だ。八つあんの前だが、これはだれがなんといっても業平の歌だ。そうでないというやつがいるかい？」

「いいえ、いません」

「ないだろう。もしあったら、あたしの家へつれておいで。とっくりと議論をしてやるから……それでもわからないときにははりたおす」

「らんぼうだな、どうも……じつは、その歌が、あっしの夜逃げの原因なんで」

「どうして？」

「いえね、あっしが、さっき仕事から帰ったら、うちの娘のやつが、この歌のわけを聞くんです」

「教えてやったらいいじゃないか」

「教えてやったらとかんたんにおっしゃいますがね。じまんじゃねえが、あっしにはまるっきりわからねえんで……けれどもね。わからねえっていうのもしゃくにさわるから、おれは、いま仕事から帰って、疲れなおしに湯にいってくるからといって家をでたんです。まあ、こうしているうちには、あの女の子は帰っちまうだろうとおもって……ところが帰らねえや」

「え？」

「いえ、あっしの娘なんだから、ずうっと嫁にいくまで家にいるんで……そうなると、こっちは家へ帰ることもできねえから夜逃げしなくっちゃならねえとおもったんですが、かんがえてみりゃあ、歌のわけさえわかりゃあいいわけなんで、先生ひとつ教えてくださいな」

「うーん、すると、おまえさんは、千早振るという歌のわけが知りたいというのだな」

「そうなんです。どういうわけなんです？」

「どういうわけったって、あれは、その……千早振るというだろう」

「へえ」

「千早振るというから、神代もきかずときて、竜田川となる。そして、からくれないといえば、しぜんに水くぐるとはとなるだろう」

「それじゃあ、歌の文句を切れ切れにいっただけでわかりません。どういうわけなんです？」

「どういうわけといって、ばかだな、おまえは……千早振る神代もきかず竜田川……じゃないか、〽千早振る神代もきかず竜田川あ……」

「なーんだ。ふしをつけたっておなじじゃありませんか。じらさないで教えてくださいよ」

「おまえさんは、この竜田川というのをなんだとおもっている？」

「わからないから聞いてるんじゃありませんか」

「いえ、しろうとかんがえに、竜田川てえのをなんだとおもう？」

「なんですかね？」

「だから、しろうとかんがえになんだとおもうよ……つまり、竜田川というから、神田川とか隅田川とかいうような川の名前だとおもうだろう？」

「そうですかね？」

「そうですかねじゃないよ、川だとおもいなよ」

「じゃあ、おもいます」

「そこが畜生のあさましさだ」

「なんだい、ひどいね。先生がおもえといったから、あっしはおもったんじゃありませんか……じゃ、いったいなんなんです？　竜田川というのは？」

「じつは、なにをかくそう相撲とりの名だ」

「へー、あんまり聞いたことがありませんね」

「そりゃあそうだ。江戸時代に活躍をした力士で、大関にまでなったというたいへんな人だ」

「へー、強かったんですね」

「強いったって、はじめから強いというわけにはいかない。この人も、相撲とりになったからには、どうにかして三役になりたいというわけで、神信心をして、五年のあいだ女を断《た》ったな。その甲斐あって大関というところまで出世した」

「へー、たいしたもんですね。やっぱり出世する人は心がけがちがいますね」

「そのうちに、ひいきはできるし、人気はあがる一方……で、ある日のこと、ひいきにつれられて、吉原へ夜桜見物だ。ただささえあかりのはやいところ、両側の茶屋は昼をあざむくばかりのあかりだ。月は満月なり、桜はまっさかり、げに不夜城の名義むなしからず、じつにみごとだ。おまえに一目みせてやりたかったな」

「へえ、先生はみたんですかい？」

「わしもみない」

「なんだい、いうことがしまらねえな……で、どうなりました？」

「その当時だから、おいらん道中だ。第一番に何屋のだれ、第二番に何屋のだれと、さきをあらそい、かざりきそってでてくるのは、いずれをみても勝《まさ》り劣《おと》らぬ花くらべだ」

「たいしたもんですねえ。いい女ばかりだ」

「しかるに、第三番目にあたって、あたりを払うばかりの一文字《いちもんじ》、ひときわ目立つあですがたは、いま全盛の千早太夫《だゆう》というおいらんだ」

「へえ、へえ」

「チャンラン、チャンラン、チャンラン」

「あめ屋がでてきましたか?」

「あめ屋なんぞでてくるもんか……これは清掻《すがが》きという三味線だな」

「へー、いろんなものがはいるんですねえ」

「あー、そうだよ。トン、トン、チンチン、チリンツ、テン、オーイ」

「へえ、なんです?」

「なぜ返事なんかするんだ?」

「だって、先生が、いま、オーイとよんだでしょ」

「呼んだんじゃない。これは三味線のかけ声だよ、……で、竜田川が千早太夫のすがたを一目みると、おもわずぶるぶるとふるえて、そのふるえが三日三晩とまらなかった」

「地震ですか?」

「だから、おまえは愚者《ぐしゃ》だというんだ」

「なんです? そのぐしゃという、なにかふみつぶしたようなのは?」

「おろかものだというのだ……まあ、そんなことはいい……で、竜田川のいうには、『ああ、世のなかにあんないい女があったのか。おれも男と生まれたからには、たとえ一晩でも、あいう美人と、しみじみとさかずきのやりとりもしたいし、はなしもしてみたい』といったな。これを聞いたひいき客が、『あれは売りものだ。金を山とつめばどうにでもなる』といってかけあってみたんだが、太夫といえば、むかしは大名道具といったくらいだ。職人だの、芸人だの、相撲とりのところへはでない。それでも、竜田川、惚れた弱味でかよいつめたのだが、ずっと振られどおし……と、妹女郎《いもうとじょろう》に神代というのがいて、これが、ちょいと千早に面《おも》ざしが似ているから、この神代にはなしをつけようとしたが、神代も『ねえさんのいやなものは、わちきもいやでありんす』てんで、これもいうことを聞いてくれなかった」

「なるほどね」

「さあ、ふられつづけの竜田川は、相撲をやめて豆腐屋になったな」

「それがおかしいってんだ。なにも豆腐屋なんぞにならなくったってよさそうなもんじゃありませんか」

「まあ、いいじゃないか……竜田川の故郷《くに》の商売が豆腐屋なんだから……年老いた両親はよろこんだな。『せがれや、よく帰ってきてくれた。これからは、家でいっしょうけんめいにはたらいておくれ』『はい、これからは、親孝行をいたします』ということになった。で、月日のたつのは早いもんで、光陰矢のごとく、はや三年は、夢のごとくにすぎ去ったな。ある秋の夕ぐれどき、あすの朝の豆をひきおわって、竜田川が一服つけていると、たそかかれかの夕まぐれ、そぼろを身にまとった女乞食が竹のつえにすがって、ひょろひょろとやってきた。『二、三日一飯《ちいっぱん》も口にいたしておりませぬゆえ、ひもじゅうてなりませぬ。どうぞ、お店さきの卯《う》の花《はな》をすこしばかりいただかしてくださいまし』ときた。もとより情け深い竜田川、『こんなものでよかったら、なんぼでもおあがりなさい』と、おからをにぎってさしだす。『ありがとう存じます』と、うけとろうとする女乞食、見あげ、見おろす顔と顔……」

「イヨー、チャン、チャン、チャン……」

「そんなとこで浪花節の三味線をいれるなよ……で、この女乞食を、おまえさんはだれだとおもう?」

「わかりません」

「これが、千早太夫のなれの果てだ」

「どうもあなたのはなしはばかばかしすぎらあ。だってそうでしょ?　大関がすぐに豆腐屋になっちまったり、全盛をきわめた太夫が乞食になっちまったり……なにも乞食になんかならなくったっていいじゃありませんか」

「なったっていいだろ、当人がなりたいというんだから……なろうとおもえば、人間はなんにでもなれる。とりわけ乞食はなりやすい。おまえもおなり」

「いやですよ。あっしは……」

「しかし、因縁というのはおそろしいものだ。女乞食にまでおちぶれた千早が、竜田川の店さきに立ったというのもなにかの因縁だ……で、八つあんの前だが、おまえさんならこのとき卯の花をやるか、やらないか」

「あっしならやりませんね。しゃくにさわるじゃありませんか」

「そうだろう、わしもやらない」

「先生だってやりますまい」

「やらないとも……それともまた、おまえさんがやるような精神なら、もうつきあわないよ」

「だからやりませんよ。やらねえでどうしました？」

「竜田川は烈火のごとく怒った。『おまえのおかげで、おれは大関の地位を棒にふっちまったんだ』と、手に持った卯の花を地べたにたたきつけると、逃げようとする女乞食の胸をどーんとついた」

「へえ」

「ついたのが大力無双の竜田川、つかれたのが、二、三日食わずにいた女乞食だ。ぽーんととんでいったな」

「へー、どこへとんでいきました？」

「むこうに土手があった。その土手へぶつかったかとおもうと、はずみでまたとびかえってきたから、また竜田川がつきかえすと、土手へとんでいった女乞食はまた豆腐屋の前まではねっかえってきた」

「ごむまりみてえな女ですね」

「いくらかはずむ気味があるな」

「で、どうしました？」

「豆腐屋の前に立木がある。これが柳の古木《こぼく》だ」

「へえへえ……」

「で、大きな井戸がある。これは豆腐屋だからつかう」

「なるほど」

「この柳の木に女乞食の背なかがどーんとあたると、はずみがとまって、この木につかまった女乞食が、空をうらめしげにながめていたが、前非を悔いたか、残念口惜しいとおもったか、それともなんともおもわなかったか、そこのところはつきあってみないからよくわからないが、とうとう井戸のなかへどんぶりと身を投じて、はかなく息は絶えにけり、チャチャンチャンときた」

「こいつあおもしろくなってきた。じゃあ死んでうらみを晴らすとかなんとかいうんで？」

「そんなことはない。これでおしまいだ」

「そんなことはないでしょ。これから夜な夜な千早の幽霊があらわれて、竜田川をなやますという因縁ばなしになるんでしょ？」

「いや、ならない、これでおしまいだよ」

「だって、ばかにあっけないじゃありませんか。千早が井戸へとびこんでおしまいなんてのは……」

「これでおしまいなんだよ。くどいな。おまえさんてえ人は……いいかい、吉原で、千早に一目惚れした竜田川が、千早のところへかよいづめたが、とうとう振られたろ？　だから、千早振るじゃないか」

「えっ？　なんだい、いまのはなしはあの歌のはなしですかい？　あんまり長えんで、別のはなしかとおもった」

「千早が振ったあとで、妹女郎の神代にはなしをつけようとしたが、神代もいうことを聞かなかったから、神代もきかず竜田川となる。三年後に、女乞食におちぶれた千早が、竜田川のうちの店さきへ立って、卯の花をくれ、つまり、おからをくれといったけれど、竜田川はやらなかったろう？　だから、からくれないじゃないか」

「なるほど、からくれないなんぞは気がつかなかったな。で、あとは？」

「井戸へどぶーんととびこめば、水くぐるとはじゃないか」

「こりゃありくつだ。どんなに身のかるい女だって、井戸のなかへとびこめば、一ぺんぐらいは水くぐるから、水くぐるとはか……しかし、水くぐるなら、水くぐるだけで用がたりるじゃありませんか。それなのに、水くぐるとはってのはどういうわけです？　そのおしまいのとはのわけは？」

「おまえさんも勘定高い男だな。とはなんてはんぱぐらいまけときなよ」

「いいえ、まかりません。なんなんです？　そのとはってえのは？」

「そのとはっていうのはな……あとでよくしらべてみたら、千早の本名だった」

【解説】

江戸時代中期の代表作家山東京伝《さんとうきょうでん》の滑稽小説『百人一首和歌始衣抄《ひゃくにんいっしゅわかはついしょう》』（天明七年・一七八七）にもとづく和歌珍解釈の一席で、「やかん」などとともに、無学者の半可通ぶりをえがく爆笑編。もとは、「千早振る……」の解釈の前に、「筑波嶺《つくばね》の峰より落つるみなの川恋ぞつもりて淵《ふち》となりぬる」という歌の珍解釈もあったのだが、現在では、この部分はまったく口演されなくなってしまった。

よくまとまったナンセンス物なので、多くの落語家が口演する。

そこつ長屋《ながや》

世のなかには、あわて者、そそっかしい人があるもんでございます。

「おい！　たいへんだぞ！」

「なんだ」

「こうなってるぞ」

「どうなってるんだい？」

「あのう……燃えてるんだよ」

「おめえがか？」

「おれが燃えてるわけはねえじゃねえか。家が燃えてるんだよ」

「はあぁ、火事みてえだな」

「そう……いや、みてえじゃねえ、火事だよ。で、いま、ほうぼうで、あのう……なにをたたいてるだろう。あの……ほら……たたく……あのう、バケツじゃねえ、金《かな》だらいじゃねえ……ほら、こうたたく……」

「木魚《もくぎょ》」

「そう、木魚……木魚じゃねえ、こんちくしょう」

「半鐘《はんしょう》か？」

「そう、半鐘。で、この町内でもたたかなくっちゃあなんねえから、だれかなにへあがれ、あすこへ……あの……ほら……こうなってるところ……ずっと、こう、あの……そうそう、火の見……半公、おめえがいいや、身がかるい。ぱあっとあがってな、よく火事の方向をみて、いせいよくたたけよ！　……どうだい？　火事は？」

「まってくれ、まっくらでみえねえ」

なんていうので、よくみたら、半鐘のなかへ首をつっこんでいたりして……。

こんなのがとなりあって住んでおりますと、ずいぶんおかしなことになるもんで……。

「おう、およしよ」

「なに？」

「なんだい？」

「なにじゃねえ、朝っぱらからみっともねえ」

「なんだいって、いま、おれが、ここんところへ、はだしでとびこんでくるようなことをおまえやってたろう」

「なにもやらねえ」

「やらねえことはねえ、やってた」

「なんにもやらねえよ」

「やったよ、たしかにやってた……あ、そう、あの……夫婦げんか……よしなよ、みっともないから」

「どこで？」

「おめえのところで」

「夫婦げんか？　やらないよ」

「やった」

「できないよ、おれはひとりものだから！」

「あっ、そうだ。おめえ、ひとりものだったなあ。だけど、おめえ、かかあでていけってどなったろう」

「かかあでていけ？　……ああ、そうか、あれはそういったんじゃないんだよ。かかあでていけっていったんじゃないんだ。あれはね、いまおれが、ここんところをきれいに掃除したら、あいつがへえってきたんだ」

「だれが？」

「だれってほどのものじゃねえんだ……あいさつもなんにもしねえで、ぬーっとここへへえってきたんだ」

「どこの野郎だい」

「いや、どこの野郎だかはっきりしねえ野郎なんだよ。なあ、いるんだよ、よく……夜、ここらをこんなになってあるいて……よく鳴くやつよ」

「ああ、ねずみか？」

「いや、ねずみじゃねえんだ。もっとずっと大きなもんだ」

「象か？」

「この野郎、一ぺんに大きくしやがら……象がこんなとこへへえってくるわけねえじゃねえか。もっとずーっとちいさくて……いるだろう」

「どんなかたちしてるんだい？」

「ほら、こんな耳してて、こんな口してて、いるんだよ、ほら」

「ああ、猫か」

「うう……う……この野郎、そばまできていわねえな……猫にもよく似てらあ」

「ああ、もぐら」

「もぐらじゃねえや、こんちくしょう……ああ、犬」

「なんでえ、犬か」

「大きな犬が、ここんとこへへえってきやがって、せっかくおれがきれいに掃除したとこへ、馬《ば》ふんしていきやがったのよ」

「犬のくせに馬ふんしたのか？」

「あんまりきたねえちくしょうだから、赤、でていけってどなったんだ」

「赤っていったのか、おれは、かかあとまちがえて……」

「そうだよ」

「いねえな」

「なに？　犬か？　とっくににげちゃった」

「おしいことしたなあ、おれがいりゃあ、その犬の野郎とっつかまえて、こう、ぶちころして、その犬から熊《くま》の胆《い》とってやるんだがなあ」

「どうも、おめえはそそっかしいな。犬から熊の胆がとれるものか。鹿とまちげえるな」

こうなると、どっちもどっちですから、しまいにははなしがわからなくなります。


ある長屋に、そそっかしい男がとなりあって住んでおりまして、一方がまめでそそっかしく、一方が無精《ぶしょう》でそそっかしい。それが兄弟同様に仲よくしておりましたが、このまめでそそっかしい男が、浅草の観音さまに参詣にまいりまして、雷門《かみなりもん》をでますと、いっぱいの人だかり。いくらそそっかしい男でもこれには気がつきます。

「なんです？　このおおぜい立って……なにかあるんですか？　このなかで……」

「ええ、行きだおれだそうですよ」

「行きだおれ？　みたいですね」

「あたしもみたいとおもって……」

「前のほうへでられませんか」

「これだけおおぜいの人だから、なかなかでられねえな。まあ、股ぐらでもくぐりゃあでられねえことはないとおもうね」

「ああ、股ぐらねえ……ああそうですか……もし、もし、ちょいと、ちょいと」

「なんでえ」

「いま、あの、あたし、前のほうへでたいっていう心持ちですけど」

「なにをいってやがるんでえ。心持ちだって、そうはいくけえ」

「なんでえ、てめえひとりでみようとおもってやがるな……どかなきゃあどかねえでいいんだ。こっちには股ぐらって手があるんだから……ほら、ほら、ほら……」

「なな、なんだ、なんだい、こんちくしょう、人の股ぐらなんかくぐって……」

「へっへっへっ……ほうれ、これくらいのことをしなけりゃ前のほうへはでられねえや……ほうれ、前へでちゃった。なんだいこらあ、人間のつらばっかりじゃねえか。あっ、どうも……こんちわ」

「なんだい、おまえさん、おかしなとこからはいだして……さあさあ、さっきからみてる人はどいてください。これは、いつまでみていたっておんなじなんだから……なるべくかわったかたにみてもらいたい。ああ、いまきたかた、あなた、こっちへいらっしゃい」

「どうも、ありがとうござんす」

「いや、礼なんぞいわなくっていいんだから……」

「なんですか？　もうじきはじまるんですか？」

「ええ、いや、べつに、これははじまったりするもんじゃないんだ。あのね、これは行きだおれなんだ」

「へえへえ、いきだおれ、これからやるんですか？」

「なんだい、わからない人がでてきたなあ……いいえ、まあいいから、こっちへでてきてごらんなさい」

「どうもすみません。ははあ、菰《こも》をかぶって……あんなとこへあたまがでてやがら……おおい、なにしてるんだ。みんなみてるじゃねえか。起きたらどうだい」

「起きやしないよ。これは寝てるんじゃないんだよ。死んでるんだから……行《い》きだおれだよ」

「あれ、死んでるのかい？　じゃあ死にだおれじゃねえか。死んでるのに、生きだおれとはこれいかに？」

「いやだな、この人は……おかしな問答なんかして……本当は行きなやんでたおれたから行きだおれ……まあ、そんなことはどうでもいい。手さえつけなければいいから、ちょいと菰をまくってごらんなさい」

「べつにこんなものに手をつけてみたってしょうがないけどね……ははあ、この野郎、借りでもあって、きまりがわるいんだな。むこうむいて死んでるじゃねえか」

「そういうわけじゃないよ。まあ、知ったかたかどうか顔をみてごらんよ」

「なにもこんなのが知ったやつだなんて……ああ、おう！」

「どうしなすった」

「これは熊の野郎だ」

「熊の野郎だなんていうからには知ってるんだね」

「知ってるもいいとこだよ。こいつ、おれの家のとなりにいるんだよ。仲よくつきあってて、こいつとは、兄弟同様の仲なんだ。生まれたときはべつべつだが、死ぬときはべつべつだって仲だ」

「あたりまえじゃないか」

「あたりまえの仲なんだよ、こいつとは……えらいことになったな。おい、しっかりしろい！」

「しっかりしろったって、もう死んじゃっているんだから」

「だれがこんな目にあわせたんだ。おめえか」

「じょうだんいっちゃいけない。わたしがいろいろ心配して……なにしろふところをあらためてもなんにも持ってないんで、身もとがわからないんだ。まあ、こうやっておおぜいのかたにみてもらえば、なかには知りあいのかたもでてくるだろうとおもってね……でも、まあよかった」

「なにい？　よかった？　よかったなんてよろこぶとこをみると、おめえが下手人《げしゅにん》だな」

「ばかなことをいっちゃあいけない。ひきとり手がわかってよかったといってるんだ。どうだい、あたしのほうからすぐに知らせにいこうか。それとも、おまえさん、いそいで帰っておかみさんにでも知らせてくれるかい」

「いや、かかあはいねえんだ。こいつはひとりものだから……」

「それでは、お家のかたか、ご親類のかたにでも……」

「いいや、だれもいねえんだ。身よりたよりのねえひとりぼっちで、かわいそうな野郎なんです。こいつってやつは……」

「それはこまったな。ひきとり手のないってのは……ではどうだろう。あなたが兄弟同様につきあってるっていうんなら、ひとつあなたがひきとってくだすっては……」

「えへへへ……いや、そいつはごめんこうむりましょう。あの野郎、あんなうめえことをいって持っててっちまったなんてねえ……あとでいたくねえ腹をさぐられるのはいやだから……」

「おかしなことをいってちゃこまるな。ではどうするんだい？」

「じゃあね、こうしましょう。とにかく、ここへ当人をつれてきましょう」

「なんだい、その当人というのは？」

「ですから、行きだおれの当人を……」

「おい、しっかりしなさいよ」

「そう、しっかりしなくっちゃいけねえ。いいえね、今朝《けさ》もね、ちょいとこいつの家へよったんですが、どうだい、ちょいとおまいりにいかねえかっていったら、気分がわるいからよそうなんていいましたがね」

「今朝、この人にあったのかい？　ああ、それじゃあちがうよ、なにしろ、この人は、ゆうべからたおれているんだから……」

「そうでしょう、だから当人がここへこなけりゃあ、わからねえんですよ。てめえでてめえのことがはっきりしねえ野郎なんですから……ここでこんなことになってるってことに、今朝まで気がつかないんですよ、きっと……」

「こまるな、この人は……あなたねえ、もっとおちついてくれなけりゃあこまりますよ。それは人間として、兄弟同様のおかたがこんなことになっちまったのをみてのぼせるのもむりじゃないけれど……まあ、おちついて……」

「おちつくもなにもありゃあしねえや、いえ、あの、当人をすぐにつれてきますから、ならべてみてね、これならまちがいないなってことがわかったら、そっちだって安心してわたせるでしょう」

「こまるな、この人は……あなた、とにかくよくおちついて……」

「いえ、すぐにつれてきますから、もうすこし番をしていておくんなさい」

「おい、おまちよ。なんだい、あの人は……とうとういっちまった……当人をつれてくるったって、当人はここで死んでるんじゃあないか。おかしいんだな、あれは」

「なにしてやがるんだな。しょうがねえやつだな。おい、起きねえか、熊！　熊！　熊公！　おーい」

「ばかだな、あいつは。むちゅうで戸ぶくろをたたいて……熊、熊公だなんて、だれかをよんでるんだな……あっ、そうだった、熊はおれだっけ、おい、おい、そこは戸ぶくろだよ。おい、戸はこっちだよ」

「ちくしょうめ、ほんとうに、てめえってやつは、そんなとこへすわって、鮭《しゃけ》でおまんまなんか食っていられる身じゃねえぞ。おめえってものは……」

「なんかあったか？」

「あったもいいとこだ。情けねえ野郎だな、こいつは……」

「なんだか知らねえが、また、おれがしくじったのか」

「大しくじりよ。まああきれけえってものもいえねえ。いま、おれがはなしてきかせるから、びっくりしてすわり小便でもするなよ。今朝、おれがなにへいったろう、どさくさの、あの……いや、どさくさじゃねえ、あの……浅草の……あれへいったろう、あの、ほれ、ずっとつきあたったとこにあるじゃねえか。ほら、おがむところよ。浅草名代《なだい》の金比羅《こんぴら》さま……じゃないよ、ほら、浅草の水天宮さま……じゃない、ほら……ほら、ほらほら、浅草の……」

「ああ、不動さま」

「そう、不動さま……なにいってるんだよ、不動さまじゃねえやい、そのう、ほれ……あ、観音さま……」

「で、どうしたんだ？」

「おれがおまいりをして、ごろごろ門……いや、雷門《かみなりもん》をでるとな、いっぺえの人だかりよ、なんだとおもって、人の股ぐらをくぐってようやく前へでてみると、これが、おどろくなかれ、行きだおれだ」

「ほう……うまくやったな」

「おや、うまくやったなんてわかってねえんだな。行きだおれってのは、行きなやんでたおれて死んじまったことをいうんだぞ」

「なんだ、そうか、つまらねえ」

「それがつまらねえどころのさわぎじゃねえんだ。よくきけよ……みるてえと、そいつがおめえにそっくりだ。こうなっちゃあ、おめえだってしかたがあるめえ。因縁だとおもってあきらめろ」

「なんだか、ちっともわけがわからねえ」

「ばかだな、こいつは……行きだおれになったってことに気がついてねえんだな……おう、おめえはな、ゆうべ浅草でな……死んでるよ」

「おい、よせやい。気味のわるいことをいうない。おれが死んでるなんて……だって兄貴の前だけれど、おれはちっとも死んだような気がしねえぜ」

「それがおめえはずうずうしいっていうんだよ。はじめて死んだのに、どんな気がするか、そうそうすぐにわかるものか。いま、おれが、この目でちゃんとみてきたんだから安心しなよ……いいかい、おめえ、まようんじゃないよ。まよわず成仏《じょうぶつ》するんだよ」

「変なことをいわねえでくれ。だって、いま、おれとおめえとここで、こうしてはなしをしてるじゃねえか。それが死んでるなんて……」

「だからおめえは、そそっかしいんだ。死んだのがわからねえなんて……ゆうべ、どこへいった？」

「たいくつだから、吉原《なか》をひやかして、帰りに馬道《うまみち》までくると、夜明かしの店がでてやがったから、そこで酒を……そうさなあ、あれで五合もやったかな」

「それからどうした」

「いい心持ちで、ぶらぶらあるいてきたんだが、観音さまのわきをぬけたところまでしかおぼえていねえ。それからさきは、どうやって家へ帰ってきたのかまるっきりわからねえ」

「そうれみろ、それがなによりの証拠だ。おめえは、わるい酒をのんで、あたっちまったのさ。観音さまのわきまできて、たまらなくなって、ひっくりかえったまままつめたくなって死んじまったんだ。そのくせ、そそっかしいから、死んだのも気がつかずに帰ってきちゃったろう」

「そうかな」

「そうだよ、それにきまってらあ」

「そういわれてみると、今朝はどうも気持ちがよくねえ」

「そうれみろ。だから早くいかなくっちゃいけねえ」

「どこへ？」

「どこへってきまってるじゃねえか。死骸をひきとりにいくのさ」

「だれの？」

「おめえのよ」

「おれがか？」

「てめえがいってならんでみせなくっちゃあ、むこうだって安心してわたさねえやな」

「だって兄貴、なんぼなんでも、これがあたしの死骸ですなんて、じぶんでいくのは、どうもきまりがわるくって……」

「ばかいうな。当人がいって当人のものをもらってくるのに、きまりがわるいもハチのあたまもあるもんか。おれがいってちゃんとはなしをつけてやるよ。当人はこの男ですと……よくみくらべた上で、まちがいがないとわかったらおわたしねがいます……むこうだって、当人にでてこられちゃあわたさねえわけにはいかねえじゃねえか。え、そうだろう……おめえだって一人前の男だ。だまってちゃいけねえよ。まことにふしぎなご縁で、とんだご厄介になりました。ゆうべまあ行きだおれになりましたそうで、ついそそっかしいもんですから死骸をわすれていってしまいました。いろいろお世話になりましたぐらいのことはいわなくっちゃあいけねえ」

「おどろいたなあ」

「おどろいてる場合じゃねえ。早くしろい。てめえぐらい手数のかかるやつはねえぞ。まごまごしてると、ほかのやつに持っていかれちまうじゃねえか。いそぐんだ、いそぐんだ……ほれほれ、みろみろ、あんなにおおぜいの人が立ってるだろう。みられてるんだぞ、おめえの死骸が……恥ずかしがってる場合じゃねえや。いっしょにこい。いっしょにはいるんだ」

「おい、兄貴」

「なんだよ」

「ここは絵草紙屋のようだぜ」

「なに？　絵草紙屋だ？　……ほんとうだ、絵草紙屋だ。おめえ、おちつかなくっちゃだめだぜ」

「兄貴が勝手にはいったくせに……」

「こんなにおおぜいいるけれど、絵草紙屋で立ってみてるやつにかぎって買ったためしはありゃあしねえ……」

「よけいなこといってねえで……どこなんだい？　その行きだおれってのは……」

「どこって……おめえ……みろみろ、あすこだよ。ほら、おおぜいの人が立ってるだろう、絵草紙屋の倍も立ってらあ。おめえがみられてるんだ。いっしょにへえってこいよ……おう、ごめんよ、ごめんよ、どいてくれ、どいてくれ。行きだおれのご当人さまのお通りだ。どけ、どけ！」

「あっ、いてえ。あぶねえなこの人は……」

「あぶねえもくそもあるもんか……おい、こっちへへえってこい。こっちへ……てめえのものをとりにきたんだ。だれに遠慮がいるものか。ずーっとこっちへへえってこい……あ、どうも……さきほどは……」

「あっ、またきたよ、あの人は……こまるな、はなしがわからなくって……行きだおれの当人だなんて……どうだい、おまえさん、そうじゃなかったろう」

「いえね、このことを当人にはなしますと、なにしろそそっかしい野郎ですから、おれはどうも死んだような心持ちがしねえなんて、わかりきったことを強情《ごうじょう》はってるんで……」

「こまったなあ、どうも……あなたねえ、気をよーくしずめてくださいよ」

「いいえ、はじめは強情はってたんですが、だんだんはなしをしてきかせますと、当人もいろいろとわかってきたんですねえ……どうも、そういわれてみると、今朝は心持ちがよくねえから、ひょっとしたら死んだかも知れねえってことになりまして……。この男ですから、どうぞよろしく……おいおい、熊、こっちへでてこい。あのおじさんにずっとお世話になってるんだ。よーくお礼をもうしあげろ」

「どうもすみませんです。ちっとも知らなかったんで……兄貴にきいて気がついたんですけれど、ゆうべここへたおれちまったそうで……」

「おいおい、こまるな。おんなじような人がもうひとりふえちまって……なんてばかばかしいんだい、この人は……行きだおれの当人だなんて名のりでたりして……あのね、あなた、こっちへきて、菰をまくってよくごらんなさい」

「よござんす、もうみなくても……」

「いや、みてもらわなくっちゃこまるよ。いつまでもはなしがわからないから……ごらんなさいよ」

「いいえ、もうなまじ死に目にあわないほうが……」

「なんだい、おかしなことをいって……手がつけられないや」

「おい熊公、みろよ。菰をまくって……むこうさまじゃあならべてみなけりゃ安心できねえんだから……」

「そうかい、なんだか変な気持ちだな……では、菰をまくって……あれ、これがおれか？」

「そうだよ」

「なんだか、ずいぶんきたねえつらをしてるなあ」

「死顔なんてかわるもんだよ」

「なんだかすこし長《なげ》えようだな」

「ひと晩夜露《よつゆ》にあたったからのびちゃったんだよ」

「へえ、そんなもんかなあ……あっ、やっぱりおれだ」

「そうだろう、わかったろう」

「やい、このおれめ、なんてまああさましいすがたになっちまって……こうと知ったらもっとうめえものを食っとけばよかった。どうしよう」

「どうしようたって、泣いててもしかたがねえ。なにごとも因縁だとあきらめるんだ、さあ、死骸をひきとらなくっちゃあ……おい、おめえ、あたまのほうを持て、おれが足のほうを手つだうから」

「そうかい、持つべきものは兄弟分だ。じゃあたのむよ。こんなところで行きだおれになってあさましいすがたを人にみられるなんて、あんまりいい心持ちがしねえから、早く死骸をかたづけなくっちゃあ……」

「おいおい、いけないよ。手をつけちゃあ、じぶんで抱いてわからないのはこまるなあ。よくごらん、おまえさんじゃないんだから……」

「うるせえ、つべこべいうない。当人がみて、おれだといってるんだから、こんなたしかなことはねえじゃねえか。おい熊、いいから抱いちまえ。じぶんの死骸を持ってくのに、だれに遠慮がいるもんか」

「でも兄貴、なんだかわからなくなっちゃった」

「なにが？」

「抱かれてるのはたしかにおれだけれど、抱いてるおれは、いったいどこのだれなんだろう」

【解説】

原話は寛政（一七八九～一八〇〇）ごろの笑話本『絵《え》本噺《ほんはなし》山科《やましな》』にある。すなわち、

「五郎兵衛、あの横町におまえがたおれて死んでいるぞ。それなのに、まあそのおちついた顔はなんだ」といえば、五郎兵衛はたいへんにおどろいて、「なんだ。おれがたおれて死んでいるか。そりゃたまらない」と、大いそぎで現場へきてみると、聞いた通りに、こもをかぶせてあるので、あわてて、こもをあげてよく死体をみつめ、

「やれやれ、うれしい。おれでもなかった」

というのがそれで、この噺にいろいろと肉づけされて、現在の「そこつ長屋」ができた。

「そこつの使者」「そこつの釘」「松ひき」「永代橋」など、そこつの噺は数が多いし、とくに、「永代橋」などは、「そこつ長屋」そっくりの噺だが、太兵衛が武兵衛の死体だといい、武兵衛はちがうといって喧嘩になるのをとめた役人が、「太兵衛（多勢）に武兵衛（無勢）はかなわない」といって地口《じぐち》おちになるあたり、「そこつ長屋」のすばらしいまぬけおちにおよぶべくもない。

とにかく、りくつやばかばかしい気分などをはるかに超越した錯覚の世界が、スピーディに展開されるこの噺は、落語の醍醐味《だいごみ》を満喫させてくれる傑作といってよかろう。

三方一両損《さんぽういちりょうぞん》

「江戸っ子の生れぞこない金をため」なんていう川柳がございますが、江戸っ子というものは、たいへんお金には無関心だったようでございます。

「あれっ、こんなところに財布がおちてるぞ。なかには……と、あれっ、三両《りょう》もへえってるぜ。こいつあめんどうなことになっちまったなあ……えーと、なに、なに……印形《いんぎょう》と書付がへえってるぜ。えー……神田《かんだ》竪大工町《たてだいくちょう》大工熊五郎だって……まぬけな野郎じゃねえか。まあ、とにかくとどけてやんなくっちゃあ……」

「ああ、ここだ、ここだ。障子《しょうじ》に、大熊としてあらあ。いやに煙ってえじゃねえか。なにしてるんだろう？　障子に穴あけてのぞいてみるか……ああ、あいつが熊って野郎か。ふーん、一ぱいやってるな、いわしの塩焼きで飲んでやがら、つまんねえもんで飲む野郎じゃねえか。……やいやい、どうせ飲むんならもっとさっぱりしたもんで飲め」

「だれだ？　ひとの家の障子に穴あけて、おかしなことをいってるのは？　用があるんならこっちへへえれ」

「あたりめえよ。用がなけりゃあこんなうすぎたねえ家へくるもんか。じゃああけるぜ」

「いきなりやってきて、うすぎたねえ家とはなんだ。だれだ、てめえは?」

「おれは、白壁町の左官の金太郎てえもんだ」

「おめえか、あめのなかからでてくるのは?」

「そう、あめのなかから金太さんがでたよ……つまんねえことをいわせんない」

「その金太郎がなんの用だ?」

「おめえ、きょう、柳原で財布をおっことしたろう?」

「おいおい、しっかりしろよ。柳原でおっことしたとわかってりゃあ、すぐに自分でひろうじゃねえか」

「あっ、そうか、こいつありくつだ。じつは、おれが、おめえの財布をひろったんだ。さあ、なかをあらためてうけとれ」

「この野郎、お節介《せっけえ》なまねをするじゃねえか。なるほど、こいつあおれの財布だ」

「なかをあらためてくれ」

「あらためた」

「まちげえねえな」

「ねえ」

「じゃあ、おめえに返したぜ。あばよ」

「おいおい、金太郎」

「心やすくよぶねえ……なんだ？」

「書付けと印形は、大事なもんだからもらっとくが、銭はおれのもんじゃねえから、帰りに一ぱいやってけよ」

「じょうだんいうねえ。おれは銭なんかもらいにきたんじゃねえぞ。その財布をとどけにきたんだ」

「そりゃあわかってるんだ。だから、印形と書付けはもらっとくが、銭はおれのもんじゃねえから持ってけというんだ」

「この野郎、わからねえことをいうじゃねえか。おれのもんじゃねえったって、てめえの書付けがへえってりゃ、てめえの銭じゃねえか」

「ああ、たしかにもとはおれの銭だった。だけども、おれのふところをきらってよそへとびだしていった銭だ。そんな薄情なもんに帰ってきてもれえたくねえから、持ってけてんだ」

「ふざけるねえ。てめえの銭とわかってるのに持ってけるもんか」

「どうしても持っていかねえのか？　人がしずかにいってるうちに持ってかねえと、ためんならねえぞ」

「あれっ、この野郎、おつにからんだいいかたするじゃねえか。おらあ、てめえなんぞにおどかされるような弱え尻はねえぞ」

「なんだと、この野郎、持ってかねえと、ひっぱたくぞ」

「おもしれえ、財布をとどけてひっぱたかれてたまるもんか。なぐれるもんなら、なぐってみろい」

「よし、おあつらいならなぐってやらあ」

「やりゃあがったな」

「やったが、どうした?」

「こうしてやらあ」

「この野郎!」

「なにを、この野郎!」

ふたりで、とっくみあいの喧嘩になりましたから、おどろいたのはとなりの家で……。

「大家さん、大家さん! 熊んとこでまた喧嘩がはじまった。壁へドシン、ドシンぶつかってあばれるんで壁がぬけそうだ。はやくとめてくんねえ」

「しょうがねえなあ。あんなに喧嘩好きなやつもねえもんだ。のべつなんだから……あっ、やってる、やってる。両方ともいせいがいいや。あれ、いわしをふみつぶしやがった。もったいねえじゃねえか。まだろくに箸もつけてねえのに……」

「大家さん、いわしなんかどうでもいいから、はやくとめてくんねえ」

「やい、熊公、いいかげんにしろよ。いつもいつもよけいな世話を焼かせやがって……壁がぬけるってんで、となりで心配してるじゃねえか……また、おまえさんもおまえさんだ。どこの人か知らねえけど、おれの長屋へきてむやみに喧嘩しちゃあこまるな」

「なにをぬかしやがんでえ。おれだってなにもすきこのんで喧嘩してるんじゃねえやい。こいつがおっことした財布をとどけにきたら、いきなりひっぱたいたから、こういうことになったんじゃねえか」

「そうだったのかい。そりゃあどうもすまなかった……やい、熊公、てめえはなんでそんなことをするんだい、この人が親切にとどけてくだすったというのに……」

「おれのふところをとびだすような薄情な銭なんかいるもんか」

「そりゃあ、おめえとしてもうけとりにくいかも知れねえが、わざわざとどけにきてくれたんじゃねえか。一応うけとっといて、あくる日、手みやげのひとつも持って礼にいくのが道じゃねえか。それをなぐったりしやがって……この人にあやまれ」

「よけいな世話あ焼くねえ。この逆蛍《ぎゃくぼたる》」

「なんだと」

「大家だ、大家だっていばるんじゃねえや。いいか、じまんじゃねえが、晦日《みそか》に持ってく家賃は、いつだって二十八日にきちんきちんととどけてらあ。こっちはすることをしてるんだ。それなのに、てめえはなんだ。盆がきたって、正月がきたって、鼻っ紙一枚くれたことがあるか。てめえなんぞにぐずぐずいわれるこたあねえ」

「この野郎、たいへんな野郎だ……ねえ、そこのかた、こういうらんぼうな男ですよ。こういうやつはくせになるから、南町奉行大岡越前守さまへうったえでて、お白洲《しらす》の砂利の上であやまらせるから、腹も立つだろうけれど、まあ、ひきあげておくんなさい」

「そうとはなしがきまりゃあ帰るけど、やい、熊公、おぼえてろ」

「ああ、おぼえてるとも、おらあ二十八だ。もうろくしちゃあいねえから、てめえのつまんねえつらあわすれるもんか。くやしかったら、いつでもしかえしにこい。矢でも鉄砲でも持ってこい」

「矢だの、鉄砲だの、いるもんか。てめえなんぞ、このげんこつでたくさんだ」

「なにを！」

「これでもくらえ」

「また、はじめやがった」


「あーあ、ばかな目にあったもんだ。財布とどけてなぐられりゃあ世話あねえや。まあ、大家がお白洲であやまらせるってからかんべんしてやったんだが、どうにもしゃくにさわってしょうがねえ、まったく」

「おいおい、なにをひとりごとをいって歩いてるんだい？」

「あっ、しまった。うちの大家さんの前を通っちまった。……こんちわ。へえ、ちょいと用たしにいってきたんで……」

「そうかい。ちょいと茶でも飲んでいかねえか」

「へえ、ありがとうござんす」

「いまもうちではなしをしていたんだが、まあ、この長屋にいろんなやつが住んでるけど、おまえみてえにきちんとしたやつはねえ。いつも着物もきちんと着て、髪もちゃんと……おや、着物も髪もあんまりちゃんとしてねえな。いつものおまえに似あわないじゃねえか」

「へえ、じつは、ちょいと喧嘩をしてきたもんですから……」

「そうかい。そいつあ、いせいがよくっていいや。どうしたんだ、ことのおこりは？」

「なにね、柳原を歩いていたら、財布をひろっちまって……」

「なんだって、そんなどじなことをするんだ」

「どじなことをするったって、下駄へひっかかっちまったんで……」

「そんなささくれてる下駄を履いてるから、そんな目にあうんだ」

「なかをあらためると、金が三両《りょう》と、書付けに印形がへえってたから、そいつんとこへとどけてやりました」

「えらいっ、いいことをしたな。むこうじゃよろこんだろう」

「それが怒ったんで……」

「どうして？」

「『書付けと印形はもらっとくが、銭はおれのもんじゃねえから持ってけ。持ってかねえとためんならねえぞ』ていいやがるんで……」

「おかしな野郎じゃねえか」

「ですからね、『おらあ、てめえなんぞにおどかされるような弱え尻はねえぞ』といいますと、『この野郎、持ってかねえと、ひっぱたくぞ』とぬかしやがるんで……」

「らんぼうなやつだなあ」

「そいから、あっしゃあね、『なぐれるもんなら、なぐってみろい』というと、『よし、おあつらいなら、なぐってやらあ』てんで、ぽかっときやがった」

「まさかなぐられやしめえな」

「ぱっとうけた」

「どこで?」

「あたまで……」

「なんだ、それじゃあなぐられたんじゃねえか。だらしがねえ」

「あっしだってくやしいから、いきなりとびこんでって、いわしを三匹ふみつぶした」

「しまらねえ喧嘩だな。で、どうした?」

「壁へドシン、ドシンぶつかったもんだから、となりのやつがおどろいて、大家をよんできました。あっしがわけをはなすと、さすがは大家ですねえ。その熊ってえ野郎に叱言《こごと》をいいました。『そりゃあ、おめえとしてもうけとりにくいかも知れねえが、わざわざとどけにきてくれたんじゃねえか。一応うけとっといて、あくる日、手みやげのひとつも持って礼にいくのが道じゃねえか。それをなぐったりしやがって……この人にあやまれ』ていいますとね、その熊てえ野郎が大家へむかってたんかをきったんですが、敵ながらあっぱれなたんかでしたぜ」

「あれっ、なぐられてほめてやがる」

「『よけいな世話あ焼くねえ。この逆蛍。大家だ、大家だっていばるんじゃねえや。じまんじゃねえが、晦日に持ってく家賃は、いつだって二十八日にきちんきちんととどけてらあ。こっちはすることをしてるんだ。それなのに、てめえはなんだ。盆がきたって、正月がきたって、鼻っ紙一枚くれたことがあるか』ってどなりやがったけど、どこの大家もおんなじだとおもいました。えへへへ」

「いやなことをいうない」

「で、とどのつまり、その大家が、『こういうやつはくせになるから、南町奉行大岡越前守さまへうったえでて、お白洲の砂利の上であやまらせるから、腹も立つだろうけれど、ひきあげておくんなさい』てえことになったから、そいで、あっしも帰ってきたようなわけなんで……」

「うん、まあ、それでおまえの顔は立った。しかし、おまえはうちの店子《たなこ》だよ。店子といえば子も同然、大家といえば親も同然というくらいだ。その親の大家の顔はどこで立てるい？　いやさ、おれの顔はどこで立てる？」

「いやあ、こいつあ立てにくいや。丸顔だから……」

「なにいってやんでえ。うったえられるのを待ってることたあねえ。こっちから逆にうったえてやれ……すぐにうったえろ」

「すぐにうったえろって、どうするんで？」

「願書を書くんだ」

「なんです？　その願書を書くてえのは？」

「奉行所へだす書類を書くんだよ」

「字を書くんですね」

「そうだよ」

「そいつあだめだ。親父の遺言で字は書かねえことになってるんで……」

「ああ、そうか。おまえは、そっちのほうはまるっきりだめだったな。じゃあ、硯《すずり》を持ってこい。おれが書いてやるから……さあ、できた。これを持ってうったえてこい」

ただいまの裁判とちがいまして、むかしのお白洲は、およびこみになりますと、ガラガラ、ガチャンとくさりのついたとびらがしまります。この音を聞くと、わるいことをしない人でも、ぞっとしたそうでございます。

正面をみますと、紗綾形《さやがた》の襖《ふすま》。右手に公用人《こうようにん》、左手に目安方《めやすかた》。縁の下には同心衆がおります。

「ひかえろ、ひかえろ」

「ひきがえる?」

「ひきがえるじゃない。ひかえるんだ」

「ひかえてますよ」

「あぐらかいてるんじゃないよ。坐るんだ」

「そんなこといったって、大家さん、股引《ももひき》がきつくって坐れねえんで……」

「坐んなくっちゃいけねえ。さあ、あたまをさげて……」

「あたまもさげるんですかい？　だから、こんなとこへくるのはいやだったんだ」

「しいっ……しいっ……」

「赤ん坊に小便《ちょうず》やってんのかい？」

「お奉行さまがおでましになるんだよ」

「へえぇー」

「神田竪大工町大工熊五郎、おなじく白壁町左官金太郎、付き添い人一同、ひかえおるか」

「一同、そろいましてございます」

「熊五郎、おもてをあげい、これ、おもてをあげい」

「へえ、おもてはしめてでてきましたがねえ」

「おい、顔をあげろというのだ」

「おどかすねえ、こんちくしょうめ。なにも同心だからってそんなにいばるねえ。こっちはなにも泥坊なんかしたわけじゃねえんだから……おっことした財布をうけとらねえってんでうったえられたんだ。なにいってやんでえ、このしみったれ」

「おい、熊、なにをお役人と喧嘩してるんだ？」

「大家さん、しみったれだよ、あの同心てやつは……羽織の裾をはしょったりして……」

「なにをつまんねえことをいってるんだ。あたまをあげるんだよ」

「なんでえ、あげたり、さげたり……これがあたまだからいいけど、米なら相場がめちゃめちゃになっちまうぜ。あげろっていえばあげますがね、こんなもんですかね？」

「そのほう、柳原において財布を取りおとし、これなる左官金太郎なるものが、親切にもとどけつかわしたるところ、らんぼうにも打ち打擲《ちょうちゃく》なせしとの願書のおもむきであるが、それに相違ないか」

「ええ、まちがいございません。じつは、あっしは財布をおっことしたんで、かえってさっぱりしていい心持ちだとおもいましてね、いわしの塩焼で一ぺえやってますと、この金太郎って野郎がお節介にひろってきました。よけいなことをしやがるとおもいましたから、『書付けと印形はもらっとくが、銭はおれのもんじゃねえから持ってけ』といったんですが、こいつがどうしても持っていかねえんで……だから、『持ってかねえとためんならねえぞ』と、こいつの身を案じて親切にいってやりますとね、こいつが、ひとの親切を無にしやがって、どうしても持ってかねえと強情《ごうじょう》を張るもんですから、『持ってかねえと、ひっぱたくぞ』というと、『なぐれるもんならなぐってみろ』といいますから、当人がそういうものを、なぐらねえのもものに角が立つとおもいましたから、『おあつらいなら』てんで、ぽかりとやりました」

「いや、おもしろいことを申すやつじゃ……さて、金太郎、そのほう、なぜ金子《きんす》をもらいおかん？」

「おう、おう、おう、お奉行さん、みそこなっちゃあいけねえぜ。じょうだんいうねえ……」

「これこれ、裁断の場所にじょうだんはないぞ」

「じょうだんじゃなけりゃあ、いってやろうじゃねえか。そういうものをひろったらばだねえ、自身番へとどけろとか、どこそこへとどけろとか教えるのがお上《かみ》のお役目だとおもいますねえ。そんな金をもらって帰るようなさもしい根性をこちとら持っちゃおりませんや。人間は金をのこすような目にあいたくねえ。どうか出世するような災難にであいたくねえとおもえばこそ、毎日、金比羅《こんぴら》さまへお灯明《とうみょう》あげておがんでるんじゃありませんか。それをなぜ金をもらわねえかなんて、いくらお奉行さまでもあんまりだ、あんまりでございます」

「泣いておるな……よし、しからば両人とも金子《きんす》はいらんと申すのじゃな。……なれば、この三両は、越前があずかりおくがどうじゃ？」

「ありがとうござんす。そうしてくださりゃあ、なにも喧嘩することあねえんで……」

「さて、両人の者にたずねるが、両人の正直により、あらためて二両ずつ褒美《ほうび》としてつかわそう。どうじゃ、うけとれるか？」

「えー、お奉行さま、町役《ちょうやく》、なりかわって申しあげます。町内よりかような正直者がいでましたのは、あたくしどものほまれでございます。ありがたくちょうだいさせていただきます」

「これ、両人に褒美をつかわせ。さあ、両人ともうけとれ。よいか、このたびのしらべは三方一両損と申すぞ。なに？　わからん？　わからんければ、越前いってきかせる。こりゃ、熊五郎、そのほう、金太郎がとどけし折り、そのままうけとりおかば三両ある。金太郎も、その折り、もらいおかば三両ある。越前もそのままあずかりおかば三両ある。しかるに、これに一両たし、双方に二両ずつの褒美をつかわしたによって、いずれも一両ずつの損と相成った。これすなわち三方一両損じゃ」

「ありがたきおしらべでございます」

「あいわからば、一同立ちませい……これこれ、だいぶしらべに時をうつした。両人とも空腹であろう、これ、膳部をとらせい」

「え？　膳部っていうと、大家さん、ごちそうになるんですかい？　すまねえねえ。手ぶらでやってきてこんな散財をかけちゃあ……みんなふところは苦しいんだ。お奉行さま、むりなさらねえでいいのにねえ……あれあれ、てえへんなごちそうだ。いい鯛《てえ》だなあ、本場もんだ、こりゃあ……おい、熊、おめえ、こねえだ、いわしの塩焼きで一ぺえやってたろう。たまにはこんな鯛で酒を飲めよ。江戸っ子じゃねえか……もっとも、おれもこんな鯛にゃあめったにお目にかかれねえが……まあ、ながめてたってしょうがねえや。遠慮なくいただこうじゃねえか……うん、こりゃあうめえや。おまんまもあったけえし、頬っぺたがおっこちるようだ……なあ、これから腹がへったら、ちょいちょい喧嘩してここへこようじゃねえか」

「これこれ、両人、いかに空腹じゃからとて、腹も身のうち、あまりたんと食すなよ」

「えへへ、多かあ（大岡）食わねえ」

「たった一膳（越前）」


【解説】

古くは、『板倉政要』の「聖人公事捌《くじさばき》」や、井原西鶴の『本朝桜陰比事《ほんちょうおういんひじ》』の「落し手有り拾い手有り」にある噺で、それを講釈化したものを、さらに落語にしたてたもので、大岡政談をあつかった代表的な噺。

江戸の職人、つまり、はんてん、ももひきの江戸っ子は、「江戸っ子の生まれぞこない金をため――「宵ごしのぜには持たねえ」などといった清貧思想の持ち主だった。これは、武士の表《おもて》学問たる儒教にある賤富思想（金をいやしむかんがえ）の影響によるもので、武家屋敷が総面積の六割以上といわれた〈武士の街〉江戸の住民らしい人生観だった。

この噺、典型的な江戸っ子で、仲のよくない職業同士の大工と左官という人物描写、それが、たがいによどみなくはきつづけるたんかのかずかず、家主と店子との人間関係、そして、訴訟の光景の描写など、短時間のうちに演じどころの多い噺で、それを軽快なテンポではこぶところに演者の腕のみせどころもある。

当時の奉行所では、はじめに吟味与力がとりしらべて調書をつくり、最後に町奉行がよく聞きただして判決をいいわたすという方法をとったし、奉行は、毎朝四つ（午前十時）に登城して、八つ（午後二時）すぎに奉行所に帰って判決をくだしたのだから、この噺のように、正午に判決などということはなかった。

たがや

このごろでは、交通事情のためになくなってしまいましたが、両国の川開きというものはたいへんなものでした。

花火見物の客で混雑をきわめて身うごきもできなくなるんですが、それでも花火がきれいにあがると、「たあまあ屋ー」なんてんで、ほうぼうから声がかかると、みんなもう夢中になってみとれております。

しかし、花火のほめかたというものは、たいへんにむずかしいそうですな。ご年配のかたにうかがいますと、上へいってひらいた花火が、川へおちるまでほめているのが、ほんとうのほめかたなんだそうで……だから、うんと長いあいだほめていなくてはいけないと申します。

「たあまあ屋あーい」

てんで、じつに長い。

これと反対なのが、役者衆のほめかたで、ごくみじかく、ぱっとほめます。

歌舞伎のほうだと、「たやっ」なんて声がかかります。ほんとうは、音羽屋というべきところをみじかく「たやっ」とかけるわけです。

新派のほうでも、「水谷っ」「大矢っ」と、やはりみじかくほめます。

これを花火のほめかたでやったらぐあいのわるいもんで……。

「おーとーわーやあー」

「うるせえやい、こんちくしょう」

なんてんで、張り倒されてしまいます。

また、役者衆のほめかたで花火をほめたら、これもぐあいのわるいもんで……。

「玉屋っ」

とみじかくやったら、花火が上へあがったまんまおちてこなかったりして……まさかそんなこともありますまいが……。


むかしは、玉屋と鍵屋と二軒の大きな花火屋がありましたが、玉屋のほうは、天保十四年五月、将軍家慶《いえよし》公が日光へご参詣のときに自火《じか》をだしましたために、おとりつぶしになってしまいました。ですから、あとにのこった大きな花火屋といえば鍵屋だけなのですが、どうも鍵屋という声はかかりません。

端唄《はうた》にも、「玉屋がとりもつ縁かいな」というのがありますし、小唄にも「あがったあがったあがった、玉屋とほめてやろうじゃないかいな」というのがあって、鍵屋のほうはまったくとりあげられておりません。ですから、江戸時代の狂歌にも、

橋の上玉屋玉屋の人の声
なぜか鍵屋といわぬ情《じよう》(錠《じよう》)なし

なんて同情したのがあります。

さて、むかしは、五月二十八日が川開きの日でしたが、その当日、夕方になりますと、両国橋の上からそのあたりは黒山の人だかりで、爪も立たないようなさわぎ。みんな押したり押されたりしながら夢中で花火をみております。

その混雑の最中に、本所のほうから徒士《かち》の供《とも》ざむらいをつれて、仲間《ちゆうげん》に槍を持たせたさむらいが馬を乗りいれてまいりました。

まことに乱暴なはなしですが、そのころは、士農工商という身分制度がきびしくできあがっておりましたから、みんな苦情をいうことができません。

「寄れ、寄れ」

とどなられますと、ただざわいで道をあけようとするばかり……。

「おい、馬だ、馬だ、馬だ。そっちへよってくれ」

「寄れないよ、もう橋の欄干《らんかん》にべったりはりついてるんだから……」

「もっと寄れよ、なんなら川の中へとびこんでくんねえな」

「じょうだんいっちゃあいけねえ……おっとっと……押すなよ。押すなってば……死んじまう！」

　みんな必死になって馬をよけておりますが、さむらいのほうではそんなことは平気で、なおも人ごみのなかをすすんでまいります。


　一方、両国広小路《ひろこうじ》のほうからまいりましたのが、たが屋で……このたが屋という商売は、いまではすっかりなくなりましたが、むかしは、桶《おけ》のたがをなおしてあるくことを稼業《かぎょう》にして、ほうぼうの家をまわっておりました。

　そのたが屋が、仕事を終えて両国橋へさしかかってまいりました。

「あっいけねえ。うっかりして、きょうが川開きだったことを忘れてた。こう人ごみにまきこまれたんじゃあどうにもしょうがねえ。あとへもどることもできやしねえや。しかたがねえ、通してもらおう……すみません。通してやっておくんなせえ」

「いてえ、いてえじゃねえか。だれだい？　あっ、たが屋だ。こんな人ごみのなかへそんな大きな道具箱をかついできちゃあしょうがねえなあ。早く通れ、早く通ってくれよ」

「へい、すみません……みなさん、すみません」

　てんで、たが屋は、まわりの人たちにあやまりながらすすんでまいります。

　一方、さむらいのほうも、

「寄れ、寄れ、寄れい」

　と人をかきわけながら、だんだんと橋のなかほどまでやってまいりましたが、これがたが屋と橋のまんなかででっくわしてしまいました。

「寄れ、寄れ、寄れと申すに……」

「へえへえ、すみません」

寄れといわれても、爪も立たないような人ごみのなかで、道具箱をしょってるのですから、たが屋としてもおもうようにはなりません。ただもじもじとするばかり……こうなると、さむらいのほうでもじれったくなってきたとみえまして、

「ええ、寄れと申すに、なぜ寄らんか」

といったかとおもうと、ダーンとたが屋の胸をつきました。不意のことなので、たが屋は持っていた道具箱を、おもわずドシーンととりおとしてしまいました。

間のわるいときはしかたのないもので、道具箱のなかの巻いてある竹のたがが、おちたひょうしに、つっつっつっつっつっと伸びていったかとおもうと、馬に乗っていたさむらいの笠《かさ》をはじき飛ばしてしまいました。あとは、さむらいのあたまの上に、お茶台のようなものがのこっているばかりで、まことにまぬけなかたち。

「無礼者め！」

さむらいは烈火のごとく怒りました。

「へえ、ごめんください。いきなり胸をつかれましたんで、道具箱をおとしてしまいました。すみません。かんべんしてやっておくんなさい」

「いいや、ならぬ。この無礼者め。ただちに屋敷へ同道いたせ」

「すみません。どうかゆるしてくださいまし。お屋敷へつれていかれたら、この首は胴につ いちゃあいねえんだ。そうなると、家にいる目のみえねえおふくろが路頭にまよわなくっちゃなりません。ねえ、どうか助けてくださいまし」

「いいや、勘弁まかりならん。いいわけがあらば屋敷へいって申せ。さあ、まいれ」

ただでさえ人ごみなのですから、たが屋とさむらいのやりとりをかこんで黒山の人だかり。うしろのほうにいる連中はなんだかわからずにあつまってるようなことで……。

「なんだ、なんだ、なんだ」

「巾着切《きんちゃくき》りがつかまったんで……」

「ああ、よくあるやつだ。巾着切りは男かい、女かい?」

「いいえ、巾着切りじゃありません。お産ですよ」

「お産? このさなかに赤ん坊ができるんですか?」

「ええ、この人ごみで押された上に、パーン、パーンという花火の音ですから、赤ん坊だってうかうか腹のなかにはいっちゃあいられないとおもうんですよ。だから、お産にちがいない」

「ちがいないって、みえたんじゃないんですか」

「いいえ、これはあたしがそうおもったんで……」

「いいかげんなことをいうなよ。こっちはほんとうにするじゃねえか……あっ、こっちにずいぶん背の高い人がいらあ、この人に聞いてみよう。もし、そこの背の高い人、ねえ、そこの背の高いおかた」

「なんです？」

「なかはなんです？」

「気の毒に……」

「気の毒？」

「そう、気の毒だよ」

「へえ、そんなに気の毒なことがおこってるんですか」

「いいや、おまえさんが、なかがみえずに気の毒だ」

「なんのこった。みえねえで気の毒だってやがら……しゃくにさわるねえ。なんとかしてなかがみてえもんだ……えーと……そうだ。こうなりゃあ最後の奥の手をだして、股ぐらくぐって前へでちまえ。えー、ごめんよ、ごめんよ」

「あっ、びっくりした。股ぐらからでてきやがった……やい、泥棒」

「なんだと、この野郎、泥棒とはなんだ。いつおれが泥棒した？」

「泥棒じゃねえか。おれの股ぐらくぐったとき、てめえは、股ぐらのできものの膏薬をあたまにくっつけてもってっちまいやがって……」

「えっ、股ぐらのできものの膏薬？　あっ、あたまにひっついてやがらあ、きたねえ野郎だなあ……えっ、どうしたんです？　……え？　あのたが屋が？　たがで、さむれえの笠をはじき飛ばしたんで……うんうん、かわいそうに、意地のわりいさむれえじゃねえか。かんべんしてやればいいのに……供ざむれえもいばってるけど、馬に乗ってるやつはひどく意地が悪そうだねえ……やい、意地悪ざむれえ、ゆるしてやれ。かわいそうじゃねえか。この人でなしの犬ざむれえめ」

「もし、あなた」

「なんです？」

「なんですじゃありませんよ。あなたがさむらいの悪口をいってくれるのはうれしいんですけれどね。あなた、人がわるいや、悪口いっちゃあ、すっと首をひっこめるでしょ？　だから、馬上のさむらいがこっちをにらんだときには、ちょうどあたしの顔が真正面。気味が悪くってしょうがないよ。たが屋ともども屋敷へ同道いたせなんていわれちゃあたまったもんじゃない。だから、悪口をいったあとで首をひっこめるのはやめてくださいな」

「えっ、そうなるかしら……どれ、どれ、もういっぺんやってみようか……やい、この意地悪ざむれえ、ばかざむれえ……ああ、なるほど……こうやって首をひっこめると、あなたの首が真正面だ。こりゃああなたがにらまれるわけだね。まあにらまれたのが因果だとあきらめて、あなたもたが屋といっしょにお屋敷へいらっしゃい」

「じょうだんいっちゃいけないよ」

「ねえ、おさむらいさん、さっきからいう通りの事情だ。どうか助けてやってくださいな」

「いや、勘弁まかりならん。この場において斬りすてるぞ」

「ねえ、そんなことをいわずに、助けてくださいまし」

「いいや、ただちに斬りすててくれる。そこへなおれ」

「じゃあ、どうしても斬るってんですかい。どうしてもかんべんしてくれねえってんで……」

「くどい。斬りすてる」

「なんだ、この丸太ん棒」

「丸太ん棒とはなんだ」

「そうじゃねえか。血も涙もねえ、目も鼻も口もねえやつだから丸太ん棒てんだ」

「無礼なことを申すな。手はみせんぞ」

「みせねえ手ならしまっとけ。そんな手はこわかあねえや」

「大小が目にはいらんか」

「そんな刀が目にへえるぐれえなら、とっくとむかし手妻《てづま》つかいになってらあ」

「ええい、二本さしているのがわからんかと申すのだ」

「わかってらい。二本ざしがこわくって、でんがくが食えるかよ。気のきいたうなぎをみろい、四本も五本もさしてらあ、そんなうなぎをうぬらあ食ったことあるめえ……おれもひさしく食わねえが……斬るってんなら、どっからでもいせいよくやってくれ。斬って赤くなけりゃあ銭はもらわねえ西瓜《すいか》野郎てんだ。さあ斬りゃあがれ」

たが屋がいきなりたんかをきりはじめたので、こんどは供ざむらいのほうが押され気味になってまいりました。

形勢《けいせい》不利とみた馬上のさむらい、ぴりぴりと青筋を立てて、

「斬りすてい！」

と命じたからたまりません。

「えい」

とばかり、供ざむらいが抜けば玉散る氷の刃《やいば》とくればいせいがいいんですが、ふだん貧乏で内職に追われてますから、刀の手入れまで手がまわっていない。すっかりさびついてるやつを、ガサッ、ガサッ、ガサッ、ガサッガサッガサッ……ひどい音を立てて抜いたやつで、いきなり斬りつけてきました。たが屋はこわいから、ひょいと首をひっこめると、刀が空を斬って、供ざむらいのからだがすーっと流れた。そこへつけこんで、いきなりその利腕《ききうで》をぴしりっと手刀で打ちました。ふだん桶の底をひっぱたいていて力がありますから、供ざむらいは、手がしびれて、おもわず刀をぽろりとおとしてしまいました。

「あっ、しまった」

と、ひろおうとするのを、たが屋が腕をつかんでぐっとひっぱったから、とんとんとんとむこうへ流れていくところを、おちてた刀をひろいますと、うしろから、「やっ」と袈裟《けさ》がけに右の肩から左の乳の下へかけて、斜《はす》っかけに斬ってしまいました。くず餅みたいに三角になっちまいました。

「わあ、えらいぞ！」

弥次馬たちは大拍手。

こうなると、馬上のさむらいもだまっていられません。ただちに馬からとびおりまして、仲間に持たしてあった槍をとりますと、石突きをついて鞘をはらい、キュッ、キュッ、キュッとしごいておいて、ぴたりと槍をかまえました。

「下郎、まいれ！」

「なにを！　さあこい！」

「やっ」

「えい」

てんで、双方にらみあいとなりました。

「どうです、たが屋の強かったこと、おどろきましたねえ、供ざむらいが三角になっちまった」

「しかし、こんどはいけない。主人のほうは強そうだ。この調子じゃあ、たが屋はやられちまうよ。なんとか加勢してやりたいねえ」

「これが町なかなら、屋根へあがって、かわらをめくってたたきつけるって手もあるんだけれど、橋の上じゃあそれもできやしねえ」

「かまわねえから、下駄でも草履でもあのさむれえにぶつけてやろうじゃねえか」

わあ、わあとまわりの弥次馬が、さむらいめがけていろんなものをぶつけるのですが、腕のちがいというのはしかたがないもので、たが屋はじりっじりっと押されて、欄干《らんかん》間近になってしまいました。これ以上押されると、欄干にからだがついてしまって、もうよけることができなくなってしまいます。

どうせ田楽刺《でんがくざ》しになるんなら、身をすててこそ浮かぶ瀬もあれ、一勝負やってやれってんで、くそ度胸をきめたたが屋が、ひょいっとさそいのすきをみせました。

これに乗らなければいいんですが、さむらいとしても、まわりの弥次馬がわあわあさわぎながらいろんなものを投げつけてくるのですから、だんだん冷静さをうしなってきておりました。そこへすきがみえたんですから、「えいっ」とばかり槍を突きだしました。ところが、たが屋のほうは、さむらいをさそうためにつくったすきですから、ひょいとからだをかわすと、満身の力をこめて槍の千段巻きのところをぐっとつかんでしまいましたが、やりくりがつかない。しかたがないからはなしちまった。やりっぱなしというのはここからはじまったというけれど、あんまりあてにはなりません。

さむらいがあわてて刀の柄へ手をかけようとするところへ、たが屋が飛びこむと、

「えいっ」

とばかり斬りこみました。

いきおいあまって、さむらいの首が空高くぴゅーっとあがります。

これをみた見物人たちがいっせいに、

「あっ、あがった、あがった、あがった、あがったい、たあがあやーい」

【解説】

夏の寄席で口演されてきている古い江戸落語だが、もとは、現在とは逆に、たがやの首が、武士に斬られて中天にとぶ噺だった。

それが、幕末になると、現在のように、たがやが武士に対してレジスタンスをみせる噺にかわった。というのも、安政二年(一八五五)、江戸の大地震の結果、復興景気で職人の手間賃が四、五倍にはねあがったので、寄席へも職人がたくさんくるようになった。そこで、この噺も、職人なかまのたがやに花を持たせるように改作して、客席の職人たちをよろこばせたのだった。

両国の川びらきの夜のわきかえるようなにぎわいと、そのムードに酔いしれる江戸っ子たちの胸のときめきをつたえる夏の風物詩的佳編。

居残《いのこ》り佐平次《さへいじ》

江戸時代には、吉原を天下御免《てんかごめん》の御町《おちょう》ともうしました。つまり天下公認の遊廓《ゆうかく》だったわけで……これに対して、それ以外の遊廓を岡場所《おかばしょ》といっておりました。

江戸の岡場所として有名だったのが、品川、新宿、板橋、千住《せんじゅ》の遊廓——これを四宿《ししゅく》ともうしました。

このなかでは、品川の遊廓が、東海道の通り道でしたし、海は近いし、魚はうまいしというわけで、とりわけさかえたようで……。

「どうだい、みんなでひさしぶりに押しだそうじゃねえか」

「どこへ？」

「ひとつ気を変えて、南へ押しだそうか」

「品川かい」

「そうよ。なにも女郎買いは、吉原とばかり相場がきまっちゃあいねえよ。品川となると、また気がかわるじゃねえか」

「そうとも、品川とくりゃあ食いものはうめえしな」

「そこだよ。なにもあそびは食いものを食いにゆくというのじゃねえが、やっぱりまずいよりうめえほうがたのしみというもんだ」

「そうとも……それで、なにかい……品川はどこへいくんだい？」

「どこの、ここのといってるのはめんどうだから、むこうへいってみて……とにかく大見世《おおみせ》へあがっちまおう」

「そうよなあ、小見世のあそびは、どうもこせついていけねえからな」

「まあ、どこか大見世へあがるとして、酒は飲みほうだい、食いものはふんだんに食って、芸者を二、三人もよんでわっとさわぐという寸法にして、一円というのはどうだい？」

「おいおい、それじゃあ勘定があわねえじゃねえか。だってそうだろう……品川で、ただあそぶだけだって、小見世で二、三円、中見世で六、七円、大見世とくりゃあ、どうしたって十円から十五円ぐらいはかかるぜ。それを、飲んで、食って、さわいで一円というのはどうも……」

「だからよ、そこはおれが云いだしっ屁《ぺ》じゃねえか。あとはおれのふところがいたむということで……いく気があるかい」

「おおあり名古屋の金のしゃちほこだね。ここにいる連中もみんないくよ。なあ、いくだろう？」

「いく、いくよ、はばかりなんか三日ぐらいいかねえたって、こればかりはいかなくっちゃあ」

「いうことがきたねえな……金ちゃんはどうだい？」

「おれは親父の遺言でね」

「いかねえのか？」

「いくんだ」

「気をもたせるない。じゃあみんないくそうだよ」

「そうかい、それじゃあ、ぶらぶらでかけようぜ」

　ということで、みんなそろって品川へやってまいりました。

「さあ、兄貴そろそろ坂を下りはじめたが、どこへあがるんだい？」

「そうよなあ……ここはどうだい？　え？　すこし大見世すぎるって？　……いいよ、まあまかしときなよ……おい若《わけ》え衆やい」

「こんばんは」

「気のねえ若え衆だなあ、よせやい、おもしろくもねえ、女郎屋の若え衆は若え衆らしくやってくれ。なんだい、こんばんはってのは……ものをたずねるんじゃあねえやい、少々ものをうかがいます、これから青物横町（品川のさき）はどうまいりますかってんじゃねえや。今夜厄介になろうというんだ」

「どうも、おみそれいたしました。ええ五人さまで、あさようで……どうぞおあがりを……えー、おあがんなさるよ」

　送り声というものをかけます。べつの若い衆の案内で座敷へ通ります。

「へい、どうもまことにありがとう存じます」

「そうかい、そんなにありがたいかい、それじゃあこれで帰ってもいいかい？」

「それはいけません」

「そりゃあじょうだんだが、とにかくみんないける口なんだ。酒はどんどん持ってきておくれ。それから、ここは品川だ、魚はあたらしくってうめえや、刺身をふんだんにな……刺身が、ひとりに一枚ずつなんてのはいけねえよ」

「へえ、かしこまりました。それから、おなじみさまでいらっしゃいますか？」

「いや、なじみじゃねえんだ。みんなお初会《しょかい》だ。まあ、ここのうちは、みんないいおいらんばかりだろうが、そのなかでもとくにいいやつをたのむぜ」

「へえ、かしこまりました」

「それから、座敷が陰気なのはいけねえや。ひとつ芸者に口をかけてくんねえ……わっとさわいで浮かれようという寸法だ」

「かしこまりました、ではただいま……」

まもなく酒肴がはこばれる、芸者がくりこんできて、さんざん陽気にさわいで……。

「おお、いつまでさわいでいたからって興はつきねえ、そろそろおひけにしようじゃねえか」

「いいだろう、みんな部屋へひきとりな」

「おっと待ちな。みんな部屋がわかったら、あとでそろっておれの部屋へきてくんな」

「ああわかった……あとでな……」

　ということで、いったんそれぞれの部屋へひきあげた連中が、いわれた通り兄貴分の部屋へやってまいりました。

「兄貴、あけてもいいかい」

「大丈夫だ。安心して入ってくれ。だれもいねえから……」

「あははは、そうかい、ではいるよ。おれはまた女の子がいるんじゃねえかとおもって……ときに、兄貴、なんだい？　そろってやってこいてえから、みんなそろってやってきたのだが……」

「みんなこっちへ入《へえ》んな、あとをしめてな……いや、なにもわざわざよびつけなくてもよかったんだが、ほかでもねえ、じつはあの場ではいいだしにくくてな……なにしろおたがいに色気もあるからな……じつは、みんなから割り前がもらいてえ」

「うん、そりゃあだすけれどね……なにしろ兄貴たいへんだぜ。酒もたらふく飲んだし、芸者もお直し、お直しと、ずいぶん口がかかったし、食いものはこてこてときたし……ほんとうに一円の割り前でいいのかい？」

「いいんだよ。おれがいいとうけあったからには、安心して、親船に乗った気でいろよ」

「そうかい、すまねえな」

「そのかわりな、あしたの朝は、すまねえが、みんな一足さきに帰ってくんねえか」

「さきに？」

「そうだ。夜があけたら、すぐに顔をあらってひきあげてくんねえ。それからすまねえがたのまれてくれねえか。ここにおめえたちがよこした金が四円あるから、これをおふくろにとどけてくれ。おふくろに、この金で当分やっているようにいってくんねえ。としよりのことだ。それだけありゃあなんとかくらしていけるだろうが、もしたりなかったら、このたばこいれを質屋へ持っていって、番頭にわけをはなすと、いつもの通りちゃんと貸してくれるから、それでやっててくれ、そのうちにおれが帰るからといっといてくれ」

「へえー、なんだかはなしがおかしいが、それで兄貴はどうするんだい？」

「おれか……おれはな、このあいだからどうもからだのぐあいがわるくってしょうがねえ、医者にみてもらったら、転地療養するといいてえんだ」

「うん」

「なるべく海辺の空気を吸うといいというんだがな、どこへいくったって金がなくちゃあしょうがねえや。そこで気がついたのが品川だ。ここなら海辺だから、空気もいいし……そこで、おれは当分ここの家へ居のこりになって、ゆっくり養生をして、からだがなおった時分にまた逢おうよ」

「おお、おどろいたなあこいつはどうも……はなしが変だ変だとおもっていたんだが、居残《いのこ》りてえのはおだやかじゃねえぜ」

「いいよ、そんなことはお手のもんだ」

「お手のものはひどいなあ」

「まあいいからってことよ……それ、足音がしてきた……帰んな、帰んな……」

こります。

がらりと夜があけますと、連中はいわれた通り早帰りで、兄貴分の佐平次だけがあとにの
「じゃあ、おやすみ」

「へい、おはようございます」

「おう、若え衆か、おはよう」

「ええ、おめざめでございますか」

「ああ、天気はいいようだね……まあ、こっちへおはいり。どうもゆうべは、たいへんにいい心持ちにあそばせてもらったねえ」

「まことにおそまつさまで……」

「とんでもねえ、おそまつどころじゃねえ……ちかごろになくおもしろいおもいをさせてもらったよ……ところで連中は帰ったかい？」

「へい、お早くお帰りになりました」

「そうかい、むりはねえ、あの人たちは朝の早い商売でね……おい、若え衆さん、おめえも商売がらだ、一目みたらわかったろう。あそびのすきな人たちだからね。ゆうべはだいぶよろこんでいたようだから、裏（二回目）からなじみ、とんとんっと通ってくるうちには、この家へ、さあっと金がふるようになるぜ。なにしろ金をむやみにつかいたがる人たちだからね。福の神がまいこんだようなもんだぜ」

「どうもありがとうさまで……」

「ところで、おれは、ゆうべすこし飲みすぎたんで、けさはあたまがいたくってしょうがねえんだ。あつくして一本つけてもらってくんねえか」

「へい、ご酒を？」

「そうだよ。朝直しは湯豆腐というが、なにも湯豆腐にかぎったことじゃねえ。かき豆腐かなにかそういってくんねえか」

「するとお直しになりますんで？」

「やぼなことをいっちゃいけねえぜ。おてんとうさまが高くなって、帰ることもできねえじゃねえか、直してくんねえ」

「へえ、さようで……では、ただいまおあつらいを……」

「早《はえ》えとこたのむぜ」

若い衆はなにも知りませんから、あつらえものを通す、酒がはじまるということになって……。佐平次は、酔ったからというので横になります。そのうち、お昼をすぎますから、寝かしてもおかれません。

「ええ、おめざめになりましたか？」

「ああ、いい心持ちだ。いま何時だい？」

「ただいま三時を打ちましたばかりで……」

「ああそうかい、ついとろとろとしちまった……この家では、いったい何時に湯がわくんだい？」

「もうわいておりますんで……」

「そうかい、じゃあ一っ風呂あびて、さっぱりしてこよう。手ぬぐいをかしておくれ。いい男になってくるから……」

「へえ、それから、てまえがかわり番になりますのでございますが……」

「ああ、そう、かわり番ねえ……遠慮なくおかわりなさい」

「ええ、つきましては、ちょっと一段落くぎりをつけて、あとはまたべつということに……えへへへ……そのお勘定のほうを……」

「ああ、勘定か。わかってるんだよ……しかし、めんどうだなあ、おまえさんの前だが、あそびなんてものは、どのくらいやったらいやになるものか、あきるまであそんでみようとおもっていたんだのに、これがきのうので、これがきょうのでなんという勘定はめんどうくさいやね……だから、帳場へそういって、まとめてもらおうじゃねえか。ひとまとめにして、山のようにたまったところでさっとはらいたいね。なにしろ、手ぬぐいをとっておくれ、お湯へいってこよう」

　ひどいやつがあるもので、ものにおどろきません。お湯からあがってくると……。

「いや、どうも湯あがりというやつは、なんとなくおつな心持ちだねえ、生まれかわったような気分になるね、せいせいとして……だがね、ゆうべからの飲みすぎで、だいぶ胸がこう……もやもやしてるんだが……こういうときには、なにかあついおつゆでも吸ってみたいというような心持ちなんだが……毒は毒をもって制すのたとえ、酒でしのがす苦の世界てえことがあるからね、あつくして一本持ってきてもらいたいねえ。それからね、ご当家のお酒はだいぶ甘口だねえ、わたしは辛口のお酒がすきなんだ。いいかい、お酒の口を変えてすぐつけてもらっておくれ。それに、なにか食べたいねえ。青柳なべかなにかそういってくんな」

「ええかしこまりましたが……てまえはかまいませんが、帳場がうるそうございますので、ちょっと一段落をつけていただきたいもんで……」

「勘定かい、わかったよ。うるさいなあ、ひとがいい心持ちでいるのに……勘定、勘定って……それじゃあかんじょう（感情）を害するってもんだ。だがね、おい若え衆さん、お客商売をするなら、もうすこしあたまのはたらきをよくしていただきたいねえ。時計をごらん、もう四時を打ってしまったよ。これでわたしがちびりちびりとやっている、そうこうするうちにあたりは小暗くなる……あっちの家でねずみなきの声、下足札《げそくふだ》の音がはじまる時分には、坂の上からいせいのいい車が四台……おりるのがゆうべの四人《よつたり》だよ。あそびをして裏をかえさないのはお客の恥、なじみをつけさせないのはおいらんの腕のにぶいぐらいは心得ている連中だからね、どうせかえす裏ならば、ほとぼりのさめねえゆうべの今夜で、またきたぜてんで、前の晩に縞を着ていたひとがかすりにかわって、おお芸者でもよんでくんねえと、陽気にわーとさわいで、一同そろって当家を退散しようという寸法だ。その人たちのくるのをわたしが待っているというところへ気がつかないで、それで勘定とはなんてやぼなんだい」

「へい、よくわかりました。おつれさまをお待ちとは気がつきませんで……では、ただいまおあつらえを……」

　ということで、若い衆はすっかり煙にまかれて、まただまされてしまいました。やがて酒肴がはいってくる、そのうちにほかのお客がくりこんできて、その晩はとりまぎれてしまいまして……その翌朝……。

「へえ、おはようございます」

「よう、おはよう、まあ、おはいり」

「昨夜《ゆんべ》お待ちもうしておりましたが、とうとうおみえになりませんでしたようで……」

「ああ、どうも低気圧はそれたようだね、まずたたかいは今夜九時すぎだね、坂の上からいせいのいい車が四台、おりるのが一昨日の四人だよ、あそびをして裏をかえさないのはお客の恥、なじみをつけさせないのはおいらんの腕のにぶいぐらいは心得ている連中だ。おなじかえす裏ならほとぼりのさめねえ、ゆうべの今夜で、またきたぜてんで、前の晩に縞を着たひとがかすりにかわって……」

「へい、それは昨夜もうけたまわりましたが……てまえはかまいませんが、なにしろ帳場がやかましゅうございますので、おそれいりますが、ひとつお勘定をねがいたいもんで……」

「勘定かい、さあよろしい、心得たよ」

「ああさようですか」

「心得ているよ」

「へえ、ではひとつおはらいねがいたいもんで……」

「だから心得ているといってるんだよ」

「では、さっそく勘定書きを持ってまいりますからおはらいを……」

「そうかい、勘定書きを持ってくるのかい……そうすると、あたしがここへお金をずっとならべりゃあいいんだ……いいんだが……ないんだよ」

「ない？　ないとは？」

「だから……ないといえばわかりそうなもんじゃないか、お金のことだよ」

「でも、あなた、心得てるといってたじゃありませんか」

「そりゃあ心得ているんだ。口のほうはばかに心得ているんだが、あははは……ふところのほうが心得ていないんだ。どうだ、おもしろいだろう」

「じょうだんじゃありませんよ。じゃあ、いったいどうなるんです？」

「なにが？」

「どうなるんです？　お勘定のほうは？」

「だからさ、じれってえなおまえさんは……お客商売をするくらいなら、もうすこしあたまのはたらきをよくしてもらいたいねえ。なんのためにわたしが友だちがくるくるといってさわいでるんだい、友だちが金をどっさり持ってむかえにくるのを待ってるんだよ」

「では、お友だちさまのところへ、おつかいとか、お手紙とかを……」

「そりゃあ家がわかりさえすりゃあ、むかえもやりてえけれども、どこなんだかわからねえんだ」

「どこなんだかわからねえって……あなた、お友だちでしょう」

「そりゃ友だちだよ。しかしねえ、それがまことにあたらしい友だちなんだ。ここへみんなできたろ、あの晩に友だちになったんだ。というのはね……おれが新橋のしゃも屋で一ぱいやってると、となりにいたのがあの連中なんだ。女中が気がきかなくって、なかなかちょうしを持ってこないんで、おれがじれったがって、なにをしてるんだかなんかいってると、となりにいたあの連中が、どうです、つなぎに一ぱい献じましょうとちょこを一ぱいさしてくれた。とたんにこっちのおちょうしがきたんで、へい、ご返盃てえことになった。酒飲みというやつはすぐに仲よくなるものだ。しまいには、いっしょになって飲みはじめたが、そのうちに、どうです、このままわかれるのもおしいから、今晩ひとつ品川へでもくりこみましょう、よう結構……結構毛だらけ、猫灰だらけ……ってんで、このうちへきてあそんだあくる朝、ぱっとわかれちまったんだが、ありゃあいったいどこの人だったのかしら？」

「おう、こりゃたいへんだ、おお、ちょいと松どん、源どん、鉄どん、ちょいときてくれ」

「だからいわないこっちゃない。なんだかようすがおかしいが、ほんとうに大丈夫なのかと念を押したら、おまえがなんといった、長年の商売人だ、にらんだ目にまちがいはねえから安心してろといったじゃねえか。ぜんたい、こんな深みへはまらないうちに、あのあくる朝、どうにかけりをつけてしまうほうがよかったんだ」

「そりゃあいわれるまでもないんだよ。おれもね、どうにかはなしをつけようとおもってとりにきたんだが、この人が、おれに口をきかせねえんだ。おれが勘定のことをいいかけると、わかってる、心得てると、とめちまうんだよ。勘定のことはわすれてる、わすれてるって……自分でしゃべりまくっておれに口をきかせてくれねえんだよ。そうなると、おれは因果と、舌がつっちまって口がきけなくなるんだ」

「だらしがねえじゃねえか……まあ、いいや、おれがかけあってやるから……おい、佐平次さんとやら、こりゃ、いったいどうなるんだい？」

「おや、おそろしいけんまくだね……さあ、どうなりますかな」

「おちついてる場合じゃないよ……どうなるってきいてるんだよ」

「さあ……どうもこまったもんだ……」

「人ごとのようにいうない、こまるのはこっちなんだぜ。どこかで金のできるあてはないのかい？」

「ものごとはあきらめがかんじんだよ。あきらめなさい。まあ、災難だとおもってあきらめなさい」

「ふざけるんじゃないよ……金をどうにか……」

「だから覚悟はしてますよ」

「え？　覚悟？」

「おいらんからきせるのわるいのを一本もらってるしね、新聞紙でたばこいれを折って、なかにきざみがいっぱいつまってるし、たもとにはマッチが二つはいってるし、当分籠城《ろうじょう》もできるしするから、ではそろそろあんどん部屋へでもさがりますかな」

「おお、たいへんなしろものだよ、こいつは……なにしろまあ、おいらんのおざしきをふさがれちゃあこまるから、とにかく下へおりてきてください」

「結構、どこへでもまいりますよ。ええ、どちらですな、そのあんどん部屋というのは？」

「じょうだんいっちゃいけないよ。いまじぶんあんどん部屋なんかあるものかい。ここが夜具がはいってる部屋だがね」

「ああ、夜具の部屋……いいね、どうもあったかくて……」

「ふとんによっかかっちゃいけないよ」

「大丈夫、大丈夫……そこは道楽者だよ。ふとんによりかかりゃあえんぎがわるいぐらいのことは心得ているから……どうかご心配なく、そこをおしめになって、おしごとにとりかかってくださいよ。ええ、ちと、また、ごたいくつの節は、どうぞおはなしにでもおでかけねがいまして、どうもごくろうさま、えへへへへ」

ひどいやつがあるもので、ものにおどろかないという、まことにずうずうしいやつがあるもので……こんなことがあったので、商売にけちがつくかとおもうと、ふしぎなもので、その晩も、そのあくる晩も、翌晩もと、たいへんに客の足どりがいいということがつづきました。あまり客がたてこむと、こんな大見世でも、奉公人のかわり番やなにかで、ちょっと手がたりないことができて、それがために、客に対して不行きとどきというようなことがたまにはあるもので……。

「ちぇっ、なにをしてやがるんだろうなあ、今夜は、出がけに気がさしたからよせばよかったよ。女のこねえのはいそがしいんだろうからしかたがねえや……そんなことをぐずぐずいうほどやぼじゃねえんだが、おばさんも若え衆もつらをみせねえってのはしゃくにさわるじゃねえか。いくらいそがしいか知らねえが、これだけの屋台骨をはっていやがるんだ。奉公人の二十人や三十人いるだろうに、なにしてやがるんだ。刺身を持ってきやがったって、醬油《したじ》がねえじゃねえか。醬油をつけねえで生魚《なまざかな》が食えるかい、猫じゃねえや、ちくしょうめ……手をたたけばやぼな客にされちまうし、銭をつかいながら神経をいためるなんてくだらねえったらありゃあしねえや……なにしてやがるんだ、このうちは……」

「ええ、こんばんは」

「なんだい？」

「ええ、お刺身のお醬油《したじ》を持ってまいりました」

「持ってくるならはやく持ってこい。なにしていやがるんだ」

「どうもお待ち遠さまで……いえ、なにしろたてこんでますもんで……つい、どうも……えへへ……いらっしゃいまし、おひさしぶりで……」

「おひさしぶりったって、おめえみたことがねえが、ここの若い衆かい？」

「まあ、若い衆みたようなもんで……」

「なんでえ、そのみたようなものてえのは？」

「えへへへ……ときに、つかんことをうかがいますが、あなたさまはなんでしょう？　かすみさんとこの勝つあんでいらっしゃいましょう」

ものだ」

「よせよ、なにもかすみさんとこの勝つあんてえことはねえけれども、おれは勝太郎という
「よう、勝つあん、あなたが、やっぱり……うかがってますよ、あなたのおのろけ……おいらんが、ひまがありさえすりゃあ、うちの勝つあんがこうなんだよ、うちの勝つあんがああなのさって……うちの勝つあん、うち勝つあんてえことについては、あたしもじつによわっちまって……」

「変な世辞《せじ》をいうない」

「いいえ、まったくのはなしなんで……ともかくもおちかづきのしるしに、ひとつおさかずきをいただきたいもんで……」

「どうもあつかましいやつがきたもんだ……まあ、おれもひとりで、はなし相手がいなくて、たいくつはしていたんだ。それ、やるよ。飲めよ、……どうした？　さかずきをとらねえで……飲めねえのか？」

「いいえ、いただけないというわけではございませんが、どうせいただくなら大きなやつのほうが……うしろの茶だんすのなかに湯飲みがありますから、その湯飲みでひとつ、えへへへ、いただくということにねがいたいもので……」

「たいそうずうずうしいやつが入ってきやがった。それじゃあ、湯飲みについでやるぜ」

「へい、ありがとうございます。ええ、あなたさまが今晩おあがりになったのは、たしかあれは九時をすこしまわったという時分でしたなあ」

「よく知ってやがるな」

「あとで、おいらんがみんなにいじめられてましたよ、ちょいと、勝つあんがきてよかったねかなんかいわれて、せなかなんかぶたれたりして……すると、おいらんのほうでもうれしそうな声をだして、ありがとうかなんかいってましたよ。あんまりおいらんがぼーっとしてるんで、この人は、ほんとにしっかりおしよてんで、みんながまたおいらんのせなかをどやしたりしてましたが、あのおいらんをあれだけむちゅうにさせるというのは、あなたはどこかすごいところがあるんだね、人の知らない術をもちいてるんだよ、きっと……へへへへ、色魔、女殺し……くやしいねえどうも……だまってご祝儀ください、ほんの名刺がわりに」

「おいおい、それはこっちでいうことだ……手をだすなよう、どうもたいへんなやつが入ってきたもんだ。やるよ、やるから待ちなというのに……さあ、ここにたばこを買ったおつりがいくらかあるから、これで示談にしろ」

「よう、よう、おそれいりました。はなしがじつによくわからあ。ではいただきます。このあいだね、雨のふる日においらんがあなたののろけをいってましたぜ」

「よしねえよ。うめえことをいうのは……」

「ほんとうですよ。あなたのことで、新造衆といさかいをして、なにをいってるのさってんで、おいらんすっかりおかんむりで、燗ざましをあつくしたやつを湯飲みへついで、ぐいぐいやっていましたが、やがて目のふちがぼーっと赤くなってくると、かけてあった三味線をとって、爪びきで、都都逸《どどいつ》をうたってましたぜ。その文句をあなたにきかせたかったたねえ」

「そうかい」

「あたしははじめてうかがったけれど、おいらんはいいのどしてますねえ……その文句というのが……〽来るはずの人はこないで、ほたるがひとつ、風に追われて、蚊帳《かや》のすそ……なんてね、どどいつのうたい尻をすうっとあげてうたったから、なるほどさすがは江戸っ子だとおもって、あたくし、じつにどうも感服……ちょっとおはしを拝借……」

「おいおい、食いものをとりまくなよ」

「どうもおそくなってすみません。あら、ちょいと、勝つあん、おまえさん、この人をよんだの？」

「いや、べつによんだわけじゃねえが、むこうで勝手に入ってきたんだあな」

「まあ、あきれたねえ、この人は……」

「なんだい、こいつは？」

「うちの居残りよ、この人……」

「いのこり？　……ええ、おまえさん、うちの居残りなのかい？」

「ええ、てまえ当家の居残りで……えへへへ、なにぶんごひいき、おひきたてのほどを……」

「ふざけちゃいけねえぜ。なにがごひいき、おひきたてだよ。どうもおれも変だとはおもってたんだ。若い衆ときいたら、まあ若い衆みたいなもんでといいやがって……刺身の醬油《したじ》がねえといってたら、この人が持ってきたんだ」

「まあ、気がきいてるのね、でも、よくおまえさんわかったねえ、お醬油のあるところが……どこから持ってきたの？」

「ええ、今晩紅梅さんの部屋でおそばをおとりになりまして、あとで、そのいれものが廊下にでておりました。で、さきほど、あたしがこのお部屋の前をぶらっとあるいておりますと、醬油をつけねえで生魚が食えるかい、猫じゃねえやなんてことが聞こえましたから、よう、ここが忠義のみせどころてんで、そばつゆの徳利をふってみると、がばりと音がしましたから、それを小皿へあけて、ただちにこちらへ運搬を……」

「なんだい、そばのつゆだったのかい？　どうりで、いやにあまったるい醬油だとおもってたんだ。ひどいことをするない」

「えへへへ、どうもあいすみません……間にあわせということで、まことにどうも失礼……おいらん、ただいま、こちらさまから、ご祝儀をいただきました。おいらんからよろしく……どうも旦那ありがとうございました。へい、あまり長くなりますと、おじゃまになるといけませんから、このへんでおひまをいただきます。ごゆっくりおたのしみを……よいしょ、よう……」

てんで、まことにあつかましいはなし。

そのうちに、佐平次のやつ、ほうぼうのおざしきへ顔をだすようになりました。なにしろ、人間がずうずうしくって、口さきがかるい、それで酒の相手ができるというのですから、ああいう場所にはもってこいで……そのうちに、おいらんたちにはかわいがられる、おなじみのお客もできるということになって、なかにはお客のほうでも、ずいぶんのんきなのがあります。

「おお、なんだか座敷《ざしき》がさびしくっていけねえな。おらあ陰気なのが大きれえなんだ。呼べよ、ひとつ、口をかけねえか」

「だれにしましょうか、小きんさん、梅香さん？」

「芸者なんかよんだっておもしろいもんか、それより居残りをよんでくんな。まだいるんだろ？」

「居残りですか……いますよ、まだ……」

「じゃあ、よびねえな」

「では、よんでみましょう……ちょいと、いの（居残り）どーん」

「へーい」

「十三番さんで、お座敷ですよ」

「へい、ありがとうさまで……いよう、こんばんは、これは旦那さま、先夜はまことにどうも失礼を、よいしょ」

なんだかわけがわからない。かたっぱしからお客をとりまきはじめたんで、ほかの若い衆たちは苦情がたいへんで……。

「おい、鉄どん、松どん、源どん、みんなこっちへおいで、いや、どうもあきれたねえ、どこの国に居残りが座敷でかせぐということがあるんだい。このごろ、われわれのもらいがねえとおもっていると、あいつがひとりでもらっちまうんだよ。どうもひどいはなしじゃねえか。なんだい、あのゆうべのさわぎというものは……十三番のざしきで、口をかけろ、口をかけろといっているから、芸者でもはいるのかとおもっていたら、居残りをよべってんだ。すると、おいらんものんきだねえ、居のどんとよんだよ。すると、また、あいつが、へーいとへんじをしてやがる。十三番でおざしきですよ、よろしい心得たてんで、扇子をパチパチやりながら、お客の座敷へおどりながら入っていきやがる。お客が、また、それをみて、よろこんで祝儀をやってるんだ。ばかばかしいったらありゃあしねえ……ところが、あとからきた客がなおいけなかった。座敷がさびしいから、居残りに口をかけてくれ、ただいま居残りはふさがっております、それならはやくもらいをかけろって……そんなばかなはなしがあるもんか。じつはね、旦那にもそういったんだ。いままでの損は損として、どうにかしてあんなやつはたたきだしてしまわなければ、店のしめしがつかねえと……」

「まったくだ。あんなものにいられた日にゃあ、われわれがめしの食いあげだよ。旦那から追いだしてもらわなけりゃあ……」

「おう、きやがった、きやがった……おいおい、居残りさん」

「へーい、どちらのお座敷で?」

「お座敷をつとめる気でいやがる……お座敷じゃねえんだ。旦那が用があるとおっしゃるんだ。わたしといっしょにきておくれ……ええ、旦那さま、居残りの人をつれてまいりました」

「ああそうかい。あとをしめていきな。さあ、おまえさん、ずっとこっちへおいでなさい。あたしが当家の主人だ。おまえさんもふしぎなご縁でこうして長くおいでなさるが、いつまでこんなことをしていてもしかたがあるまいし、そうかといって、すぐに勘定をはらうこともできますまい。だから、おまえさんのつごうのいいときでかまわないから、半年でも、一年でも待ってあげるということにして、ひとまず家へお帰んなさい」

「へえ、そうやさしいことをいっていただきますと、穴にでもはいりたい心持ちがいたします……しかし、わたしは、こちらさまの敷居をまたいでおもてへでますと、御用とつかまって、くらいところへいかなくっちゃあならない身でございます」

「御用とつかまる？　なんだい？　そんなわるいことをしたのかい？」

「へえ、人殺しこそいたしませんが、夜盗、追いはぎ、家尻切《やじりぎ》り……わるいにわるいということをしつくしまして、五尺のからだのおきどころのない身の上でございます」

「これはおどろいた。おまえさんがねえ……どうも、そんな悪事をはたらいたようにはみえないが……」

「へえ、親父は神田の白壁町で、かなりのくらしをしておりましたが、持って生まれた悪性《あくしょう》で、がきのときから手くせがわるく、抜けまいりからぐれだしまして、旅から旅をかせぎまわり、碁打ちといっては寺々や、物持ち、百姓の家へ押しいりまして、ぬすんだ金の罪科《とが》は、毛抜きの塔の二重《ふたえ》三重《みえ》、かさなる悪事に高とびなし……」

「どこかで聞いたような文句だね」

「こちらさまの敷居をまたいでおもてへでて、もしも御用とつかまった日にゃあ、三尺高《たけ》え木の空で、この横っ腹に風穴があきます。お慈悲でございますから、ほとぼりのさめるまで、もうすこしのあいだ、おかくまいなすってくださいまし」

「どういたしまして……とんでもないことで……知らないむかしならいざ知らず、それを知って、なんでわたしの家へかくまっておけますものか、とんでもないことだ。そんなことをいっていないで、すこしもはやくここの家を出て、どこかへ逃げてもらうわけにはいかないかい？」

「そりゃあ、わたしだって、こちらへごめいわくをかけたくはございませんから、高とびもしましょうが、さきだつものは金でございます」

「それでは、すくないけれど、ここに三十円の金がある。これを路銀《ろぎん》にしてどこか遠いところへ逃げておくれ」

「へえ、ありがとうございます。それでは、おことばにあまえましてちょうだいいたしますが、このなりではどうすることもできません。おそれいりますが、旦那のお着物をひとついただきたいもので……」

「そりゃあ、着物ぐらいあげてもいいが……」

「どうせいただきますなら、このあいだできてまいりました結城《ゆうき》の着物をおねがいいたします」

「よく知ってるね、しかし、丈《たけ》があうかどうか……」

「いいえ、それは大丈夫でございます。旦那の丈が七寸五分、わたしも七寸五分で、寸法もぴったりおんなじで……」

「これはおどろいたねえ。あたしの丈まで知ってるとは……まあ、みこまれたのが災難だからあげるよ」

「へい、ありがとうございます。ついでに帯も一本いただきたいんで……」

「ああそうかい。では、茶献上《けんじょう》の、あれをあげよう」

「ですが、旦那、着ながしというやつは人目につきやすいもんで、羽織《はおり》も一枚どうぞ」

「そうかい、羽織は、ごまがらの唐桟《とうざん》のでいいだろう」

「ありがとうございます。お金はいただきましたが、たもとから金をだすやつは、なんとなく人柄がわるくみえますから、紙入れも一つくださいまし」

「はいはい、ではこれを持っておいでなさい……それから、半紙を二帖、手ぬぐいが一本、あたしの下駄が入り口にあるから、それだけあればよかろう」

「へい、なにからなにまでありがとうございます。それでは旦那、これでごめんをこうむりますから、みなさんにどうぞよろしくおっしゃってくださいまし。どうもおやかましゅうございました」

「ああ、わかったから、はやくお逃げなさい」

佐平次がでていってしまったあと、旦那は、店の若い衆をよんで……。

「おい、鉄どんか、あいつが家のそばでつかまったりしては、こっちがめいわくだから、おまえ、どんなようすだか、ちょいとみてきておくれ」

「へい、いってまいります」

鉄どんという若い衆がようすをみに佐平次のあとをついてくると、佐平次は鼻唄まじりでのんびりとあるいてゆきます。

「おい、おい、居残りさん、おい」

「おう、鉄どんじゃねえか、どうしたい、おつかいかい？」

「そんなことはどうでもいいけれど、おまえさんものんきだねえ、鼻唄なんかうたっていて……もしもつかまったらどうするんだい？」

「つかまる？ おれが？ あはははは、いやどうもすまなかった。おめえのところの旦那はいい人だねえ」

「いい人だとも……品川じゃあ、神さまか仏さまのようにいわれているくらいだから……」

「いえさ、いい旦那といえば体裁がいいが、はっきりいやあばかだ」

「なんだ？ ばかだと？」

「こう、おめえも女郎屋の若え衆でめしを食うなら、おれのつらをよくおぼえておけ。吉原《なか》へいこうが、板橋へいこうが、どこでも相手にしてのねえ居残りを商売にしている佐平次とはおれのことだ。まだ品川じゃあ一度もやらねえからと、おめえのとこをみこんであがったんだ。まあ、おかげでちょいとした小づかいとりになった。はい、さようなら」

「あっ、ちくしょうめ、ひどい野郎だ……旦那、たいへんでございます」

「どうした？ つかまっちまったか？」

「いいえ、つかまるどころではございません。あいつは居残りを商売にしてあるく佐平次という男だそうで……」

「そうか、あきれたやつだ。どこまであたしをおこわにかけたんだろう」

「へへ、あなたのおつむりがごま塩ですから……」


【解説】

幕末の名手初代春風亭柳枝《りゅうし》作の品川を舞台にした本格的廓噺で、廓の世界のうらおもてに通じた演者でないとやりにくい噺。

その点、この噺をみがきあげた明治から大正にかけての柳家小せんなどは、うってつけの演者だった。なにしろ廓に耽溺《たんでき》し、脳脊髄梅毒症が悪化して腰が立たなくなり、女郎あがりの女房につきそわれて寄席通いをし、廓噺ばかりの独演会もひらいたのだから……。「餓鬼《がき》のときから手くせがわるく……」という「白浪五人男」のせりふをくすぐりにつかったのなども小せんのすぐれた創意だった。

この噺は、佐平次が徹頭徹尾相手をだますストーリーなので、達者な演者が、佐平次の人物像を淡彩にえがくために軽快なテンポで噺をすすめないと、佐平次が悪党じみてしまって、噺のおもしろさが半減されてしまう。

はじめに若い衆に勘定といわせず煙にまくところ、どさくさまぎれに客をとりまくところ、旦那をおどかして金や衣類をまきあげるところ、最後に、ついてきた若い衆に自分の素性《すじょう》をあかすところなど、いずれもおもしろいが、むずかしい場面といえる。なお、おちの「おこわにかけた」とは、「だました」「一ぱい食わした」などという意味。

目黒《めぐろ》のさんま

むかしのお大名というものは、下々《しもじも》の庶民生活などご存知ありません。ですから、すこしでもそれを知りたいとおもって、ご登城の途中、お駕籠《かご》のなかで、なにかめずらしいことはないかと、きょろきょろとさがしていらっしゃいます。すると、聞えてまいりましたのが、職人たちのはなし声で……。

「おう、聞いたかい、きょうの米相場を……」

「いや、まだ聞かねえ」

「でえぶ暮らしよくなったじゃねえか。両に五斗五升だとよ」

それをお駕籠のなかでお聞きになった大名が、

「ほう、米は両に五斗五升か、おそらくこんなことを知っている大名はあるまい。これはよいことを聞いた」

と得意になってご登城になり、

「いや、おのおのがた、大きに遅刻いたしした」

「おや、おはようござる。さあ、これへおいでなされ……いかがでござるな。なにかかわったことでもございますかな?」

「さよう、今日《こんにち》の米相場をお聞きになられましたか?」

「いや、うけたまわらん」

「さようか、町人どももだいぶ暮らしよく相成り申した。なにしろ、両に五斗五升でござるからな」

「貴公には、いつもながら下世話におくわしいが、米相場までご存知とは、いやはやおどろきいったしだい。して、ただいま、両に五斗五升とおおせられたが、いったい、両とは、何両のことでござるな?」

「うむ、それはむろん百両でござる」

　十両盗めば首がとぶといわれた時代に、そんな高い米はございません。

　秋の一日、あるお大名が、ご家来を十二、三人おつれになって、遠乗りにおでかけになりました。

　昼近くになって、そのころは、まだ江戸の郊外だった目黒まで乗りつけられて、

「一同の者、おもったよりもはやくまいったな」

「ははあ……おそれながら、お上《かみ》のお腕前には、いまさらながら驚嘆つかまつりました」

「さようか……なんにいたせ、よい景色じゃ。落ち葉といい、もみじといい、まことにみごとな風情じゃな」

「御意《ぎょい》にございります」

「ときに、最前より馬上においてかんがえておったが、戦場にのぞんで難戦の折りなどには、馬にばかり乗っておられんのう。さような場合は、徒歩《かち》となるであろうが、そのときには、足が達者でなければ、ものの役には立たん。じゃによって、これから足をためしたいとおもうが、どうじゃ？」

「おそれながら、いかにしてお足をおためしに相成りますか？」

「そのほうどもと走りくらべをする。予に勝った者にはほうびをとらせるが、負けた者は、屋敷へ帰って鉄扇《てっせん》でかしらを打つがどうじゃ？」

「へへー、ありがたきしあわせ……」

負ければ、鉄扇であたまをなぐられるというのに、「ありがたきしあわせ」というのもまぬけなはなしですが、ご主君のいうことにはさからえませんから、これから走りくらべということになりました。

殿さまは、陣笠をおとりになると、ぱっと走りだされましたが、なにしろお年若でいらっしゃいますから、なかなか足もお達者で、脇目もふらずどんどんどん走っておいでになります。

「いや、ご同役、殿のお達者なのにはおどろき申したな。このようすでは、ごほうびにありつけそうもありませんな」

「さよう、鉄扇のほうに近くなってきましたぞ」

「まことに情けないことで……やあ、殿には、あすこでおとどまりになって、ふりかえってみておいでなさる。はやくまいろう」

　ご家来衆がやってまいりますと、殿さまは、すでに杉の切り株に腰をかけておやすみになっていらっしゃいます。

「おそいではないか」

「どうもおそれいりました」

「ここは、なんと申すところじゃ？」

「上目黒元富士と申しまして、目黒より二十四丁ほどはいりましてございます」

「なんじゃ、たった二十四丁か。予は一里も走ったような気がいたした。わずか二十四丁ぐらいで、かように息が切れるようなことでは、いざというときに、ものの役に立たんな。ご難戦の折りには、神君も十里の道を走り通されたとうけたまわっておるが、泰平の大名は役に立たんな。まことに汗顔《かんがん》のいたりじゃ。そのほうどもにいたっては論外じゃ」

「うへー、おそれいりましてございます」

「ときに、だいぶ空腹をおぼえてまいった……いずれかで魚を焼いておるようじゃな」

「御意の通りにございます。いずれかで魚を焼いておるようで……」

　ご空腹は殿さまばかりではありません。ご家来衆もおなじことで……。

「ご同役、さんまを焼いておりますな」

「かような腹ぺこの折りには、さんまで一膳、茶《ちゃ》づりたいもので……」

　このひそひそばなしが、殿さまの耳にはいりました。

「これよ」

「そちらの両名の者、ただいまなんとか申しておったな、腹ぺこの折りには、さんまで茶づりたいとか……なんのことじゃ？」

「ははっ」

「うへー、とんだことがお耳にとまりまして、なんとも申しわけございません」

「これこれ、さようないいわけは無用じゃ。本日は、無礼講であるから、わけを聞かしてくれ」

「しからば申しあげます。下々《しもじも》では、空腹のことを腹ぺこと申しております」

「ほう、空腹が腹ぺこか、おもしろいことを申すな。しからば、さんまで茶づるとはなんのことじゃ」

「さんまとは、魚の名でございます」

「はて、予は一度も食したことがないぞ」

「はあ、下魚《げうお》でございますゆえ、お上のお口にはいりますような魚ではございませんが、ただいまのような秋の季節には、ことのほか風味のよろしいものにございます。かように空腹の折りに、さんまで一膳茶漬けを食したいと申しますのを、腹ぺこの折りには、さんまで一膳茶づりたいと申したのでございます」

「ああさようか。予も腹ぺこじゃ。さんまで一膳茶づりたい。さっそくしたくいたせ」

「ははあ、ただいま用意いたします」

ご家来衆、ひきうけて御前をさがったものの、どうしてよいかわかりません。

「ご同役、こまりましたな。さんまをもとめようにも、このあたりには魚屋もなし……」

「さよう……うん、よろしゅうござる。さんまを焼いておる家へまいって、たのんでみましょう」

「それは妙案」

ご家来衆が一軒の農家にまいりますと、おじいさんがしきりにさんまを焼いておりましたが、ちょうど脂《あぶら》が乗りきっているので、うちじゅう一ぱいの煙。

「ゆるせよ」

「おいでなせえまし……なにかご用で？」

「余の儀ではないが、われわれのご主君が、そのほうの家で焼いておるさんまのにおいをおかぎあそばして、一膳食したいとおっしゃるによって、さっそく膳部のしたくをいたせ」

「なんでごぜえます？ ちっともわかんねえだ」

「わからんやつじゃな。われわれの殿さまが、そのほうの家で焼いておるさんまのにおいをおかぎになり、ごはんをめしあがりたいとおっしゃるから、すぐにしたくをしろというのじゃ」

「はあ、それではなにかね、わしのところで焼いてるさんまがうまそうだから、めしを食わせろというかね。そりゃあ、いくら殿さまだって虫がよすぎるだ。わしが食うべえとおもうから、はるばる品川まで買いにいってきただ。それをいきなりやってきて食わせろなんて……おことわりしますべえ。みず知らずのかたに、一膳だってめしをごちそうするいわれはねえ」

「これこれ、無礼なことを申すな。そのほうの家のものをめしあがって、ただお帰りになる気づかいはない。きっと多分のお手あてをくださるぞ。第一とうといご身分のおかたが、そのほうどもなどにおいて食事をあそばすということは名誉なことではないか」

「まあ、おことわり申しますべえ。わしがとこはめし屋でねえから、めしを食わして手あてなんぞいただきたくねえだからね……」

このやりとりを門口《かどぐち》で聞いていらしったお殿さま、にこにこ笑いながら、なかへおはいりになって、

「これ、ゆるせよ」

「へー、おいでなせえまし……これは殿さまでごぜえますか？」

「さようじゃ。ただいまあれにて聞いておったが、この者の申しようが、そちの気にさわって、だいぶ立腹のようすじゃが、ゆるしてくれよ。ことごとく空腹にて、まことに難渋いたす。どうか一ぜん食事をさせてくれぬか？」

「へえへえ、こりゃあ感心しましただ。えれえな、やっぱり殿さまはたいしたもんだ。口のききかたからしてちがわあ。そこへいくとこの野郎だ。口のききようを知らねえばか野郎だ」

「おのれ、ばか野郎とはなんだ」

「これこれ、おこるでない。それにちがいないではないか」

「どうもおそれいりましてございます」

「それじゃあ、殿さまのおっしゃりようがうれしいから、ふるまってくれべえかね」

殿さまは、生まれてはじめてさんまをめしあがりましたが、空腹のところへもってきて、しゅんのさんまですから、たいそう御意にかなって、

「これはすこぶる珍味なものじゃ。十分に手あてをしてとらせい」

過分のお手あてをくだされて、お屋敷へおもどりになりましたが、目黒でめしあがったさんまの味がわすれられません。しかし、殿さまのご膳部には、もちろんさんまなどでてまいりませんから、毎日、さんま、さんまと恋いこがれておりました。

ある日のこと、殿さまが、ご親戚へおよばれでおでかけになりますと、「なにかお好みのお料理はございませんでしょうか。なんなりとお申しつけくださいまし」というご家老の申しいでてでございますから、殿さま、待ってましたとばかり……。

「さようか、しからば、腹ぺこの折りから、さんまで茶づりたいぞ」

「うへー、心得ましてございます」

心得ましたとご前をさがってきたものの、ご家老にも、なんのことかさっぱりわけがわかりません。そこで、さっそく重役一同をあつめて、

「さて、おのおのがた、本日おあつまりねがったは余の儀でない。じつは、ただいま、ご分家の殿より、腹ぺこの折りからさんまで茶づりたいとのおことばがあったが、おのおのがたは、いかなることかおわかりでござるかな？」

「はて、とんとわかり申さぬ」

「てまえにもなんのことやら……」

「てまえにも見当がつき申さぬ」

「てまえも……」

だれにもわかりません。それでは、家中のうちにはわかる者もあるであろうというので、ご家中へさっそくお触れがでました。

腹ぺこの折りから、さんまで茶づりたいということをわきまえる者があらば、ただちに申しいでよ。恩賞の沙汰におよぶという大げさなお触れ書きで……。

ところが、これをみまして、仲間部屋《ちゅうげん》の連中はみんな腹をかかえて笑っております。だんだんしらべてみると、事情がわかりましたので、さっそく日本橋魚河岸から最上等のさんまをとりよせたのですが、このように脂《あぶら》の多いものをさしあげて、もしもおからだにさわっては一大事というので、十分に蒸して、小骨なんかは毛抜きでぬいて、さんまのだしがらみたいなものをこしらえあげました。

「殿、ご注文のさんまでございます。なにとぞご賞味くださいまし」

「なに、これがさんまと申すか。ばかに白いではないか。まちがいではないのか？　たしか、もっと黒くこげておったはずじゃが……」

「いいえ、さんまに相違ございません」

「さようか、どれどれ……」

殿さまが、箸でおとりになると、ぷーんとかすかにさんまのにおいがしておりますから、

「うーん、このにおいはまさしくさんまじゃ。これ、さんまよ、恋しかったぞ」

殿さま、感涙にむせんで一と口めしあがったのですが、蒸して、脂がぬいてあるぱさぱさのさんまですから、どうしたっておいしいはずはありません。

「これがさんまか？」

「御意」

「ふーん……して、このさんま、いずれよりとりよせたのじゃ？」

「ははあ、日本橋魚河岸にございます」

「あっ、それはいかん。さんまは目黒にかぎる」


【解説】

将棋《しょうぎ》に凝《こ》って、自分につごうのいいように勝負をすすめては家来を負かし、罰として鉄扇で家来のあたまを打ってこぶだらけにする「将棋の殿さま」、そばを打つことに興味を持ち、むやみに家来に食べさせては病人にしてしまう「そばの殿さま」――そういうオーバーに戯画《ぎが》化された殿さまの噺にくらべると、「目黒のさんま」は、世間知らずの大名の横顔が、たくまずしてとらえられていてほほえましい。なお、殿さまを松平出羽守ときめて演じる落語家もいる。

「さんまは目黒にかぎる」という日常会話がかわされるくらいに有名な落語。

小言幸兵衛《こごとこうべえ》

人間と生まれてくせのないものはございません。なくて七くせ、あって四十八くせとか申します。

麻布の古川に家主をしている幸兵衛さん、このひとは、叱言《こごと》をいうのがくせなので、人よんで小言幸兵衛というくらい。

朝おきれば、もう長屋を一まわり叱言をいわないとめしがうまくないという、じつにたいへんなもんで……。

「おいおい、魚屋、なにしてるんだよ。魚をこさえるのはいいが、はらわたをそうむやみにまきちらしちゃあこまるじゃねえか。蠅がたかって不衛生でいけねえ……のり屋のばあさん、そんなとこで赤ん坊に小便やらしてちゃあいけねえな。あとがくせえじゃねえか……あっ、くせえといえば、どこのうちだい？　こげくせえや、めしがこげてるよ。どこのうちだ？　熊公んとこだな。のべつあすこじゃあめしをこがしてやがら……それで熊公のやつ色がまっ黒なのかしら……おい熊さん、めしがこげてるよ……あれ、だれだい？　はばかりで唄を唄ってるのは？　ひどい声だねえ。当人は唄だとおもってるんだろうが、知らねえやつが聞いたら人殺しとまちげえるじゃねえか。場所がはばかりだけあって、ああいうのを黄色い声というんだな。おいおい、だれだか知らねえが唄をやめろ。赤ん坊がひきつけおこすぞ。……どこだい、このけむりは？　……芋屋《いもや》の平兵衛のうちだろう。きまってやがら、しょうがねえな。あああ、こんなとこで犬がつるんでら、もっとはじのほうへいけ、はじのほうへ……ほんとにどいつもこいつもなっちゃいねえ。あきれけえったやつらだ……ばあさん、いま帰ったよ」

「おや、お帰んなさい」

「どうもこの長屋の連中にもこまったもんだ。あいかわらず人に叱言ばかりいわせやがる。どうもしまつにおえねえ……あれっ、このばばあ、人がしゃべってるのに、もういねむりしてやがらあ。どうしてこうよくねるのかなあ、寝る子はそだつというが、これ以上そだちようがねえじゃねえか。あとは化けるばかりだ。おい、ばあさん、ばあさん、おきろ、おきろ。おきて台所でもかたづけちゃあどうなんだ。それ、ふきんがとびそうだ。あれっ、ぞうきんおさえてやがらあ、ぞうきんがとぶかよ。ぞうきんは板の間においてあるんじゃねえか。その横の猫の皿をどかしときなよ。この猫も猫だ。ばばあとおんなじで寝てばかりいやがる。たまにはねずみでもとったらどうなんだ。むだめしばかり食らいやがって……それ、おばあさん、やった、やった。なんて不注意なんだい、また土びんをけとばしちまった。のべつ土びんの湯をこぼしてるから畳がしめっぽくていけねえじゃねえか。はやくふきなよ。あれっ、ふきんでふいてやがる。きたねえな。ぞうきんでふきなよ、ぞうきんで……それは猫だよ。猫で畳がふけるかよ。もうろくしちゃって、どうにもこまったもんだ……」

「まっぴらごめんねえ。まっぴらごめんねえ」

「おい、ばあさんや、おかしなやつがきたよ。なんだかぺらぺらぺらぺらいってやがるぜ……おい、そのぺらぺらいってる人、用があるんならあけておはいり」

「ふっ、いうことがかわってらあ、あけてへえれってやがる。なにいってやんでえ。あけねえでへえれるもんか。あけずにへえるのは屁ぐれえなもんだ。あけるぜ。まっぴらごめんねえ。よう、こんちわ」

「変な野郎だな。おまえはいったいなんだ？」

「え？」

「おまえはなんだ？」

「あっしは人間でさあ」

「人間はわかってらあな。なにしにきたんだ？」

「おまはんかい、家主ってのは？　このさきに二間半間口の家が一軒あるが、あいつを借りてえんだ。いくらだい店賃《たなちん》は？」

「なんだと？」

「このさきにある貸し家を借りるんだが、店賃はいくらだよ？」

「こいつあなんて無作法なやつなんだ。だれがおまえにあの家を貸すといった」

「貸さねえのかい？」

「貸したいから、貸し家という札がはってあるんだ」

「だから聞いてるんじゃねえか、店賃はいくらだって……」

「おまえさんは口のききようを知らないからいけない。いいか、家を借りたければ借りたいで、それなりのかけあいのしかたがあるだろう」

「どんな？」

「あすこに貸し家がありますが、あれをお貸しいただけますか、いかがでございましょうぐらいなことをいってみろ。それで貸すといわれたら、それでは店賃はおいくらでございましょうときくのが順序じゃねえか」

「なるほど……こいつありくつだ」

「そうだろう……で、商売はなんだ？」

「豆腐屋」

「豆腐屋か……うん、そりゃいいや。この近所に豆腐屋がねえから……で、家内は何人だ？おまえの家族は？」

「かかあがひとりなんで……」

「かかあがひとり？　じゃあ、これまで三人も四人もいたのか？」

「じょうだんじゃねえ。かかあはひとりにきまってらあ」

「きまってるなら、ことさらひとりとことわることはねえ。よけいなことをいうな。むだ口きくやつにりこうなやつはねえぞ」

「そういちいち叱言いわれちゃたまらねえや」

「で、子どもはねえのか？」

「ええ、食いもの屋ですからね、餓鬼《がき》がいちゃあきたなくていけねえや。おかげさまで餓鬼はひとりもいねえんで……」

「このばか野郎、とんでもねえことをぬかしゃあがって……もう家を貸すことはできねえ」

「どうしてなんで？　どこの家主だって、子どもがいねえといやあ、よろこんで貸すけどなあ」

「そんなばかな家主とおれといっしょにするな。いいか、子どもは子宝というくらいで、金を山と積んだってできるもんじゃねえんだぞ。その宝がねえのがどうしてじまんになるんだ？　しかし、まあ、夫婦になって半年か一年ならばできねえってこともあるからな……いついっしょになったんだ？　そのかみさんと？」

「かれこれ八年になるかな」

「なんだと、八年もいっしょにくらしてて子どもができねえ？　そいつあいけねえや。いいか、むかしはなあ、三年添って子なきは去るべしといったもんだ。三年間も子どもができねえ女は、女房としての値打ちがねえから離縁してしまえといったんだぞ。八年も子どもができねえような、そんな日かげのきゅうりみてえな女は追いだしちまえ。そのかわり、おれが下っ腹のあったけえ、子どものぽかぽかできる丈夫なかみさんを世話してやるからひとり身になってひっこしてこい」

「なにいってやんでえ、この逆蛍《ぎゃくぼたる》」

「な、なんだ、なんだ。いきなり大きな声をだしゃあがって……ばあさん、逃げなくってい い、逃げるんならいっしょに逃げるから……逆蛍とはなんだ？」

「蛍は尻が光ってるが、てめえはあたまが光ってるから逆蛍だっていうんだ。それくれえのことわからねえのか、このあんにゃもんにゃもんにゃめ」

「あんにゃもんにゃ？　なんだい、あんにゃもんにゃてえのは？」

「そんなこと知るもんか。だまって聞いてりゃあなんだと？　かかあとわかれてひとり身でひっこしてこいだ。なにいってやんでえ。てめえみてえなやつにわかれろといわれて、へえ、さようでござんすかとお手軽にわかれられる仲とちがうんだ。おめえじゃなくちゃならねえ。おまはんといっしょになれなくちゃ死んじまうわと、好いて好かれて、好かれて好いた仲だい。それなのに……それなのに……」

「なんだ、こいつ、泣いてやがらあ」

「それほど惚れて惚れられて、惚れられて惚れた仲なんだ。ひとつのものは半分ずつわけて食う。半分のものは四半分、四半分のものは四半半分、四半半分の四半半半分……ねえものは食えねえ」

「あたりめえだ」

「それほどのかかあとわかれて、てめえのとこの店《たな》へひっこしてくるほどもうろくしちゃあいねえや。なにいってやんでえ。まごまごしやがると、どてっ腹あ蹴やぶって、トンネルこしれえて、汽車あたたっこむぞ。くそくらえ、このくたばりぞこないめ！」

「ちくしょうめ、なんて野郎だ。さんざん毒づいていっちめえやがった。あきれた野郎だ。ぼろぼろ涙こぼして、かかあののろけいって、あげくの果てに、ひとのどてっ腹ぁ蹴やぶって、トンネルこしれえて、汽車あたたっこむってやがらあ」

「そうすると、おじいさんの口なんか改札口ですかねえ」

「なにくだらねえことをいってるんだ。あんなばかを相手にしてたんじゃあ命がいくつあってもたりゃあしねえ」

「えー、ごめんくださいまし」

「よく人がくる日だな……はい、はい、なにかご用で？」

「ええ、お家主さまの田中幸兵衛さまのお宅は、こちらさまでございますか？」

「おばあさんや、風むきがかわってきたよ。こんどはたいへんに人間らしい人がきたじゃないか。うれしいねえ……お家主さまの田中幸兵衛さまのお宅は、こちらさまでございますかときたぜ……はい、はい、てまえどもですが、どうぞ遠慮なくこちらへおはいりください」

「ごめんくださいまし。はじめてお目にかかります。あなたさまが幸兵衛さまで？　……あたくしは、ちょっと通りがかりのものでございますが、このさきに二間半間口のまことに結構なお借家がございますが、あれは、てまえどものようなものにお貸しくださいましょうや、または、ご前約がございましょうや、この段をうかがいたいと存じましてお邪魔しましたようなしだいで……」

「うれしいねえ。ていねいなかたがたずねてきてくだすって……さあ、さあ、もっとこっちへおよりください。おばあさんや、ふとんを持ってきな。ふとんを……あれっ、寝るふとんを持ってきてどうするんだい。ざぶとんを持ってくるんだな。お客さんがみえてるのに、おれが寝ちまってどうするんだい。ざぶとんを持ってくるんだ……さあ、さあ、あなた、どうぞおあてください。えらいねえ。いや、おそれいった。あなたは学問があるねえ。このさきに、まことに結構なお借家がございますが……と、そうほめていただくほどの家じゃあないが、そういってくだされば、あたしだってうれしいや。それに、そのあとがうれしかったね。てまえどものようなものにお貸しくださいましょうや、または、ご前約がございましょうや、この段をうかがいたいときたね……いや感心しました。この段をうかがいたいなんぞは、なまやさしい学問でいえるせりふじゃあないよ。ねえ、この段だから、あなた、うかがったんだ、九段ならば、靖国神社がある」

「いや、どうもおそれいりました」

「べつにおそれいることはありませんよ。あたしゃ、あなたみたいなかたをお待ちしてたんだから……おばあさんや、はやくお茶をいれておいで……うん。そうだな、お茶だけじゃそっけないなあ。なにかないかな、お茶菓子が……え？　なに？　羊かんがある？　持っておいで、持っておいで……なんだい？　どの羊かんにしますかだって？　どの羊かんってどういうことだ？　なに？　万延元年、井伊大老が桜田門外で暗殺された年のはいかがですだと？　古すぎるよそいつあ、博物館ゆきの羊かんなんぞはいけませんよ……まあ、なんでもいいから、愛嬌に持ってきな。どうせこの人は食う人じゃねえんだから……ねえ、そうでしょ？　それみろ、食わねえてえじゃねえか……まあ、あなた、そうかたくならないで、お楽に、お楽に……じつはねえ、あたしとしても、あなたのようなちゃんとしたかたに借りていただきたいとおもってね……失礼だが、ご商売は？」

「はい、仕立て職をいとなんでおります」

「えらい。あなたは口のききかたがうまいねえ。仕立て屋さんだからいとなむときたな。ちょうちん屋さんならはりなむだし、車屋さんならひきなむだ」

「おそれいります」

「そう、あなた、いちいちおそれいることはありませんよ。で、ご家族は？」

「はい、てまえに妻にせがれ、以上三名でございます」

「いやあ、またまたえらい。いうことにそつがないや。てまえに妻にせがれ、以上三名、報告おわりというくらいのもんだ。簡単にして要領をえてるねどうも……で、むすこさんというのは、おいくつになりなさる？」

「ええ、はたちになります」

「はたちになる？　ふーん、いいむすこさんがおありなさるねえ。あたしゃまたもっとおちいさいのかとおもっていたが……で、むすこさんのご商売は？」

「はい、やはり仕立て職のほうを……」

「そうですか。そいつあ結構だ。あなたももうじきに楽隠居だな……で、仕事のほうはどうだね、むすこさんの腕のほうは？」

「へえ、ちかごろ、おとくいさまでは、てまえよりもせがれへというご注文が多くなってまいりました」

「ほう、そいつあよっぽど腕がいいんだな。いいむすこさんで、あなたもおしあわせだ。で、男っぷりはどうですい？」

「おそれいります。みなさまがよく『鳶《とび》が鷹《たか》を生んだ』なぞとおっしゃいます」

「『鳶が鷹を……』……うーん、よっぽどいい男とみえるな。いや、あなただって決してわるかあないよ。といって、べつにいいってほどじゃあないけれど……それにしても、『鳶が鷹を生んだ』とくりゃあ、きっとよっぽどの好男子にちがいない。そりゃあ結構だ。で、むすこさんは女房持ちだろうね」

「いいえ、それが、どうも、帯にみじかし、たすきに長しとやらで、いまもってひとり身でございます」

「ひとり身？　ひとり身といえば、おかみさんがいないわけだ」

「まあ、はやく申しますと……」

「おそくいったっておんなじだがね……どうもこまったことになってきちまった」

「どうかいたしましたか？」

「どうかしたどころか、あなたがひっこしてくると、この長屋に心中がおこるからこまるんだ」

「心中がおこる？　どういうわけで？」

「あなたのむすこさんがはたちで、いい男で、仕事の腕がよくて、ひとり身で……そんな若い男がこのあたりにきたら心中がおこることうけあいだ。あなたは、あたしにどんな遺恨《いこん》があって、この長屋へこんな騒動の種を持ちこみなさる？」

「てまえには、なんのことか、さっぱりわかりませんが……」

「いいかい、この辺には若い娘もいるんだよ。なかには浮気っぽい娘もいまさあ」

「いいえ、てまえのせがれは堅物《かたぶつ》でございますから……」

「それがずうずうしいっていうんだ。堅い、堅いといったって年ごろだよ。まちがいがおこらないとうけあえるもんか……おばあさんや、この辺に浮気っぽい娘がいるかい、娘とはかぎらねえな。娘でも年増でも浮気っぽい女はいるかい？　え？　小間物屋のおきみさんが年増だ？　おきみさんていえば、おまえとおない年の六十八じゃねえか、だって年増だと……年増すぎるよ……。この仕立て屋さんがひっこしてくる近くにだれかいねえかと聞いてるんじゃねえか。え？　古着屋のお花？　そうだ。お花がいたな。こりゃあまずいや……ねえ、仕立て屋さん、よく聞いておくんなさいよ。おまえさんが、ひっこしてこようというすじむこうに、古着屋がある。ここの娘でお花。ことし十九になるが、これが麻布小町といわれるきりょうよしだ。で、商売が、いまいった通り古着屋だ。古着屋と仕立て屋じゃあ、どうしてもひっかかりのある商売じゃないか。でもね、はじめのうちは遠慮があるからよそよそしいけれど、毎日顔をあわせているうちにはそうそうだまってばかりはいられない。おはようございますとか、いいお天気でございますとかあいさつをかわすようになるだろう」

「ええ、そうなるでしょうな」

「そうなるでしょうななんてのんきなことをいってる場合じゃないよ」

「え？」

「ある日、古着屋夫婦が、親戚に不幸があったんで留守になるなあ。あとにのこったのは娘のお花ただひとり。で、お花だって、ひとりでぼんやりしてるのはつまらねえ。針箱をだしてきて、ちくちくひとりで縫いものをはじめる。それをのぞいたのがおまえさんのむすこだ」

「へえ、のぞきますか」

「のぞくとも、ずうずうしい野郎だから……」

「いいえ、てまえどものせがれにかぎってずうずうしいようなことは……」

「それが親ばかってやつだ。おまえさんのむすこは、かねがねお花のきりょうに目をつけてたから、そのお花がひとりで留守番してるのをみのがすわけがねえ。ごめんくださいと用もねえのにはいってていかあ」

「へえ、へえ」

「お花がふと顔をあげてみると、相手は仕立て屋のむすこだから、本職の前で裁縫するのもきまりがわるいってんで、縫い物をやめてかたづけはじめる。すると、おまえさんのせがれのいうことがきざだなあ。『おや、お花さん、あたしがまいったのでお仕事をおやめになるんですか。おじゃまなようならまたあとでうかがいますから……』てんで、これがお花の気をひくきざなせりふだというんだ。いやみな野郎じゃねえか」

「いえ、てまえのせがれはたいへんにさっぱりした性格なんで……」

「それが親ばかだというんだ。わからないんだよ。自分のせがれのことは……で、お花だって、ふだんから憎からずおもってる仕立て屋のむすこを帰したくないから、『あら、せっかくおいでになったんですもの、ゆっくりしていらっしゃいませな……あのう……いまお針の稽古をしておりまして、どうもうまくいかないところがございますの、ちょっとみていただけません？』とはなしを持ちかけらあ。ここだよ、おまえさんのむすこのずうずうしいところは……『はあ、どこがうまくいきませんか、ちょっと拝見を……』といったかとおもうと、のこのこと座敷へあがっちまう。じつにどうもずうずうしいったらありゃあしねえ……娘ひとりの家へなんだってあがりこむんだい？」

「あのう……まことに申しかねますが、おはなしがだいぶお長くなりますようで、てまえはほかに用もございますから、ちょっと用たしにいってまいりたいのでございますが……」

「おまえさん、なにいってるんだい。こういうもめごとの種をまいておきながら、いまさら用たしにでかけるなんてとんでもねえこった……ばあさん、かまわねえからおもてへしんばり棒をかってしまいな」

「へえ、これはおどろきました」

「これくらいのことでおどろいてちゃいけねえ……で、おまえさんのむすこが、お花の縫い物をみてやらあ。でも縫い物をみているうちはいいよ。これがふだんから惚れあってる若い者のさしむかい、猫にかつぶしてえやつだ。どうしたってくっつくなあ」

「えっ？」

「いや、くっつくってんだよ」

「そんなばかな……」

「なにがばかだよ。むかしっからいうだろ、遠くて近きは男女の道、近くて遠いはいなかの道って……で、一度はいい、二度はいい、三度はいいといっているうちに、女は受け身だ。腹のほうがぽこらんぽこらんぽんぽこらんとせりだしてくる」

「はあ、脹満《ちょうまん》で？」

「のんきなことをいってちゃあこまるよ。かわいそうに、お花が、おまえさんのむすこの胤《たね》を宿しちまったんだ。かくしにかくしていたんだが、腹のぐあい、息づかいのようす……とうとう両親に知れてしまう。『いったい、だれとこんなことを……』『お父さん、お母さん、申しわけありません。じつは、仕立て屋の若旦那と……』顔をまっ赤にして白状する。聞いた古着屋夫婦が怒るかとおもうと、これが怒らない。『ああそうだったのかい。仕立て屋のむすこなら申し分のない相手だ。ばあさん、どうだい、婿にきてもらっちゃあ』『おじいさん、結構なはなしじゃありませんか』てんで、古着屋からむすこをもらいにくることになる。まあ、できちまったことはぐずぐずいってもしかたがねえ。おまえさんもおもいきって、むすこをやっちまうんだな。はやくおやり」

「いえ……あのう……まだてまえどもではひっこしてまいりませんので……」

「そんなことはどうでもいいんだ。人の娘をきずものにして、どうするんだい？　婿にやれ、すぐに……」

「婿にやれとおっしゃいますが、それは、てまえどもといたしましてはこまりますんで……」

「どうして？」

「なにしろひとりむすこでございますから、婿にやるということはどうも……まあ、できたことはいたしかたございませんから……いかがなもんでございましょうか、そのお花さんとやらをてまえのほうへいただくということにしては？」

「おいおい、欲ばったことをいっちゃいけないよ。なんでもいただけば損はねえとおもって……むこうだってひとり娘だよ。養子をとるあととり娘だからくれるわけがあるかい」

「てまえどももあととりむすこで……」

「それじゃあはなしがまとまらない……いいかい、おまえさんはむこうへやらない、むこうでもよこさないてえことになれば、なま木をさくようなことになっちまうが、若いふたりの身にもなってみろ」

「しかし、まあ、ない縁だとおもってあきらめてもらうよりしかたございません」

「あきらめてもらうよりしかたがねえ？　この薄情者め！　当人たちの身にもなってみろ、そんなにお手軽にあきらめがつくかい……ああ、双方の親たちがこんなに強情を張ってたんじゃあ、しょせんこの世で添えないから、あの世へいって、蓮《はす》の台《うてな》で添いましょうと、雨蛙みたいなことをいう、ここで心中にならあ」

「こりゃあえらいさわぎになりましたなあ」

「なにいってるんだ。これというのもおまえさんからおこったことじゃねえか……で、心中の本場を知ってるかい？」

「さあ、心中のほうはどうも……さつまいもの本場は川越で……」

「なにをのんきなことをいってるんだよ。心中の本場といえば向島だ」

「ああ、なるほど、その見当で……」

「おい、火事の火元をさがしてるんじゃねえぜ。その見当とはなんだい？　……で、心中とくれば幕があく」

「え？　心中とくれば幕があきますか？」

「ああ……はじめに浅黄幕というやつだ。ここへ長屋の連中をひきつれて、『迷子やーい』てんで、家主が……まあ、おれがでてくらあ。この家主の役なんてものは、あんまりいい役者はやらねえもんだ」

「ごもっともさまで……」

「つまんねえことをうけあうねえ……で、舞台中央へくると、『おう、なにかここに落ちてるようだ』と一枚の紙をひろいあげる。これがひろい口上《こうじょう》というやつで、あいつとめます役者なになに、常磐津《ときわず》何太夫という連名をすっかり読みあげて、『さあ長屋の衆、ご苦労でも、もうひとまわりまわろうではございませんか。迷子やーい』と、上手《かみて》のほうへひっこんでゆく。チョーンと柝《き》がしらで、浅黄幕がぱらりとおちる。山台てえものがある。ここへずーっと太夫連中がならんでいようという。すると、揚げ幕があいて、バタバタバタバタバタッとかけだしてくるのが、古着屋のお花だ。花道の七三のところまでくると、なんにつまずいたか知らねえが、ばったりころぶ。暫時《ざんじ》おきあがらない」

「どうしました？　生爪でもはがしましたか？　よほどの重傷で？」

「うるせえな、だまって聞いておいでよ……そこへでてくるのが、おまえさんのむすこだ。女とおんなじようななりをして、尻をはしょって、足にまでおしろいをつけているという、じつにどうもにやけた野郎だ。さらしの手ぬぐいで頬っかぶりをして、鮫鞘《さめざや》の脇差しを一本さしてるんだが、おまえさんのうちにあるかい、鮫鞘が？」

「いえ、鮫鞘はございませんが、払いさげのサーベルが一本ございます」

「サーベル？　……色っぽくねえなあ、心中にいこうてえのに、あんなものをさげていったんじゃあ、ガチャガチャガチャガチャうるさくって、チンドン屋の道行のようじゃねえかだぜ……で、これがかけだしてくるんだが、二世《にせ》をちかった相手の女がころんでるんだよ、……ま、しかたがねえ、ほかになきゃあサーベルをさすことになるんだが、おかしなかたちおこしてやったらいいじゃねえか。ところがおこさない。それどころか、これにつまずいてむこうへとびこすんだから、薄情な野郎じゃねえか。とたんにふたりがぱっと顔をみかわすんだが、ここでおまえさんのむすこがぐっと気どって、あたまのてっぺんから声をだすな」

「ははあ、てまえのむすこが……気どりますか？」

「ああ、気どるとも……よそゆきの声をあたまのてっぺんからだすんだな。『そこにいるのはお花じゃないか』てえと、『そういうおまえは……』なんてんだ、おまえさんのむすこの名前は？」

「はい、鷲塚与太左衛門《わしづかよたざえもん》と申します」

「えっ、なんだい、鷲塚与太左衛門？」

「ええ、爺いが長生きをいたしました名で……」

「がっかりさせやがらあ、じつにどうもまぬけな名前をつけたもんじゃねえか。ふざけるのもいいかげんにしろよ。かりにも心中しようてんじゃねえか。もっと色男らしい名前をつけたらどうなんだい。半七とか、六三郎とか……お花半七、お花六三郎とくれば色っぽいじゃねえか。それがどうだい、鷲塚与太左衛門とは……あきれたもんだ……しかし、まあ、いまさらとりかえるわけにもいかねえから、このままやっちまうけど、どうにもやりにくいなあ。『そこにいるのはお花じゃないか』『そういうおまえは鷲塚与太左衛門さん』……あーあ、せりふにならねえじゃねえか。いろいろ花道の七三のところで振りごとがあって本舞台へかかる。ほどよいところで、本釣鐘《ほんつり》がコーンと鳴る。ここで、おまえさんのむすこがまた気どらあ。『いま鳴る鐘はありゃあ七刻《ななつ》、ななつの鐘を六つ聞いて、のこるひとつは未来へみやげ、覚悟はよいか』てえと、お花が目をつぶって手をあわせて、『なむあみ……』そうだ。宗旨を聞いてなかった。おまえさんのうちの宗旨はなむあみだぶつか？」

「いいえ、法華《ほっけ》で……」

「法華？　南無妙法蓮華経かい？　おまえさんてえ人は、いちいちものごとをぶちこわすなあ。そりゃあ法華はありがてえりっぱなお宗旨だよ。しかし、どうも心中するには陽気すぎらあ。『覚悟はよいか』『妙法蓮華経、南無妙法蓮華経……』てんじゃあ、心中どころか、ふたりがはねまわっちまわあ……おばあさん、古着屋の宗旨はなんだったい？　え？　なに？　真言《しんごん》？　真言てえと、おんがぼきゃあべえろしゃのお……こりゃあまた心中むきじゃねえなあ。『覚悟はよいか』『なむあみだぶつ』とくるから、ちんちんと浄瑠璃になるんだが、『覚悟はよいか』『おんがぼきゃあべえろしゃのお、まかもだらまにはんどまじんばら、はらばりたや……』これじゃあものがぶちこわしだ。貸すわけにはいかねえから帰れってんだ」

仕立て屋はおどろいてとびだしていきます。いれちがいに、足で格子をあけてはいってきたのが、年ごろ三十五、六の職人風の男で……。

「やい、家主の幸兵衛ってえのはうぬか！」

「へえ……うぬで……ございます」

「うぬでございます？　……なにいってやんでえ。この先にうすぎたねえ貸し家があるが、あいつを借りるからそうおもえ。店賃なんか高《たけ》えことぬかすと、こんちくしょうめ、たたっこわして火をつけるぞ」

「なんてらんぼうな人がきたんだ……ええ、あなた、ご家内はおいくたりさまでございますか？」

「おれに山の神に道陸神《どうろくじん》に河童《かっぱ》野郎だ」

「ほう、化け物屋敷ですなあ……なんです？　その、山の神とか、道陸神とかいうのは？」
「山の神はかかあで、道陸神はおふくろで、河童野郎は餓鬼《がき》のこった」
「いや、どうもすごいはなしで……で、おまえさんのご商売は？」
「鉄砲鍛冶《かじ》だ」
「へえ、道理でポンポンいいどおしだ」

【解説】

寄席落語のはじまったころから口演されてきた古い噺で、それだけに、「大家といえば親も同然、店子《たなこ》といえば子も同然」といった江戸時代の家主と店子との関係もたいへんにはっきりと表現されていて興味ぶかい。というのは、店子が事件でもおこせば、家主の連帯責任となるために、入居者は厳重に選択したし、入居後もきびしく監督したことから叱言《こごと》もでたわけだった。ただし、とりこし苦労から心中の道行き場面まで空想するところが、いかにも落語の醍醐味が横溢《おういつ》していてほほえましいかぎりだ。

なお、同種の噺に「搗屋《つきや》幸兵衛」があるので、そのあらすじをのべておこう。

家を借りにきた男の職業がつき米屋だと聞いて、幸兵衛はにわかにこわい顔をしてにらみつけ、つき米屋にはうらみがあるといって理由をはなしはじめる。それは、毎朝、仏壇へお茶湯をあげにいくと、先妻の位牌《いはい》がいつもうしろむきになっているので、それを気にした後妻は、とうとう病気になって死んでしまった。ところが、位牌がうしろむきになるのは、となりのつき米屋が、夜あけになると米をつきはじめるので、その震動が原因だとわかったというのだった。そこで、借りにきたつき米屋も仇《かたき》の片われだから、覚悟しろとどなりたてるので、つき米屋は逃げだす。

というストーリーになっている。この部分が、怪談じたてで陰気なために、あまり口演されなくなってしまった。

道具屋《どうぐや》

これで落語のほうで大立物《おおだてもの》といえば、ばかの与太郎ということになっております。ですからこういう人物がでてまいりますとお笑いもひときわ多いというもので……。

「さあ、こっちへあがんな。えー、あいかわらず家であそんでるのか……いけねえな、そうぶらぶらしてちゃあ……おめえのおふくろだってもういい年なんだから、なにか商売でもやって安心させてやったらよかろう」

「ええ、だから商売もやってみたんだが……伯父《おじ》さんの前だけれど、もう商売には懲《こ》りちゃった」

「懲りた？　いったいなにを売ったんだ？」

「昨年の暮れに、観音さまの歳《とし》の市《いち》へ出たことがあらあ」

「感心だな。際物《きわもの》とくるともうかるもんだが、どんなものを売ったんだ？」

「苧《お》を売ったよ」

「苧っていうと、麻を売ったのか。麻は婚礼にもつかって、共白髪《ともしらが》などといって、縁起を祝うめでたいものだ。それから？」

「それからねえ、串柿とだいだい」

「おかしなとりあわせだな」

「それから、から傘も売ったっけ」

「うん、そういえば、市《いち》のときによく雨がふって、ずいぶんこまる人がいるもんだ。いいところへ気がついたな……で、どうした？　売れたろうな」

「それがいいお天気でさっぱり売れやしねえ」

「なんだ。売れなかったのか……しかし、まあ、すべて市のものはいせいよく売らなければいけねえ」

「だから、あたいが、おーっといったんだ」

「ああびっくりした。なんてでかい声をだすんだ」

「えへへへ、となりの羽子板屋もいってたよ……おまえさんがそこでおーっ、おーっというと、わたしのほうの客がおどろいて逃げていっちまうから、もっと色気をつけてやってみろって……だから、あたいが、苧《お》や、苧や、苧や、苧や……」

「なんだい、まるでおどろいてるようじゃねえか」

「すると、となりの羽子板屋が、おまえさんは一品しかいわないからいけないんだ。品物を順序よくならべていってみろとおしえてくれたんで、苧とだいだいをいっしょにして、苧やだいだいとやってみた」

「苧やだいだいなんぞはうまかったな」

「ええ、苧やだいだい、苧やだいだいとやってみたら、ほかに傘と柿も売っていたことをおもいついたから、みんないっしょにしてやってみた」

「どんなふうに？」

「ええ、苧やだいだいの傘っ柿（親代々の瘡《かさ》っかき）、ええ、苧やだいだいの傘っ柿でござい。親の因果が子にむくい……」

「よしな。じょうだんじゃねえ。市の品物をそんなことをいったら買う客がいるもんか」

「どうもこれはうまくいかなかったから、二月の末に十軒店《じっけんだな》にでた」

「ほう、お雛《ひな》さまの道具か……で、なにを売ったい？」

「人が売らねえものがいいとおもった」

「うん、人が売らねえものを売るとは感心だ。それで、なにを売ったい？」

「お雛さまの棺桶《かんおけ》というのを売ってみたが、買い手がまるっきりいなかった」

「ばか！　あきれたやつだ。そんなものを買うやつがあるもんか……もうおめえはなにをやってもうまくいかねえんだから、どうだ、ひとつ伯父さんの商売をやってみねえか」

「伯父さんの商売って……伯父さんは大家さんじゃねえか。じゃああの家作《かさく》をあたいがみんなもらって、家賃をあつめて寝てくらす……」

「おいおい、欲ばったことをいうなよ。大家は伯父さんの表看板だ。伯父さんが世間にないしょでやってる商売があるから、それを権利もなにもそっくりおまえにゆずってやろうというんだ」

「世間にないしょでやってる商売？　……ああ、あれか……」

「あれかって……おまえ知ってたのか？」

「いいえ、知ってはいなかったけれど……だれも知らねえとおもっていても、ないしょといえばすぐわかる。ま、わりいことはできねえもんだ」

「おい、なんだ、気どって妙な声をだして……おかしないいかたをするなよ。なにか伯父さんがわるいことをしてるようじゃねえか。おまえ、ほんとに知ってるのか？」

「上にどの字がつく商売だ」

「うん、そういえば、上にどの字がつくな」

「やっぱりあたった。どうも目つきがよくねえとおもった……泥棒だな……泥棒！」

「ばか！　あきれたやつだ。伯父さんは泥棒なんかじゃねえ……どの字はつくけれど、道具屋だ」

「なんだ、道具屋か……つまらねえ……じゃあ伯父さんはお月さまをみてはねるわけだな」

「なんのことだ？」

「道具屋お月さんみてはねる（十五夜お月さまみてはねる）」

「つまらねえしゃれをいうな……どうだ、道具屋をやる気はねえか」

「もうかるかい？」

「そうさな、ことによると倍になることもある」

「そいつはありがてえ。やってみようかな」

「目はきくだろうな」

「ああ、伯父さんのうしろに猫があくびしているのなんかよくみえらあ」

「これがみえねえやつがあるもんか。いやさ、早えはなしが、この湯呑みがふめるか」

「へへへ、よそうよ」

「どうして？」

「ふんだらこわれちまわあ」

「そうじゃねえ。だれがこれをふみつぶせなんていうもんか。ちょいと値ぶみがわかるかといったんだ」

「なーんだ、そうか。伯父さんの家でもでるのかい？」

「なにが？」

「いいえ、あたいの家でも天井うらでがたがたさわぐとすぐにわからあ」

「それはねずみだ。そうじゃねえ、この品ものはいくらいくらの値打ちがあるかわかるかというんだ」

「なんだ。そんならそうと早くいえばいいじゃねえか」

「わかるのか？」

「じまんじゃねえがわかるもんか」

「そんなことをいばるやつがあるか、まあしかたがねえから、元帳《もとちょう》を貸してやろう。だからこれをみて、この品物はいくらだということがわかったら、それに掛け値をして売れ。もうけはおまえにやるから……おい、おめえのうしろに行李《こうり》があるだろ。それを持ってこい。そんなかへはいってるのががらくたもので、仲間の符牒《ふちょう》でゴミというんだ。あけてみろ」

「うん……わあ、なるほどゴミだ。ごみごみしてやがる……これはなんだい？」

「それは掛け物だ」

「化け物」

「化け物じゃねえ、掛け物だ」

「やあ、坊主がはらんでやがらあ」

「なんという見方をするんだ。それは布袋和尚《ほていおしょう》じゃねえか」

「へーえ、人はみかけによらねえなあ。正直そうな顔をしてるのに……」

「なんだ？」

「いえ、ふてえ和尚だっていうから……」

「わからねえな。布袋和尚だ」

「やあ、こっちはまたおもしろい絵だ。ぼらがそうめん食ってらあ」

「そんな絵があるもんか。絵はまずいけれど鯉《こい》の滝のぼりだ」

「なんだ、そうだったのか。だって、大きな魚が口をあいて上をみていて、上からは細長くて白いものがぶらさがってるから、てっきりぼらがそうめん食ってるとおもっちまった。でも、伯父さん、鯉なんて滝へのぼるもんなのかねえ」

「ああ、出世魚《しゅっせうお》といっていいせいのいい魚だから、おちてくる滝をのぼるんだ」

「へーえ、そういうもんかね。じゃあ、伯父さん、鯉のつかまえかたを教えようか」

「ほう……どうするんだ」

「大きなバケツでも桶《おけ》でもいいや、水をいっぱい汲んで、鯉がおよいでいる池のそばへいくんだ」

「うん、それで?」

「池の上から水をすーっとあけてね、それ滝だ、滝だ、滝だとどなるんだ。すると、鯉のほうじゃあ滝だとおもって、すーっとあがってくるから、そこんとこをあたまをおさえてつかまえちまう」

「この野郎、あきれたやつだ。おめえは長生きするな」

「おかげさまで……伯父さん、このお雛《ひな》さまは梅毒かな」

「どうして?」

「鼻がおっこちてるもの」

「なにをいってるんだ。そりゃあねずみがかじったんじゃねえか」

「へー……すると、ねずみはお雛さまが好きなのかねえ」

「なにをいってるんだ……ねずみなんかむやみになんでもかじるじゃねえか」

「伯父さんの家にそんなにねずみがいるのなら、ねずみのとりかたを教えようか」

「またはじまった。猫いらずでもつかうのか?」

「ちがう、ちがう。猫いらずなんかつかうもんか。猫いらずいらず」

「ややっこしいことをいうなあ、どうするんだ？」

「わさびおろしの上へめしつぶをこうぬっておくんだ」

「それで？」

「ねずみのでそうな壁へたてかけておけばそれでおしまい」

「まじないか？」

「まじないじゃあねえのさ。夜なかにねずみがでてきて、なにか食うものはないかとさがそうとすると、目の前にめしつぶがならんでるんで、こいつはありがてえと、わさびおろしにくっついてるめしつぶをねずみがかじってるうちに、ねずみがだんだんおろされちまって、気がつくと、しっぽしかのこっていねえっていうことにならあ。これすなわち猫いらずいらず」

「いいかげんにしろ、バカ！」

「あれ、まっ赤になったのこぎりがあるね」

「それは火事場でひろったんだ」

「ひどいものを売るんだな」

「そんなものは売れればまるもうけってやつだ」

「あっ、ここに股《もも》ひきがあらあ」

「ああ、それはひょろびりだ」

「ひ、ひ、ひょろびり？　なんだいそれは？」

「これをはいて、ひょっとよろけると、びりっとやぶけるから、それでひょ、ろびり、、だ」

「はは あ、おもしろいしかけになってるなあ」

「しかけってやつがあるか……まあ、さっきもいったように、この元帳にこまかく書いてあるからうまく商売するんだぞ。で、かりに元値が十銭としてあったら、倍の二十銭ぐらいのことをいいな。客はなかなかこっちのいったねだんでは買わねえから、五銭か六銭まけても、そこにいくらかもうけがでる。もうけはおまえにやるから、元は伯父さんによこすんだぞ」

「ああ、そうか。では、ここに十銭としてあるものが、百円に売れたら……」

「そんなに高く売れるもんか」

「でも、売れれば、十銭だけ伯父さんにやって、あとはあたいがみんな食っちまってもかまわねえわけだ」

「食い意地の張ったやつだ。なにかっていうと食うはなしだ……まあ、しっかりやってこいよ。で、商売だが、天道干《てんとうぼ》しといって昼店をだすんだ。まあ、日なたぼっこをしているうちに売れちまうってわけだ。店をだす場所は、蔵前の相模屋という質屋のわきが、ずーっと煉瓦の塀になってて、その前へいろんな店がでているから、伯父さんのかわりにきたといって行け。そうすれば、みんながいろいろと教えてくれるから……いいか、しっかりやってこい」

「ああ、行ってきます」

「あっ、ここだ、ここだ。多勢でてやがるな。おい、道具屋」

「へい、いらっしゃい。なにかさしあげますか？」

「さしあげる？　そんなに力があるのか？　じゃあ、そのわきにある大きな石をさしあげてみろ」

「からかっちゃいけねえ。なにか買ってくれるのかい？」

「おれだって道具屋だ。神田の佐兵衛のところからきたんだけれど……あたいは甥《おい》の与太郎さん」

「なんだい、てめえの名前にさんをつけるやつがあるかよ……ああ、そうかい、あんたが与太郎さんかい……ふーん、佐兵衛さんからきいてたよ……すこしばかり人間が足りねえ……いや、その……まあ、いいや、あたしのわきがあいてるから、ここへ店をだしな……おれにならってうすべりをしきなよ。そうそう……じゃあ品物をならべてみな。まず金めのものはなるべく身のまわりにおいといてな。それから立てかけておくようなものがあったら、うしろの塀へ立てかけるんだ。……そうだな、はたきがあったら、それではたいて、しょっちゅう品物をきれいにしておかなくっちゃあいけねえ」

「はたきで品物をはたくのか……なるほど、ごみだらけだ。おもしれえほどほこりがでらあ……しかし、なにしろほこりのかたまりみてえだから、あんまりはたいてほこりがとれちまうと品物もいっしょになくなっちまうんじゃねえかな……でも、こんなことで商売になるのかな？　それでも、もしも売れたら、伯父さんはもうけはこっちへくれるといってたから、早く売ってなにか食おうかな。あれ、前にてんぷら屋の屋台がでてらあ。うまそうだなあ。あっ、あの野郎、昼間っから天ぷらで一ぱいやっていやがる。のんきだなあ。あれあれ、大きなてんぷら選《よ》ってるんだな。はさんだり、おいたりして……なにも大きいから中身がいっぱいだとはきまってやしねえのに……ころもがごてごてついてりゃあでかくみえるんだぞ……やあ、おとしやがった。下にいた犬が食ってやがる。犬になりてえなあ。そうだ、早くもうけなくっちゃあ……ひとつ景気づけに客よせをしようかな……さあいらっしゃい、さあいらっしゃい。よってらっしゃい、みてらっしゃい。ええ道具屋、できたての道具屋、道具屋のあったかいの……」

「なんだ、おかしな道具屋がでやがったなあ、おい、道具屋」

「へい、いらっしゃい。お二階へご案内」

「つまらねえ世辞をいうな。二階なんかねえじゃねえか」

「うしろの屋根へおあがんなさい」

「ばか、烏《からす》じゃねえや……まあそんなことはいいや。その鋸《のこ》みせろ」

「なんです？」

「鋸だよ」

「かずの子ですか？」

「ふざけるなよ、道具屋へそんなものを買いにくるやつがあるもんか。そこにある鋸だ」

「のこ（どこ）にある？」

「つまらねえしゃれをいうない、のこぎりだよ」

「なーんだ、のこぎりか。それならそういえばいいのに……のこだなんて……あなた、ぎ、り、を欠《か》いちゃいけねえ」

「なにをいってやがる。こっちへ貸してみろ……ふーん、こりゃあすこし甘そうだなあ」

「いえ、甘いか辛いか、まだなめてみませんが、なんならすこしなめてごらんなさい」

「のこぎりをなめるやつがあるもんか。こいつは焼きがなまくらだな」

「鎌倉ですか」

「焼きがなまだよ」

「焼きがなま？　……そんなことはありませんよ。なにしろ伯父さんが火事場でひろってきたんだから、こんがり焼けてることはうけあいで……」

「ばか！　ひでえものを売るねえ！」

「あっはっは、あの客怒っていっちまった」

「おいおい与太郎さん、だめだよ、火事場でひろったなんていっちゃあ……となりにいるおれの品物まで安っぽくみえるじゃねえか。あんなときは、こんなのこぎりでも柄《え》をとりかえれば結構竹ぐらいは切れますてなことをいって売りつけちまうんだ。つまらない小便されたじゃねえか」

「小便された？」

「ああ小便されたよ」

「どこへ？　小便を……」

「さがすやつがあるか、道具屋の符牒《ふちよう》だよ。買わずにいくやつを小便というんだ」

「買ってくやつが大便か」

「きたねえことをいうねえ。とにかく小便されねえようにしっかりしなくちゃいけねえよ」

「おい道具屋さん」

「はい、いらっしゃい」

「なにか珍《ちん》なものはないかなあ」

「ええ？」

「珍なものはないか？」

「ちんねえ……狆《ちん》はいませんけど、伯父さんの家には猫がいますよ」

「なにをいってるんだい、なにか、この……珍物《ちんぶつ》はないかな」

「見物にいらしったんですか？」

「わからない男だな。なにかめずらしいものはないかときいてるんだ……うーん、おまえのわきにある本をみせろ」

「え？　本？　……この本ですか、これはあなたに読めません」

「失敬なことをいうな。読めるよ」

「いいえ読めません」

「読めるよ！」

「読めません！　表紙だけなんだから……」

「なんだ、表紙だけか、それじゃあ読めるはずはない。それを早くいいなよ。そのわきにある黒くて細長いのは万年青《おもと》の鉢かい？」

「いいえ、シルクハットのまわりがとれたんです」

「そんなものなんにもならないじゃないか……うしろのほうに真鍮《しんちゅう》の燭台《しょくだい》があるな、その三本足の……うん、それそれ、それをこっちへとってみせろ」

「これですか、これは一本欠けちゃったから二本足です」

「二本じゃ立つまい」

「ですから、うしろの塀へよりかかって立ってるんで……」

「それじゃあ買ってもしかたがないな」

「いいえ、そんなことはありませんよ。もしお買いになるんなら、この家とよく相談して、この塀といっしょにお買いなさい」

「ふざけたことをいうな！」

「あれ、また小便かい、どうもこまったもんだ」

「おう、道具屋」

「へい」

「そこにある股引《たこ》をみせろ」

「へ？」

「股引《たこ》をみせろ」

「たこ？　ゆでだこですか？」

「なにをいってんだ、股引《ももひき》だよ」

「ああ、股引ねえ、これですか」

「ちょいとみせろ」

「みせるのはよござんすがね、あなた、これ、小便はだめですよ」

「なに？」

「いいえ、小便はできませんよ」

「小便できねえ？　そいつあいけねえな。おらあ大工だが、いちいち小便するのに股引とってたんじゃあ仕事になりゃあしねえ。じゃあ、やめにしとこう」

「おーい、おい、あなた、あなた、ちがう、ちがう、小便がちがうんだ……ああ、いっちまった。まずいとこでことわったな。ことわりかたもむずかしいもんだ」

「おい、道具屋」

「へい」

「そこにある短刀をみせい」

「え？」

「短刀」

「いいえ、沢山《たんと》にもすこしにも、これだけしかありません」

「そうではない。その短かい刀をみせろというのだ」

「ああ、これですか、はい」

「ふーん、これは在銘《ざいめい》か？」

「え？」

「銘はあるのか？」

「姪《めい》はありません。神田に伯母《おば》さんがいます」

「おまえの親戚を聞いてるのではない。この刀に銘があるか？　こういうところには、よく掘りだしものがあるものだが……うーん、なんだ、さびついてるとみえてぬけないな、うーん」

「そりゃあちょいとぐらいひっぱったってだめですよ」

「そうか、では手つだってそっちへひっぱってみろ」

「そうですか？　ひっぱったってしょうがねえんだがなあ……じゃあ、ひっぱりますよ、そーれ」

「おいおい、おまえだけひっぱってもだめだ。わしといっしょにひっぱらなくては……それ、いいか、ひい、ふう、みいと、そーれ、うーん、よほどさびついたとみえてぬけないな。そーれ、もう一度ひっぱるぞ、ひい、ふう、みいと、そーれ」

「うーん、ぬけないわけですよ」

「うーん、どうしてだ？」

「うーん、木刀ですから」

「おいおい、木刀か、これは……木刀だと知っていて、ひっぱらせるやつがあるか」

「でも、もし木刀がぬけたらなにがでるかとおもって」

「なにをばかなことをいってるんだ。もっとすぐにぬけるものはないか」

「あります」

「それをだせ、ものはなんだ？」

「お雛さまの首のぬけるんで……」

「変なものばかりならべてあるな……では、そちらの笛をみせてくれ」

「ああ、これでございますか。どうぞ」

「いや、どうもこれはきたない。売りものならよく掃除をしておかなければいけないな。棒のさきへ紙でも巻いて……」

「へえ」

「しかし道具屋……あいたたたた、これはとんだことをしてしまった。ちょいと指のさきにつばをつけて、笛のなかを掃除しようとおもったら、うまくはいったのだが、ぬけなくなってしまった。あいたたたた、指がすっぽりはいったままどうしてもぬけない。道具屋、この笛はいくらだ」

「へえ、そうですね……うーん、一円です」

「一円?! こんなきたない笛が一円ということがあるか。どうだ、せめて五十銭にまからないか」

「へえ、とてもまかりません」

「まからないことはあるまい。こんなきたない笛で……あいたたたた、どうもこれはこまった。道具屋、どうだ、六十銭では……」

「とてもまかりません。どうです、おまけして二円ということでは……」

「まけて高くなるやつがあるか。あいたたた、とてもいけないなこれは……よし、しかたがないから、高いけれども一円で買ってやる」

「へえ、ありがとうございます。ようやく天ぷらにありつけた」

「なに？」

「いえ、こっちのことで……」

「買ってやるが、持ちあわせがないから、わしの家へついてきてくれ」

「へえ、すこしお待ちください。いま荷物をかたづけますから……へい、お待ち遠さま、荷物をしょいましたから、どこへでもお供します」

「さあ、ここがわしの家だ。しばらくおもてで待っていてくれ。いま代金をわたすから……」

「へえ、かしこまりました。どうかお早くねがいます。ああ、ありがてえ、ありがてえ、おもいがけなくもうけちまった。あんなきたねえ笛が一円に売れるなんて……元帳みてみよう……ええ……笛は……笛は……なんだ、たった二十銭じゃねえか、こいつはありがてえ。もうかった、もうかった……それにしてもずいぶんおそいじゃねえか。なにしてるんだろう……そうだ、この格子《こうし》からのぞいてみよう……あいたたた、こりゃあいけねえ、格子のなかへ首がすっぽりはいっちまった。あいたたた、お客さーん」

「やあ道具屋、どうした」

「へえ、首がはいっちまいました」

「なんだ、おまえの首がぬけないのか？」

「へえ、ひょいとこれへはいったとおもったらぬけません。どうか早く笛の代金をくださいまし」

「いや、わしの指もぬけないから、おまえの首とわしの指をさしひきにしておけ」


【解説】

落語寄席のはじまったころから口演されてきた与太郎噺の代表作だが、小噺をよせあつめて大きくなった落語であるために、くすぐりも多く、切れ場もたくさんあって、時間の伸縮も自由であるうえに、人物描写もそれほどむずかしくないので、口演する落語家も多い。

内容も伸縮自在であるのとおなじく、こんなにいろいろのおちのある噺もめずらしい。たとえば、「その鉄砲はなんぼか？」「へえ一本しかありません」「いや、代を聞くのじゃ」「台は樫《かし》の木で……」「そうではない。値《ね》じゃよ」「音《ね》はポーン」というのもあり、「この小刀はさきが切れないから十銭にまけろ」「いえ、十銭にしては、さきが切れなくてももとが切れます」というのもあり、客の指が笛からぬけないので、いくらだと客が聞くと、与太郎がここぞとばかり高い値をつける。「おいおい、足もとをみるな」「いえ、手もとをみました」というのもあり、また、笛から指がぬけたので、与太郎があわてて「まけます、まけます」「いや、指がぬければただでもいやだ」などというのもあるし、噺の途中だが、木刀をひっぱりっこしてぬけないとき「もっとすぐぬけるものはないか」「お雛さまの首のぬけるのがあります」とおちにする場合もあり、毛ぬきでひげをぬいた隠居が「じゃあ、またひげのはえた時分にこよう」とおちにする場合もある。

時《とき》そば

　むかしは、二八《にはち》そばというものがありまして、十六文《もん》であきないをしておりました。

　なぜ二八そばといったかというと、二八の十六で二八そばだということもいわれておりますし、そば粉が八分《ぶ》で、うどん粉が二分だから、そこで二八そばといったというかたもおります。

　どちらがほんとうかわかりませんが、いずれにしても、最近ではまったくみられなくなった商売で……よしずっぱりの箱の上に屋根がついておりまして、屋根うらに風鈴《ふうりん》がぶらさがっているという……ですから、「親ばかちゃんりん、そば屋の風鈴」ということばがのこっております。

「そばーうーい、そばーうーい」

「おう、そば屋さん、なにができるんだい？　え？　花まきにしっぽくか？　うん、そうか……じゃあしっぽくをこしらいてくんねえ……うーん、どうもさむいじゃねえか」

「ええ、たいそう冷えこみますなあ」

「どうでえ、商売のほうは？　なに？　うん、ぱっとしねえか？　運、不運でしかたがねえや。まあ、そのうちにゃあいいこともあるさ。あきねえといって、あきずにやるこった」

「ありがとうございます。お客さんはうまいことをおっしゃいますねえ」

「あははは……ときに、この看板はかわってるな。的に矢があたってあたり屋か……正月早々あたり屋なんざあ、とんだお嬢吉三で、こいつあ春から縁起がいいや……おれはね、そばが大好きだから、この看板みたらまたくるぜ」

「ありがとうございます……ええ、どうもお待ちどおさまで……」

「おう、もうできたかい、ばかに早《はえ》えじゃねえか。こうじゃなくっちゃいけねえや。こちとら江戸っ子だ。気がみじけえから、あつらえもののおせえといらいらしてくらあ。ああ、ありがとう、ありがとう。おや、えらいなあ。おめえんとこじゃあ割り箸《わばし》をつかってるな。うれしいねえ。割ってある箸や塗り箸なんてのは気持ちがわるくっていけねえや。だれがつかったかわからねえんだから……うん、それにいいどんぶりをつかってるねえ。いえ、世辞をいうわけじゃねえが、二八そば屋でこれだけのどんぶりをつかってる店はねえだろうなあ。ものは器《うつわ》で食わせるなんていうがまったくだ。中身がうまそうにみえるぜ……うん、この汁《つゆ》のぐあいがまたなんともいえねえじゃねえか。かつぶしをおごったな。夜鷹そばの汁なんてものは、むやみに塩っからいのが多いもんだが、これだけの汁はなかなかありゃあしねえぜ。うん、いいそばだ。細くて、腰が強くて、ぽきぽきしてらあ。ふといそばなんか食いたくねえや、めしのかわりにそばを食うんじゃねえからな……うん、いいそばだ……そば屋さん、おめえとはつきあいてえなあ。ちくわを厚く切ったねえ。これでなくっちゃちくわを食ったような気がしねえや。なかなかこう厚く切らねえでうすく切りゃがってね。歯のあいだへはいるとそれでおしまい。まるっきりちくわ食ったような気がしやしねえ。なかには、ちくわ麩《ぶ》でごまかすやつがいるからひでえじゃねえか……うん、うめえ、まったくうめえや。もう一ぱいおかわりといいてえんだが、じつはわきでまずいそばを食っちまったんだ。まあ、おめえんとこで口なおしをやったってわけだ。すまねえが、きょうんところは一ぱいでかんべんしといてくんねえ」

「いいえ、もう結構でございます」

「いくらだい？」

「十六文いただきます」

「小銭だから、まちげえるといけねえや。手をだしてくんねえ。勘定してわたすから……」

「では、これへいただきます」

「いいかい、それ……ひとつ、ふたつ、みっつ、よっつ、いつつ、むっつ、ななつ、やっつ、何どきだい？」

「へえ、九刻《ここのつ》で」

「とお、十一、十二、十三、十四、十五、十六だ。あばよ」

勘定をはらって、すーっといっちまいました。

これをかげできいておりましたのが、世のなかをついでに生きてるようなぼーっとした男で……。

「あの野郎、まあよくしゃべりやがったなあ。あんなにしゃべりまくらなくっちゃあそばが食えねえのかしら……そば屋さん、さむいねえだってやがら……さむかろうと、あつかろうと大きなお世話じゃねえか……どうでえ、商売は？　ぱっとしねえか？　運、不運でしかたがねえや。あきねえといってあきずにやるこったっていいやがった。こいつあうまかったな。そば屋だってはげみにならあ……この看板はかわってるねえ。的に矢があたってあたり屋なんざあ、とんだお嬢吉三で、こいつあ春から縁起がいいやだなんて気どりやがって、きざな野郎じゃねえか……そのあともいろんなことをいったな、箸が割り箸で、どんぶりがきれいで、汁かげんがよくって、そばが細くて、ちくわが厚く切ってあって……まるっきり世辞ばっかりつかってやがらあ、銭をはらうのにあんなに世辞をならべることはねえじゃねえか。あんまり世辞ばっかりつかってるから食い逃げするのかとおもったぜ。でも銭ははらったな。いくらだい、なんてねだんを聞いてたな。なにも聞くことはねえじゃねえか。十六文ときまってるのに……小銭だからまちげえるといけねえって勘定してやがったな。子どもじゃあるめえし、十六文ぽっちの銭をまちげえるやつがあるもんか……ひとつ、ふたっつ、みっつ、よっつ、いつつ、むっつ、ななつ、やっつ、なんどきだい？　九刻《ここのつ》で。とお、十一、十二、十三、十四、十五、十六で、あばよだってやがら……それにしてもおかしなところで時刻《とき》を聞きやがったな。勘定の途中で時刻なんか聞いたらまちげえちゃうじゃねえか。まあ、まちげえりゃあざまがいいんだけど……ひとつ、ふたつ、みっつ、よっつ、いつつ、むっつ、ななつ、やっつ、なんどきだい？　九刻《ここのつ》で。とお、十一、十二、十三、十四、十五、十六……どうも、ちょいとおかしいぞ……えーと……ひとつ、ふたつ、みっつ、よっつ、いつつ、むっつ、ななつ、やっつ、なんどきだい？　九刻《ここのつ》で。とお、十一……そうれみろ、よけいなことを聞くから、勘定まちげえやがった……ななつ、やっつ、なんどきだい？　九刻《ここのつ》で。とお、十一、十二、十三、十四、十五、十六……あれっ、まちげえるにはまちげえたんだが、すくなくまちげえやがった。ななつ、やっつ、なんどきだい？　九刻《ここのつ》で。とお……うーん、ここで一文ごまかしゃあがった。うまくしくんだもんだ。しかしこいつあおもしれえや、おれもやってみよう」

その晩はあいにくと、持ちあわせがありませんので、そのあくる日、よせばいいのに、こまかいのを用意してそば屋を呼びとめました。

「おい、そば屋さん、なにができるんだい？　え？　花まきにしっぽくか？　じゃあ、しっぽくひとつ、こしらえてくんねえ……さむいねえ」

「いえ、今晩はたいそうあったこうございますが……」

「あっそうだ、そうだ。今晩はあったけえや。さむかったのはゆうべだった。ゆうべはさむかったねえ」

「さようでござんしたな」

「どうだい、商売のほうは？」

「ええ、おかげさまでうまくいっております」

「なんだい、いいのかい？　ちくしょうめ、あきねえでってのがやれねえじゃねえか……この看板はかわってるな。的に矢が……あれ、あたってねえや、なんだい、丸が書いてあって丸屋か……お嬢吉三がやれやしねえ……いえ、なに、こっちのこと……看板はどうでもいいや……そばさえ早くできれば……早くねえな。おい、まだかい？　じれってえなあ。江戸っ子は気がみじけえからとんとんといってもらいてえが……もっともおれは江戸っ子のうちでも気が長えほうだからいいけども……それにしても、まだかい？」

「へえ、お待ちどおさまで……」

「おやえらいなあ、おめえんとこじゃあ割り箸をつかってるな。うれしいねえ。割ってある箸や塗り箸なんてのは気持ちがわるくっていけねえや。だれがつかったかわからねえんだから……そこへいくと、あれ、この箸はもう割ってあるな……まあ、いいや、割る世話がなくって……おめえんとこのどんぶりはいいどんぶりだな。これだけのどんぶりをつかってる店はねえぜ。ものは器で食わせるっていうがまったくだ。中身がうまそうにみえるぜ。器がいいということは……あれ、きたねえどんぶりだねえ、ひびだらけだ。それにまわりがよくもまあこうまんべんなく欠けたもんだ。これなら、どんぶりにも、のこぎりにもつかえるってもんだ。大工はよろこぶぜ。まあ、どんぶりなんざあどうでもいいや。べつにどんぶりを食おうってんじゃねえんだから……おめえんとこじゃあかつぶしおごったな、汁《つゆ》のぐあいが……うーん、塩っからい、湯をうめてくんねえ……こう湯をうめればいいぐあいだ……汁はまあいいとして、そばにとりかかろう……ねえ、ふといそばは食いたくねえね、そばはほそいほうが……おい、これがそばか？　ふといねえこれは……まあ、ふといほうがいいや、食いでがあって……こうやって食うと、腰が強くて、ぽきぽきしてねえや……うーん、ぐちゃぐちゃしてらあ、ずいぶんやわらけえそばだね。もっとも、このほうがこなれがいいけどもね……こんどはちくわといくか……おめえんとこじゃあ、ちくわをずいぶん厚く……いや、こいつあうすいや、歯のあいだへはいっておしまい、まあ、それにしても麩をつかわねえだけいい……麩なんて病人の食い物だ。麩なんか食いたくねえ……そこへいくと、あれ、本物の麩だ。……まあこのほうが嚙む世話がなくっていいや……うーん、もうよそう。おい、いくらだい？」

「へえ、ありがとう存じます。十六文でございます」

「小銭だから、まちげえるといけねえや。手をだしてくんねえ。勘定してわたすから……」

「へえ、これへいただきます」

「じゃあいいかい……ひとつ、ふたつ、みっつ、よっつ、いつつ、むっつ、ななつ、やっつ、いまなんどきだい？」

「へえ、四刻《よつ》で」

「いつつ、むっつ、ななつ、やっつ……」

【解説】　原話は、享保十一年（一七二六）刊の笑話本『軽口初笑《かるくちはつわらい》』にあるが、落語それ自体は、明治時代に、三代目柳家小さんが、大阪落語「時うどん」を東京に移入したものという。

噺としては、与太郎型のぬけた男が、ひとまねをして失敗するというよくある型だが、前半の職人体の男の軽快な口調と、後半の与太郎型の男の間のびのした調子とが対照的で、たまらなくおかしい。

「いまなんどきだい？」などと、日常会話にもつかわれるくらい有名な落語。

芝《しば》浜《はま》

酒は百薬の長なんてことを申しますが、飲みすぎるとよいことはございません。からだをこわす、商売をおろそかにするということになったりしますからな。しかし、お好きなかたというものは、どうもこのところからだのぐあいがわるいから、もう酒をやめてしまおうなんておもっても、なかなかやめられるもんじゃありません。三日坊主で、すぐ飲んでしまいます。こんなことじゃあしょうがないから、神さまへ断《た》っちまおうてんで、願をかけて、「やれ、これで安心だ」なんておもってますと、すぐに飲み友だちがさそいにきます。

「なに？　酒を断った？　つまらねえことをするじゃねえか。好きなものをいきなり断つてえことは、からだによくねえぜ。なんだって？　神さまに願をかけて、むこう一年断ったって？　おめえもばかなことをしたもんじゃねえか。しかしまあ、断っちまったんだからしょうがねえや。じゃあ、こうしなよ。もう一年のばして、二年断つということにして、晩酌だけやらしてもらったらどうだ？」

「うん、そりゃあいいなあ。いっそのこと三年にのばして、朝晩飲もうか」

なんてんで、なんにもなりゃあしません。

ただいまでは、東京の魚河岸といえば築地でございますが、むかしは日本橋にございました。そのほか、芝浜にも魚河岸がありまして、こちらのほうは、江戸前の、いきな小魚《こうお》をあつかっていたんだそうで……。

そのころ、芝の金杉に住んでいた魚屋の金さん。腕のいい魚屋で、ほかに道楽はないのですが、酒を飲むと商売をなまけるのが玉にきず。いつも貧乏でぴーぴーしております。

「ねえ、おまえさん、おまえさんてば……」

「おっ、おう……なんだよ。人がいい気持ちで寝てるのに、むやみにおこすなよ……あーあ、ねむいじゃねえか……なんだい？」

「なんだいじゃないよ。はやくおきて魚河岸《かし》へいっとくれよ」

「魚河岸《かし》へいけってのか？」

「そうだよ。もう、おまえさん、十日も商売をやすんでるんじゃないか。歳末《くれ》も近いってえのにどうするつもりなんだい？」

「わかってるよ。おめえがなにも鼻の穴あひろげて、歳末《くれ》が近いっていわなくったって……うちだけが歳末《ちけ》が近えわけじゃねえや」

「なにをのんきなこといってるのさ。はやくおでかけよ」

「おでかけよったって、十日もやすんでたんだ。盤台がしょうがあるめえ」

「そこにぬかりはあるもんかね。ちゃんと糸底へ水がはってあるから、いつでもつかえるよ」

「庖丁はどうなってるい？」

「おまえさん、あれには感心したよ。ちゃーんと研《と》いで、そばがらのなかへつっこんどいたじゃないか」

「ふーん……わらじは？」

「そこにでてるよ……さあ、いっとくれ」

「ああ、いくよ、いきゃあいいんじゃねえか」

「さあさあ、そんないやな顔をしないでさ……わらじがあたらしくって気持ちがいいだろ？」

「よくないよ……気持ちがいいってえのは、好きな酒飲んで、ゆっくり朝寝してるときをいうんだ。荒物屋の亭主じゃあるめえし、わらじがあたらしくって気持ちがいいもんか」

「そんな皮肉いわずにいっとくれよ」

「あー、いってくるよ……うー、さむい、さむい。眠む気なんかすっかりさめちまった。しかし、魚屋なんてつまらねえ商売だなあ。みんないい気持ちで寝てるってのに、こうやって天びんかついでいかなくっちゃならねえんだからな……まあ、そうかといって、世間さまとつきあっていっしょに寝ていたんじゃあ、こちとらあ、めしの食いあげになっちまうし……あれっ、いやにうすっ暗《くれ》えなあ……おまけに問屋は一軒もおきてねえし、どうしたんだろうなあ？　問屋がやすみじゃあしょうがねえじゃねえか……それにしても暗えなあ……あっ、鐘がなってやがる……ふーん、魚河岸へきて鐘の音を聞くのもひさしぶりだなあ……あれっ、暗えわけだ。かかあのやつ、そそっかしいじゃねえか。時刻《とき》をまちがえてはやくおこしゃがったんだな。なんてやつだ。しゃくにさわるじゃねえか……まあ、しょうがねえや。

浜へでて、つらでもあらうとしようか。そのうちにゃあ、問屋もおきるだろう……あーあ、ひさしぶりだなあ、磯の香りてえやつだ。いい気持ちだなあ……どれ、顔でもあらうとしようか」

金さん、ひさしぶりの浜をなつかしそうにぶらぶらやってきますと、なにか足にひっかかるものがあります。

「なんだろう……あれっ、財布だ。革にゃあちげえねえが、なんてまあきたねえ……それにしてもおもてえなあ……なかはどうなってるんだろう……あっ、金《かね》、こりゃあ、たいへんだ」

金さん、あわてて財布を腹がけのなかへつっこむと、うちへとんで帰ってきました。

「おい、あけてくれ、あけてくれ」

「はい、あけます、いまあけますから……ごめんよ。おまえさん、まちがえてはやくおこしちゃって……あらっ、どうしたの？　まっ青になってとびこんできて……喧嘩でもしたのかい？」

「そんなんじゃねえんだ。いま、浜で財布をひろっちまったんだ。なかをみると、金がいっぺえへえってるじゃねえか。もう、おらあおどろいちまって……」

「えっ、お金を？　あらっ、小判だよ。ほんとうに……いったいいくらはいってるんだい？　あら、あら、あら、あらっ、五十両も……」

「これだけ金がありゃあ、もう好きな酒飲んで、あそんでくらしていけらあ。こうなりゃあ、辰公、八公、寅んべえ、みんなよんできて祝い酒といこうじゃねえか。いま朝湯へいった帰りに声かけてくるから、なんかみつくろっといてくれよ」

　金さんは、大よろこびで、さっそく友だちをよんできて、飲めや唄えの大さわぎのあげくに酔いつぶれて寝てしまいました。

「おまえさん、あー、なんだ？」

「あっ、あー、なんだ？」

「なんだじゃないよ。いつまでそんなところでうたた寝してたらかぜひいちまうよ。あしたの朝はやいんだから、ちゃんとふとんにはいっておやすみよ」

「なんだと？　あしたの朝？　商売か？　じょうだんいうねえ。商売なんかおかしくって……」

「なにいってるんだよ。商売にいかないでどうするのさ？　きょうの飲み食いの勘定だって払えやしないじゃないか」

「そんなものは、あの五十両で払えばいいじゃねえか」

「えっ、なんだい？　五十両？　どこにそんなお金があるのさ？」

「おいおい、しっかりしろよ。おめえ、起きてて寝ぼけちゃいけねえよ。けさ、おれが芝の浜でひろってきた五十両があるじゃねえか」

「なにいってるんだよ。おまえさん、けさ、芝の浜なんぞにいきゃあしないじゃないか」

「なんだと？　おれが芝の浜へいかねえ？　そんなことがあるもんか、おめえがむりやりおこしたから、おれが芝の浜へいったんじゃねえか。そうしたら、時刻《とき》をまちげえておこしたうちに革の財布をひろって、それをおめえにわたしたじゃねえか」

「そうかい、そうだったのかい。それでやっとわかったよ。おまえさんがおきたら聞いてみようとおもってたんだけど、そんな夢をみたもんだから、それであんなさわぎをしたんだね……情けないねえ、おまえさんてえ人は……いくら貧乏したからって、お金をひろう夢をみるなんて……」

「えっ、夢だって？」

「そうさ、夢にきまってるじゃないか。うちのなかみまわしてごらんよ。なにひとつ道具なんかありゃあしないじゃないか。このあいだの辰つぁんのいいぐさ聞いたかい？『おたくは、なまじ道具がねえだけに、座敷がひろくつかえてよござんすね。ほかのうちとちがって、六畳が六畳のまんまつかえるから、じつにたいしたもんで……』だってさ。はずかしいったらありゃあしない。五十両も六十両ものお金があれば、そんなおかしなことといわれるもんかね……けさのおまえさんはなんだい。人がいっしょうけんめいにおこしてるのに、とうとうおきもしないでさ。お昼ごろになって、ようやくおきたとおもったら、すぐにお湯へいっちまって、帰りに、辰つあんや八つあんや寅さんたちをひっぱってきて、なにがうれしいんだか知らないけども、めでたい、めでたいってんで、酒だ、うなぎだ、てんぷらだと、飲めや唄えの大さわぎじゃないか。あたしゃ気でもちがったんじゃないかと心配してたんだよ。大さわぎのあげく、おまえさん、ぐでんぐでんに酔っぱらって寝てしまってさ。いつ河岸へいったっていうんだい？」

「ほんとうに夢なのかい？　ずいぶんはっきりした夢だなあ……どうも夢とはおもえねえんだが……」

「おまえさん、あたしをうたぐるのかい？」

「いや、うたぐるってえわけじゃねえが……夢かなあ？　……うん、そうかも知れねえ、そういわれてみりゃあ、おらあ、ちいせえときから、ときどきはっきりした夢をみるくせがあったっけ……するとなにか？　財布をひろったのは夢で、飲んだり食ったりしたのはほんものか？　へー、えれえ夢みちゃったなあ……歳末《くれ》も近えってのに、とんだことをしちゃったもんだ。それにしても、金ひろった夢みるなんて、われながら情けねえや。これというのも酒がわりいんだ。もう酒はやめるぜ。これからは、商《あきね》えに精をだすぜ。金なんてひろうもんじゃねえ。てめえでかせぎだすもんだ。おらあすっかり目がさめたぜ」


それからというものは、好きな酒もぴったりやめた金さんが、朝も早くから河岸へゆきまして、いい魚をしいれてきては、お得意さまへ持っていきます。もともと腕のいい金さんが、よりによっていい魚を仕入れてくるのですから、お得意さまはふえるばかりです。

三年たつか、たたないうちに、裏長屋住まいの棒手《ぼて》ふりの魚屋が、どうにかこうにか、おもて通りに、ちいさいながらも魚屋の店をだすことができました。

ちょうど三年めの大晦日の晩……。

「なあ、おっかあ、かたづけものがすんだんなら、こっちへこいよ」

「あいよ。ようやくすんだところさ。いまいくよ」

「ああ、いい心持ちだなあ。こうやって畳をとりけえた座敷で正月をむかえられるなんて……むかしっからよくいうじゃねえか。畳のあたらしいのと、かかあのあたらしいのは……いや、かかあの古いのはいいなあ」

「おまえさん、へんなお世辞なんかいわなくてもいいよ」

「いや、みんなおめえのはたらきだぜ……ああ、いい心持ちだ……もう一軒も勘定をとりにくるところはねえって？　へー、ほんとうかい？　借金とりのこねえ大晦日なんてうそみてえじゃねえか……以前は、大晦日といやあ、死ぬ苦しみだったからなあ……あれは、たしか三、四年前の大晦日だった。どうにもやりくりがつかなくなっちまって、おれが死んだふりをしたことがあったっけ……」

「そうそう、あんな冷や汗をかいたことはありゃあしない。おまえさんが、大きな棺桶かついできて、おれがこのなかへはいって死んだふりをするから、おまえが涙こぼしていいわけをしろってんだろ。もうばかばかしいけど、やらなきゃしょうがないっていうから、でもしない涙を無理にだしたりして、うちの人が急になくなりましたっていうと、借金とりはみんなあきらめて帰ってくれたけど、そのうちに、大家さんがお香奠《こうでん》を持ってきてくれたときは、もうどうしようかとおもったよ。だって、あしたになれば生きかえることはわかってるのに、うけとれるものかねえ。いいえ、結構です。せっかく持ってきたんだからおとりと、押し問答してたら、『せっかくのおぼしめしだからいただいとけ』って、おまえさん、棺桶のなかからどなったろう。大家さんがおどろくまいことか、きゃっといって、はだしで逃げだしちまったじゃないか」

「あっははは、春になって、大家さんとこへあやまりにいったけど、あんなきまりのわりいとおもったこたあなかったぜ。まあ、それもいまになってみりゃあ笑いのたねだけどよ……おう、茶を一ぺえくんねえ」

「ほら、いまちょうど除夜の鐘が鳴りはじめたよ」

「ああ、なるほど……」

「さあ、福茶がはいったから、おあがんなさいな」

「福茶か……ひさしく飲まねえから、味もなにもわすれちまったなあ……縁起物だ、いただくとしようか……うーん、これが福茶の味か……」

「ねえ、きょうは、おまえさんに、みてもらいたいものもあるし、聞いてもらいたいはなしもあるんだけれど……」

「なんだって？　みてもらいてえものがあって、聞いてもらいてえはなしがあるだと？」

「そう……そいでね、あたしのはなしがすむまでは、どんなことがあってもらんぼうなことはしないって、おまえさん、約束しておくれよ」

「まあ、なんだかわからねえが、約束しようじゃねえか」

「そうかい、ほんとうだね」

「なかに小判で五十両はいってるよ……ねえ、おまえさん、その革の財布と中身の五十両に心あたりはないかい？」

「おやっ、財布じゃねえか、きたねえけど、革の財布だな。なんだい、こいつあ？」

「じゃあ、これをみとくれ」

「ああ」

「そういわれてみりゃあ、三年ばかり前、芝の浜で、革の財布に五十両へえってるのをひろった夢をみたことがあったっけ」

「それは夢じゃないんだよ。ほんとうにひろったんだよ」

「なんだと？　こんちくしょうめ！」

「どうするのさ？　手なんかふりあげて……はなしのすむまでらんぼうしない約束だろう？」

「まあ、そうだ」

「あたしゃあ、あのときはどうしようかとおもったんだよ。だって、おまえさんは、あしたっから商いなんかしないで、酒を飲んであそんでくらすっていうんじゃないか。こりゃあこまったことだと、おまえさんが酔いつぶれたのをさいわいに、大家さんに相談にいったんだよ。すると、大家さんのいうには、『ひろった金なんぞつかえば、金公の手がうしろへまわっちまう。すぐにおれがお上《かみ》へとどけてやるから、夢だということにして、おまえは金公をごまかせ』ってんだろ。いわれた通り、夢だ、夢だっておしつけたら、おまえさん、人がいいもんだから、あたしのいうことをすっかりほんとうだとおもって、好きなお酒もぷっつりやめて、いっしょうけんめい商いに精をだしてくれるじゃないか。そのおかげでこうして店の一軒も持つことができるようになったんだけど……おまえさんが、雪の朝なんぞに、買いだしにいくときには、あたしゃ、そっと手をあわせて、いつもおまえさんにあやまっていたんだよ……このお金も、落とし主がないからって、かなり前にお上からさがってきたんだけど、これをみせて、おまえさんがもとのなまけ者にもどっちゃあたいへんだとおもって、あたしゃ、心を鬼にしていままでかくしてきたんだよ。でも、もう店もこれだけになったんだし、おまえさんにもすこしは楽をしてもらおうとおもって、おわびかたがた、このお金をだしたのさ。ねえ、おまえさん、さだめし腹が立つだろうねえ、自分の女房にずっとうそをつかれていて……どうか気のすむまで、あたしをぶつなと、蹴るなとしておくれ。さあ、おまえさん、おもいきってやっとくれ」

「おうおう、待ってくれ。どうして、どうして、なぐるどころのはなしじゃねえや。そんなことをしたら、おれの手がまがっちまわあ。ええ、おめえは、まったくええ。あのとき、あの金をそのまま持ってりゃあ、たしかにおれは、飲んだり、食ったり、ぶらぶらしていて、またたくまにつかい果たしちまったろう。あげくの果ては乞食にまで身をおとしてたかも知れやしねえ……また、そうならなかったとしたら、大家さんのいうように、手がうしろにまわって、わるくしたら打ち首だったかも知れねえぜ……そのおれが、こうして気楽に正月をむかえることができるというのも、おっかあ、みんなおめえのおかげじゃねえか。おらあ、あらためて礼をいうぜ。この通りだ。ありがとう」

「まあ、なにさ、おまえさん、女房のあたしに手をついたりして……じゃあ、ほんとうにあたしをゆるしてくれるんだね？」

「ゆるすもゆるさねえも……おれは、こうやって、おめえに礼をいってるんじゃねえか」

「そうかい……あたしゃうれしいよ。もう、きょうは、おまえさんにうんとおこられるだろうとおもってたから、きげんなおしに、ひさしぶりに一ぱい飲んでもらおうとおもって用意しといたんだよ。さあ、もうお燗《かん》もついてるから……」

「えっ、酒かい？　お燗がついてる？　そうかい、どうもどっかでいいにおいがしてるとおもってたら……そうだったのかい……」

「こんなものをこしらえといたんだけど、どうだい？」

「ああ、やっぱり、かかあは古くなくっちゃいけねえなあ。ずいぶん長《なげ》えこと飲まねえのに、よくおれの好きなものをおぼえていてくれたなあ……うん、ありがてえ、ありがてえ……じゃあ、おことばに甘えて、ひさしぶりに一ぱいやらせてもらおうか……おっと、そうときまりゃあ、大きなものについでもらおうじゃねえか。この湯飲みにたのまあ……おっとっとっと……なつかしいなあ、おい、お酒どの、しばらくだったなあ、よくまあご無事で、おかわりもなく……あはははは……ああ、においをかいだだけでも千両の値打ちがあるなあ、たまらねえやどうも……だが、待てよ……」

「どうしたの？」

「よそう、また夢になるといけねえ」

【解説】

三遊亭円朝が、「酔っぱらい、芝浜、財布」の三つの題をまとめた三題噺の名作であり、人情噺の代表作として名高い。

良い腕を持ちながらもなまけものの亭主が、女房の誠意によって奮起するというすがすがしい噺で、除夜の鐘を聞きながら福茶を祝う夫婦の、その福茶のなかから、ほのぼのとした夫婦愛がたちのぼってくるようだし、貧、福、様相を異にした家庭生活の対照の妙も、あざやかな転換ぶりをなしている。

演出にあたっては、前半で、酔って寝た亭主に、すべてを夢とおもわせる部分と、後半で、財布をだして亭主にわびる女房とそれに感謝する亭主のやりとりなどは、ことにむずかしいみせ場。

部分的にいえば、ひろった金を、旧三遊派では、「ばにゅう（盤台）へ」、柳派では、「腹がけのどんぶりに」と演じわけていたし、魚屋の名前も、熊さんだったり、金さんだったり、ひろった金も、五十両であったり、八十両であったりして一定していないが、三代目桂三木助は、落語の類型にない勝五郎という名をえらび、金額もはんぱな四十二両として、写実的な味をねらい、まくらの部分や終末の場面など、ことにすっきりしていて江戸前の味をだしていた。

寿限無《じゅげむ》

これで親子の情愛というものはたいへんなもので、どんなかたでも、わが子のこととなると夢中でさわいでおります。

「おうどうだい、はやく産んでくんねえな、これで来月になると、おれもふところ都合がわりいんだから……」

「そんなことをいったって、おもいどおりにはいかないよ」

「だけれども、なんとかそこをやりくりしてよ」

「そんなやりくりがつくもんかね。それよりも赤ちゃんが生まれればお金がいるんだから、しっかりしとくれよ」

「だから、このあいだから心がけて倹約しているんだ。きのうだって、仕事の帰りに、おもて通りのすし屋へとびこもうとしたんだが、とうとうがまんしちまった」

「えらいねえ。生まれてくる子どものために好きなおすしも食べなかったのかい？」

「ああ、すしは食やあしねえ。そのかわりてんぷらを食った」

「なんだい、それじゃあなんにもなりゃあしないよ」

さて、月満ちて生まれおちましたのが玉のような男の子ですから、ご亭主のよろこびも一通りではございません。

「やあ、うごいてる、うごいてる。うごくところをみると、生きてるんだな」

「あたりまえさ、生きてるのは……」

「あははは、そうよなあ……それにしても、こんちくしょうめ、なにかしゃべらねえかな。おとっつあん、こんちわとかなんとか……」

「そんなばかな……まだ生まれたばかりじゃないか」

「あしたあたりは、あるきだすのかな？」

「化けものじゃあるまいし、ばかばかしいよ……そんなことよりも、きょうは七夜《しちや》だよ」

「なんだと？」

「七夜だよ」

「質屋がどうかしたか？」

「この子の七夜だよ」

「へーえ、こんなちいせえうちから質屋をおぼえさせるのか？　いくら貧乏だって、そりゃああんまり手まわしがよすぎらあ」

「なにいってるんだよ。赤ん坊を質屋へつれてくやつがいるもんかね。生まれて七日目だから七夜じゃあないか」

「ふーん、はやくいやあ初七日《しょなのか》だな」

「まあ、初七日だなんて縁起のわるい……お七夜といえば、きょうは名前をつける日なんだよ、おまえさん、なにかかんがえてあるかい？」

「そうそう、わすれてた。名前をつけなくっちゃあいけねえな……なんかこう強そうなのがいいんだが……どうだい、金太郎てえのは？」

「金太郎？　おまえさんが熊さんで、せがれが金太郎じゃあ親子で角力《すもう》ばっかりとってそうじゃあないか」

「そうかなあ……じゃあ、おやじの熊より出世するように、ライオン太郎はどうだい？」

「ばかばかしいよ……どうもおまえさんじゃあいい名前がつけられそうもないから、お寺へいって和尚《おしよう》さんにつけてもらうといいよ。檀那寺《だんなでら》で名前をつけてもらうと長生きするというから……」

「そんなこたああるめえ。むやみに長生きされたんじゃあ商売にならねえから、坊主がろくな名前をつけるもんか。第一、坊主に名前をつけてもらうなんて縁起がわりいや」

「そうでないよ。ものは逆が順に還る、凶は吉に還るなんていうから、かえっていいんだよ」

「そういうもんかなあ。それじゃあ、ひとつあのでこぼこ坊主につけてもらうとするか。かかあのいうことは、凶は吉に還るとよくいうから、やっぱりいいのかも知れねえ……こんちわ」

「はい、どなた？　やあ熊さんで、ずいぶんおはやいご仏参ですね」

「なにいってやんでえ。おさまりけえった小坊主じゃあねえか。墓めえりにきたんじゃあねえや。和尚に用があってきたんだ。和尚はいるか？」

「はい、すこしお待ちください……ええ、和尚さま」

「なんだ珍念や」

「神田の熊五郎さんがみえまして、和尚さまにお目にかかりたいと申しておりますが……」

「ああさようか。熊さんがみえたか。おもしろいかただ。すぐにこちらへお通ししなさい……おやおや、熊さん、いらっしゃい。たいそうおはやいことで、なにかあらたまったご用でも？」

「へえ、なにしろまあおめでとうございます」

「ははあ、なにかおよろこびごとでもありましたかな？」

「そうなんですよ。なにしろまあ、お生まれなすったのが玉のような男の子さんで、親御さんたちもたいへんなおよろこびなんで……」

「ほう、それはどちらさまで？」

「へへへ、こちらさまなんで……」

「おや、熊さんのお宅のことだったのかな。で、ご家内はご安産なすったかな？」

「へえ、やすやすとご難産で……」

「やすやすとご難産というのはないな。それにしても、男のお子さんとはおめでたいな」

「ねえ、そうでござんしょう？　ところで和尚さん、きょうは七夜で、名前をつけなくっちゃあいけねえんだが、はじめてのがきで男の子なんだから、なんかいい名前をつけてえとおもってね、で、かかあのいうには、逆が順に還って、凶が吉に還るから、寺の和尚につけてもらったらいいとこういうんで……でもね、あっしゃあ、寺の坊主なんかに名前をつけてもらうのは縁起がわりいと一応おもったんですが、よくかんがえてみると、かかあのいうこともっともなんで、じゃあ、あのでこぼこ坊主につけてもらおうということになってやってきたんで……」

「でこぼこ坊主とはおそれいったな」

「おや、聞こえましたか？」

「だれとはなしをしてるんだい？」

「ははは、なるほど……まあ、ひとつおねげえ申します」

「よろしい。承知した」

「なにかこう死なねえ保証つきというような、すてきなやつをつけてやってください」

「生《せい》あるものは、かならずいつかは死ぬのじゃから、死なんというわけにはいかんが、親御さんの情として、子ども衆の長寿《ちょうじゅ》をねがわれるのは道理、どうじゃな、鶴は千年の齢《よわい》をたもつといってめでたい鳥じゃが、それにあやかって、鶴太郎、鶴吉などというのは？」

「そりゃあいけねえや。千年と年限を切られちゃあ千年たつと死んじまわあ、そりゃあつまらねえ。もっと長いのはありませんか」

「では、亀は万年というから、亀之助、亀助などは？」

「いけませんや。亀の子なんぞは縁日のときに売ってますが、あたまをつつかれて首をちぢめてばかりいらあ、人なかで、ああやってあたまをおさえられてばかりいたんじゃあ出世で

「そういっていては、なかなかいい名前はつけられないが、ではどうじゃな、経文のなかにはめでたい文字がいくらもあるによって、そのなかからつけては？」

「お経でもなんでも、長生きする名前ならかまいません」

「では、寿限無《じゅげむ》というのはどうかな？」

「なんです？　寿限無てえのは？」

「寿限《よわい》り無しと書いて寿限無だな。つまり死ぬときがないというのじゃ」

「そりゃありがてえや。死ぬときがねえなんざあうれしいね。うちの苗字《みょうじ》が杉田だから、杉田寿限無か、こりゃあいいや。もうほかにはありませんか？」

「まだいくらもある。五劫《ごこう》のすりきれはどうじゃな？」

「五劫のすりきれ？　なんのこって？」

「一劫というのは、三千年に一度、天人が天《あま》くだって、下界の巌《いわ》を衣《ころも》でなでるのだが、その巌をなでつくしてすりきれてなくなってしまうのを一劫という。それが、五劫というから、何万年何億年かかぞえつくせない」

「こりゃあ、ますますいいや。まだありますか？」

「海砂利《かいじゃり》水魚《すいぎょ》などはどうじゃな？」

「なんです？　それは？」

「海砂利というのは、海の砂利だ。水魚とは、水に棲《す》む魚だ。いずれもとりつくすことができないというのでめでたいな」

「へーえ、なるほど……もうありませんか？」

「水行末《すいぎょうまつ》、雲来末《うんらいまつ》、風来末《ふうらいまつ》などというのもある」

「へーえ、なんですい、それは？」

「水行末は、水の行く末、雲来末は、雲の行く末、風来末は、風の行く末、いずれも果てしがなくてめでたいな」

「ますますうれしいねえ。まだありますか？」

「人間、衣食住のうち、一つが欠《か》けても生きてはいけない。そこで、食う寝るところに住むところなどはどうじゃな？」

「なるほどねえ、もうありませんか？」

「やぶらこうじのぶらこうじというのはどうじゃな？」

「和尚さん、あっしが知らねえとおもってからかっちゃいけませんよ」

「べつにからかってはおらん。これにもいわれはあるのじゃ。木にもやぶこうじというのがあるが、まことに丈夫なもので、春は若葉を生じ、夏は花咲き、秋は実をむすび、冬は赤き色をそえて霜をしのぐめでたい木じゃ」

「なるほどこれもいいや。まだありますか？」

「パイポパイポ、パイポのシューリンガン、シューリンガンのグーリンダイ、グーリンダイのポンポコピーのポンポコナというのがあるな」

「またおかしいよ。からかってるんじゃないでしょうねえ」

「これは、むかし、唐土《もろこし》にパイポという国があって、シューリンガンという王さまとグーリンダイという王后《きさき》のあいだに生まれたのが、ポンポコピーとポンポコナというふたりのお姫さまで、このふたりがたいへんに長生きなすったな」

「へーえ、まだありますか？」

「天長地久という文字で、読んでも書いてもめでたい結構な字だ。それをとって、長久命というのはどうじゃな？」

「へえ、ようがすね」

「それに、長く助けるという意味で、長助なんていうのもいいな」

「へえへえ、じゃあすいませんが、いちばんはじめの寿限無から長助まで書いてくださいな。むずかしい字はだめですよ。平がなでね」

「よろしい。いま書いて進ぜる……さあ、みんな書いたから、このなかからいいのをとりなさい」

「へえ、ありがとうございます。ええ、寿限無ってやつからはじまるんですね……えーと、寿限無寿限無、五劫のすりきれ、海砂利水魚の水行末、雲来末、風来末、食う寝るところに住むところ、やぶらこうじのぶらこうじ、パイポパイポ、パイポのシューリンガン、シューリンガンのグーリンダイ、グーリンダイのポンポコピーのポンポコナの長久命の長助か……こうならべてみると、みんなつけてえ名前ばかりですねえ。あとであれにすりゃよかったとか、これにすりゃあよかったなんてぐちのでねえように、いっそみんなつけちまいます」

「おいおい、それはらんぼうだよ。長くてしまつがわるいじゃないか」

「いいえ、かまいません。どうもありがとうございました。さようなら」

うちへ帰ると、おかみさんを説きふせて、ばかばかしく長い名前をつけてしまいました。

さあ、この名前が近所でも大評判で……。

「はい、ごめんなさいよ」

「おや、のり屋のおばさん、おいでなせえ。なんかご用で？」

「べつに用じゃないけどさ。あたしも年だねえ、坊やの名前がなかなかおぼえられなくって苦心しちゃったけど、ようやくなんとかおぼえたから、きょうはさらってもらおうとおもってきたのさ。もしもちがってたら、なおしておくんなさいよ」

「名前のおさらいは大げさだね。まあ、いいや、やってごらんなせえ」

「ではははじめるよ……寿限無寿限無、五劫のすりきれ、海砂利水魚の水行末、雲来末、風来末、食う寝るところに住むところ、やぶらこうじのぶらこうじ、パイポパイポ、パイポのシューリンガン、シューリンガンのグーリンダイ、グーリンダイのポンポコピーのポンポコナの長久命の長助、あーあ、なむあみだぶつ……」

「おい、じょうだんじゃねえぜ、なんだい、そのなむあみだぶつってえのは？　縁起でもねえや」

この名前が性《しょう》にあいましたものか、病気らしい病気もせずに育ちまして、学校へ通うようになりますと、朝、近所のともだちがさそいにまいります。

「寿限無寿限無、五劫のすりきれ、海砂利水魚の水行末、雲来末、風来末、食う寝るところに住むところ、やぶらこうじのぶらこうじ、パイポパイポ、パイポのシューリンガン、シューリンガンのグーリンダイ、グーリンダイのポンポコピーのポンポコナの長久命の長助さん、学校へいかないか？」

「あらまあ、金ちゃん、よくさそっておくれだねえ。あのね、うちの寿限無寿限無、五劫のすりきれ、海砂利水魚の水行末、雲来末、風来末、食う寝るところに住むところ、やぶらこうじのぶらこうじ、パイポパイポ、パイポのシューリンガン、シューリンガンのグーリンダイ、グーリンダイのポンポコピーのポンポコナの長久命の長助は、まだ寝てるんだよ。いますぐに起こすから、ちょいと待っておくれよ。さあさあ、寿限無寿限無五劫のすりきれ、海砂利水魚の水行末、雲来末、風来末、食う寝るところに住むところ、やぶらこうじのぶらこうじ、パイポパイポ、パイポのシューリンガン、シューリンガンのグーリンダイ、グーリンダイのポンポコピーのポンポコナの長久命の長助や、はやくおきて学校へいくんだよ。金ちゃんがおむかえにきたじゃあないか」

「おばさん、おそくなるから、ぼく、さきへいくよ」

　この子どもが大きくなるにつれて、たいへんにいたずらなわんぱくものになりまして、いつも友だちを泣かしたりしております。

　ある日のこと、なぐられて、あたまにこぶができたと、わあわあ泣きながらいいつけにきた子がございます。

「あーん、あーん……あのねえ、おばさんとこの寿限無寿限無、五劫のすりきれ、海砂利水魚の水行末、雲来末、風来末、食う寝るところに住むところ、やぶらこうじのぶらこうじ、パイポパイポ、パイポのシューリンガン、シューリンガンのグーリンダイ、グーリンダイのポンポコピーのポンポコナの長久命の長助が、あたいのあたまをぶって、こんな大きなこぶをこしらえたよ……あーん、あーん」

「あらまあ、金ちゃん、すまなかったねえ。じゃあなにかい、うちの寿限無寿限無、五劫のすりきれ、海砂利水魚の水行末、雲来末、風来末、食う寝るところに住むところ、やぶらこうじのぶらこうじ、パイポパイポ、パイポのシューリンガン、シューリンガンのグーリンダイ、グーリンダイのポンポコピーのポンポコナの長久命の長助が、おまえのあたまにこぶをこしらえたって、まあ、とんでもない子じゃあないか。ちょいと、おまえさん、聞いたかい？　うちの寿限無寿限無、五劫のすりきれ、海砂利水魚の水行末、雲来末、風来末、食う寝るところに住むところ、やぶらこうじのぶらこうじ、パイポパイポ、パイポのシューリンガン、シューリンガンのグーリンダイ、グーリンダイのポンポコピーのポンポコナの長久命の長助が、金ちゃんのあたまへこぶをこしらえたんだとさ」

「じゃあなにか、うちの寿限無寿限無、五劫のすりきれ、海砂利水魚の水行末、雲来末、風来末、食う寝るところに住むところ、やぶらこうじのぶらこうじ、パイポパイポ、パイポのシューリンガン、シューリンガンのグーリンダイ、グーリンダイのポンポコピーのポンポコナの長久命の長助が、金坊のあたまへこぶをこしらえたっていうのか。金坊、どれ、みせてみな、あたまを……なーんだ、こぶなんざあねえじゃあねえか」

「あんまり名前が長いから、こぶがひっこんじゃった」


【解説】

上方では、別名を「長命のせがれ」ともいう。

このような長い名前の噺は、元禄十六年（一七〇三）刊の笑話本『軽口御前男《かるくちごぜんおとこ》』をはじめとして、各地の民話にみられる。

いわば落語のイロハであり、前座噺としてあまりにも有名な噺。

三枚起請《さんまいきしょう》

むかしの狂歌に、

傾城《けいせい》の恋はまことの恋ならで
金持ってこいが本当《ほん》のこいなり

というのがありますが、傾城、つまりおいらんというものは、客にうまいことをいってだますのが商売だったのですから、金持ってこいという恋だとは、まことにうまいことをいったもんで……。


「ごめんください」

「よう、半ちゃんかい、まあおはいりよ」

「へえ……どうもごぶさたいたしまして……」

「いや、ごぶさたはおたげえだが……このごろ、おめえさん、ろくにうちへ帰らねえそうじゃねえか。おふくろさんがきて、ぐちをこぼしてたぜ。いったい、なにをしてるんだい？

なにかわるいことでもしてるんじゃないのかい？　丁半《ちょうはん》かなんか……ばくちだろ？」

「いえ、ばくちなんか……」

「きらいか？」

「好きなんで……」

「やっぱりばくちか」

「いいえ、いまはそのほうじゃないんで……ちょいとばかり弱ってるんで……」

「弱ってる？　どうして？」

「女のことで……」

「女のことで？」

「ええ」

「相手はなにものだ？　白か黒か？」

「白犬でも黒犬でもねえんで……人間なんで……」

「人間はわかってるよ。しろうとか、くろうとかと聞いてるんじゃねえか」

「吉原の女なんで……」

「じゃあ、黒じゃねえか」

「ええ、まっ黒なんで……」

「なんだ、まっ黒とは……それじゃあ、まるでなべのけつじゃねえか……で、その女は、おめえさんに惚《ほ》れてるのかい？」

「それが惚れてるから弱ってるんで……おふくろのほうは、あたしが三日や四日帰らなくてもただ心配するだけのことで、いのちにはかかわらないが、女のほうは、あたしが三日いかなければ死ぬんで……あたしゃ人命救助のために通ってる」

「ほんとうなのかい？」

「ほんとうですとも……『来年三月、年期《ねん》があけたら、おまはんのとこへいって、おまはんと夫婦《めおと》になりたい』といってるんで……『だから、年期のあけるまで、待っててちょうだいよ』なんて……まったく弱っちゃう」

「だけどさあ、そんなに安心しててていいのかなあ、都都逸《どどいつ》にだってあるじゃないか、『年期があけたら、おまえのそばに、きっといきます、ことわりに』って……」

「いえ、そりゃあ大丈夫なんで……」

「どうして？」

「その女から、ちゃんと書いたものをもらって持ってるから……」

「書いたものって？　起請《きしょう》かい？」

「そうなんで……」

「ちょっとみせてごらんよ」

「それがだめなんで……」

「どうして？」

「いかなる責苦《せめく》にあっても、人にはみせないと約束したんですから……」

「いかなる責苦にあってもとは、また大げさだねえ……ちょいとみせてごらんよ。みなくっちゃあ、うそかほんとかわからないじゃないか」

「そうですか、それじゃあ、棟梁《とうりよう》だけにみせますけど、だまっててくださいよ。じつは、これなんですが、みるんなら、うがい手洗《ちようず》に身を清めてからにしてくださいな。なにしろご直《じき》筆《ひつ》なんですから……」

「なんだい、うがい手洗とか、ご直筆とか……ばかばかしいことをいいなさんな……ふーん、なるほど書いたね、ふーん……なになに……『ひとつ起請文のこと、わたくしこと、来年三月年期があけ候《そうら》えば、あなたさまと夫婦になること実証なり。吉原江戸町二丁目朝日楼うち、喜瀬川こと山中すみ』……えっ、これかい？」

「どうです？　たしかなもんでしょ？」

「半ちゃん、おまえさん、ほんとにこれもらってよろこんでるのかい？　ばかだね、おまえは……へっ、なんだい、こんなもの」

「あれっ、ひどいや、いくら棟梁でも、それを投げるなんて……」

「おうおう、なんだい、いただいてるな……およしよ、ばかばかしい……」

「ばかばかしい？」

「そうだよ。ばかばかしいや。じつはね、あたしもおまえさんとおんなじ起請を持ってるんだ。どうだい、これ……」

「あれっ……ほんとにおんなじ起請だ。どうして持ってるんです？」

「あたしももらったから持ってるのさ。この妓《こ》はね、もと新宿にいたんだ。それが住みかえして、吉原《なか》にきたんだよ……あたしが、こうやって、かかあを持たずにいるのは、この女のためなんだ。『来年三月、年期があけたら、おまはんと夫婦《めおと》になりたい』っていうから、こうやってひとり身で待ってたんだ」

「ちくしょう、喜瀬川のやつ、人をだましやがって……」

「あたしもだまされたんだ」

「ほんとうに、あの女だけはとおもってたら……ちくしょうめ、ちくしょうめ……」

「およしよ。相手は商売なんだから、怒ったってしょうがねえや」

「だけど、くやしくって、くやしくって……」

「およしよ。おいおい、おしゃべりの金公がきたから、およしよ」

「おう、いま、なにかいってたな、おれのことを……」

「なにもいってやしねえぜ」

「おれがへえってきたら、おれの顔をみて、おしゃべりの金公がきたといったろ、え―、おれがそんなにおしゃべりかい？　こりゃあ、いくら棟梁のことばでもおもしろくねえや」

「おい、金ちゃん、ものごとはよく聞いてから怒りなよ。だれがおまえのことをおしゃべりの金公なんていうもんか。いま、この半ちゃんがきて、女にだまされたってくやしがるから、そんなことをおしゃべりするなっていってるとき、おまえが首をだしたので、おしゃべり……金公とことばがつづいちまったんだ。だれがおまえのことをおしゃべりなんていうもんか」

「へえ、そうだったのかい。で、どうしたんだ、半ちゃん、女にだまされたってのは？」

「じつは起請をもらったんだが……」

「起請をもらったんだが……どうしたい？」

「それがどうもあてにならねえんだ」

「起請があてにならねえ？　どうして？　……どんな起請なんだ。みせてごらんよ。みせなよ……ふーん、こういうものを持ってよろこんでるのかね。おまえは、長生きするよ。夜もよく寝られるだろう。丈夫でうらやましいや。なあ、女からこんなものをもらってよろこんでるなんて……うふふ、甘えもんだ……なに、なに『ひとつ起請文のこと』か……うん、たいてい文句はきまってるんだな。えっ、なんだと……『わたくしこと、来年三月年期があけ候えば、あなたさまと夫婦になること実証なり……吉原江戸町二丁目……喜瀬川……』。おいっ、この女は、もと新宿にいたんじゃねえかい？」

「そうなんだ」

「としは二十四、五だろ」

「ああ」

「鼻がつーんと高い」

「目がふたつあって……」

「あたりめえだよ」

「棟梁はだまっててくんねえ……色が白くて、右の目の下にほくろがあらあ」

「うんうん、そうだ。うふっ、もう一枚でてきそうだな」

「なんだと？　……で、この妓かい、おめえに起請をよこしたのは？」

「いよいよでてくるな、もう一枚……」

「ちくしょうめっ、かんべんできねえ」

「どうしたんだい、金ちゃん、おいおい、半ちゃん、とめてやれ、とめてやれ。台所から出刃庖丁なんか持ちだしてあぶねえや。はやくとめてやれ」

「出刃庖丁じゃねえ、わさびおろしだ」

「わさびおろしなんかどうするんだ？」

「しゃくにさわるから、あの妓のつんと高え鼻のあたまをこすって低くしてやらあ」

「おいおい、そんなことおよしよ。まあお待ちよ。じつは、あたしもおなじ起請もらったんだ」

「えっ、棟梁もかい」

「うん」

「じゃあ、三人ともだまされてるんじゃねえか……しかし、おれは、この起請については、一通りや二通りのことじゃねえんだ」

「ふーん、よっぽどこみいった事情でもあるのかい？」

「ああ、そりゃあたいへんなもんだ。ちょうど去年の十月の末だった。おれは仕事で山谷《さんや》までいったんだが、帰りに一ぺえやって、ぶらぶらと吉原をひやかしているうちに、ついあがっちまったのが、その朝日楼てえうちで、その敵娼《あいかた》てえのが、この喜瀬川だ。初会《しょかい》から惚れたとか、女房にしてくれとかいやあがるから、なにいってやんでえとおもっていたけども、女もいっしょうけんめいつとめるから、つい二度、三度と通ううちにね、わすれもしねえや、去年の暮れの二十八日だった。おれんとこへ手紙がきて、相談したいことがあるから、すぐにきてくれってえから、おれはとんでいった。で、なんの用だと聞いたら、『あたしゃ、この暮れに、二十円のお金がどうしても入り用なんだから、おまえさん、助けるとおもって、どうか二十円こしらえておくんなさい。ほかにたのむお客さんもたくさんあるけど、ほかのお客さんにたのんだら、おまえさんと世帯を持つときの足手まといになるといけないから、おまえさん、二十円こしらえとくれ』とこういうんだ」

「うん、うん」

「おれも、『ああいいよ』といって引き受けたんだが、二十円はさておいて、五円の金もありゃあしねえや」

「安請けあいするない。で、どうしたい？」

「そこで、おれの妹が、上野に奉公してるから、妹のところへいって空涙《そらなみだ》をこぼして、『じつは、おふくろが病気で、医者にみてもらったところが、これは入院させなくてはいけないっていうんだ。それについて二十円の金がいるんだが、なんとかこしらえてくれねえか。おれは、ここんところ、どうにも都合がつかねえんだから……』とこういったら、妹もおどろいて、『おっかさんの病気じゃあほうっておけないから、ちょっと、兄さんお待ちよ』って、奥へいって、大きなふろしきづつみを持ってきて、『ここに、わたしの着物がみんなはいっているから、これを持ってって、なんとか都合しておくれ』っていうから、そいつをかついで、やひっつあんのとこへいったんだ」

「なんだい、そのやひっつあんてえのは？」

「質屋をさかさまにしたんだ」

「変なものをさかさまにするなよ。で、それから？　……」

「ところが、着物の数は多いんだが、なにしろみんな木綿ものばかりだから、どうしても七円にしかならねえんだ」

「うん、うん」

「だから、またひっかえして、七円にしかならなかったというと、妹のやつは奥へいって、ご主人にたのみこんで給金の前借りをしてやっと二十円の金をつくってくれたんだ。それを持ってって、あの妓にわたすと、ぼろぼろ涙をこぼして、『まあ、おまえさんはなんて情が深いんだろう。あたしゃ、どうしてもおまえさんと夫婦になるよ』ってんで、書いてくれたのがこの起請《きしょう》なんだ。まあ、だまされたおれはあきらめがつくが、なにも知らずに、あついにつけ、さむいにつけて、不自由なおもいをして奉公してるかとおもうと、妹がふびんでなあ」

「そうか。わけを聞くと、気の毒だなあ」

「いままでだまされていたかとおもうとざんねんな」

「そりゃあ、おめえの怒るのももっともだ」

「妹がふびんな」

「もっともだ」

「ざんねんな」

「道理」

「くちおしいわやい」

「チチ、チチチ……」

「ばかっ、三味線のまねなんかするない。おい、金ちゃん、おめえもそういう目にあってるなら、どうだい、みんなであの妓をやっつけてやろうじゃねえか」

「やっつけてやる？　どうなるんで？　……え、棟梁」

「まあ、女郎にだまされたんだから、げんこをふりまわしたりするのも、みっともねえはなしだ」

「そうだな」

「だから、今夜、三人であすこへいって、あの妓を前において、三枚の起請をだして、あの妓に赤っ恥かかせて、吉原にいられねえような目にあわしてやるってのはどうだい？」

「うん、そいつあいいや。そうしねえと、おれの腹の虫がおさまらねえや」

「それじゃあ、そういうことにして、日が暮れたらでかけようじゃねえか」

相談がまとまりまして、日が暮れると、三人はしたくをして、浅草から千束町《せんぞくちょう》の通りをぶらぶらやってまいりました。

「おい、半ちゃん、なにをげらげら笑ってるんだ。みっともねえじゃねえか。どうしたんだい？」

「金ちゃん、ちょっとみろよ。むこうへ一ぴきめす犬がいくと、あとからおすが三びきついていかあ。あれもやっぱり、みんな起請をもらってるんだろうか？」

「ばかっ、犬が起請をもらったりするもんか。くだらねえことをいうない……さあ、大門《おおもん》にはいるよ」

「ああ」

「これから、あの女のところへじかにいったってだめだぜ」

「どうするんだい？」

「あすこに、おれのいきつけの井筒《いづつ》ってえ茶屋があるから、あすこへあの女をよびだすんだ」

「うん、そうか」

「こんばんは」

「おや、いらっしゃい。まあ、棟梁、どうなすったんです？　このところずーっとおみかぎりねえ……なんだか知らないけど、おいらんがさびしがってましたよ。棟梁がちっとも顔みせてくれないって……ほんとにどうなすったの？」

「ちょいとわけありでな」

「あの妓《こ》、棟梁に夢中ですよ。ほんとに足駄はいて首ったけってんだから……『棟梁がちっとも顔みせてくれなくてさびしいわよ』って、そういってましたよ」

「ふん、いいかげんなことをいいやがって……」

「あら、どうして？」

「おれは、あの女はゆるせねえんだ」

「そんなことないでしょ。あなた、あの妓から、ちゃーんとかたいものをもらってるんでしょ？」

「それがかたくねえんだ。もう、やわらかくなって、ぐにゃぐにゃなんだ」

「あらっ、どういうこと？　だまされた？　そんなことがあるもんですか……え？　それほんとなんですか？　あらっ、いやだ……ふん、ふん、まあ、なんてにくらしい……それで、三人とも起請をもらって……まあ、にくいねえ……で、ふたりのおつれは、おもてに待たしてあるの？　そりゃいけないわ。おつれさん、はやくこちらへおいれ申して……さあ、どうぞ、こちらへ」

「こんばんは」

「さあ、こちらへ」

「えへへへ……こんばんは。だまされた連中がそろってまいりまして……」

「そんなことというもんじゃありませんよ。でもねえ、いま聞いてびっくりしてたんですよ。ひどい妓ですわねえ……でもねえ、あなたがたはね、べつべつにおいでになるからだまされるんですよ。くるときは、三人いっしょにいらっしゃいよ」

「三人いっしょにきて、そろってだまされちゃあたまらねえや」

「そんなこといいっこなし……こんどは、まちがいなしのいい妓を世話しますから……で、棟梁、どうなさいますの？　これから……」

「すまねえけど、三人いっしょだといわねえで、おれがきてるからと、あの妓をよんでもらいてえんだ」

「じゃあ、ちょいと待ってくださいよ。すぐによびますから……松や、みなさんをご案内して、二階の奥の間がいいわ。どうぞお二階へ……」

「そうかい。じゃあ、二階へあがって待つとしよう」

三人とも二階の部屋へ通されまして……。

「こりゃあ、なかなか銭がかかってるうちですね、棟梁」

「うん」

「ねえ、棟梁、あのおかみ、なかなかいい女ですねえ」

「金ちゃんもそうおもうかい？」

「そりゃあ、おもいますよ。で、ありゃあ、もとはなにものなんです？」

「もとかい、あのおかみは、もとはでていたんだよ」

「柳の下に？」

「それじゃあ幽霊だよ。でてたてえのは、芸者だったんだ。それで、身請けされて、ここのおかみにおさまったんだが、そのとたんに、その旦那が、ぽっくり亡くなっちまったんだ」

「へーえ」

「だから、このうちが、自分のものになっちまったんだ」

「なるほど……じゃあ、あのおかみは、まるっきりのひとり身なのかねえ」

「そうだよ」

「そりゃあ、棟梁の前だけど、もったいねえはなしだ」

「もったいねえって、金ちゃんが気をもんでもどうにもなるめえ」

「おい、棟梁、半ちゃん、おらあ、喜瀬川という妓はやめた」

「じゃあ、どうする？」

「ここのうちへ養子にくる」

「ずうずうしいことをいうない。さあ、そろそろくるぜ。三人そろっていちゃあまずいから……そうだ。半ちゃん、おめえは、その戸棚へはいってくれ。それから、金ちゃん、おめえは、その屛風のうしろにいてくれ。おれがよびだすまで、ふたりとも勝手にでちゃあいけねえぜ。いいかい、おれがいいっていうまで、でちゃあだめだよ」

「ねえ、棟梁」

「なんだい？」

「でちゃあいけねえったって、あの妓は口がうめえから、『あたしがわるかったわ。ねえ、棟梁、ゆるしてちょうだい』かなんかいわれて、棟梁がまた女に甘《あめ》えから、『うん、うん、そうかい』てなことをいって、ふたりで仲なおりしていちゃついたりしたら、こっちはばかばかしくって、戸棚のなかなんぞにへえっていられねえから、そこんとこをまちがいなくたのみますよ」

「半ちゃん、おめえも心配性《しょう》だなあ……大丈夫だよ。よく戸をしめとけよ。おい、しめとけというのに……」

「ちょっとのあいだ、あけといてもらいてえんで……」

「どうして？」

「くさくてたまらねえんで……」

「湿《し》っ気《け》くさいのか？」

「いや、いま、ここへはいったとたん、一発やっちまったんで……」

「なんだなあ、このさなかに屁《へ》なんかするなんて……だらしがねえじゃねえか。きた、きた、きた。はやくしめとけよ。金ちゃんもでちゃあいけないよ。いいかい……ほら、きたよ」

「こんばんは。まあ、棟梁、どうしたの？　ちっともきてくれなかったわねえ。ねえ、たまにはきてくれたらいいじゃないの。あたしだってさびしいのよ。だって、来年三月、棟梁といっしょになるまで、まだずいぶんあるんだもの……ねえ、棟梁が顔をみせてくれないと、あたしゃつまらなくって……あらっ、どうしたの？　なにかあったの？　変な顔をしてさあ」

「どうせ、おれは変な顔だよ。ああ、変な顔だとも……」

「あらっ、気にさわったのかい……どうしたのさ、ええ、なにかあったのかい？」

「どうもこうもあるもんか」

「まあ、いやだねえ。ほかでなにかあって、あたしにあたりちらしたりして……さあ、たばこでも吸ったらどうなの？　ねえ、煙管《きせる》をこっちへお貸しよ。あたしが火をつけてあげるから……」

「ああ、貸してやるよ。ちくしょうめ、ほれっ」

「あらっ、なにさ、煙管をほうったりして……あら、この煙管、すっかりつまっちまって、煙もなんにもでやあしないじゃないか。ちっとも掃除しないんだねえ。なにか煙管を通すものはないかい？」

「煙管を通すものか……うん、これで通してくれ」

「これ？　あらっ、なんの紙？　手紙かい？　……あらあらっ、こりゃあ、あたしがあげた起請じゃあないか」

「起請だ？　それがか？　おらあ、また、広告のチラシかとおもったぜ」

「なんだって？　チラシだって？　わかった。ねえ、棟梁、おまえさん、あたしにあきたもんだから、こんないやがらせをするんだね。それにちがいないよ。みんながいってるよ。『ねえ、喜瀬川さん、おまえさん、あの棟梁に気をつけなくっちゃいけないよ。あれで、なかなか浮気っぽいんだから……このごろ、前にわけありだった妓が帰ってきてるんだから気をおつけ。なにしろ、焼けぼっくいに火がつきやすいっていうからね。おまえさん、やきもちもなんにもやかなくっちゃあいけないよ。女がやきもちをやかないのは、おさしみにわさびがないようなもんで、男にはものたりないもんだよ』っていわれたから、あたしゃあ、うらみごとのひとつもいおうとおもってたのさ。でもねえ、そんなことをいって、おまえさんにきらわれちゃあいけないとおもって、いいかげんがまんしてたんだよ……それなのに……それなのに……人がいのちがけで書いた起請をこんなことをして……ひどいよ。ひどいよ……」

「おう、おめえ、ここで泣いたって、一文にもなりゃあしねえぜ。それにしても、よくも涙がでるもんだなあ……おう、おめえ、いま、いのちがけで書いた起請だといったな。いのちがけで書く起請なら、一枚きりしか書きゃあしめえな」

「あたりまえさ。起請というものは、一枚のもんだよ」

「うそつけっ!! おめえ、建具屋の半公にも書いたろう」

「半ちゃん? なにいってるのさ。半ちゃんなんて、あんなやつに起請なんかやるもんかね え、ほんとうにいやなやつだよ。あいつは……いやに色男ぶって……いやに色が白くって、ぶくぶくふくれてさ、水がめにおっこったおまんまっつぶみたいじゃないか。だれが、あんなやつに起請なんかやるもんかねえ」

「ほんとうか。半公に起請を書いたおぼえはないんだな」

「ああ、ないよ」

「おい、水がめにおっこったおまんまっつぶ、でてこいっ!」

「やいやいっ、このあまっ、水がめにおっこったおまんまっつぶとは、なんてことをいいやがるんだ！」

「あらっ、おまえさん、そこにはいってたの?!」

「はいってたのじゃねえやい。よくも、おれのことをだましゃあがったな」

「やい、喜瀬川、おめえは、経師屋《きょうじや》の金ちゃんてえ人にもやったろ、起請を？」

「なんだって、経師屋の金ちゃん？　……ええ、金公かい？　なーんだ。あんないやなやつはないねえ。あんなきざなやつはありゃあしない。まるで、きざの国からきざをひろめにきたようなやつだよ。だれがあんなやつに起請なんかやるもんかね」

「おい、きざの国からきざをひろめにきたやつ、でてこい！」

「やい、喜瀬川、きざの国からきざをひろめにきたとはなんだ！」

「まあ、いたの、金ちゃん？　おまえさん、すっきりしてて、ほんとにようすがいいよ」

「なにいってやんでえ。こんちきしょう。もうかんべんできねえ。こっちへこい！」

「おや、おまえさん、あたしをぶとうってのかい？　そうかい、ああ、ぶっとくれよ！　さあ、ぶち殺しとくれよ！　けどね、あたしのからだは、あたまのさきから足のさきまで、ちゃーんと証文に書いてあるんだよ。ご主人から金がでて、あたしのからだは、金で買われているんだからね。あたしを身請けしてから、ぶつとも、殺すとも、どうとも勝手にしとくれ！　さあ、身請けでもなんでもしたらどうだい！」

「身請けなんかできるもんか」

「じゃあ、その手をなんでふりあげているんだい？」

「うん、これは、おめえをなぐろうとおもって、こうやってるんじゃねえやい」

「じゃあ、なんだい？」

「これくれえのにぎりめしを夜食に食おうとおもって……」

「ざまあみやがれ、身請けもできないんだろう」

「おいおい、半ちゃんも、金ちゃんも、ちょっと待ってくれ。おれがかけあうから……おう、おう、喜瀬川、おめえだって色を売る商売じゃねえか。色気なしの声をだしなさんな。なあ、女郎なんてえものは、客をだますのが商売だ。だから、おれたちは、そのだましたのをぐずぐずいうんじゃねえ。しかし、おめえのだましかたがしゃくにさわるから、こうやって文句をいうんだい。なあ、ほんとうに腕のたしかな女郎は、客を口で殺すぜ。証拠のこるうそをつくのは罪だぜ。むかしからいうじゃねえか。『いやな起請を書くときにゃ、熊野でからすが三羽死ぬ』って……」

「あら、そうなの、三羽死ぬの？　それならね、あたしは、もっともっといやな起請をどっさり書いて、世界中のからすをみな殺しにしちゃうわ」

「からすをみな殺しにする？　おめえは、からすにうらみでもあるのか？」

「べつにうらみなんかないけどさ、あたしもつとめの身だもの、世界中のからすを殺して、ゆっくり朝寝がしてみたい」


【解説】

大阪の古い廓噺で、明治末期から大正にかけての名人、初代三遊亭円右《えんう》が東京に移入した。

遊女が、人の好い客をだますという典型的な廓噺で、個性ある三人の男たち、茶屋のお内儀《かみ》、そして、海千山千の遊女という、それぞれ特色ある人物描写がむずかしい噺だが、また、そういう登場人物たちの展開する起伏あるストーリーがおもしろいところでもある。

なお、起請（文《もん》）とは、遊女が客から金をまきあげるために、年期があけたら夫婦になると誓った文書で、紀州熊野神社から売りだされた牛王宝印《ごおうほういん》という起請のための用紙をもちいた。そして、これを売る熊野の勧進比丘尼《かんじんびくに》が、「起請一枚書くごとに、熊野権現のたいせつな烏が三羽死ぬ」といった。したがって、この噺のおちは、この予備知識がないと理解しにくいわけだ。

崇徳院《すとくいん》

「こんにちは、旦那さま、熊五郎で……なにかおつかいをいただきましたそうで……」

「ああ、熊さんか、いそがしいところをごくろうさま。待ってたんだ。またひとつ、やってもらわなくちゃあならないことができた……というのは、せがれのことなんだが……」

「若旦那がどうかなすったんで？」

「うん、一月ほど前から、ぐあいがわるいと寝こんでしまった。いろいろと医者にもみせたんだが、どの医者も診立《みた》てがつかないと首をかしげるばかり……どうも弱ったことになってしまった」

「へーえ、ちっとも存じませんで……そりゃあ、お気の毒なことをしましたねえ。じゃあ、あっしは、これから寺へいってきますから、葬儀屋は、どなたかほかのかたを……」

「これ、これ、ちょっと待っておくれ。せがれは、まだ死んだわけじゃないよ」

「へーえ、まだなんですか？　はかがいかねえ」

「なにいってるんだ。はかなんぞいかれてたまるもんか。あんまり病名がわからないから、今朝《けさ》、ある名医におみせしたところが、これは、気病《きやま》いだとおっしゃる。つまり、なにか心におもいつめたことがあるにちがいない。だから薬を飲むよりも、そのおもいごとをかなえてやりさえすれば、病いはたちどころになおるが、ほうっておけば、重《おも》くなるばかりだという。そこで、あたしと母親と番頭とあれこれ聞いてみたんだが、どうしても口をわらない。では、だれにならはなすんだと問いつめたら、熊さん、おまえさんにならばうちあけるというんだ。ちいさいときから、おまえさんにはよくなついていたし、親にもいいにくいことも、おまえさんにならいえるのかも知れない。だから、その願いごとというのを聞きだしてやってもらいたいんだ」

「そうですか。じゃあ、あっしが、さっそく若旦那の胸のうちを聞きだしましょう。どちらにおやすみで？　へえ、奥の離れに……へえ、へえ」

「あ、それから、熊さん、せがれは、ひどくからだが弱って、先生のはなしじゃあ、へたすれば、あと、五日《いつか》ぐらいしかもたないというんだから、耳もとで、あんまり大きな声をださないようにな」

「へえ、承知しました。まあ、あっしにおまかせなすって……ええ、奥の離れと……ああ、ここだ。うわー、薬のにおいがこもってるな。病人の部屋をこうしめきってたらいけねえなあ。もし、若旦那、若旦那！」

「ああ、大きな声をしちゃあいけないといってあるのに……だれだい？」

「なんてまあ、情けねえ声をだして……これじゃあ葬儀屋へいったほうがよさそうだなあ……若旦那、熊五郎でござんす」

「ああ、熊さんか。こっちへはいっとくれ」

「どうしました、若旦那、病名がわからないっていうじゃありませんか」

「医者にはわからなくても、あたしにはわかってるんだよ」

「へーえ、医者にわからなくって、若旦那にわかってる？　じゃあ、おまえさんが医者になったほうがいいや。で、なにをそんなにおもいつめてるんです？」

「これだけは、だれにもいわずに死んでしまおうとおもっていたんだが、おまえにだけは聞いてもらいたい……けど、あたしがこんなことをいったからって、おまえ、笑っちゃあいけないよ」

「じょうだんいっちゃあいけねえや。人の病いのもとを聞いて笑うやつがあるもんですか。いってごらんなさい」

「ほんとうに笑わないかい？　もし笑われたら、あたしゃ、恥ずかしいから死んでしまうよ」

「笑いませんよ。笑いませんとも」

「しかし……そういってても、あたしがこんなことをいったら、えへへ、やっぱり笑うだろうねえ、えへへへ……」

「おまえさんが笑ってるんじゃあねえか……あっしは笑いもどうもしねえから、きまりなんかわるくありませんよ。いってごらんなさい」

「そうかい、ほんとうに笑わないかい？　じつはね……じつは……あたしの病いは……恋わずらい」

「うふふ」

「ほら、やっぱり笑ったじゃないか」

「すいません。もう笑いませんから、かんべんしてくださいな……しかし、また、恋わずらいとは、いまどきめずらしい病気をしょいこんだもんですねえ。どういうことなんです？」

「一月ほど前に、上野の清水さまへおまいりにいきました」

「へえへえ、それで？」

「ひさしぶりにおまいりしたけれど、おまえも知ってる通り、清水堂が高台で見晴しがよくっていい気持ちだったよ」

「そうそう、下に弁天さまの池がみえるし、向が岡、湯島天神、神田明神がみえて、左のほうに、聖天《しょうてん》の森から待乳山《まっちやま》なんてんで、いいながめですからねえ」

「で、清水さまのそばの茶店で一服した」

「あすこのうちは、腰をかけると、すぐにお茶と羊かんを持ってきます。あの羊かんが厚く切ってあって、うめえのなんのって……羊かん、いくつ食べました？」

「羊かんなんぞ食べやあしないよ……こっちがやすんでるところへはいってきたのが、お年のころは十七、八、お供の女中を二、三人つれて、それはそれは水もたれるようなおかただ」

「へーえ、ひびのはいった徳利みてえなひとですね」

「ちがうよ、きれいな女の人を、水がたれるようなというんだよ」

「へーえ、じゃあ、きたねえ女は、醤油がたれるかなんかいうんで？」

「ばかなことをいうんじゃないよ。あんまりきれいなので、ああ、世のなかには、美しいお人もあるもんだと、あたしがじーっとみてると、そのかたもこっちをじーっとみていたかとおもったら、にこっとお笑いなすった」

「それじゃあ、むこうが負けだ」

「にらめっこのはなしじゃないよ……そのうちに、お嬢さんがでていらしったあとをみると、膝においてあった茶袱紗《ちゃぶくさ》がわすれてある」

「こりゃあもうかったってんで、あなた、ふところへしまったでしょ?」

「そんなことをするもんか。あたしが立っていって、『これは、あなたのではございませんか』と、手から手へわたしてあげると、お嬢さんが、ていねいにおじぎをなすって、また、茶店へもどっていらっしゃると、料紙《りょうし》をだせとおっしゃった」

「そりゃあ無理だ、上野あたりに漁師《りょうし》はいやあしねえ。ありゃあ、やっぱり房州あたりまでいかなくっちゃあ」

「なにいってるんだよ。料紙というのは、ものを書く紙じゃあないか。茶店の亭主が、紙と硯《すずり》を持ってくると、お嬢さんが、紙にさらさらと歌を書いてくだすった。手にとってみると、『瀬をはやみ岩にせかるる滝川の』と書いてあるじゃあないか……」

「なにも泣かなくってもいいじゃありませんか……『瀬をはやみ岩にせかるる滝川の……』ふーん、やけどのまじないかね?」

「ばかなことをいうなよ。これは、百人一首にもはいってる崇徳院《すとくいん》さまの有名なお歌で、下《しも》の句が、『割れても末に逢はむとぞ思ふ』というんだが、それが書いてない。これは、いまはここでおわかれしますが、いずれ末にはうれしくお目にかかれますようにというお嬢さまのお心かとおもうと、もう、あたしゃあうれしくって、うれしくって……」

「また泣くねえ、若旦那、およしなさいよ」

「その歌をもらって帰ってきたが、それからというものは、なにをみてもお嬢さんの顔にみえて……掛軸《かけじ》のだるまさんがお嬢さんにみえる。横の花瓶がお嬢さんにみえる。鉄瓶がお嬢さんにみえる。おまえの顔までが、だんだんとお嬢さんに……」

「そばに寄りなさるな、気味がわるい。しかし、ひどくおもいつめたもんですねえ。よござんす。あっしも男だ。それだけおもいつめたもんなら、なんとかいっしょにしてあげましょう。で、相手は、どこのかたなんです？」

「それがわからないんだよ」

「わからねえ？　ずいぶんたよりねえはなしですねえ……なにか手がかりは？　……うん、その歌を書いた紙てえやつを貸してください。いえ、じきにおかえししますから心配しねえで……まあ、万事あっしにまかせてくださいい……ええ、旦那さま」

「おう、熊さん、ごくろうさま、どんなことをいってました？　せがれのやつは……」

「せがれのやつはね」

「おまえまでが、せがれのやつというのがあるかい」

「へえ、なんでも一月ほど前に、上野の清水さまへおまいりにいって、茶店へ腰をかけたんですがね、あすこの茶店てえものは、腰かけると、すぐにお茶と羊かんを持ってきます。その羊かんが厚く切ってあって、うめえのなんのって……」

「ふーん、すると、せがれは下戸《げこ》だから、その羊かんが食べたいというのか？」

「いいえ、羊かんは、あっしが食いてえんで……」

「だれもおまえのことなんぞ聞いちゃいないよ。どうしたんだ？」

「若旦那が腰をかけてる前に、お供を二、三人つれた、年ごろ十七、八のお嬢さんが腰をかけたんですが、この人の顔が、ひびのはいった徳利みてえなんで……」

「ほほう、傷でもあったのかい？」

「いいえ、いい女のことをいうでしょ？　水がびしょびしょ……」

「それをいうなら、水のたれるようなきれいなかただというんだ」

「あっ、そうだ。やっぱり親子だね、いうことがおんなじだ」

「親子じゃなくったっておんなじだよ」

「で、若旦那が、そのお嬢さんをじっとみていると、そのお嬢さんも若旦那をじっとみていたかとおもったら、にこっと笑った。……旦那、これをにらめっこだとおもいますか？」

「そんなことおもいやしないよ」

「そうですか、あっしゃあ、てっきりにらめっこだとおもったんですが……そのうちに、お嬢さんがでていったあとに、茶袱紗《ちゃぶくさ》がわすれてあったので、若旦那が、これをひろってお嬢さんにわたしてあげると、お嬢さんはていねいにおじぎしてうけとると、茶店へもどって、両親《りょうしん》をだせといいなすった」

「なんだい、その両親をだせというのは？」

「旦那もわからないでしょ？　両親とはものを書く紙」

「それは料紙じゃあないか」

「そうそう、料紙だった。それをだしたら、お嬢さんが、さらさらと歌を書いてくだすった……百人一首にあるすっとこどっこいとかいう人の歌を……」

「百人一首にあるすっとこどっこいの歌？　……ああ、崇徳院さまのお歌か？」

「そうそう」

「崇徳院さまのお歌なら、『瀬をはやみ岩にせかるる滝川の……』」

「それそれ、その歌ですよ」

「割れても末に……」

「いいえ、それは書いてありません。こうして下《しも》の句が書いてないところをみると、いまはここでおわかれしますが、いずれ末にはうれしくお目にかかれますようにというお嬢さんの心かとおもったら、若旦那がぼーっとなってしまったと、こういうわけなんで……このお嬢さんをお嫁におもらいなされば、若旦那のご病気全快まちがいなしでさあ」

「こりゃあ、ありがとう。よく聞きだしてくれたねえ。熊さん、おまえさんは、せがれの命の恩人だ。ひとりむすこのあれが、それほどおもいつめた娘さんなら、なんとしてももらってやろう。で、熊さん、たのまれついでに、先方へかけあっておくれ」

「ええ、かけあえといえば、あっしも乗りかかった舟ですからかけあいますが、あいにく、相手のお嬢さんが、どこのかたかわからねえんで……」

「わからないといったって、日本人だろ？」

「そりゃあ日本人ですが……」

「そんなら東京中さがしてごらん。東京中さがしてわからなかったら、横浜、横浜でわからなかったら、静岡から浜松、名古屋、大津、京都、大阪としらみつぶしにさがしておいで。うまくさがしてくれたら、先月、おまえさんに貸した金、あれは棒びきにしよう。それから、いまおまえさんが住んでる三軒長屋、あれもあげようじゃあないか」

「へえ、そりゃあありがてえはなしですが、なにしろ雲をつかむようなことですから……」

「そんなことをいわないで、なんとかさがしてきておくれ。『瀬をはやみ岩にせかるる滝川の割れても末に逢はむとぞ思ふ』と、さあ、手がかりになる歌を紙に書いたから、これを持ってでかけておくれ。そうだ、さがしまわるのにわらじがいるな。おい、定吉や、そこにわらじが十足ばかりあるだろ？　かまわないから、熊さんの腰へぶるさげちまいな」

「おいおい、なにするんだよ。人の腰へむやみにわらじをぶらさげて……これじゃあ荒物屋の店さきみてえじゃねえか……旦那、できるかできねえかわかりませんが、とにかくいってきます」

「できるかできないかなんて、そんな不確かなことをいってちゃあいけない。お医者さんのはなしじゃあ、このままでは、せがれの命はあと五日しかないそうだ。だから、どうしても五日のうちにさがしだすんだ。もしもさがしだせないで、せがれに万一のことがあったら、あたしゃ、おまえさんをせがれの仇として討ち果たすからそうおもっておくれ」

「じょうだんじゃねえ。さよなら……こいつあ、とんでもねえことをおしつけられちまったもんだ。せがれの仇として討ち果たすってんだからおどろいたなあ……おう、いま帰ったよ」

「あら、お帰り。なんだったんだい、お店《たな》のご用は？」

「いえね、若旦那が病気なんだが、その病気てえのが、どっかのお嬢さんに恋わずらいだとよ。ところが、そのお嬢さんがどこの人だかわからねえ。だからさがしだしてくれってんだ。ところで、気前のいい旦那のこった、ただはたのまねえや。うまくさがしだしたら、先月の借金を棒びきにした上に、この三軒長屋をくださるとよ」

「あーら、運がむいてきたねえ。しっかりさがしとくれよ。はやくいっといで」

「おめえはそういうけど、どこのお嬢さんだか、まるっきりわかんねえんだぜ」

「だって日本人だろ？」

「きまってらあな」

「日本人なら、これから東京中をおさがしよ。東京中さがしていなかったら、横浜、横浜でわからなかったら、静岡、浜松、名古屋、大津、京都、大阪としらみつぶしにさがしておいで。ここにもわらじが十足あるから、おまえさんの腰へ……」

「おいおい、おめえまでがおなじように……」

「しっかりさがしてくるんだよ」

　あっちをさがし、こっちをさがししましたが、その日はわかりません。そのあくる日も、朝はやくから、弁当持ちでさがしたがわからずじまい。そのあくる日もわかりません。

「あー、とんだことをひきうけちまったな。こうへとへとにつかれちまっちゃあ、自分のからだだか、人のからだだかわかりゃあしねえ……この調子じゃあ、若旦那よりもおれのほうがさきにまいっちまうぜ……かかあのやつ、また文句いうだろうなあ、まったくいやんなっちまう……おう、いま帰った」

「お帰り、その顔つきじゃあ、まただめだったんだね、どうするんだよ？」

「どうするんだよったって、おれだって、いっしょうけんめいにさがしてるんじゃねえか」

「どんなさがしかたしてるんだい？」

「このへんに水のたれるかたはいませんか……」

「土左衛門をさがすんじゃあないんだよ。水のたれるかたなんていったってわかるもんかね。おまえさん、旦那に歌を書いてもらったんだろ？ それがなによりの手がかりじゃあないか。それを大きな声でどなりながらあるいてごらん。そうすりゃあ、それを聞いた人のなかには、その歌についてこんなはなしがありますとか、こんなうわさを聞きましたとか、名のってでる人があるかも知れないじゃあないか。それでもだめなら、お湯屋とか、床屋とか、人のあつまるところへいってどなってごらん。お湯屋も床屋もすいてるところはだめだよ。あしたさがしてこなかったら、おまんま食べさせないよ」

たいへんなさわぎで……あくる日になると、熊さんは、朝めしもそこそこにしてでかけました。

「ああ、情けねえなあ、さがしてこねえと、めしを食わせねえってやがらあ……あの歌をどなってあるけったって、きまりがわりいじゃあねえか……このへんでやってみるかな、えへん、えへん……瀬を……瀬を……えへん……瀬をはやみ」

「ちょいと豆腐屋《とうふや》さん」

「なにいってやんでえ。人を豆腐屋とまちがえてやがらあ……こっちは、さがしものがあってこういう声をだしてるんじゃあねえか。しかし、ちょいとやってみたら、声がでてきたな。やってみるか……えへん……瀬をはやみ岩にせかるる滝川の……あれっ、ずいぶん子どもがあつまってきたな。あっちへいけ、あっちへいけってんだ……瀬をはやみ」

「ウー、ワンワンワン」

「シー、シー。こんどは犬かい。こりゃあ、どなりながらあるいてもうまくいかねえや。床屋へでもいってみるか……うん、この床屋へはいってみよう。こんちわ」

「いらっしゃい」

「こんでますか？」

「いいえ、いまちょうどすいたところで……」

「さよなら」

「もしもし、すいてますよ。すぐにやれますよ」

「すいてちゃいけねえんだ。こっちは、都合があって、こんでる床屋をさがしてるんだから……よし、この床屋はどうかかな？　こんちわ」

「いらっしゃい」

「こんでますか?」

「ええ、ごらんの通り、五人ばかりお待ちなんで、ちょっとつかえてますから、あとできていただきましょうか」

「いえ、そのつかえてるところをさがしていたんで……」

「つかえてるところを? 煙突掃除みたいな人だね……じゃあ、一服しててください」

「そうさせてもらおう……すいません、そこでお待ちのかた、ちょいとたばこの火を……へ
え、ありがとうございます……えへん……瀬をはやみ」

「ああ、びっくりした。あなた、なんです? 急に大きな声をだして……どうしたんです?」

「すいません。べつにおどかすつもりじゃあないんですが、ちょいと都合があるもんですか
ら……やらしてもらいます……えへん、えへん……瀬をはやみ岩にせかるる滝川の……」

「ほう、あなたは崇徳院さまのお歌がお好きとみえますな」

「もし、あなた、崇徳院さまの歌をご存知で?」

「ええ、なんですか、うちの娘のやつが、このごろになって、始終その歌を口にしておりま
すんで、あたしもおぼえてしまって……」

「えっ、おたくのお嬢さんが? ……つかぬことをうかがいますが、おたくのお嬢さんは、
たいへんにきりょうよしじゃあありませんか?」

「親の口からいうのもなんですが、ご近所では、とんびが鷹《たか》を産んだなんていってください

ますが……」

「とんびが鷹……しめた、水がたれますね」

「水はたれませんが、ときどき寝小便はやらかします」

「寝小便を？　おいくつで？」

「五歳《いつつ》です」

「さようなら……瀬をはやみ……」

がっかりした熊さん、それから、風呂屋を三十六軒、床屋を十八軒とまわりまして、夕方になるとふらふらになって、

「こんちわ……こんちわ」

「だれだい？　情けない声をだして……」

「あの、ひげをやってもらいたいんで……」

「あれっ、おまえさん、朝から三べんめじゃありませんか。ひげをやれったって、もうやりようがありませんよ」

「そうでしょう、あたしも床屋を十八軒もまわったんですから、顔なんぞひりひりして……」

「まあ、一服おやんなさい」

「やすましてもらいます……瀬をはやみ……」

「はあ、だいぶ声もつかれてきましたね」

そこへとびこんできたのが、五十がらみの鳶《とび》のかしらで……。

「おう、親方、ちょっといそぐんだけど、やってもらえねえかい？　あっ、そこに待ってる人がいた。弱ったなあ」

「あたしですか？　あたしならいいんですよ。もうどこも剃るとこがないんですから……」

「そうですか、すいませんねえ。じゃあ、親方、ひとつたのまあ」

「ああ、いいよ、しかし、ばかにいそぐんだねえ」

「うん、お店の用事でな」

「お店といえば、お嬢さんのぐあいはどうだい？」

「それがな、かわいそうに、もうあぶねえんだ」

「えっ、あぶない？　気の毒になあ、あの小町娘が……」

「旦那もおかみさんも眼をまっ赤に泣きはらしちゃって、気の毒で、みていられやしねえ」

「けど、あのお嬢さん、いったいなんの病気なんだい？」

「それが、いまどきめずらしいんだが、恋わずらいよ」

「へえ、あたしに？」

「ずうずうしいことをいうない。おめえなんぞに恋わずらいするものずきがいるもんか……なんでも一月《ひとつき》ばかり前に、お茶の稽古の帰りに、上野の清水さまへおまいりにいって、茶店へはいると、前に若旦那風のいい男が腰をかけていたんだ。あんまりいい男なんで、お嬢さんがみとれてるうちに、茶袱紗をおとしたのも気づかずに茶店をでてきちまった。ところが、その若旦那が親切な人で、茶袱紗をひろってお嬢さんにわたしてくれたんだが、いい男ってものは、たいしたもんだねえ、お嬢さんは、おもわずからだがぶるぶるとふるえて、それから三日のあいだふるえがとまらなかった」

「へーえ、たった三日？　うちのおやじなんぞ、一年もふるえがとまらないよ」

「ありゃあ中気《ちゅうき》じゃねえか。なにいってんだ……さて、それからうちへ帰ったんだが、床についたっきりあたまもあがらねえ。医者にみせても病名がわからねえ。で、ある名医にみせると、なにかおもいつめてることがあるにちがいない。そのおもいごとがかないさえすれば全快うたがいなしというんだ。ところが、そのおもいごとというのをだれが聞いてもうちあけようとしなさらない。だれにならうちあけるかといろいろかんがえたあげく、ちいさいときにお乳をあげた乳母をひっぱってきて聞かせると、ようやく恋わずらいということがわかった。そこで、その若旦那をさがせというので、出入りの者がみんな駆りだされて、東京中をさがしまわったんだが、どうしてもわからねえ。とにかく日本人にはちげえねえんだから、こうなったら日本中さがせってんで、ゆうべ金ちゃんが北海道へ発《た》って、けさ留公が四国へむかって、おれがこれから九州へでかけようってわけだ」

「たいへんなさわぎだねえ……けど、なにか手がかりでもあるのかい？」

「ああ、なんでもお嬢さんが若旦那に歌を書いてわたしてあるんだそうだ。おれも旦那に書いてもらって持ってるんだが……この歌よ……『瀬をはやみ岩にせかるる滝川の割れても末に逢はむとぞ思ふ』……この歌がなによりの手がかりってんだから、まったく心ぼせえはなしよ」

このはなしを聞いた熊さん、夢中でたちあがると、いきなり鳶頭《かしら》の胸ぐらをつかまえて……、

「三軒長屋……三軒長屋……」

「おいおい、なにをするんだ。いきなり人の胸ぐらつかまえて……」

「てめえに遇《あ》おうがために、艱難辛苦《かんなんしんく》いかばかり……瀬をはやみ岩にせかるる滝川の……」

「おや、その歌をなんで知ってるんだ？　え？　てめえんところのお店の若旦那が？　……こりゃあいいとこで会った。もうすこしで九州へでかけちまうところだった……おれもおめえをはなさねえぞ。さあ、おれんとこのお店へこい」

「なにいってやんでい、てめえこそうちのお店へ……」

「なにを！　てめえこそ」

「てめえこそ」

「おいおい、待った待った。ふたりとも胸ぐらとりあって……あぶねえ、あぶねえ……はなしをすればわかるってえのに……よしな、よしなよ」

ふたりがたがいにひっぱりあうはずみに、大きな花瓶がたおれて前の鏡にぶつかったから、花瓶も鏡もめちゃめちゃ……。

「そーらやっちまった。だからいわねえこっちゃあねえ。鏡をこわしちまって、どうしてくれるんだ？」

「いやあ親方、心配しなくてもいいよ」

「なぜ？」

「割れても末に買わんとぞ思う」


【解説】

この噺は、上方落語中興の祖である初代桂文治（一八一七年没）の作で、上方古典落語の代表作だが、東京にも「皿屋」「花見扇」などの題で、ほとんどおなじストーリーの噺があった。これは、人情噺「三年目」の発端の部分だという説もあり、たしかに五代目円生などの速記をみると、恋わずらいから「三年目」がはじまっている。

恋わずらいというものが、遠いむかしの夢物語になってしまった現在では、かえってのんびりした時代のムードがうかがえてたのしい噺。

野《の》ざらし

最近では、落語のおちも、わかりにくいものがふえてまいりましたが、この「野ざらし」も、おちをわかっていただくために、はじめに、二、三、申しあげておいたほうがよいようでございます。

むかしは、浅草の雷門《かみなりもん》から南千住《みなみせんじゅ》へまいります途中に、新町《しんちょう》というところがございまして、このあたりには、太鼓屋《たいこや》さんがたくさんございました。この太鼓の皮は、馬の皮でございます。それに、幇間《ほうかん》、つまり、たいこもち、これを略して、たいこと申します。たいこもち、これを略して、たいこ、太鼓は、馬の皮、それに新町という町名と、これだけのことを知っていてくださると、この「野ざらし」のおちもおわかりいただけるというもので……。

人間と生まれまして、おたのしみのないかたはございませんが、なかでも結構なおたのしみは、釣りでございましょう。空気のいいところへまいりまして、のんびりと釣り糸をおろして、ゆっくり一日すごしてくるということで、たいそう健康にもよろしいことでございます。

釣りをなさるかたでおもしろいのは、自分で新しい釣り場をおさがしになると、まるで鬼の首でもとったようになることで……。

「どこかこのへんにいい釣り場はないかなあ……人の釣ってるところはおもしろくないから、どこか穴場をさがしたいねえ……あっ、ここはいいや。だれも釣ってないからな。ここにしよう。こういうところへ竿《さお》をおろすといいよ。魚が渇《かつ》えているからね、すぐにパクリとくることうけあいだ」

　なんてんで、釣り糸をたれているところへ、土地のおかたが通りかかって、

「こりゃあ、おたのしみですねえ」

「ええ、ありがとうございます」

「いかがです？　釣れますか？」

「それがね、あんまり食わないいんですよ」

「ああ、そうでしょうねえ。きのうの雨で水がたまったんですから……」

　変なところで釣ってるかたがあるもんで……。


「ちょいとあけてくんねえ。先生、ちょいとあけて……こんなにおもてをたたくのにまだ起きねえのかなあ……先生、尾形先生、はやくあけてくれよう、先生！」

「はいはい、どなたかな？　はい、はい、すぐあけますよ。寝てるわけじゃないから、いまあけます。そんなにドンドン戸をたたいては、戸がこわれてしまうで……これこれ、そうたたくではないというに……こまったものじゃ、はいはい、いまあけますで……そうたたいて

は、戸がこわれて……いたい！　どうも、いたいな。あけたとたんにわしをなぐって……」

「どうもすみません。夢中になってたたいていたところを、先生がだまってあけたから、ぽかりといっちまったんで……戸にしちゃあ、いやにやわらけえとおもった」

「戸とわしのあたまといっしょにするやつがあるか……だれかとおもったら、ご隣家《りんか》の八五郎さんか」

「だれかとおもわねえでも、ご隣家の八五郎さんで……先生、だまって、なんかおくんねえ」

「どうもひどい人もあるもんだ。人のあたまをなぐっておいて、あやまろうともしないで、なんかくれろというのはどういうわけだい？」

「先生、おめえさんは、ふだんから高慢《こうまん》なつらをして、わしは聖人じゃから、婦人は好かんよかなんかいって……ゆうべの娘、いい女だったねえ、ありゃあ、いったいどっからひっぱってきた？　年のころは十六、八かね」

「十六、八？　それじゃあ七がない」

「そう、しち（質）は、先月ながれた」

「くだらんことをいいなさんな」

「ありゃあ、色が白いのを通りこして、すき通るように青かったねえ。あんないい女を、どこからひっぱってきた？」

「ふーん、おまえは、ゆうべのあれをごろうじたか？」

「ごろうじたかって？　じょうだんじゃあねえ。ごろうじすぎて、一晩中まんじりともできゃあしなかったんだ。そうだろうじゃねえか。夜なかにひょいと目をさますと、先生の家でひそひそ声がすらあ。先生はひとり者で、相手のいるはずはねえと、耳をすましていると、聞こえてきたのが女の声だ。どうにも気になって寝つかれねえから、商売ものの、のみでもって、壁へ穴をあけてのぞいてみたんだが、ほんとにいい女だったねえ。どっからひっぱってきたんだい？」

「そうか。ごらんになったならば、かくしてもしかたあるまい。のこらずおはなししよう。じつは、八つあん、ゆうべのはな……こういうわけだ」

「へーえ、そういうわけかい」

「まだなんにもいわない」

「道理で聞こえない」

「まるで掛けあいだな……おまえも知っているように、わしは釣り好きだ。彼岸中の鯊《はぜ》は、中気《ちゅうき》のまじないになるから、ぜひおねがいしますと、おまえにたのまれたことをおもいだしたので、釣《つ》り竿《ざお》をかついで向島へでかけたが、きのうは魔日というのか、雑魚《ざこ》一ぴきかからん。ああ、こういう日は、殺生をしてはならんということかと、釣り竿を巻きにかかった。浅草弁天山で打ちいだす暮れ六つの鐘が、陰《いん》にこもってものすごく、ボオーン、と聞こえた」

「よせよ、よせよ。先生、はなしをそう陰気にしっこなし。あっしゃあこうみえても、あんまり気の強えほうじゃあねえんだから……もっと陽気にはなしておくんなせえ。で、どうしました？」

「四方《よも》の山々雪とけて、水かさまさる大川の、上げ潮南風《みなみ》で、ドブーリ、ドブリと水の音だ」

「へえ」

「あたりはうす暗くなって、釣り師は、いずれも帰宅したか、のこった者はわしひとり、風もないのに、かたえの葭《よし》が、ガサガサッと動いたかとおもうと、なかからすーっとでた」

「ひゃー」

「おいおい、八つあん、おまえさん、なにかふところへいれたようだな」

「へ？　ふところへ？　ああ、これですか」

「これですかじゃないよ。こりゃあ、わしの紙入れじゃないか。ゆだんもすきもあったもんじゃない」

「ええ、あっしゃあ、もう、こわくなるとね、なにかふところへいれたくなるんで……」

「わるいくせだなあ」

「こないだも、大家さんのところで、柱時計をふところにいれたんだけど、ありゃあしまったにこまっちまった」

「ばかなことをしなさんな」

「で、先生、葭《よし》んなかからなにがでたんで？」

「からすが三羽でた」

「からす？　なんだ、からすかい。おまえさん、あんまり芝居がかりでいうから、なにがでたかとおもっちまった。それから？」

「はて、ねぐらへ帰るからすにしては、ちと時刻もちがうようだと、葭をわけて、なかをみると、なまなましいどくろだ」

「どくろ？」

「しかばねだ」

「赤羽《あかばね》へいったんで？」

「わからない人だなあ。野ざらしの人骨があったんだ。ああ、こうしてかばねをさらしているのは気の毒千万と、ねんごろに回向《えこう》をしてやった」

「猫がどうかしましたか？」

「猫じゃないよ。回向《えこう》だ。死者の冥福《めいふく》をいのったんだ。うまくはないが、手向《たむ》けの句、野をこやす骨をかたみにすすきかな……盛者必滅会者定離《しょうじゃひつめつえしゃじょうり》、頓証菩提《とんしょうぼだい》、南無阿弥陀仏《なむあみだぶつ》と、ふくべにあった酒を骨《こつ》にかけてやると、気のせいか、赤みがさしたようにみえた。ああ、いい功徳《くどく》をしたと、たいへんにいい心持ちで帰ってきて、とろとろとすると、さよう、時刻はなんどきであったろうか、しずかにおもてをたたく者がある。なにものかと聞いてみたら、かすかな声で、向島からまいりましたという。さては、先刻の回向がかえって害となり、狐狸妖怪《こりようかい》のたぐいがたぶらかしにまいったなとおもい、浪人ながらも尾形清十郎、年はとっても腕に年はとらせんつもり、身にゆだんなく、ガラリと戸をあけた。乱菊や狐にもせよこのすがた……ゆうべの娘が音もなく、すーっとはいってきた」

「ひゃー」

「これこれ、また、なにかふところへいれたな。はやくだしなさい」

「またみっかった。こわかったもんで、ついその……」

「わしのたばこいれじゃあないか。どうもあきれた人だ」

「すみません。で、それから？」

「あの娘がいうには、『あたくしは、向島に屍《かばね》をさらしておりました者でございますが、あなたさまのお心づくしによって、今日《こんにち》はじめて浮かばれました。おかげさまで、行くところへまいられます。今晩は、ちょっとそのお礼にあがりました。お腰なりともさすりましょう』と、やさしいことば。せっかくはるばると向島からきた者を、すげなく帰すのもどうかとおもったから、肩をたたかせ、腰をさすらせていたのだ。まあ、そんなわけで、あの娘は、この世の者ではないのじゃ」

「へーえ？　あれは幽霊かい？　ふーん、それにしてもいい女だねえ。先生、あんないい女なら、幽霊でもお化けでもかまわねえや。あっしも、せめてひと晩でもいいから、みっちりはなしをしてみてえねえ……向島へいきゃあ、まだ骨《こつ》はあるかねえ？」

「さあ、それはわからんな」

「あれっ、それはわからんななんて、おまえさん、ひとりじめしようってのかい？　教えろやいっ、このしみったれ」

「いや、べつにしみったれてるわけではない。骨は、まだあるかも知れん」

「ありがてえ。もしもなきゃあ、おまえさん、たてかえるかい？」

「そんなものをたてかえられるものか」

「まあいいや。じゃあ、骨がやってくるまじないを教えておくんなせえ」

「まじないというやつがあるか。手向《たむ》けの句だ。これは、腹からでたことでなくてはいかんのじゃが、教えろというなら、教えもしよう……野をこやす骨《ほね》をかたみにすすきかな、盛者必滅会者定離、頓証菩提、南無阿弥陀仏……」

「それが手向けの句というやつだね。じゃあ、釣り竿を貸してくんねえ。さっそく向島へでかけるから……」

「ああ、これこれ、その竿はいかん。もしも折られると、それをつくる竿師がもうおらんのじゃから……持っていくなら、こっちの竿を……」

「なにいってやんでえ。けちけちすんねえ。これを借りてくよう」

いけないという釣り竿を無理に借りた八つあんが、途中で、二、三合の酒を買いこむと、あわてて向島へとんでまいりました。

「へへへ、なにいってやんでえ。年をとっても浮気はやまぬ、やまぬはずだよ、さきがないてえ都都逸《どどいつ》があるけれど、尾形さんも隅におけねえや。わしは聖人じゃから、婦人は好かんよなんていってるくせに、釣りだ、釣りだなんてでかけて、ああいう掘りだし物を釣ってくるんだからあきれたもんだ。いい年をして、骨《こつ》を釣りにいこうたあ、気がつかなかったなあ、おれもはやくいい骨を釣りあげなくっちゃあ……おやおやおや、ずいぶんきてやがるなあ、こんなに骨を釣りにきてるたあ知らなかったぜ。おれをだしぬきゃあがって、なんてひでえやつらだ。あれっ、あそこに十一、二の子どもが釣ってやがらあ、なんてませたがきだろう……おーい、どうだ、骨は釣れるかい？　骨はどうだ？」

「なんです？　骨？　あなた、気味のわるいことをいいなさんな。あたしは、さかなを釣ってますよ」

「とぼけたことをいうない。さかなを釣ってますよなんて、そんなことでごまかされるおれじゃあねえんだ……おい、おめえは、どんな骨を釣りてえんだ？　娘か？　年増《としま》か？　乳母《おんば》さんか？　芸者か？　おいらんか？　なんの骨でえ？」

「なんだい、こいつあ？　むやみと女のことばかりいって……目が血ばしってて……女にでもふられたんだな……もしもし、おそれいりますが、ちょうどさかながかかりそうなんで、おしずかにねがいます」

「なにいってやんでえ。ぐずぐずいうねえ。おしずかにねがいますったって、さかなに人間のことばがわかるもんかい。おれもそこへいくぜ……どっこいしょのしょっと……」

「ああ、とうとうきましたよ。こりゃあ、とんだことになっちまった。すみませんが、あなた、ご順にお膝おくりを……あいつったら、気味がわるくってどうも……せっかくすこしかかりはじめたんですが、とうとうあいつに釣り場をとられちまって……おや、あなたはたいしたもんだ。それだけあげてりゃあ、りっぱなもんですよ。みてください。あたしの魚籠《びく》を……これからってところだったのに、あいつのために……あなた、あなた、みてごらんなさい。あいつ、どうみてもふつうじゃありませんよ。なにかぶつぶつひとりごとばかりいってますから……うふふ」

「やいやい、この野郎、なんだって、おれの顔をみて笑うんだ。てめえ、なんだな、おれに骨が釣れめえとおもってせせら笑ってやがるんだな。じょうだんいうねえ。こっちは、ちゃーんと回向の酒も買って、元手《もとで》がかかってるんだ。てめえたちにいい骨を釣られて、へえ、さようでございますか、とひっこんでいられるもんか。さあ、これから、おつな骨をふたつでも、みっつでも釣りあげてやるぞ」

「もしもし、骨だかなんだか知りませんが、そう竿をふりまわしたんじゃあ、水がはねかってしようがありません。おしずかに、おしずかに……」

「なにいってやんでえ。おしずかにしようと、おやかましくしようと、おれの勝手じゃあねえか。それともなにか、この川は、てめえの川か？」

「いいえ、べつにあたしの川じゃありませんが、とにかく水をはねかさないでもらいたいんで……あれ、あれ、あなた、失礼ですが、えさがついていないようですね。それじゃあ釣れませんよ。えさをおわすれなら、あたしのをおつかいなさい」

「よけいなお世話だい。骨を釣るのに、えさもなにもいるもんか。なんにも知らねえくせに、しろうとはだまってひっこんでろってんだ。こうやってるうちにゃあ、鐘がボーンと鳴るだろう。葭《よし》がガサガサとくらあ。なかから、からすがすーっとでてくりゃあこっちのもんだ。べらぼうめ、こっちあ、それを待ってるんだ……〽鐘がボンとなーありゃさ、上げ潮、南風《みなみ》さ、からすがとーびだーしゃ、こりゃさのさあ、骨があーるさーいさい、ときやがら、スチャラカチャン、スチャラカチャン」

「あなた、あなた、そう浮かれちゃあこまるなあ、そうかきまわしちゃあだめですよ」

「なんだと? かきまわしてるだと? かきまわしてなんぞいるもんか。おらあ、ただ、水をたたいてるんじゃあねえか。かきまわすてえなあ、こうやって、竿をぐるぐるっとまわすんだ」

「あれ、あれ、こりゃあいけません。とても釣れないから、あなた、竿をあげてみてみましょう」

「なにいってやんでえ……しかし、どんな骨がくるかなあ……ゆうべの骨みてえなのもいいけど、ちょいと若すぎて色気がなかったなあ。そうさなあ、やっぱり二十七、八、三十でこぼこの、おつな年増の骨がいいや……カランコロン、カランコロン、カランコロン、カランコロン……『こんばんは。あたし、向島からきたの』『なんだ、骨かい。おそかったじゃねえか』『おそかったって、おまえさんがお酒をかけたろう、だから、あたし、酔っぱらっちゃって……』『そうかい、そういやあ、顔いろがほんのり桜色だな。まあ、こっちへあがんねえ』『だって、むやみにあがると、おまえさんのいい人が角《つの》をはやすんじゃあないの?』『そんなことあるもんか。おらあ、ひとり者だよ。心配しねえであがってこいよ』『おまえさんのそばへ坐ってもいいのかい?』『ああ、いいとも、坐ってくんねえな』『じゃあ、そうさせてもらうよ』ってんで、骨がすーっとあがってきて、うふふ、おれのそばへぺったり坐る……ああ、ありがてえ」

「なんです？　おどろきましたねえ。ありがてえって、水たまりへ坐っちまいましたよ。よっぽどおかしいんですねえ」

「おれのそばへ坐った骨が、また、うれしいことをいうよ。『ねえ、おまえさん、おまえさんてえ人は、ちょいとようすがいいから、きっと浮気者だよ。あたしが、すこしでもおばあちゃんになると、若い娘《こ》といい仲になって、あたしをすてるんじゃあないの？』『そんなことあるもんか。おめえというかわいい恋女房がありながら、そんなことをするもんかよ。めす猫一ぴきでも膝へ乗せるもんか』『あら、ほんとうに口がうまいよ、この人は……その口で、あたしをだますんだろ？　その口で……なんてにくらしい口なんだろ。ぐっとつねってあげるから……』」

「いたい、いたい、いたい！　なんで、あたしの口をつねるんだ？」

「嫉《や》くない、この野郎」

「嫉くわけじゃあないが、いきなり人の口をつねるやつがあるかい。さわぐんなら、ひとりでさわぎゃあいいんだ」

「『じゃあ、おまえさん、ほんとうに浮気はしないね』『ああ、しやあしねえ。大丈夫だってことよ』『そんなことをいって、もしも浮気したらくすぐるよ』『よせよ。くすぐってえじゃあねえか』『でも、ちょいとくすぐらしてよ』てんで、骨が、やさしい手で、おれのわきの下を、くちゅくちゅくちゅ……『よせよ、よせよ。くすぐったいよ。だめだ、だめだよ……いたい』」

「うふふふ、ごらんなさい。あいつ、自分で自分をくすぐってるうちに、さかなを釣らないで、自分のあごを釣り針で釣っちまったから……」

「ああ、いてえ、いてえ。ちくしょうめ、人があごをひっかけてるのに笑ってやがらあ、薄情な野郎じゃあねえか。えーい、と、やっと針がとれた。いけねえ、血がでてきゃあがった……うん、こういう針なんてつまらねえものがついてるからいけねえんだ。こんなものはすてちまえ！」

「あれっ、あいつ、針をとっちまったよ。あきれたねえ」

「なにいってやんでえ。こちとらあ、はばかりながら、針がなくってできねえような釣りはしてねえんだ。まごまごしやがると、はりたおすぞ！　……あははは、とうとうみんな逃げちまいやがった。ざまあみやがれ！　……おやおや、野郎、泡あくらって、弁当箱をわすれていきゃあがった。どんなものを食ってやがるんだろう？　……ふーん、あぶらげと焼き豆腐の煮たやつだ。おまけに、がんもどきみてえなつらをしてやがって、まるで、豆腐屋のまわし者みてえな野郎じゃあねえか……ひとつ、この焼き豆腐をごちそうになろうかな……うん、こりゃあ、みかけによらずうめえや。うん、うまい……よっ、でた、でた……からすかとおもったら、むくどりがでやがったよ。ははあ、からすがいそがしいもんだから、むくどりにたのんだんだな。『ちょいと、むくちゃん、あたしゃあ、いそがしくっていけないから、かわりにいっとくれよ』かなんかいったにちげえねえや。なーに、むくどりだろうと、なんだろうと、でてくれさえすりゃあこっちのもんだ。〽葭をかきわけさあ、骨はどこーさとくらあ……おやおやおや、こりゃあたいへんに骨があるなあ、また、大きな骨だねえ……さあ、骨や、酒をかけるからな。いいかい、おれの酒はな、尾形先生みてえに飲みのこしじゃあねえんだぞ。まだ手つかずってえやつだ。これをみんなかけちまうからな、きっときてくれよ。たのむからなあ……そうそう、骨のくるまじないの文句があったっけ……えーと……のをおやす、骨をたたいて、お伊勢さん、神楽《かぐら》がお好きで、とっぴきぴのぴっ……まあ、だいたいこんな文句だったな。いいかい、きとくれよ。おれのうちは、浅草門跡《もんぜき》さまのうらで、八百屋の横丁をはいって角から三軒め、腰障子に、丸に八の字が書いてあるから、すぐにわかるよ。じゃあ待ってるぜ」

のんきなことをいったかとおもうと、八つあんは、そのまま、ぷいと帰ってしまいました。ところが、壁に耳ありというやつで、葭のかげに、屋根船が一艘《そう》つないでありまして、その船に、お客にうっちゃられた幇間、たいこもちがいて、八つあんのことばを耳にいたしました。

「こりゃあおそれいった。よそでは人目につくってんで、ご婦人を葭のなかへひきいれて、再会の約束なんぞはにくいねえ。あの場へでていって、よう、おたのしみ、なにかちょうだいてなことをいえば、そりゃあ、いくらかになるだろうが、それじゃあ、芸人の風流がなくっておもしろくないや。よし、今夜、お宅へうかがって、ごきげんをうかがうとしよう。うちは、浅草門跡さまのうらで、八百屋の横丁をはいって角から三軒め、腰障子に丸に八の字が書いてあるから、すぐにわかるといってたな。夜分《やぶん》になったら、さっそくでかけやしょう」

てんで、とんだやつに聞かれました。

八つあんは、そんなことはちっとも知りませんから、七輪の下をあおぎながら、いい女の幽霊を待ちわびております。

「こんなに待ってるのに、なにをしてやがるんだなあ……もうきてもいい時分なんだが……もし、先生、尾形先生！　骨のやつ、門《かど》ちがいでそっちへいったら、こっちへまわしてくださいよ。あっしゃあ、元手《もとで》をかけてるんだからね……なにをしていやあがるんだろう？　ぐずぐずしてるじゃあねえか……もう、湯もわいてるし、さしむかいで一ぺえやろうてんで、すっかりしたくもできてるのになあ、どうしゃあがったんだ？　……しかし、こんなことをいってるところへ、『ごめんあそばせ』ときたらどうしよう？　口じゃあ強いことをいってるが、女にかかると、おれはいくじがねえからな……。『あなた、きょうは、向島でありがとう』『あなたといわずに、名をよんでおくんなさい』『だって、お名前を知らないから、しかたがないわ』『八五郎というんで……』『あれ、うれしいこと、八つあん、わちきは、とうからおもいついていたんだが、その吉日《きちにち》を待ちかねて、おまえのすがたを絵に描かせ、みればみるほど美しい、こんな殿御《とのご》と添《そ》い臥《ふ》しの……』」

「はなし声がするが、だれかきたのかな？」

「まだなんですがね……あれっ、おもてに足音がするよ。やっ、ぴたりととまった。きたのかな？」

「ええ、こんばんは」

「だれだい？」

「ええ、向島からまいりました」

「向島からきた？　よう、待ってました。いらっしゃい……いらっしゃいはいいけど、いやに声がふといねえ。いったい、どんな骨なんだろう？　おい、まあ、こっちへはいんねえ」

「ええ、ごめんくださいまし。もそっとはやくあがりたかったんでげすが、すっかりおそわりまして、どうも……おやおやおや、こりゃあ結構なお住居でげすなあ。じつにどうも骨《こっ》董家《とうか》の好くうちでげす。畳はてえと、たがなくってみばかりというやつだ。障子は、桟《さん》ばかりときましたねえ。流板《ながし》は、くさっておっこちの、みみずうじゃうじゃ大行列……いいご仏壇がありますな。みかん箱なんざあ、どうもしゃれたもんで……さざえのつぼのお線香立てに、あわびっ貝のお灯明皿《とうみようざら》はうれしいや。海岸のみやげもの屋だね、まるで……ようよう、このお天井なるものが、ちょいとそのへんに類のないてえやつだ。雨の降る日には、座敷に坐ったままで傘をさすという……じつにどうも、よそのお宅では味わえない風情《ふぜい》で……しかも、いながらにして月見ができるんでげすから、まことにご風流でげす……うら住居すれどこの家に風情あり、質の流れに借金の山というのは、ここいらでげしょう。てまえもかくなる上は、ひとつなにかやりやしょう。〽人を助ける身をもちながら、あの坊さんが、なぜか夜あけの鐘をつく。あれまた木魚《もくぎょ》の音がする……」

「な、なんだよ、おい……おつな年増の骨でもくるかとおもったら、どうも口のわるい骨がやってきやがった。いったい、おまえは、なに者だ？」

「こうみえても、新朝《しんちょう》という幇間《たいこ》でげす」

「なに、新町の太鼓？　あっ、しまった。それじゃあ、葭のなかのは馬の骨だった」


【解説】

原話は、中国の笑話本『笑府』にあり、その翻案が、天保八年（一八三七）刊の笑話本『落噺《おとしばなし》仕立《したて》おろし』にあるが、これを落語にしたのは、「こんにゃく問答」の作者としても有名な二代目林屋正蔵といわれている。

この正蔵は、禅宗の僧侶出身だったので、陰気で怪談風な「野ざらし」をつくったのだが、これを現在のように陽気な噺に改作したのは、ステテコの円遊だった。そして、この改作が原話を追放して、原話のほうは跡をとどめないほどになったのだから、円遊は近代落語の祖と称してもよかろう。現在では、おちがわかりにくいので、滑稽な魚釣り風景までしか口演されない。

青《あお》　菜《な》

「植木屋さん、たいそうご精《せい》がでるねえ」

「えっ、こりゃあ、どうも、旦那ですか。いえね、そういっていただくとありがてえんで……これが、植木屋をめったにおよびにならねえお宅へまいりますと、植木屋は、しょっちゅうたばこばかり吸っていて、なんにも仕事をしないなんていわれますけど、こうやってたばこを吸っておりましてもね、べつにぼんやりしてるわけじゃあねえんで……あの赤松は、池のそばへうつしたほうがいいんじゃねえかとか、あの枝はすこし短くつめたほうがいいんじゃねえかとか、庭をながめながらかんがえておりますんで……」

「そりゃあそうだろう。人間は、むやみやたらにうごきまわってればいいってもんじゃあない。植木屋さん、どうだな、こっちへきてやすみなさらんか?」

「へえ、ありがとうございます」

「さきほど、あなたが水をまいてくだすったおかげで、青いものを通してくる風が、ひときわ心持ちよくなったよ」

「へえ、さようでござんすか。まあ、こちらのお屋敷なんぞは、どこをみましても、青いもんばかりですが、あっしなんざあ、こんな商売をしておりましても、うちへ帰ったら、青いものなんざあ、みたこともねえんですから……なにしろ、あっしのうちときたら、長屋のいちばん奥だもんですから、風がへえってくるったって、あっちの羽目《はめ》へぶつかり、こっちの焼けトタンにぶつかって、すっかりなまあったかくなってからうちへへえってくるんですからね、なんのこたあねえ、化け猫でもでそうな風なんで……」

「化け猫のでそうな風とはおもしろいことをいうな……そうだ、植木屋さん、あなた、ご酒《しゅ》をおあがりかな？」

「ご酒？　ああ、酒ですか、酒なら浴びるほうなんで……」

「ほう、よほどお好きだな。じゃあ、これから、あなたに、ご酒をごちそうしましょう」

「ありがとうございます。では、台所のほうへまわりまして……」

「いやいや、いま、ここへとりよせるでな、まあ、そこへおかけなさい」

「え？　ここへ？　そいつあいけませんや。こんな泥だらけのはんてんで、腰なんかかけりゃあ、ご縁《えん》さきがよごれまさあ」

「まあ、遠慮せずにおかけなさい。なーに、よごれたら、あとでふけばいいんだから……おい、奥や、植木屋さんにな、ご酒を持ってきてあげてください。そうだな、せんだってのやつがいいだろう……ああ、持ってきたら、そこへおいてっておくれ」

「へえ、どうも、奥さま、お手数をおかけいたします」

「さあ、植木屋さん、どうぞおあがり、これが大阪の友人からとどいた柳影《やなぎかげ》だ」

「へえ、ありがとうございます。へーえ、柳影ねえ、めずらしい酒でございますねえ」

「上方では、柳影というが、こちらでいえば、なおしのことだ」

「へーえ、なおしですか……では、さっそくいただきます……よく冷えておりますねえ」

「いや、さほど冷えてはおらんのだが、あなた、いままで、日なたで仕事をしておって、口のなかが熱うなっておるで、それで、冷えているように感じるのでしょうな」

「さいでござんすかねえ。しかし、おいしゅうございます。けっこうでござんすねえ」

「いや、あなたのように、うまい、うまいといってくださると、まことに心持ちのよいもんじゃな。それから、なにもないが、鯉のあらいをおあがり」

「へえ？　どれが鯉のあらいで？」

「ここにあるから、おあがり」

「えっ、この白いのが鯉のあらい？　ああ、なるほど、鯉をあらって白くしちまうから、それであらいというんで？」

「いや、べつにあらって白くするわけじゃない。鯉の身は、もともと白いもんなんだ」

「へえ、鯉の身は白いんですか？　あっしはね、鯉てえのは黒いもんだとおもってましたが、ありゃあ皮なんですねえ。あっしゃあ、この年になるまで、あらいなんぞ食ったことがなかったもんですから……へーえ、ぜいたくなもんなんですねえ。では、いただきます。うーん、こりゃあ、しこしこして、よく冷えていてうめえもんでござんすねえ」

「氷がはいっておるでな」

「氷が？　ああ、なるほど……この盛りあがってるのは、みんなあらいじゃあねえんですね。ああ、下のほうに、氷がへえってました。こいつあ、つめたそうだ。のどがかわいておりますからね、この氷をひとついただきます……ひょーっ、ひょーっ、いやあ、この氷は、よく冷えてますねえ」

「氷が冷えているということはありますまい……ときに、植木屋さん、あなた、菜《さい》をおあがりかな？」

「菜？　ああ、菜っ葉ですか？　ええ、もう、大好物なんで……」

「じゃあ、さっそくごちそうしよう。ああ、奥や、植木屋さんに菜をだしてあげてください」

「旦那さま」

「なんだ？」

「鞍馬山《くらまやま》から牛若丸《うしわかまる》がいでまして、その名を九郎判官《くろうほうがん》」

「では、義経《よしつね》にしておきなさい……いやあ、植木屋さん、男というものは、勝手のことがよくわからんでな、わしは、まだ菜があるとおもっていたら、食べてしまって、もうないんだそうだ。いや、まことに失礼したな」

「ええ、菜っ葉がなけりゃあ、よろしゅうござんすがね、奥に、お客さまがおみえになったんじゃありませんか？　鞍馬さまとか、義経さまとか……」

「あはははは……べつに来客があったわけでないから、どうか気になさらんように……いや、あれは、わしと家内とでつかっている、かくしことばといおうか、しゃれといおうか、まあ、そんなものだ。たとえば、来客の折り、わしがそういったものがなければ、お客さまに失礼にあたる。そこで、『鞍馬山から牛若丸がいでまして、その名を九郎判官』……菜は食べてしまってないから、菜を食ろうというしゃれで、その名を九郎判官……わしが、『よしとけ』というところを、『義経にしておけ』と、こうしゃれたわけだ」

「へーえ、そうでござんすか……ふーん、こいつあ、おそれいりました。なるほど……『鞍馬山から牛若丸がいでまして、その名を九郎判官』……食っちまってねえから、九郎判官。旦那が、よしとけてえのを、『義経にしておけ』……こりゃあ、旦那さまと奥さまのつづきものの、しゃれですね。こうやりゃあ、お屋敷のまずいことは、まるっきり、よその人にわかりませんねえ。なにごともこういきてえもんでござんすねえ。そこへいくてえと、うちのかかあなんぞ……いえ、まあ、うちのかかあと、こちらの奥さまといっしょにしちゃあ申しわけねえんですがね……うちのかかあときたら、だまってりゃあ、わかんねえことを、大きな声で触れあるくんですから、まったくあきれけえったもんで……『おまえさん、いわしがさめちゃうよ。いわしがさめちゃう』なんて……あっしんとこじゃあ、のべつに、いわしばっかり食ってるようじゃあありませんか。そこへいくと、こちらさまでは、『鞍馬山から牛若丸がいでまして、その名を九郎判官』……菜は食っちまってねえから、九郎判官。旦那が、よしとけてえやつを、『義経にしておけ』なんぞは、えらいもんでござんすねえ……じつにどうもてえしたもんだ……あっ、こりゃあいけねえ。旦那、柳影が義経になりました」

「ほう、そりゃあ失礼したな。柳影は、それでもうないが、ほかの酒はいかがかな？」

「いいえ、もう十分にちょうだいいたしました。どうもごちそうさまで……これ以上いただきますと、もう、すっかり酔っぱらっちゃいますんで……どうもありがとうございました。また、あしたうかがいます。ごめんください」

「いや、どうもごくろうさまでした」

「へえ、どうも……うーん、えれえもんだねえ。さすがにお屋敷の奥さまだ。いうことにそつがねえや。『鞍馬山から牛若丸がいでまして、その名を九郎判官』……旦那が、よしとけてえやつを、『義経にしておけ』なんて、てえしたもんだ。まったく女らしくていいや。そこへいくと、うちのかかあ、ありゃあ、なんだい？　あれでも女かよ。男じゃねえから、しょうがなくって女でいるんじゃあねえか。あいつには、あの奥さまの爪のあかでも煎《せん》じて飲ましてやりてえね。まったく、どうだい、『鞍馬山から牛若丸がいでまして、その名を九郎判官』……旦那が、よしとけてえやつを、『義経にしておけ』なんぞは、てえしたもんだ」

「おまえさん、なにをぶつぶついいながらあるいているんだよう。いわしがさめちゃうよ、いわしが！」

「あれっ、こんちくしょう、またはじめやがった。おれの顔をみさえすりゃあ、いわしだ、いわしだっていってやがる。なにもそんなに触れまわるこたあねえじゃねえか」

「なにいってんだよう。おまえさんが帰ってくるころだとおもうから、いわし焼いて待ってたんじゃあないか。はやく食べないとさめちゃうよ」

「おうおう、いわし焼くんなら、なんであたまごと焼くんだ。あたまなんか食えねえじゃあねえか」

「おまえさん、知らないんかい？　あたまは滋養になるんだよ。だから、まるごと食べたほうが丈夫になるじゃないか。犬をごらん、丈夫なこと」

「あれっ、おれと犬といっしょにしてやがらあ、あきれたなあどうも……いや、そんなことよりも、きょうは、おれ、おどろいちまった」

「また、はじまった。おまえさんぐらい、おどろく人はないねえ。猫があくびをしたっておどろいて、電車がうごくってびっくりして……きょうは、なんにおどろいたんだい？」

「お屋敷でおどろいたんだ。おれがな、仕事のくぎりがついたんで、お庭で一服やってたんだ。すると、旦那がおみえになって、柳影てえ酒をごちそうになった。さかなは、鯉のあらいてえやつだ。鯉のあらいなんぞ、おめえは知るめえ。ありゃあ、あらって白くするんじゃあねえぞ」

「なにいってんだよ。鯉のあらいぐらい、あたしだって知ってるさ」

「へーえ、知ってたのか……で、旦那が、『植木屋さん、菜をおあがりかな？』とお聞きなすった。おれが、『大好物なんで……』と答えると、旦那が、ポンポンと手をたたいて、『あ、奥や』とおよびになった。よばれてでてきた奥さまの行儀《ぎょうぎ》のいいこと……つぎの間にひかえてな、旦那の前で、こんなぐあいに両手をついて……おい、こっちをみろよ。おめえに行儀を教えてやるから……こっちをみろよ。旦那の前に、こんなぐあいに両手をついて……」

「そういうかえるがでてくると、雨がふるよ」

「かえるのまねしてんじゃねえや……なんてまあ、口のへらねえやつなんだ。ことばだって、そりゃあていねいなもんだぞ。『旦那さま、旦那さま』」

「右や左の旦那さま」

「ふざけるなっ、なぐるよ。こいつは……いいか。奥さまが、『鞍馬山から牛若丸がいでまして、その名を九郎判官』……旦那が、よしとけてえやつを、『義経にしておけ』……このわけが、おめえにわかるかよ」

「わかるさ、やけどのまじないだろ?」

「ちぇっ、なんてことをぬかすんだ。情けねえなあ。『らくらいの折り……』」

「どっかに、かみなりさまがおちたのかい?」

「かみなりなんかおちるもんか。お客がきたんだよ」

「じゃあ、来客だろう?」

「そう、それよ、そのらいらいの折り、『わたしがそういったものがなければ、お客に失礼にあたる。そこで、鞍馬山から牛若丸がいでまして、その名を九郎判官』……菜を食っちまってねえから、九郎判官だ。旦那が、『よしとけ』てえのを、しゃれて、『義経にしておけ』と、こうおっしゃったんだ。こういうけっこうなことは、てめえにいえめえ」

「いえるよ。それくらいは……」

「いえるなら、いってみろ」

「鯉のあらいを買ってごらんよ」

「あれっ、ちくしょうめ、人の急所をついてきやがる……おっ、むこうから熊の野郎がきた。あいつに一ぺえ飲ましてやってくれ。いまの、鞍馬山をやるんだから……」

「およしよ。このお酒の高いのに……」

「けちけちすんねえ。いいか、やるんだぞ。鞍馬山から牛若丸がいでましてだぞ。そのときになって、いわねえでみやがれ、おっぺしょって鼻かんじまうぞ。さあ、お屋敷の奥さまみてえに、つぎの間にさがってろ……あっ、そうか。つぎの間なんかなかったっけ、一間きりなんだからなあ……じゃあ、しかたがねえから、この押し入れにへえってろ」

「じょうだんじゃあないよ。このあついのに……」

「ぐずぐずいわねえで、おとなしくへえってろい」

「おうっ、いるかい？」

「野郎、きやあがったな……あなた、たいそう、ご精がでるねえ」

「なーに、精なんかでるもんか。きょうは、仕事をやすんで、朝から昼寝してたんだ」

「えっ、昼寝を？　……いや、昼寝をするとは、ご精がでるねえ」

「なにいってんだ。昼寝して精がでるわけがねえじゃあねえか」

「まあ、いいから、こっちへおあがり。遠慮なくおかけなさい。よごれたら、あとでふけばいいんだから……」

「それほどきれいなうちじゃあねえじゃねえか。ともかくあがらしてもらうぜ」

「青いものを通してくる風が、ひときわ心持ちがいいな」

「おい、しっかりしろよ。おめえ、どうかしたんじゃあねえか。青いものったって、なんにもありゃあしねえじゃねえか。むこうにごみためがあるだけだあな」

「あのごみためを通してくる風が、ひときわ心持ちがいいな」

「おかしなものが好きだな。おめえは……」

「あなた、ご酒をおあがりかな？」

「ご酒？　酒かい？　えっ、ごちそうしてくれるのかい？　へーえ、うれしいねえ。いただこうじゃあねえか」

「大阪の友人からとどいた柳影だ。さあ、おあがり」

「ああ、ありがとう。へーえ、これ、柳影てえのかい？　……うーん……なんだい、これ、ただの酒じゃあねえか」

「柳影だとおもっておあがり。さほどは冷えておらんが、あなた、いままで、日なたで仕事をしておって……」

「冷えちゃあいないよ。この酒、燗がしてあるじゃねえか」

「なにもないが、鯉のあらいをおあがり」

「おいおい、おめえ、職人のくせに、鯉のあらいなんぞ食ってんのかい？　ぜいたくじゃあねえか。おい、どこにあるんだ？　鯉のあらいが？」

「そこにあるから、おあがり」

「こりゃあ、いわしの塩焼きじゃあねえか」

「それを鯉のあらいとおもって、おあがり」

「いちいちいうことが変だなあ。まあ、いいや。とにかく食わしてもらうぜ……うん、うめえ。おらあ、へたなさかなよりも、この塩焼きのほうが、ずーっと好きなんだ。うん、うめえ、うめえよ」

「あなたのように、そう、うまい、うまいといってくれると、まことに心持ちがいいな……ときに、植木屋さん、あなた、菜をおあがりかな？」

「なにいってんだ。植木屋は、おめえじゃねえか。おらあ、大工《でえく》だよ」

「あなた、菜をおあがりか？」

「おらあ、きれえだ」

「あのう、菜を……」

「きれえなんだ。がきのときから、からだにいいから、食え、食えっていわれてんだけど、おらあ、でえきれえなんだ」

「あの、菜を……」

「きれえだってんだ。おらあ、きれえだ」

「いわし食って、酒飲んじまって、いまさら菜がきれえだなんてひでえじゃねえか……なあ、おめえがきれえなら食わせやしねえから、食うといってくれよ」

「なんだ、泣いてやがら……おかしな野郎だな。じゃあ、食うよ」

「食う？　しめたな……では、しばらくお待ちを……」

「なんだ、手なんかたたいて、なんかおがんでんのか？」

「おがんでなんかいるもんか。人を呼ぶときに、手をうつじゃあねえか……おい、奥や」

「なにいってやんでえ。奥にも、台所にも、一間しかねえじゃあねえか」

「だまってろい……おい、奥や」

「旦那さまっ」

「わあ、びっくりした……おい、なんだい？　どうしたんだい？　かみさん、押しいれからとびだしたりして……このあつぃのに、汗びっしょりじゃあねえか……どうしたい？」

「旦那さま……鞍馬山から牛若丸がいでまして、その名を、九郎判官義経」

「えっ、義経？　……うーん、じゃあ、弁慶にしておけ」


【解説】


むかしは「弁慶」の別名もあったという。

原話は、安永七年（一七七八）刊の笑話本『当世話』にある。

よそで聞いて感心したはなしを、亭主が女房に受け売りして聞かせ、結果は失敗におわるというのは、「猫久」や「町内の若い衆」をはじめよくある形だが、おなじ滑稽噺とはいいながら、この噺は、前半において、緑の植木、そのあいだを吹きぬける涼風、つめたい直し酒、鯉のあらいなどの夏の季節感あふれる道具立てがあってこころよいし、また、この清涼感が、後半における暑苦しい長屋の失敗談をいっそうひきたてる役割を果たしている。

らくだ

酒というものは、下戸《げこ》にいわせると、命をけずるかんなだといい、上戸《じょうご》にいわせると、百薬の長だといい、どちらへ軍配をあげていいのかよくわかりませんが、むかしから、俗に、酒を気ちがい水と申しまして、ふだんとがらりと気質がかわるかたがございます。ふだんらんぼうな人が、酔いますと、かならずおとなしくなり、ふだんぼーっとした人にかぎって、お酒を飲むと、がらりと反対になって、刃物三昧《はものざんまい》をしたり、あるいは、目がすわってきて、いいこと、わるいことを問わず、喧嘩をふっかけたりすることがございます。まさしく気ちがい水に相違ございません。

また、どんな人でも、酒を飲むと、気が大きくなり、または片意地になりますもので、人が右といえば左といいたくなり、人がよせといえば、どうもしたくなり、毒だから食うなといわれると、それが食べてみたくなるというようなことになります。

さて、ここに、馬という名前の男がございまして、これをあだ名してらくだと申します。肩書きがあるくらいでは、あまりよろしい人物ではないわけで、大きな図体《ずうたい》でのそのそしているところから、つまりは、らくだという名前がついて、本名の馬という名をよぶものはすくないようなことでして……。

「おう、寝てるのか、しょうがねえな。どうも昼すぎだというのに、おもてをしめて寝ていた日にゃあ、ろくなことはねえぞ。むかしから果報は寝て待てとよくいうが、寝ていて銭もうけをしたというためしはねえ。ほんとうにしょうのねえ野郎だ……はて、どうしやがったんだな。ここのうちは、しまりがあるんだか、ねえんだかわからねえが、てえげえあくだろう……おやおや、ゆうべ酒を飲みすぎたとみえて、あがりばなのところへひっくりかえって寝ていやがる。よく風邪をひかねえな。陽気がわるいのに……おい、起きろ、起きろ。おいおい、起きろてえのに、しょうがねえなあ……おや、つめてえや。どうも妙なつらをしているとおもったら、死んじまってやがる。ああ、ゆうべ湯の帰りに、こいつにあったら、ふぐをぶらさげてやがって、陽気ちげえにそんなものを食うなといったら、こう安くっちゃあ、好きなものを食わずにゃあいられねえといやがったが、きっとあのふぐを食って死にゃあがったんだ。ほんとうにあきれたやつがあるもんだな。人の食うなというものを食うんじゃねえ。よせというものはよすものだというがほんとうだ。しかし、こう死なれてみると、ふだん兄弟分といわれているなかで、まさかほうっておくわけにもいかねえ。どうにか、差《さ》し担《にな》いでもとむらいのしたくぐれえしてやらなけりゃあなるめえ。この野郎、銭のあったためしはなし、おれもこのごろは一文なしときている。ほかに身内はなし、親類はなし、たたき売ろうという道具もろくになし、ほんとうにしょうがねえ。しかし、どうもぶち殺しても死にそうもなかったやつで、まだこんなになろうとはおもわなかったが、いまさらなんとおもってもしかたがねえ。いくらもあるめえが、まあ、ここのうちのをあらいざらいまとめてたたき売ったら、せめて早桶《はやおけ》ぐれえ買えそうなものだ。それにしても、なんにもねえうちだなあ」

「くずーい、くずーい、くず屋ーい」

「やっ、こりゃああリがてえ。いいところへくず屋がきやがった……おーい、くず屋！」

「へえ……やっ、ここのうちは馬さんのうちだな。らくださんのうちときた日にゃあ、まったくやんなっちまうからな。きのうの朝だ。よばれたからしかたがねえ。こわごわはいったら、ひびのはいった皿やどんぶりをだして、二百文で買えっていうから、買えませんといったら、しまいにはなぐりそうになったから、ぶんなぐられるよりは二百文のほうが安いとおもって買ったけれども、ただとられたようなもんだ。このうちでいきなりよばれるようじゃあ、きょうはろくなこたあねえなあ」

「やいっ、なにをぐずぐずいってやんでえ。こっちへへえれっ」

「へえ……あの……こちら、らくださんのお宅じゃあないんですか？」

「らくだんとこだ。おめえ、らくだを知ってるのか？」

「へえ、もう古いおなじみでございますが、馬さんは、どっかへいらっしゃいましたか？」

「うん、まあ、どっかへいったようなもんだがな。ここのうちのものを、あらいざらいまとめて売るというんだが、ひとつ、なるたけ奮発《ふんぱつ》して、値よく買ってもらいてえんだ」

「へえ……あれっ、そこに寝ておいでになるのは馬さんじゃありませんか……あたくしは、また、馬さんがどっかへおひっこしになって、こんどあなたがここへおいでになったのかとおもいましたが……」

「馬が寝てたっていいじゃねえか」

「へえ、それはよろしゅうございますが、馬さんのお宅のものは……」

「まあ心配しねえで買いねえ」

「なーに、べつに心配もいたしませんが、じつは、ここにある品は、のこらずあたくしのほうでもみあわせたものばかりでございます」

「おやおや、くず屋にみはなされるようだから、こんなことになるんだ……じゃあ、ほんとうのことをいうが、らくだは、ゆうべ、ふぐを食って、それにあたってくたばっちまったんだ」

「えーっ、あんなじょうぶなかたが？　……まあ、おどろきましたな、それはどうもお気の毒でしたなあ。へえー、ちっともそんなことは知りませんで……ところで、あなたは、お長屋のかたでもないようですが……」

「うん、おれはな、ふだん、兄弟とかなんとかいわれてる仲なんだ。まさかここへ死骸をほうりだしておくわけにもいかねえ。といって、おれもこの二、三日苦しくってしょうがねえ。また、この野郎が一文だってあったためしはなし、どうもとむれえのまねごとぐれえはやってやらなくちゃあならねえが、どうにもしようがねえんだ。さいわいおめえとらくだがなじみなら、なるたけ奮発して買ってくれ。そのかわり、ここにあるものはのこらず持っていってもいいから……」

「へえ、みんな買ったところで、満足なものはひとつもございません。そこに、土びんのちょっといいのがあるとおもったら、口がとれてますし、せめてその口でもあれば、つぐとかなんとかしますが、それもなし、満足なものはひとつもありません。コンロは横っ腹に穴があいてますし……」

「ちぇっ、しょうがねえなあ。くず屋にみはなされてやがる。だらしがねえや。まあ、そういわずによ、こまるんだから、なんでもいいから買ってってくれ。たのむから……」

「いいえ、とてもいけません。けれども、わたくしもいままで商売をしておりましたものでございますから、まことにこれはすこしばかりでございますが、これはあたくしの心ばかり、どうかお線香でもおあげなすって……」

「それは気の毒だなあ。おめえにそんな散財をさせようとおもってよびこんだんじゃあねえんだが……まあいいや、ほとけさまもよろこぶだろう。なあ、おめえと古いなじみであってみりゃあ、遠慮なくもらっておこう。なにしろ、いくらでもほしいとおもってたところなんだから……そのかわり道具はみんな……」

「いいえ、いただかずにすむんならばどうか……」

「そうだろうな。みたところで、これぞと役に立ちそうなものは、ひとつもねえんだから……」

「では、これで、あたくしは……」

「おい、おい、待ちな、待ちなよ。おれは、この長屋へはじめてきたんで、ようすがよくわからねえんだ。おめえは、ちょくちょくきてるからわかってるんだろう？」

「へえ、まあ、たいていのことはわかりますが、なんでございます？」

「今月の月番はどこだい？」

「へえ、たしか角のうちあたりが、今月は月番のようでございますが……」

「じゃあ、おめえ、すまねえが……ちょいと、そこへいってな、らくだの死んだことをいってきてくんねえ」

「へえへえ、承知しました」

「おいおい、ちょっと待ちな。ただ知らせるだけじゃあいけねえんだ。どんな長屋にも、祝《しゅう》儀《ぎ》不《ぶ》祝《しゅう》儀《ぎ》のつきあいがあるだろうから、香奠《こうでん》をなるべくはやくあつめてもらいたい。それに、なにか買ってなんぞよこされちゃあこまるから、現金《なま》でもらいてえってな」

「へえ、香奠のさいそくなんで？　ずいぶん無遠慮なはなしでございますねえ」

「無遠慮ったって、おめえはたのまれていくんだ。おめえは身内じゃなし、親類じゃなし、人のことというものは、いいにくいことでもいえるもんだ。なあ、そういってきてくんねえ」

「へえ、では、いってまいります」

「おう、おう、その鉄砲ざるとはかりはこっちへだしな。あずかっといてやるから……おめえだって、ここに不幸があって手つだってるのに、そんな商売道具をしょってあるくってえのは、なんだか実《じつ》がねえようじゃねえか」

「へえ、これは、しじゅうかついでるもので、ついくせになって……」

「まああいいから、こっちへだしねえてんだ」

「へえ、では、おあずけいたしまして……いってまいります」

「ああ、はやくいってきねえ」

「なんだなあどうも、つまらねえ用をいいつけられちまったなあ……商売道具をとりあげられちゃあ、にげるわけにはいかねえし……ええ、こんちわ」

「なんだい？」

「ええ、こちらはたしかお月番でございますな？」

「ああ、おれんとこが月番だよ……なんだ、おめえ、くず屋じゃねえか」

「へえ、いつもまいりますくず屋でございますが、今日《こんち》はくず屋ではございません」

「はあ、商売がえかい？」

「いいえ、商売がえというわけではございませんが、じつは、ちょっとお知らせにあがったんで……あのう、このお長屋のらくださんが、昨夜おなくなりなすったんでございます」

「えっ、らくだが？　死んだって？　ほんとかい？　そうかい。よく死にゃあがったなあどうも……いいあんばいだ……で、なんで死んだんだい？」

「なんでもふぐを食べてあたったらしいんでございますが……」

「へえー、そうかねえ。あんなやつでもやっぱり毒にやられるのかなあ。おらあ、ふぐのほうであいつの毒にやられるかとおもってたが……どうも、なんにしても、そいつあよかったなあ、で、知らしてくれたのかい、めでてえってんで?」

「いいえ、そうじゃないんで……ついては、らくださんの兄弟分とかなんとかいう人がきておりました。ずいぶんこわい顔をした男でございます」

「それがどうしたんだい?」

「へえ……そのう……そのかたのいいますには、とむらいのまねごとでもしてやりたいんだが、一文なしなんで、お長屋には、祝儀不祝儀のつきあいもあるだろうから、香奠をなるたけはやくあつめてよこしてもらいたいとこういいますんで……それで、なまじなにか買ってよこされるとこまるから、現金《なま》でどうかもらいたいとこういっておりました」

「じょうだんいっちゃあいけねえよ。え、おまえ。そうだろう。それは、長屋のつきあいはあるさ。あるけれども、あいつにかぎって、いままで、祝儀だろうが、不祝儀だろうが、だしたことなんかありゃあしねえ。とりにいくと、いま、こまけえのがねえと、こういいやがる。しかたがねえから、月番が立てかえて、またさいそくにいくと、また、こまけえのがねえといってださねえ。で、三度目にさいそくにいくと、うるせえ野郎だ。こまけえのがねえからだめだというから、大きいんでもおつりがあるから……というと、こまけえのがねえくれえだから、大きいのは、なおあるわけがねえと、こうにくらしいことをいうんだ。それで、おめえ、こっちでなにかいおうもんなら、あべこべにひっぱたかれたり、つきたおされたりするもんだから、あんなやつの相手になるのもばかばかしいとおもって、それぎりにしてしまう。そういうことがたびたびなんで、いまじゃあ、長屋じゅう、あいつとはつきあわねえようになってるんだ。それを、香奠をあつめろといったって、とてもだめだよ。あつまらないよ」

「なるほど、それはもっともなことなんでございますけども、こりゃあよけいなことですけど、いくらでもあつめてやったほうがいいんじゃあないかとおもうんですがな」

「どうして？」

「へえ、その兄弟分てえ人が、らくださんに輪をかけたようなすごい顔つきをしておりますんで、ご無理でもございましょうが、いくらでもおあつめになったほうがいいんじゃないかとおもうんですがなあ」

「そうかい、あいつの兄弟分じゃあ、ろくな野郎じゃあるめえ。らんぼうでもされちゃあつまらねえはなしだな……よし、じゃあ、まあ、いいや。あいつが死んだと聞きゃあ、よろこんでお赤飯《こわ》ふかすうちもあるだろうから、そのお赤飯をふかしたつもりで、いくらかだしてくれとわけをはなしてあつめるとしよう。おめえ、帰ったらこういってくんねえ。なにしろ貧乏長屋でございますから、いくらもあつまりますまいけれども、さっそくあつめてあげますと、こういっておきゃあ、すこし持っていったってすむはなしだ」

「へえ、そのお返事をうかがえば、あたくしもつかいにきた甲斐がございます。じゃあ、どうかよろしくおねがい申します……へえ、いってまいりました」

「おう、ごくろう、ごくろう……で、どうした、香奠はすぐにとどけるといったか？」

「へえ、あのう……こういう貧乏長屋のことでございますから、いくらもあつまりますまいけれど、さっそくあつめてあげますと、こういっておりました」

「ああ、しかたがねえや。まあ、いくらでももらやあ、とむれえのまねごとぐれえできるだろうから……」

「へえ、それでは、おそれいりますが、その鉄砲ざるとはかりを……」

「ものはついでだ。もう一軒いってきてくんねえ」

「あたくしもまだ、今朝《けさ》っから、まるっきり商売をしておりませんので、おそれいりますが、どうぞ、鉄砲ざるとはかりを……」

「いいじゃねえか。もう一軒だけいってこいよ」

「かんべんしてくださいよ。なにしろ、きょうはまだ商売をしていないんですから……一日やすみますと、六十八になるおふくろと、十二をかしらに三人の子どもがあるんでございますから、あした、釜のふたがあかないようなことになるというわけで、どうかおいとまをいただきたいんで……」

「なんだなあ、そんなことをいわねえで、もう一軒だけでいいから、いってこいというんだ」

「へえ、どちらへまいりますんで？」

「大家のとこへいってきてくれ」

「へえ、じゃあ、いってまいります」

「おい、ただいくんじゃねえやな。まあ、らくだが死んだことをいうのはきまってるが、おめえがいうんじゃねえから遠慮するな。おれがいうんだから……いいか、大家に、そういってくれ。いま、兄弟分てえ人がきてる。で、とむれえもだしてやりてえが、どうにもしょうがねえ。まさか犬猫の死んだんじゃねえから、今夜、お通夜《つや》のまねごとぐれえは、してやりてえとおもいますが、おいそがしいなかをおいでにはおよびません。ついては、長屋のかたがきても、ご承知の通り貧乏で、なにぶん酒を買うこともできません。むかしから、大家といえば親も同然、店子《たなこ》といえば子も同然ということをよくいいます。親子同様のあいだがらなので遠慮なく申しあげますが、いわば子どもたちに食わせるとおもって、長屋のかたばかりですから、どうか酒を三升、あまりわるい酒はあたまへのぼるから、ちょっと飲める酒をよこしてください。それから、煮しめは、芋に蓮にはんぺんぐらいのところでいいから、すこし塩を辛めに煮て、大きなどんぶりか大皿へいれてよこしてくださいと、そういってきてくれ」

「こまりましたなあ、それは、とてもだめです」

「だめだ？」

「ええ、とてもくれるわけがありません」

「わけがありませんたって、なにも、おめえが請《う》けあうことはあるめえ」

「でもねえ、らくださんのことですから、店賃がちゃんちゃんとはいってはいまいとおもいますんで……」

「なにも、おめえが、そんな心配をするにゃあおよばねえ。もしもくれねえといったらこういいえ。いいか、おれがいった通りにいいえよ」

「へえ」

「かねてご存知でもございましょうが、身内も親類もなんにもない男で、じつに死骸のやり場にこまっております。そうそうこっちも世話が焼きされませんから、大家といえば親も同然、店子といえば子も同然というくらいで、こちらへらくだの死骸をしょってまいりますから、どうかいいように処置をつけてください。どうせしょってくるついでですから、死人にかんかんのうをおどらせてお目にかけますと、そういってやるんだ。いいか、はやくいってこい！」

「へえ……どうもよわっちまったなあ。商売道具をとりあげられてるから、にげだすわけにもいかねえし、こんなことをいっていけば、大家さんとこをしくじっちまうし……なにしろえらいところへでっくわしちまったもんだ……えー、ごめんくださいまし、ごめんくださいまし」

「はい、だれだい？　なんだ、くず屋さんかい。おめえもまた、いくら商売熱心だって、そうちょくちょくきたってしょうがねえや。まだ、一昨日《おととい》きたばかりじゃねえか。なんにもたまっちゃあいねえよ」

「いえ、あのう……きょうは商売でまいったのではございません。ほかのことでまいりましたんで……」

「ほかのことできた？　なんだい？」

「へえ、じつは、お長屋のらくださんが昨晩なくなりました」

「えっ、らくだが？　死んだ？　ほんとかい？　いつ？　へー、ゆうべねえ……ふーん、それで、大丈夫だろうな。よくあたまをつぶしといたかい？　また生きかえるといけねえぜ」

「へびじゃあございませんから、あたまなんぞは……」

「そりゃあ、いいあんばいだが、たしかに死んだのかい？」

「へえ、ふぐを食べて、それにあたってなくなったんでございます」

「ふーん、あんな野郎でもやっぱり毒にゃあかなわねえんだな。まあ、なんにしてもめでてえはなしだ。で、おめえさんがそれをみつけて、よろこばせようってんで知らせにきたのかい？」

「いいえ、らくださんの兄弟分てえかたが、おみえになっておりますが……らくださんよりもうすこし目つきのわるい男で、ずいぶんいやな人でございます」

「ふーん」

「それで、どうも、そのう……あたくしはまことにこまっております」

「なにがこまる？」

「で、そのかたが、とむらいをだしてやりたいといっておりますんで……」

「へーえ、あんな野郎でも、兄弟分となるとちがったもんだな。そんなめんどうをみようてえやつがあるのか。ふーん、で、そいつがたまってる家賃でも払おうってのかい？

「いいえ、そうじゃないんで……で、あたくしがこまりますんで……」

「なにがこまる？」

「ええ、そのかたも一文なしで、どうにもしようがないんですが、まさか犬猫の死んだんじゃないから、せめて、お通夜のまねごとでもしてやりたいと、こういうんで……」

「どうとも勝手にするがいいや」

「で、おいそがしいなかを、大家さんはおいでにはおよびませんと申しますんで……」

「だれがいくやつがあるもんか。くだらねえことをいってやがる。そんな念にはおよばねえと、そういってくんな」

「へえ、それがその……世間でそういいますな」

「なにを？」

「大家といえば親も同然、店子といえば子も同然ということを……」

「それがどうしたんだ？」

「長屋のかたがきても、貧乏だから、酒をひと口あげることもできないとこういうんで……で、親子同然のあいだがらだから遠慮なく申しあげますが、酒を三升ばかりよこしてもらいたい。わるい酒はあたまへのぼるから、ちょっと飲める酒をよこしてもらいたいといいますんで……これは、あたくしがいうんじゃあございませんよ。その人がいうんです……それから、煮しめは、芋に蓮にはんぺんぐらいのところでいいから、すこし塩を辛めに煮て、大きなどんぶりか大皿へいれてよこしてくださいというんで……」

「おいおい、くず屋さん、おめえ、しっかりしろよ。おかしなことをいってくると、この長屋の出入りをとめちまうぞ」

「ですから、あたくしがいうんじゃあないんで、その兄弟分とかいう人がいばってそういってるんで、どうもこまったものでございます」

「そんなことをとりつぐおめえがまぬけだてえんだ。だいたい、らくだてえやつがどんなやつだか、おめえだって知ってるじゃねえか。どんなわるいやつでも、越してきたその月の家賃ぐれえは払うもんだが、あいつにかぎって払わねえ。もっともぶっこわれた長屋じゃああるけれども……」

「まったくよくこわれておりますな」

「つまんねえところで感心するない……で、さいそくにいけば、あしたあげますの、いずれあげますのといやあがって、どうしても払おうとしねえ。この前も、あんまり腹が立つから、『きょうは払わねえうちは、ここをうごかねえ』といったら、『きっとうごかねえな』ってなことをおしたかとおもったら、いきなりしんばり棒をふりあげて、『これでもうごかねえか』とどなりゃあがった。おらあびっくりして、とびあがった。あいつのはおどかしじゃねえ。ほんとうにやりかねねえんだ。あんまりおどろいたんで、おれは、はだしでうちへにげて帰った。おかげで、買いたての下駄をおいてきちまったんだが、にくらしい野郎じゃねえか。そのあくる日から、おれのおいてきた下駄をはいて、鼻唄まじりで、すましてうちの前を通るじゃねえか。まあ、死んでしまえば厄介《やっかい》のがれ、二十いくつという家賃を、のこらず棒びきにして香奠がわりにしてやらあ。それだけだって御《おん》の字《じ》だ。その上に、酒をよこせの、煮しめを持ってこいのって、あんまりとぼけたことをいうなって、兄弟分とかいう野郎にそういいな」

「へえ、そりゃあもう、ごもっともなんで……おっしゃる通りなんで……ですから、あたくしもそういったんで……とてもくださるわけがないって……そうしましたら……」

「そうしたら、どうした？」

「もしもくれねえといったら、そうそう世話も焼きされませんから、大家といえば親も同然、店子といえば子も同然というくらいで、こちらへ、らくださんの死骸をしょってくるから、いいように処置をつけてくれるようにとこういいますんで……で、どうせ持ってくるついでだから、死人にかんかんのうをおどらせてお目にかけるとこういいます」

「なんだと？　死骸にかんかんのうをおどらせる？　ふーん、おもしれえや。おどらしてもらおうじゃねえか。よし、帰って、おれがいった通りにいえよ。人を甘くみるなとそういってくれ。そんなこけおどしにおどろくんじゃあねえ。おれもこの近所じゃあ、すこしはいやがられてる人間だ。みそこなうなとそういえ。ばかにしやがって、なんだってんだ。この年になるまで、死人のかんかんのうをおどるのをみたことがねえ。きょうは、おれもばあさんもたいくつしてるから、ぜひそのかんかんのうというのをみせてもらいてえもんだって、よろこんでたとそういえ」

「へえ、さようでございますか……おどろいたな、どうも……どっちへいってもおどかされて、ほんとうにやりきれねえや……どうもゆうべの夢見がわるかったが、きょうはやすんじまえばよかったなあ……へえ、いってまいりました」

「いってまいりましたじゃねえや。なにぐずぐずしてたんだ？」

「へえ、先方のいうのも無理はないんで……あんまり死んだ人をわるくいってはすみませんが、らくださんがわるいんでございます」

「で、どうなんだ？」

「家賃がね、二十いくつとかたまってるそうで、ずいぶんたまりました」

「そんなことはどうでもいいやな」

「それを棒びきにして香奠がわりにしてやるとして、酒なんぞとてもやれない、とこういいます」

「それで、おめえ、帰ってきちまったのか？」

「しょうがないんです」

「おれのいったことをいわなかったのか？　死人をつれてきて、かんかんのうをおどらせるって……」

「いいえ、いいましたよ」

「どうだった？」

「そういったら、むこうでおどろかないんで……。『この年になるまで、死人のかんかんのうをおどるのをみたことがねえ。きょうは、おれもばあさんもたいくつしてるから、ぜひそのかんかんのうというのをみせてもらいてえもんだ』と、こういうんで……へえ、どうにもしようがないんです」

「じゃあ、なにか、かんかんのうがみてえって、そういったんだな」

「へえ」

「たしかにそういったんだな」

「へえ、たしかにそういったんで……」

「うん、そうか……そっちをむきねえ」

「へえ？」

「そっちをむきなよ」

「なんです？　むこうをむくてえのは？」

「なんでもいいから、そっちをむけってんだ。こっちをむくなよ。いいか、ほらっ、しょうんだ」

「あっ、これは……これは……らくださんの死骸で……いけません。これはいけませんよ。かんべんしてください。あなた、じょうだんじゃない。血を吐いてるじゃありませんか。いけねえ、いけねえ……食いつきますよ」

「なにいってやんでえ。死んだものが食いつくもんか。さあさあ、これをしょって、さっさとあるけ。あるくんだ。死人をしょってきておどらしてくれというなら、のぞみ通りにおどらしてやろうじゃねえか……さあ、どこなんだ、大家のうちは？　ここか？　よし……さあ、なかへはいって、へっついのところへ死人を立てかけとけ。大丈夫《でえじょうぶ》だ。大丈夫だ。つっぱってるからたおれやしねえ。いいか、おれが死人をおどらせるから、おめえ、この仕切りの障子をがらっとあけて、そのとたんに、手びょうしを打ってかんかんのうを唄えっ、いいか！」

「そんなもの、唄えやしませんよ」

「唄えねえやつがあるもんか。子どもだってやるじゃねえか。さあ、唄わねえと、はりたおすぞ」

「唄いますよ、唄いますよ……唄えばいいんでしょ」

「さあ、唄え、唄うんだ。それっ、がらっとあけて……すぐに唄うんだ」

「唄いますよ……〽かんかんのう、きゅうのです……」

　のんきなやつがあったもんで、死骸を座敷へかつぎこんで、かんかんのうをおどらせはじめましたから、大家はおどろいたのなんのって……。

「やあ、ばあさん、たいへんだ。たいへんだ。ほんとうに死骸をしょってきておどらせてる」

「〽かんかんのう、きゅうのです……」

「おいおい、くず屋、唄うな、唄うな……ばあさん、ひとりでにげるなよ。にげるんなら、いっしょににげるから……おいおい、もうたくさんだ。どうかかんべんしてくれ。おれがわるかった。いま、すぐに酒も煮しめもとどけさせる。とどけさせるから、どうか、すぐにひきとっておくれ」

「ぐずぐずしてると、またすぐに持ってきておどらせるぞ」

「すぐにとどけるから、はやくひきとっておくれ。はやく、はやく……」

「そうか、じゃあ、待ってるぜ。すぐにとどけろよ。おい、くず屋、むこうをむけっ、さあ、もういっぺん、これをしょうんだ」

「へえ、もうかんべんしてくださいよ」

「かんべんしろったって、しょって帰らなけりゃあしょうがねえじゃねえか。さあ、ぐずぐずしねえで、しょうんだ。さあ、そっちをむけ」

「へえ……わーっ、いやだな。つめたい、つめたい、まだつめたい」

「あたりめえだ。死骸があったかくなるもんか。さあ、しょったら帰るんだ。帰るんだ……ああ、ごくろうだった。そこへほうりだしとけ」

「へえ、ああおどろいた。じゃあ、これで、あたくしはおいとまを……」

「おうおう、待ちねえ。もう一軒いってきねえ」

「もうかんべんしてくださいよ。きょうは、まるっきり商売をしてないんですから……一日やすみますと、六十八になるおふくろと、十二をかしらに三人の子どもがあるんでございますから、あした、釜のふたがあかないようなことに……」

「いやなことをいうない。どうせいままで手つだったんじゃねえか。もう一軒、おもての八百屋へいってきてくれ」

「へえ、香物《こうこう》でも買ってきますか？」

「そうじゃねえ。おめえ、八百屋の親方を知ってるならちょうどいいや。このことをはなして、まことにお気の毒だが、早桶がわりにするんでございますから、四斗樽の古いやつをひとつおくんなさいといってもらってきてくれ」

「そりゃあだめですよ。商売物ですから、早桶がわりになんかくれやしませんよ」

「くれねえなんてぬかしゃあがったら……」

「死人をつれてきて、かんかんのうをおどらせるって……」

「そうじゃねえや。あいたら、すぐにおかえししますから、すこしのあいだ貸していただきてえと、こういって、はやく借りてこいっ」

「へえ、それじゃあいってまいります……いやだなあどうも、いやなつかいばかりさせられて……ええこんちわ、ごめんください」

「おう、なんだい、くず屋さんじゃねえか」

「へえ」

「なんだい？」

「あのう、ちょっとお知らせがあってうかがったんですが、じつは、長屋のらくださんがなくなったんでございます」

「えっ、死んだ？　らくだがかい？　へえー、そうかい。まあ、よく死んだねえ。どうして死んだんだい？　ふぐで？　大丈夫かい？　あいつのこったから、生きかえりゃあしねえかい？　あたまをよくつぶしとかなくっちゃあいけねえぜ」

「ええ、大家さんもそんなことをおっしゃってました」

「そうかい。みんな心配なんだなあ、生きかえりゃあしねえかって……うんうん、大丈夫かい、ほんとに死んだのかい？　そりゃあめでてえ。なにしろありがてえことだ。で、おめえがわざわざ知らせにきてくれたのかい？」

「いいえ、そういうわけじゃあないんですが、いま、あたくしが、らくださんのところへいきますと、兄弟分てえ人がきていて、らくださんの葬式《とむらい》をだしてやりたいとこういいますんで……で、まことにおそれいりますが、四斗樽のあいたのがあったら、一本いただきたいと、こういってるんですが……」

「四斗樽なんかどうするんだ？」

「銭がなくってしょうがないから、早桶がわりにしたいといいますんで……」

「じょうだんいっちゃあいけねえや。だめだ、だめだよ」

「だめですか？」

「だめですかって、おめえだって知ってるじゃねえか。あいつがどんなことをやってたかは……うちの店へきたって、いきなり品物をつかんでだまって持ってっちまう。銭をくれとでもいおうもんなら、ものもいわずにはりたおすんだから、どうにもたまったもんじゃねえ。そのあげくに、早桶がわりに四斗樽をくれなんて、とんでもねえこった」

「そうですか……じゃあ、すこしのあいだ貸してくださるだけでもよろしいんですが……」

「どうするんだい？」

「へえ、あいたら、またおかえしをいたしますから……」

「ふざけちゃいけないよ。そんなものをかえされてどうなるんだ。だめだよ。やれないよ」

「どうしてもだめですか？　そうすると、死人をつれてきて、かんかんのうをおどらせると、こういいますんで……」

「なんだと？　死人にかんかんのうをおどらせるだと？　ふん、おもしれえや。やってもおうじゃねえか。死人がかんかんのうをおどるなんてえなあおもしれえじゃねえか」

「ほんとうにみたいんですか？」

「ああ、みてえじゃねえか」

「そうですか。でもねえ、こうお座敷がふえたんじゃあ、とてもたまらねえ」

「なんだい、そのお座敷てえのは？」

「いま、大家さんとこでやってきたばかりなんで……」

「えっ、じょうだんじゃねえのかい？　ほんとうにやったのかい？」

「ええ、大家さんところへ、お通夜の酒さかなをくれといったところが、ことわられたんで、死人をあたしがしょわせられて、いってきたとこなんです」

「そいつあたいへんだ。どうもしょうがねえなあ……じゃあ、なるたけ古いやつをひとつ持っていきねえ」

「へえ、ありがとうございます。それから、どうせかつぐんでございますから、天びんのわるいのを一本と、荒縄をすこしくださいまし」

「ああいいよ、いいよ。持っといで……」

「へえ、どうもありがとうございます……へえ、いってまいりました」

「おう、ごくろう、ごくろう。どうした、くれたか？」

「ええ、なかなかくれませんから、いよいよ奥の手をだして、かんかんのうでおどかしましたら、むこうでも胆《きも》をつぶしてよこしました。それから、どうせかつぐとおもいましたから、天びんと荒縄ももらってきましたが……」

「そりゃあ気がきいてるな。さすがは江戸っ子だ。この樽へ死骸をおさめて、縄を十文字にかけりゃあほんものだ。しかしまあ、おめえの骨折りのおかげで、家主んとこのばばあが、『まことにさきほどは失礼いたしました』といって、酒さかなを持ってきたから、燗をして飲んでみて、わるい酒ならたたっけえしてやろうかとおもったら、ちょっと口あたりのいい酒だ。たいしてよくもねえが、まあ、このくれえならかんべんしてやらあ。それから、煮しめも、あの通りどんぶりへいっぱい持ってきた。それに、長屋からは、月番だというじじいがきて、『こんな貧乏長屋で、おもうようなこともできませんが……』といって、香奠をとどけてきやがった。おめえの骨折りがすっかりあらわれて、ほとけもさぞよろこぶだろう。これで、おめえも用なしだ」

「ありがとう存じます。そんなら、あたくしは、これでおいとまをいただきます」

「まあ待ちねえってことよ。おめえもこれから商売にかかるんだろう？」

「へえ」

「なんの商売だって、縁起というものがあるじゃねえか。死人をしょったりなんかしたんだから、からだを清めるために、大きなもので、一ぱいやっていきねえ」

「へえ、ありがとうございますが、また、のちほどでなおしまして……」

「でなおすもなにもねえ。このまま、おめえを帰しちゃあ、おれも心持ちがわりいや。気はこころだ。ちょっと一ぱいぐれえいいじゃあねえか。なにもたんと飲めというんじゃあねえ。ぐうっと一ぺえやっていきねえ。縁起だ。清めるんだ」

「へえ、つい酒が好きだもんですから、飲むと商売がおろそかになりますんで……」

「そんなことをいうもんじゃあねえやな。おれだって、おめえをつかいっぱなしで帰すてえなあ、心持ちがわりいじゃねえか。なあ、だから一ぺえだけ、ちょいとやってけよ」

「ええ、でも、きょうは、まだ、まるっきり商売をしてないんですから……なにしろ一日やすみますと、六十八になるおふくろと、十二をかしらに三人の子どもがあるんでございますから、あした、釜のふたがあかないというようなことになるというわけで……どうか、ひとつ、このへんで、ごかんべんを……」

「だからよう、きゅーっと一ぺえ飲んで、からだをきよめて、それから商《あきね》えにいきねえ……そうしろよ」

「いいえ、ほんとうに、もう結構ですから……」

「なんだっ、おめえ、一ぺえぐれえの酒、つきあえねえのか？　え？　どうしても飲めねえのか？」

「へえ……いえ……あなた、怒っちゃあこまります。じゃあ、いただきます。そりゃあ、あたくしは好きでございますから、いただくなあ結構ですが、なにしろ年よりが心配するもんでございますからな……それじゃあ、ひとつ……へえ、どうもお酌をねがってはすみません。おや、こんな大きなもので……」

「まあ、いいからやんねえ」

「へっ、おっとっと……こりゃあどうも……じゃあいただきます……どうもこれはなかなかいい酒でございますな……どうも、ごちそうさまで、へえ、じゃあ、おそれいりますが、そのざるとはかりをいただいて……」

「なんだなあ、おめえ、飲みっぷりがいいじゃねえか。いけるんじゃあねえか。まあいい、もう一ぺえやんねえ。なあ……めしだって、一膳めしというなあねえや。まあ、いそぎなさんな。まだそんなにおそかあねえぜ。一ぺえきりというなあ心持ちがわりいや。もう一ぺえこころよく飲んでいきねえ」

「いえ、もういただいたんでございますから……ほんとうに結構なんでございますから……」

「だって、おめえ、酒はきれえじゃあねえんだろ？」

「へえ、さっきも申しましたように、ほんとうは好きなんで……」

「そんなら飲んでいきねえな」

「へえ、ありがとうございますが……どうも昼間飲んじゃいますと、だらしがなくなっちまいまして、商売へいくのがいやになるというようなことになりますんで、どうか、そのざるとはかりを……」

「なんだなあ、好きなくせに飲まねえなんて……なあ、わりいこたあいわねえから、もう一ぺえ、きゅーっとひっかけて、それでいきねえ」

「いえ、ほんとうに、もう結構でございますから……」

「まだそんなことをいって……一ぺえ飲んだんだから、もう一ぺえ飲めねえこたあねえだろう？　えー、おい、どうしても飲まねえってのかい？　おれの酒はうけられねえってのか、おう、どうなんだ？」

「へえ……どうも……怒っちゃいけませんよ、親方……いただきます。いただきますよ。じゃあ、もう一ぱいで、どうかかんべんしてください。あたくしは、こんな大きなものでいただいたことがないんでございますから……おっとっとっと……うん、いい酒だ……へえ、どうもごちそうさまで、じゃあ、そのざるとはかりを……」

「なんだなあ、こっちが飲もうとおもってるうちに、おめえ、ひとりでがぶがぶ飲んじまって……おい、待ちなってことよ。おれも飲んでるんじゃねえか。酒飲みてえやつは、そうわくわく飲むもんじゃねえやな。せっかくうめえ酒がまずくなってしまわあ。おれだって、ひとりになっちまっちゃあ、おもしろくねえじゃねえか。なあ、そうだろう？　だからさあ、もう一ぺえやんねえ。かけつけ三べえてえことがある。なあ、もう一ぺえだけきゅーっとひっかけていきねえ。あとは、ほんとうにすすめねえから、もう一ぺえだけつきあいねえ」

「ですけどねえ、もう、こんな大きなもので二はいもいただいたんで、ほんとうにだめなんでございますから……」

「だからよう、くどいこたあいわねえから、もう一ぺえだけつきあいねえ。もう一ぺえきゅーっとひっかけて、商《あきね》えにでかけねえな。なあ、そうしろよ。だめか？　おう、飲めねえのか、おう」

「ほんとうにもう、二はいいただいてるんですから……これ以上やっておりますと、あした、釜のふたがあかないということに……」

「おうおう、またしめっぽいことをいう……じゃあ、おめえ、どうしても飲めねえんだな。だめなんだな……ええ、おい、やさしくいってるうちに飲みなよ」

「へえ……怒っちゃいけませんよ、親方、じゃあ、もう一ぱいだけ……へえ、あっ、ああ……おっとっとっと……こりゃあどうも……ほんとうにあたしはねえ、こんなにいただいたことはないんですから……ああ、いい酒だ。どうもすっかりいい心持ちになっちまった。どうも、親方は、すすめじょうずだもんだから、つい酒がすすんじまって……えへへへ……けれども、親方は、どうも失礼ながらえらいおかたですねえ。あたしは、さっきからそうおもってるんだ。ねえ……あるなかで、ひとの世話をするのはだれにでもできるが、なくってするのが、まあ、ほんとうの世話だとおもうんだ。親方なんざあ、まるっきりなくってしてやろうてんですからねえ。なかなかできる仕事じゃない。けれども、人の世話はしたいねえ。あたしゃあ、これで貧乏はしてるけれども、人のことというと、からっきし夢中になっちまうんで……銭もねえくせに、よせばいいのにと、いつでもおふくろに叱言《こごと》をいわれるんだけれども、人のこまるのをどうにもみていられねえんだ。しかし、その世話てえやつが、なかなかできるもんじゃあねえや。それが証拠には、山ほど金があったって、高見の見物で、世話をしねえやつは、まるっきりしねえじゃござんせんか。あははは……おもしれえや、ほんとうに……でもねえ、世のなかに、このほとけさまぐれえひでえ野郎はなかったねえ。ほんとうにふてえ野郎だよ。ちくしょうめ……おう、酒がねえじゃねえか、おい……おう、ついでくれよ。おう、ついでくれってえのに……」

「おめえ、たいへんになんじゃねえか。まあ、これくれえのとこでひとつまあ、めでたくおさめということにしなけりゃあ、なあ、もう、それでいいだろう？　ざるとはかりをわたすから、商《あきね》えにいきねえな」

「じょうだんいっちゃあいけねえ。商えにいこうと、いくめえと、そんなこたあ大きなお世話だ。さあ、ついでくれってんだよ」

「おめえ、飲んでちゃいけねえんだろ？　一日商売をやすむと、うちには、六十八のおふくろと、十二をかしらに、三人の子どもがいるんだろ？　ええ、あした、釜のふたがあかねえことになるといけねえんじゃねえか。まあ、いいかげんに切りあげて、でかけなよ。さあ」

「なんだと？　あした、釜のふたがあかねえだと？　なにいってやんでえ。ふざけたことをぬかすねえ。そうみくびってもらいたくねえや。そりゃあ、おらあ貧乏してるよ。貧乏はしているが、人間てえものは、雨ふり風間《かざま》、病みわずらいてえものがあるんだ。そのたんびに釜のふたがあかねえでどうするんでえ。これで久六といえば、くず屋仲間じゃあ、ちったあ人に知られた男だ。一日や二日やすんだって、おふくろや女房子どもを飢え死にさせるようなまねをする気づけえがあるもんか。ばかにすんねえ。さあ、ついでくれ、ついでくれ！」

「なにもそう怒るこたあねえじゃねえか。おめえが釜のふたがあかなくなるっていったん

じゃねえか。だから、おらあ……」

「なにをいってやんでえ。けちけちすんねえ。てめえの酒じゃあねえじゃあねえか。おれが

死人《しびと》をかついで、かんかんのうをおどらしたから、大家のうちから持ってきたんじゃあねえ

か。釜のふたがあかなくなる？　ふん、なにいってやんでえ。酒がなくなったら、酒屋へい

きゃあ売るほどあるんだ。なんだ？　銭がねえ？　香奠があるじゃねえか。それを持ってっ

て買ってくりゃあ生きぼとけさまはご満足だ。ぐずぐずいうない。このしみったれ野郎。つ

げよ。つげってんだから、ついだらいいじゃあねえか。おう、やさしくいってるうちにつぎ

なよ。おいっ」

「なにもそう怒らなくったっていいじゃねえか。つぐよ、つぐよ。つげばいいんだろ？　な

んでえ、まるであべこべじゃあねえか。おい……つぐけどね、そんなにやっていいのかい？」

「いいもくそもあるもんか。さあ、さっさとつげ。この野郎、なんてどじなんだ、てめえは

……こうなりゃあ、おらあ、もう帰らねえよ。このまんま、はいさようならでそとへでたと

ころが、商売が手につくはずがねえじゃあねえか……うーん、うめえ、酒はいいね……な

あ、こうやって、死骸をここへおいていくなあ心持ちがわりいじゃねえか。ちゃんとおさめ

るものはおさめて、せめて花の一本や線香のひとつぐれえあげて、することだけはしよう

じゃねえか」

「うん、じつは、おれもこんなことはなれねえし、どうやってしまつをつけたらいいんだか

わからねえで弱ってたんだ」

「ちぇっ、だらしのねえ野郎だなあ。これっぱかしのことで、大の男が弱ったもねえもんじゃねえか。おらあ、こんなこたあなれてるんだ。おめえがたのむてえなら、手つだってやってもいいぜ。どうするい？　おい」

「そうか、そいつああありがてえ。おめえに手つだってもらえりゃあ、おらあたすかるんだがなあ、じゃあ、ひとつたのまあ、久六さん」

「あははは、ひとつたのまあ、久六さんときたな。ちくしょうめ。よし、おれがひきうけてやる。その前に、もう一ぺえついでくんねえ。さあ、もう一ぺえ」

「大丈夫かい、そんなに飲んで？」

「酒は飲んでも飲まいでも……よ。さあ、ぐっとついでくれ」

「じゃあ、つぐよ。それ……」

「おー、おっとっとと……うん、いい心持ちだ。じまんじゃねえが、おらあ、こんなこたあなれてるんだ。生ぬるい湯はねえか？　ねえ？　そうだろうな。じゃあ、水でもいいや。湯灌《ゆかん》のかわりにからだをふいてやって……髪の毛もだいぶ伸びてるな。どうせこれで極楽へいける野郎じゃねえ。地獄おちだろうけれども、せめてあたまだけぐりぐりまるめて、ほとけのかたちだけはつけてやろうじゃねえか」

「それがいけねえんだ。なけなしの銭で床屋をたのんだって、安くはやっちゃあくれめえ」

「なにいってやんでえ。床屋なんかたのむこたあるもんか。いいんだよ、おれがやってやるから……おらあ、うちのがきなんざあ、みんな自分でやるんだから、こんなこたあわけないだ。こんちくしょう、おれがぐるぐるっと、ちょっと坊主にしてやらあ」

「だけども、かみそりがあるかなあ、このうちに」

「かみそりが？　このうちに？　あるはずはねえじゃねえか。菜っ切り庖丁だって満足にありゃあしねえんだから……まあ、ここのうちにねえったって、長屋にはあらあ。いいか、こっちがわの二軒目のうちに女が二、三人いる。女のいるところには、かみそりはきっとあるから、そこへいって借りてこい」

「借りてこいったって、長屋のものは、おれの顔を知らねえから……」

「まぬけっ、どじっ!!　だから、らくだのところからまいりましたが、じきにおかえし申しますから、かみそりを一ちょうお貸しなすってくださいといいねえな」

「だけども……こまるなあ、おれのつらあ知らねえから、むこうで貸すか貸さねえか」

「なにいってやんでえ。貸すも貸さねえもあるもんか。じょうだんいうねえ。貸すの貸さねえのとぬかしゃあがったら、死人をつれてきて、かんかんのうをおどらせるってそういえ」

「なんだい、そりゃあ、おれのせりふじゃねえか。ものごと、あべこべになっちまった」

「ぐずぐずいってねえで、はやくいってこい……おらあ、そのあいだにからだをふいてやってるから……」

らくだの兄弟分は、すっかり煙にまかれてかみそりを借りてくると、くず屋は、酔ったいきおいで、相手はどうせ死んでるんだから、いたいもかゆいもないってんで、らんぼうにがりがりがりがり剃《そ》って、どうにかあたまをまるめて、これを四斗樽のなかへ、ふたりでおしこむと、着ていた着物を上へかぶせて荒縄でひっくくってしまいました。さあ、これでひと安心だというので、これからまた、ふたりで、したたかにがぶがぶやって、いざでかけようとしたんですが、さあ、寺がどこだかわかりません。

「こいつあこまったなあ。馬の寺はどこだか聞いてなかったし、おれの寺へもまるっきり無《ぶ》沙汰《さた》をしているから、かつぎこむわけにはいかず、しょうがねえなあ。おい、久六さん、どこかあるめえか」

「そうよなあ、おれんとこでも、まだこっちにきまった寺はねえが、すこし遠方だけれども、落合の火葬場《やきば》に、おれの友だちの安公てえやつがいる。いつかあそびにいった割り前の勘定をおれがたてかえてあるんだ。そいつをまけてやるから、これをひとつないしょで、どうか火屋《ひや》のついでに、どうでもかまわねえ、ぼうっとひとつ焼いてくれろといったら、友だちのことだ。なんとかやってくれるだろう」

「そういきゃあありがてえ。すぐにかついでいってしまやあいいんだが、ただこまるなあ骨《こつ》あげだ」

「骨あげなんて、そんなめんどうなことがいるもんか。どっか田んぼのすみへでもおっぽりこんでくれといやあ、むこうでどうにかしてくれらあ」

「そんなら、なおはなしは早えや」

「そうとことがきまったら、もう酒がねえようだ。長屋からきた香奠で酒を買っちまいねえ」

のんきなやつがあるもんで、ふたりとも、ありったけの銭で酒を買ってきてやったもんですから、すっかり酔ってしまいました。

「よし、そうしよう」

「さあ、でかけよう」

「でかけるのはいいが、久六さん、途中で日が暮れると、ちょうちんがなくってこまるぜ」

「なーに、ちょうちんなんかいるもんか。おれが道案内をよく知ってるから……じゃあ、おれが先棒《さきぼう》だよ。さあ、かつごうぜ。どっこいしょのしょっと……さあ、いくぜ。こうかつぎはじめは、たいしたこたあねえが、ながくかついでると、だんだんとおもくなってくるからなあ。いいか、ほーらほーら、ほーらほーら、どっこいしょのどっこいしょ、あーらよお、あーらよおときやがら……あーこりゃこりゃ」

「おいおい、久六さん、だまってあるきなよ。なんぼなんだって、とむれえに、あーこりゃこりゃてえやつもねえじゃねえか」

「景気がいいじゃねえか」

「とむれえに景気はいらねえや」

「そうでねえよ。なんでも当節は景気をつける世のなかだ。それ、おとむらいだ、おとむらいだ。さあさあ、おとむらいのお通りだい」

「なにもことわらなくったっていいやな」

「ことわらなくっちゃあ、たくあんとまちがわれらあ。とむらいだといわねえと、人が、とむらいだとおもわねえぜ」

「なんだい、往来の人が笑ってらあ」

「なにを笑やあがるんだ。とむらいをたたきつけるぞ！　あははは、おどろいてにげやがった……ああ、そろそろくらくなってきたな。ここを姿見橋《すがたみばし》てんだ。この橋をわたれば高田の馬場、道はわりいが、いわば一本道、まがったり、くねったり、田んぼだとおもえば畑、畑だとおもえば田んぼといやな道だ。そのすこしさきに、また、ちいさい土橋がある。その土橋をわたって、つきあたって、左へいけば新井の薬師、右へいけば火葬場《やきば》だ。いいか、しっかりかついで……そうそう……くらくなったから、せっせとあるくんだ。もうすこしだからな。しかし、せっかくいって、安公がいねえとたいへんだなあ……どうかいてくれればいいが……あっ、いけねえ、穴があった」

「あぶねえなあ、どうかしたか？」

「どうもしねえが、こんなところへ、なんだって穴をあけておきゃあがるんだ。ああ、こりゃあ、水がでたんで、土がながれこんだんだ。どうも肩が、片っぽうばかりじゃあいけねえや。すこしかえてくれ。おめえは、やっぱり左か、おれは右だ。すこしくれえ調子が狂ったっていいや。とにかく片っぽうばかりじゃあまいっちまう。さあ、いいか、ほら、どっこいしょのしょっと……そら、ちっと楽《らく》になった。こうやって、肩をとりかえりゃあ、そんなにおもかあねえんだ……さあ、こっちへまがって、よし、ここでいいんだ……おーい、安公、やーい、安公」

「おう、だれだい？　……なんだ、久さんじゃねえか。めずらしいなあ、どうしたい？」

「なあ、安公、ひとつたのまれてくんねえ」

「なんだい？」

「このあいだの割り前は棒びきにしちまうから、ないしょでひとつ焼いてくれ。なあ、おめえとおれとの仲だ。そこんとこは、うまく火屋のついでにやってくれ」

「なにしろ、まあ、なかへへえってくれ。こっちへきねえ。ほとけは子どもか？」

「いいや、おとなもおとな、大おとなだ」

「どれどれ……あれっ、桶のなかには、なんにもねえじゃあねえか」

「なかになんにもねえ？　そんなはずはねえんだが……どれ、どれ……あれっ、底がぬけちまってらあ」

「あっ、そうだ。さっき、久六さん、おめえが穴へおっこって、ズドンといったときに、橋のところへおっことしてしまったんじゃねえか？」

「うん、そういやあ、あのとき、いやにかるくなったとおもったが、きっと、はずみで底がぬけちまったんだ。こいつあ弱ったな。まあ、はやくいってみよう。まごまごしてると、だれかひろってっちまうといけねえから……」

「だれがひろうやつがあるもんか、あんなもの」

「しょうがねえ。じゃあ、おぶってこようか、ええ？」

「よしなよ、もう……」

「だって、どうせ一ぺんしょったんだから……もともと、おめえがしょわせたんじゃねえか」

「だけどもよう、久六さん、もうおぶうのはよしなよ。あんまり気色《きしょく》のいいもんじゃねえぜ」

「そういわれてみりゃあそうだな。この桶の底がぬけてるから、おぶってこようとおもったんだが、じゃあ、縄で底をひっからげて、なかへおしこんでこよう……さあ、いいか、いくぜ。よいしょ、よいしょと……世話をやかせる野郎じゃねえか。迷子の迷子のらくだやーいときやがらあ……ええと、土橋からこっちへ……おう、たしかこのへんだ。ええと……なんでもこのあたりに穴があいてたんだが……」

あっちこっちさがしていると、この淀橋《よどばし》あたりには、むかし、願人坊主《がんにんぼうず》というものがたくさんおりましたもので……きょうは、御命日《ごめいにち》で、もらいがあったので、したたか飲んで、すっかり酔っぱらって、前後も知らずに橋のそばでぐうぐういい心持ちで寝ておりましたのを、久六もらくだの兄弟分もすっかり酔っておりますから、てっきりらくだの死骸だとおもいこんでしまいました。

「ああ、あった、あった。これだ」

「うん、たしかにこれだ」

「さあ、いいか」

「よし、おれがあたまのほうを持とう。あれっ、すこしあったけえぜ」

「地息《じいき》であったたかくなったんだろう」

「いやにぶくぶくふとったぜ」

「夜露がかかってふくれたんだ」

なにしろのんきなもんで、この大きな坊主を早桶にいれようとしたが、なかなかはいりません。

「からだ半分しかはいらねえな」

「はみだしてもかまわねえ。さあ、いくとしようか。いいか」

「いいよ」

「いやにおもくなりゃあがったが、こんどはすぐそばだからがまんしろよ」

「ああ」

酔ったふたりが、らんぼうにかついでいきますので、樽におしこまれた願人坊主も苦しいから、うんうんうなりながらかつがれてまいります。

「この野郎、死んだくせに、『うん、うん』うなるなよ」

「うん、うん、うん、うん」

「うなるなってえのに……」

「くるしいや」

「ぜいたくいうねえ。もうじき焼けばらくにならあ」

「焼かれるのはいやだ」

「なにをぬかしゃあがんでえ。いやもくそもあるもんか」

「おいおい、久六さん、よせよ。ほとけと喧嘩するなよ」

「喧嘩するわけじゃあねえけど、ぜいたくなことをぬかしゃあがるからよ。こんちくしょうが……」

酔っぱらっていますから、ほとけがしゃべったのを、ふしぎだとも、こわいともおもいません。

「おうおう、ついた、ついた。安さん、安さん、あった、あった。まっくらなところにおっこってやがった」

「こいつあ大きいな」

「夜露でだいぶふくれやがった」

「じゃあ、すぐに焼いてやろう。もう薪《まき》はつんであらあ」

「そいつあありがてえ。うまくやってくれ」

足のほうから火がかかると、もともと死んでいないんですから、願人坊主がおどろきまして……。

「あつい、あつい、あつ、あつ、あつ……」

「やあ、はねおきやがった」

「あつい、あついといったぜ」

「やい、なんだって、こんなところへおれをいれやがった。一体《いってえ》ここはどこだ？」

「ここは、日本一の火屋《ひや》だ」

「ああ、冷酒《ひや》でもいいからもう一ぱい」

【解説】

明治時代に、三代目柳家小さんが、大阪から東京へ移入した噺で、大阪では、「らくだの葬礼」といっていた。

怪奇的ムードのなかに、大家と店子《たなこ》、長屋の者同士の交際という裏長屋の庶民生活を浮き彫りにし、それらを背景にして、飲むほどに、酔うほどに、らくだの兄弟分の男とくず屋の性格とがしだいに逆転していくところをクライマックスとしており、その推移のおもしろさはすばらしいかぎりだが、それだけに、ヴェテランの落語家でなければ手がけられないむずかしい噺であることもたしかだ。

なお、かんかんのう踊りは、唐人《とうじん》踊りなどともいわれ、江戸時代後期に流行したもので、その起こりは、オランダ渡来、中国渡来の両説があって一定しないが、とにかく当時としては異風な踊りであったことはまちがいない。

がまの油《あぶら》

むかしは、縁日へまいりますと、いろんな見世物がでておりました。ろくろっ首なんていうのがございました。

これは、若い娘が、三味線をひきながら唄を唄っておりますと、首が、ずーっとのびて、胴体からはなれてしまいますが、そのまま唄いつづけて、また、首がもとへおさまるというもので、ちょっとふしぎな見世物でございました。ところが、じっさいには、ふしぎでもなんでもなくて、首と胴体とはべつの人間で、首がのびるようにみえるのは、うしろの黒い幕のなかではしごにのぼっていくという、ごくくだらないもので、こんなものを、お金をとってみせていたわけで……。

なかには、化け物屋敷なんてえのがあったもので、はいっていくと、水上に、色青ざめて、水にふくれた死体が浮いていて、それを、一羽のからすが、腹に乗って腸《はらわた》を食べているなんてえのにぶつかります。

これは、からすの羽をぬいて、とべないようにしておいて、人形の腹へ、魚の腸をいれて食べさせたものなのですが、たいへんに気味のわるいものでございました。土左衛門のまわりをぐるりとまわって、せまい道にはいっていくと、むこうで幽霊が手まねきしております。幽霊だけあかるくして、まっ暗な道ですから、みんなが下をむきながら、そろりそろりとあるいていくと、とつぜん上から化け物があたまの上へ手をだす。道をまがると、獄門の首が、口をパクパクうごかしている。そのとなりは、はりつけになった血だらけの男女が、ピクピクと首をうごかしているというように、つぎつぎに客をおどかすしかけになっておりました。そのくせ、看板には、「度胸鍛練《どきょうたんれん》化け物屋敷」なんてんで、お客さまに度胸を鍛練するためだなんて恩きせがましいことが書いてあったのですから、まことにどうも人を食ったもので……。

そうかとおもうと、ずいぶん、人をばかにした見世物もございまして、「さあさあ、六尺の大いたちだよ」というんで、そんなに大きないたちがいるのかとおもってはいってみると、六尺の大きな板に血がついていたり、「目が三つあって、大きな歯が二枚ある化け物だよ」というから、どんな怪物がいるのかとのぞいてみると、下駄がおいてあるだけだったり、「さあさあ、いのちの親だよ。いのちの親だ」というので、どんなものかとおもってはいってみると、どんぶりにめしが山盛りになっていたりという、じつにいんちきなものだったのですから、まことにのんきなものでございました。

また、いろんな物売りが、人をあつめて、あれこれとはなしをしたり、口上をのべたりしておりましたが、なかでの大立物は、なんといっても、がまの油売りだったようで……これは、立師《たてし》といいまして、ああいうなかまでは、かなりはばのきいたもので、がまの干《ひ》からびたのを台の上へ乗せて、わきの箱のなかには、がまの膏薬《こうやく》がはいっております。はまぐりの貝がらがつみあげてあって、横をみると、なつめ（点茶用の茶いれ）があり、刀があるというぐあいで、黒紋つきの着物に、袴《はかま》をはき、白はちまき、白だすきなんていうかっこうで、がまの油売りの口上がはじまります。

「さあさ、お立ちあい、ご用とおいそぎのないかたは、ゆっくりと聞いておいで。遠目《とおめ》山越し笠のうち、ものの文色《あいろ》と理方《りかた》がわからぬ。山寺の鐘は、ごうごうと鳴るといえども、童児来《きた》って鐘に撞木《しゅもく》をあてざれば、鐘が鳴るやら撞木が鳴るやら、とんとその音《ね》いろがわからぬが道理。だがお立ちあい、てまえ持ちいだしたるなつめのなかには、一寸八分の唐子《からこ》ぜんまいの人形。人形の細工人はあまたありといえども、京都にては守随《しゅずい》、大坂おもてにおいては竹田《たけだ》縫之助《ぬいのすけ》、近江《おうみ》の大掾藤原《だいじょうふじわら》の朝臣《あそん》。てまえ持ちいだしたるは、近江のつもり細工。咽喉《のんど》には八枚の歯車をしかけ、背なかには十二枚のこはぜをしかけ、大道へなつめをすえおくときは、天の光と地のしめりをうけ、陰陽合体して、なつめのふたをぱっととる。つかつかすすむが、虎の小ばしり、虎ばしり、すずめの小間《こま》どり、小間がえし、孔雀《くじゃく》、霊鳥の舞い、人形の芸当は十二通りある。だが、しかし、お立ちあい、投げ銭やほうり銭はおことわりだ。てまえ、大道に未熟な渡世《とせい》をいたすといえど、投げ銭やほうり銭はもらわないよ。では、なにを稼業《かぎょう》にいたすかといえば、てまえ持ちいだしたるは、これにある蟇蟬噪四《ひきせんそうし》六《ろく》のがまの油だ。そういうがまは、おれのうちの縁の下や流しの下にもいるというおかたがあるが、それは俗にいうおたまがえる、ひきがえるといって、薬力《やくりき》と効能のたしにはならん。てまえ持ちいだしたるは、四六のがまだ。四六、五六はどこでわかる。前足の指が四本、あと足の指が六本、これを名づけて四六のがま。このがまの棲《す》めるところは、これよりはるーか北にあたる、筑波山のふもとにて、おんばことというつゆ草を食らう。このがまのとれるのは、五月に八月に十月、これを名づけて五八十《ごはっそう》は四六のがまだ、お立ちあい。このがまの油をとるには、四方に鏡を立て、下に金網をしき、そのなかにがまを追いこむ。がまは、おのれのすがたが鏡にうつるのをみておのれとおどろき、たらーり、たらりと油汗をながす。これを下の金網にてすきとり、柳の小枝をもって、三七《さんしち》二十一日のあいだ、とろーり、とろりと煮つめたるがこのがまの油だ。赤いは辰砂《しんしゃ》、椰子《やし》の油、てれめんていかにまんていか、金創《きんそう》には切り傷、効能は、出痔《でじ》、いぼ痔、はしり痔、よこね、がんがさ、そのほか、はれものいっさいに効《き》く。いつもは、一貝《ひとかい》で百文だが、こんにちは、ひろめのため、小貝をそえ、二《ふた》貝で百文だ。まあ、ちょっとお待ち。がまの油の効能はそればかりかというと、まだある。切れ物の切れ味をとめるという。てまえ持ちいだしたるは、鈍刀《どんとう》たりといえど、さきが斬れて、もとが斬れぬ、なかばが斬れぬというのではない。ごらんのとおり、ぬけば玉散る氷の刃《やいば》だ、お立ちあい。お目の前にて白紙を一枚切ってお目にかける。さ、一枚の紙が二枚に切れる。二枚が四枚、四枚が八枚、八枚が十六枚、十六枚が三十二枚。春は三月落花のかたち、比良《ひら》の暮雪《ぼせつ》は雪ふりのかたちだ、お立ちあい。かほどに切れる業物《わざもの》でも、差《さし》うら差おもてへがまの油をぬるときは、白紙一枚容易に切れぬ。このとおり、たたいて切れない、ひいて切れない。ふきとるときはどうかというと、鉄の一寸板もまっ二つ。さわったばかりでこのくらい切れる。だがお立ちあい、こんな傷はなんの造作《ぞうさ》もない。がまの油をひとつつけるときは、痛みが去って血がぴたりととまる……」

　というようなことをいって売っておりました。

　この調子につられて、まわりにあつまった人たちが買ったもんですから、がまの油売りはたいへんにもうかりました。

　これから見世をしまって、景気がいいってんで一ぱいやり、いい心持ちでふらふらやってくると、まだ人通りがあるし、時刻もはやいから、もう一商《ひとあきな》いしようと欲をだしたんですが、なにしろ酔っぱらってますんで、どうもうまくいきません。

「さあ、お立ちあい……ご用とおいそぎのかたは……いや、ご用とおいそぎでないかたは、ゆっくりと聞いておいで。いいかい……遠目山越し笠の……そと……いや、笠のうちだ……ものの文色《あいろ》と理方《りかた》がわからない。山寺の鐘はこうこう……あれっ、口んなかからするめがでてきやがった。どうもするめは歯へはさまっていけねえや……さてお立ちあい、てまえ持ちいだしたるは、するめ……いや、するめではない……えーと……蟇蟬噪《ひきせんそう》一六のがま……一六じゃなかった。そうそう、四六、四六のがまだ。四六、五六はどこでわかる。前足が二本で、あと足が八本だ……」

「なにいってやんでえ。八本ありゃあ、たこじゃあねえか」

「そのたこで一ぱいやって……いや、よけいなことをいいなさんな……このがまの棲めるところは、これからはるーか……東にあたる高尾山《たかおざん》のふもとで……」

「おいおい、いつもは、はるか北で、筑波山てえじゃあねえか」

「あっ、そうだったか。まあ、どっちでもかまわねえ。山にはちがいねえんだから……で、とにかくこれはがまだよ。そこでだ、このがまの油の効能は、金創には切り傷、出痔、いぼ痔、よこね、がんがさ、そのほか、はれものいっさいに効く。ああ、きくんだよ……いつもは、二《ふた》貝で百文だが、こんにちは、ひろめのために一《ひと》貝だよ、お立ちあい」

「それじゃあ、あべこべじゃあねえか」

「まあ、だまってお聞き。がまの油の効能はまだある。切れ物の切れ味をとめるよ。てまえ持ちいだしたるは、鈍刀たりといえども……とにかくよく斬れるよ。お目の前にて白紙を切ってお目にかける……あーあ……」

「あくびなんかしてねえで、さっさとやれ！」

「いや、これは失礼……一枚が二枚になる。二枚が四枚……四枚が五枚……六枚……七枚……なに？　よくわからねえ？　そうだろう、おれにだってわからねえんだ。まあ、とにかくこまかに切れる。なあ、お立ちあい……春は八月、いや、三月、三月は弥生《やよい》で、比良の暮雪は雪ふりのかたちだ……なあ、きれいだろう？　……このくらい切れる業物でも、差うら差おもてへがまの油をひとつけつけるときは、白紙一枚容易に切れない。このとおり、ぱっと切れ味がとまる。さあ、この刀で、腕をこうたたいて切れない。どうだ、おどろいたか？なあ、お立ちあい、ひいて切れ……いや、えへん、えへん……お立ちあい、切れないはずなのに、切れちまったよ。どういうわけだろう？」

「そんなこと知るもんか」

「いや、おどろくことはない。このくらいの傷はなんの造作もない。さ、このとおり、がまの油をひとつけつければ、痛みが去って、血がぴたりと……とまらないな……うん、ひとつけでいけないときは、ふたつけつける。こうつければ、こんどはぴたりと……あれっ、まだとまらないね。切りすぎたかな……こりゃあ弱ったな。かくなる上は、しかたがないから、またつける。まだとまらないな。とまらなければ、いくらでもこうつける。こんどこそ、血がぴたりと……あれあれ、血がとまらないぞ、お立ちあい……」

「どうするんだ？」

「お立ちあいのうちに、血どめはないか？」

【解説】

盛り場で、がまの油売りが口上を述べるというだけの噺だが、この口上は、しろうとが酒席の余興に演じるくらい有名になっている。

元来は、「両国八景」という噺の一部だったが、この噺が口演されなくなっているので、そのあらすじを述べておこう。

むかし、両国橋の西の橋詰は、水茶屋、芝居小屋、寄席などがあったり、大道芸人や大道商人などがでていたりした盛り場だった。ここの居酒屋でくだをまいている酔っぱらいを友だちが連れだし、盛り場を歩きはじめる。焼きつぎ屋がでていて、どんなこわれものでも、これをつかえばくっついてしまう、というところへ酔っぱらいがきて、食べものとまちがえて口にいれるので、口がくっついてはなれなくなったり、のぞきからくり屋にからんだりするというように、盛り場風景をえがくうちにがまの油売りもでてくるのだった。

両国の盛り場風景が遠いむかしばなしになったところで、大正時代の人気者柳家三語楼が、招魂社《しょうこんしゃ》（靖国神社）の大祭になおして「九段八景」の題で演じた。

子別れ

ただいまでは、お葬式と申しますと、たいていは告別式でございますが、江戸時代から明治、大正にかけては、たいてい会葬《かいそう》というやつで……亡くなったかたのお宅へみんなあつまって、その寺まで、みんなぞろぞろとあるいていって、お経がすみ、焼香がすむまでは、みんな寺にいたという、たいへんに手数のかかったものでございました。

そのころは、おとむらいでお寺へいきますと、かならずお菓子をだしましたが、これが高齢でお亡くなりになったとなると、かえってめでたいというんで、こわめしをだしたりしたもので……つまり、赤飯でございますな。そして、土びんには、般若湯《はんにゃとう》といって、お酒がはいっていまして、そばにつまむものなんぞおいてありますから、なかには、酔っぱらったいきおいで、遊廓へおしだすものもでてまいります。

吉原へまわらぬものは施主《せしゅ》ばかり

なんて川柳もありますし、

とむらいが山谷《さんや》ときいて親父行き

なんてのもあります。吉原のそばの山谷あたりに寺がならんでいたので、とむらいくずれがひっかかったのが多いところから、せがれのかわりに親父がいったわけで、まあ、なにしろ、むかしの葬式というものはたいへんだったわけで……。

「おいおい、そこに酔いたおれてるのはだれだい？ ……なんだ、熊さんじゃないか……おい、おい、熊さん、熊さん」

「ええっ、なんだ？ ……熊さん、熊さんて、おれをゆすぶるなあだれだ？」

「だれだじゃないよ。そんなに酔っぱらってうたた寝してると、かぜひくよ」

「なーんだ。伊勢屋のご隠居さんですか……あーあ、すっかり眠っちまって……」

「ずいぶんとおまえさん、酔ってるな」

「えー、なにしろ、あっしは出入りの職人ですからね、寺の台所《でえどころ》ではたらいてたんですがね、のどがかわいたもんだから、茶を飲もうとおもって、土びんがあったから、茶わんにつ いでぐーっと飲むと、これが茶じゃあねえ、般若湯《はんにゃとう》てえやつだ。あっしゃあうれしくなっちまってね、土びんを三つばかりひっくりけえした。そのうちに、お通夜《つや》のつかれもあったんだねえ。ねむくなってきゃあがったから、肘《ひじ》を枕にうとうとしてるうちに寝ちまったんだ。どっかで坊さんのお経が聞こえてるようだったが、あいつあ子守唄みてえで、いい心持ちで寝られるねえ」

「なにをのんきなことをいってるんだよ。さあ、そろそろひきあげなくっちゃあ……」

「ひきあげるって、とむれえははねたのかい？」

「芝居じゃあるまいし、はねたてえのがあるかい……熊さん、おまえさん、きょうは手つだいでなくて、寝にきたようなもんじゃあないか」

「まあ、はやくいやあね」

「おそくいったっておんなじだよ」

「けどねえ、かんがえてみりゃあ、このほとけさまはしあわせだねえ。天気もよくってさ」

「そうそう、ゆうべのようすじゃあ、こんなにからっと晴れるとはおもわなかったがなあ……ふだん心がけのいい人だったせいかなあ」

「まったくだ。ご隠居、おまえさんのとむれえは、きっとどしゃぶりだ」

「なにをいやなことをいうんだよ」

「はっはっはは……酔っぱらいの寝言だから、気にしねえでおくんねえ……しかしなんですかねえ、このほとけさまはよっぽどの年だったんでしょう？」

「ああ、たしか九十三とか四とかいうことだ」

「へーえ、九十三、四……ふーん……すると、耄碌《もうろく》して死ぬのをわすれちまったんかねえ」

「ばかなことをいいなさんな……まあ、それにしても、りっぱな跡とりはあるし、財産はあるし、みんなに好かれてたし、しあわせな人だったなあ」

「こういうほとけは、極楽へいくんでしょうねえ」
「まあ、そうだろうな」
「地獄、極楽てえのは、地の底にあるなんていうけど、どうもおかしいとおもうね。だって
そうじゃありませんか、地獄が地の底にあるんなら、たまには、井戸掘り人足が、閻魔《えんま》の
冠《かんむり》かなんか掘りだしそうなもんじゃありませんか。するてえと、地獄、極楽てえなあどこ
にあるんでしょうねえ」
「それはな、この世にあるんだ。つまり、わかりやすくいえば、人間、たのしいときが極楽
で、くるしいときが地獄というわけさ」
「へーえ、そうですかねえ。すると、これから吉原へでもくりこんで、おつな女の子とい
ちゃつくなんてなあ極楽ですかね？」
「まあ極楽だろうな」
「じゃあ、ひとつ、極楽へでかけようじゃありませんか」
「およしよ。あたしみたいないい年をしたものをつかまえてさ」
「いい年だからすすめるんでさあ。人間わずか五十年てえのに、ご隠居、おまえさんは、た
しか六十八だ。すると、十八年ばかり生きのびちまってるでしょ。いってみりゃあ、元《もと》を
とっちまって、利息で生きてるようなもんだ。いつおむかえがきても後悔しねえように、せ
いぜい極楽でたのしまなくっちゃあ。さあ、いきましょうよっ」
「およしよ。そんなとこへいくのは……熊さん、おまえ、そんなとこへいって、むだな金を

つかうんなら、おかみさんにうまいもんでも食わして、子どもに着物の一枚も買ってやりよ。ねえ、熊さん、悪いことはいわないから、そうしておやり……」

「なにいってやんでえ。大きなお世話だ。人が下手《したて》にでて口をきいてりゃあいい気になりやがって……おれのかかあに、おれがなにを食わせようと、がきになにを着せようと、おれの勝手だい。よけいなことをいうない。おめえがあそびにいくのがいやだてんなら、おれひとりでいかあ」

「およし、およしっ、おいおい、熊さん……」

「うるせえやい。てめえなんか極楽がいやなら、すぐにくたばって地獄へいっちまえ……まあ、あの隠居と喧嘩してきたものの、こうやって吉原へ近くなってくると、いやなことあすれちまって、なんか浮き浮きしてくるからふしぎなもんだ……ほろ酔いで、つめてえ風がほっぺたにあたって、日は暮れてきたし、棟梁から借りた銭はあるし……ああ、いい心持ちになってきやがったなあ……へへへえー」

「おや、ごきげんだねえ、親方、どこへいくの？」

「だれだい？　よう、紙くず屋の長公じゃねえか」

「えへへへ……たいへんなごきげんだねえ」

「ああ、お店《たな》の隠居のとむれえにいって、すっかり酔っぱらっちまった。これから精進《しょうじん》おとしに吉原へくりこもうてんだが、どうだ、おめえ、いかねえか？」

「いきたいねえ」

「うれしいな、ふたつ返事とは……いこうよ」

「そりゃあ、いきたいこたあいきたいんだけどね、あいにくなんだよ、ふところが……」

「なんだと？　あいにくだ？　なまいきなことをいうない。あいにくってえなあ、ふだん銭のあるやつがたまに持ってねえからあいにくなんじゃねえか。おめえのあいにくなんてものは、いまはじまったことじゃあねえや。先祖代々あいにくじゃねえか」

「だけどさあ、ここんところ、ほんとうにふところがさびしいんだよ」

「おめえのふところがさびしいなあわかってるよ。ほんとうにさびしいんだってなあ、こないだもおめえのふところで首くくりがあったっていうじゃねえか」

「おかしなことをいうなよ」

「でも、まるっきり一文なしてえこたあねえんだろ？」

「うん、まあ……」

「そんならいいじゃねえか。たりねえところは、おれがたしてやるよ。いくらあるんだい？一円もあるのかい？」

「そんなにあるもんか……ずっとたりねえんだ」

「ずっとたりねえってえと、六十銭ぐれえか？」

「いいや、そこまでいかねえんだ」

「すると半分の五十銭か？」

「もうちょいとたりねえんだ」

「四十銭か？」

「いいや」

「三十銭か？」

「もうちょいと」

「二十銭か？」

「もうすこし……」

「十五銭か？」

「もうちぃーっと……」

「五銭か？」

「もう一声っ」

「二銭か」

「あたったっ、よくあたったなあ」

「よくあたったてやがらあ。しかし、おどろいたなあ、二銭で女郎買いにいこうてんだから、あっぱれなもんだ。うん、みごとなもんだ。よしっ、その度胸にめんじて、きょうのところは、だしといてやろう」

「ありがたいねえ。そういってくれりゃあ、あたしだって、あしたの朝になったら、たとえ一枚物《いちまいもの》をぬいだってこの金はかえすよ」

「えらいっ、ますます気にいった。その心意気がうれしいじゃねえか。さっそくいこう……

いこうはいいけど、おめえとならんでいくと、どうしても旦那とお供だな」

「どうして？」

「だってそうじゃあねえか。おれは、はんてん、腹がけだけど、おめえは羽織着てるじゃねえか。いい羽織だねえ、おい、旦那」

「よかあないよ」

「いや、てえした羽織だ。肩から袖にかけて別染めとはおそれいった。ぼかし染めかねえ」

「ここんとこは、色がはげちゃったんだよ」

「そうかい。おりゃあ、また特別に染めさせたんかとおもった……やっ、こりゃあ、また、ぜいたくな足袋《たび》をはいてるじゃねえか」

「べつに、そんなことはないよ」

「いいや、ちょっとみられねえ足袋だ。紺足袋は儀式にあらず、白足袋はよごれっぽいってんで、ねずみの足袋とは、いやあ、おそれいった。てえしたもんだ」

「へんなとこで感心するなよ。こりゃあ、白足袋がよごれたんじゃあないか」

「あっ、そうかい。おらあ、また別あつらえの足袋かとおもったよ。それにまた、その下駄てえものがふしぎなもんだね。はいてるのかはいてねえのかわからねえってなあ、いったいどういうもんだい？　まるで、地べたに鼻緒をすげてあるいてるようじゃねえか。駒下駄てえなああるけど、おまえのは、こまびただねえ」

「口がわるいねえ、どうも……」

「まあ、とにかくいこうじゃねえか。世のなかにゃあ、酔狂《すいきょう》な女がいるから、おめえだってもてねえかぎりはねえぜ。なあ、紙くず屋、だから、まあ、心丈夫《こころじょうぶ》で、なあ、紙くず屋」

「おれ、いくの、よすよ」

「どうして？」

「だって、むこうへいって、そうむやみに紙くず屋、紙くず屋なんていわれたんじゃあ色っぽくねえや」

「うふっ、色っぽくねえったって、ずうずうしいことをいうない。おめえなんか、どうやったって色っぽくなるはずはねえじゃあねえか。そうだろう、紙くず屋」

「だって、そうむやみに紙くず屋だから、紙くず屋といわれちゃあどうも……」

「だって、紙くず屋だから、紙くず屋というんだろ。なにも紙くず屋じゃあねえものを紙くず屋といったわけじゃあるめえ。そうだろ、紙くず屋」

「だから、よすってんだよ」

「心配《しんぺえ》すんねえ。むこうへいきゃあ、いやあしねえよ。さあ、いこう、いこう……〽惚れてえ、通えば……なんてなあ……」

「あっ、あぶないよ、親方、あぶない、あぶないっ、どぶへおちるよ、親方っ」

「あっ、この野郎、とんでもねえことをしてくれた。人の背なかをひっぱたいて……」

「だって、お歯黒どぶへおちるとおもったからさ」

「そんなことをいってるんじゃあねえ。おらあ、とむれえのこわめしを背なかにしょってきたんだ。それを、おめえがうしろからどやしあがったから、がんもどきのつゆがみんなでちゃって、腰から下はつゆだらけ……このまんま焼き場へいきゃあ、おらあ照り焼きになっちまうよ」

「そりゃあ、わるかったねえ」

「まあ、しかたがねえや。むこうへいって、湯へでもへえって、からだあ清めよう……おうおう、長公、いよいよきたぜ。大門《おおもん》だ。いつきてもいいなあ」

「うん、りっぱなもんだねえ」

「ああ、りっぱだなあ、この門は、みんな鉄だぜ。これをつぶして、おめえ、いくらで買う？」

「よしとくれよ。また、そんなことをいって……」

「あははは……かんべんしなよ。おめえのつらあみたら、つい聞いてみたくなっちまって……さあ、こっちへまがろうじゃあねえか。そっちへいくなよ。おれといっしょにこいってえのに、なあ、おい、紙……かみちゃん」

「なんだい、かみちゃんなんておかしいよ」

「えー、いらっしゃい、いらっしゃい。へへへへ……ねえ、ちょいと、いかがですか、ねえ、ちょいといかがです。ええ、おふたりさんっ」

「なんだっ」

「へへへへへ、だいぶごきげんでいらっしゃいますが……」

「なにをっ、ごきげんで飲んだか、くやしくって飲んだか、てめえにわかるのか？」

「いや、こりゃあどうも……へへへへ……おそれいりまして……いかがでしょう？　ごく安《あん》直《ちょく》なところで……お安く……」

「なんだと？　お安くだと？　なめたことをいうねえ。ふところには、がばりと持ってるんだぞ。むかし、紀伊国屋《きのくにや》文左衛門《ぶんざえもん》が大門をしめたてえが、おれもしめてえじゃねえか。もっとも、大門がしめられなけりゃあ、うちへ帰って露地《ろじ》でもしめるけど……それに、銭持ってるのは、おれだけじゃあねえんだぞ。こちらの旦那も持ってるんだ。大枚《たいまい》二銭……いや……二千両にはちょいとたりねえけど、とにかく持ってるんだ」

「えへへへ、ぜひおあそびを……」

「ああ……おれはうんと持ってるんだからなあ。もっとも、いくら持ってたってあやしい金じゃねえぞ。おれは堅気《かたぎ》の職人で、神田竪大工町《たてでえくちょう》の大工《でえく》の熊五郎ってんだ。なあ、よくおぼえといてくれ。それから、ここにいるのは、おなじ町内《ちょうねえ》の、紙……紙……そうそう紙屋の旦那だ。なあ、そうだな……あははは……この野郎、紙屋の旦那っていったらよろこんでやがる。ばかだなあ、こいつあ。なあ、若え衆、紙屋も紙屋、紙問屋だよ。いろんな紙をあつかってるんだ。おもにくずを……これすなわち紙くず屋」

「およしよ、およしってえのに……だからいやだといったんだ」

「いいじゃねえか。紙くず屋だって……なあ、若え衆、この人なんざあ、きのうきょうの紙くず屋たあわけがちがうんだ。先祖代々由緒《ゆいしょ》正しい紙くず屋……」

「およしよ、そんなことをいっちゃあいやだよ」

「えへへへ……おあがりくださいまし。ごきげんのおよろしいところで……」

「ああ、酔ってるよ。おれ、隠居のとむれえで酔っぱらってるんだ。どうだ、とむれえ帰りで縁起がわりいか？」

「いいえ、どういたしまして……はかゆきがすると申しまして、たいへんに結構で……えへへへ」

「うふふ、うめえことをいうなあ、このあんにゃもんにゃめっ、はかゆきがするか……あははは……よし、気にいった。あがってやろう」

「へえ、ありがとうございます」

「よし、あがるぞ……そうだ。おめえにいいものをやるよ。おれの背なかにいいものがあるんだからな、それっ」

「おやっ、こりゃあ、お赤飯ですな。てまえ、大好物で……どうもありがとう存じます」

「そうか。そいつあよかった。しかし、食いつけねえものを食って、むやみにほえついたりするなよ」

「せっかくいただいてなんでございますが、がんもどきのつゆがすくないようで……」

「ああ、それはちょいとわけありでな……これをおれが背なかにしょってたら、この野郎がどやしたんだ。それで、つゆがみんなでちまってな。おれの腹巻きとふんどしにぐっしょりしみこんじまった。おめえ、つゆがほしいなら、これをしぼってやろうか？」

「じょうだんいっちゃあいけません」

そのあくる朝、熊さんが帰ろうとすると、女にとめられて、ついつい居つづけということになりまして、四日もたって帰ると、どうもまっすぐに家にはいりにくいところから、どっかの酒屋でまたひっかけて、そのいきおいを借りて家へ帰ってまいりました。

「おう奥方、お殿さま、ただいま御帰館でいらっしゃるよ」

「まあ、どうしたんだい？　ずいぶん酔ってるねえ。おまえさん、どこをのたくってあるいていたんだよ」

「へびじゃあねえやい。なんでえ、そののたくってあるいてたてえなあ」

「よくまあ、うちをわすれなかったねえ」

「ああ、角々《かどかど》のにおいをかぎながら、ようやく帰ってきた」

「それじゃあ、犬だよ……ばかばかしい。ちょいとおまえさん、きょうで四日になるじゃないか。どこへいってたんだい？」

「どこへといったって、お店《たな》のご隠居のとむれえにいったんじゃあねえか」

「そりゃあわかってるさ。けど、とむらいってのは、三日も四日もかかるわけがなかろう」

「それがな、だんだんにとむれえがのびちまって……」

「ばかにおしでないよ。おまえさん、おとむらいにいくのに、なんだって棟梁のうちへいってお金を借りていったんだい？」

「あれっ、なんでもよく知ってやがるなあ」

「なにもおとむらいにいくのに、まとまったお金を持っていくことはないじゃないか」

「そりゃあ、おめえは女だから、そうおもうのも無理はねえが、男は敷居をまたぎゃあ、七人の仇《かたき》があるというじゃあねえか。いつ、どんな仇にあうかわかんねえから、そのときの用意のために金を借りていったんだあな」

「それで、その仇にめぐりあったのかい？」

「ああ、あっちまったねえ」

「だれにあったんだい？」

「まあ、おめえ、そうこわい眼つきをしなくってもいいじゃねえか。水を一ぺえくんねえ、水をよ。のどがかわいてしょうがねえ……うーん、うめえ……まあ、これからゆっくりはなしをするがね……なにしろ、お店のご隠居てえものは、九十三とか四とかでめでたくなったんだよ。人間、それまで生きりゃあ結構だなあ」

「そんなことは聞かなくったって知ってるよ」

「まあ、だまって聞きなよ。これからゆっくりはなしをするんだから……なにしろおとむらいはりっぱだったぜ。花なんぞ、どのくれえあったか知れやしねえくれえだ。あれだけの大《おお》店《だな》となると、つきあいが広《ひれ》えからなあ。出入りの職人もたくさん台所をはたらいていたぜ。で、おれもはたらいていたんだが、のどがかわいたもんだから、茶を一ぺえ飲もうとおもって、土びんから茶わんについで、ぐーっとやってみると、これが般若湯よ。もともと好きなもんだから、おれもうれしくなっちまって、土びんを三べえばかりあけちまった。おかげですっかりいい心持ちになって寝こんじまった。伊勢屋の隠居におこされて、おもてへでると、酔っぱらってるところを風にふかれていい心持ちよ。ぶらぶらと土手へかかってくると、うしろから、『親方、どこへいくの?』って声をかけるやつがいるんだ。ふりむいてみると、これが紙くず屋の長公さ。『親方、おとむらいですかい?』『うん、いま帰りなんだ』『どうです? おたがいにあのほとけさまにはご厄介になったんですから、これからお通夜にいこうじゃありませんか』てえから、『よかろう、通夜にいこう』てんで、それから通夜にいったんだ」

「ばかばかしいことをおいいでないよ。お通夜てえものは、おとむらいをだす前にするもんじゃあないか。おとむらいのあとでお通夜てえのがあるかい?」

「それがよ、とむれえはだしちまったけれども、これから焼き場へほとけさまを持っていくんだ。ほとけさまは、あんななかへいれられて、錠《じょう》をぴーんとおろされてよ、合鍵《あいかぎ》を持っていかれちまったんじゃあ、もうでることもひくこともできねえ。さだめしさびしかろうから、それで、お通夜をしてやろうてんだ。よかろう、じゃあでかけようってんで、焼き場へいくと、『いらっしゃいまし。おあがんなさるよ』と、こうにぎやかな声をかけてくれやあがった。上草履《うわぞうり》をつっかけて、幅の広いはしごをトントントンとあがっていくと、『さあ、どうぞこちらへ』てんで、そこへ坐っていると、さかなだの、酒がでてくるから、長公を相手にちびりちびりやっていると、赤い着物を着た島田のねえさんがそこへでてきたから、おやおや、こいつあ変だとおもってね……」

「な、なにをいってるんだい、ばかばかしい。聞いて知ってるよ。紙くず屋の長さんをつれて、おまえさん、お女郎買いにいったんだろう？」

「うん、じつはそうなんだ」

「まあ、お酒の上でいったものはしかたがないが、なぜあくる朝帰ってこないんだい？　紙くず屋の長さんは、ひとりでさきに帰ってきているじゃあないかね」

「さあ、それがね、おれもその、なにしろ酔っぱらっていたし、朝になって目をさまして、つれはどうしたと聞くと、『おつれさまは、さきほどお帰りになりました』っていやあがらあ。長公もしみったれた野郎じゃねえか。ぐずぐずしていると、また一日商売をやすまなけりゃならねえとおもって、さきにずらかりゃあがったんだ。なにしろ、おれは、前の日に、酒をうんと飲んでるもんだから、胸がじりじりしてしょうがねえ。あつい塩茶かなにか飲みてえような気がするんだ。敵娼《あいかた》から楊子《ようじ》をもらって、こいつを口にくわえて、顔《つら》をあらおうとおもって階段をトントントンとおりていこうとした。すると、下で、おれを見上げている女があるんだ。『棟梁じゃあないか』『だれでえ、おれのことを棟梁てえのは？　職人は、みんなおだててよべば棟梁てえんだ。名をよんでくれ』というと、『あたしだよ。わすれたのかい？』っていうから、よく顔をみるとな、おうおっかあ、おこっちゃあいけねえよ。おめえにもかなり苦労をかけたな、それ、品川にいたな、おたねのあまよ。ははは、住みけえしてきやあがったんだ。『熊さん、あれっきりこないのはひどいじゃないか。手紙をあげても返事もくれず、あたしは、ながれながれて、ここのうちへきていたんだが、おまえさん、ゆうべは、ここのうちで、だれを買ったい？』『さあ、だれを買ったんだか、酔っぱらっていて、ちっともわからねえ。名前も知りゃあしねえや』『さあ、これから、あたしを買うかい？』『ああ、買うとも、盛大に買わあ』『きょうはながして（遊廓であそびつづけて帰らないこと）おいでな』『ああ、ながすとも……』てんで、それから、前の晩に買った女のほうへは、ちゃんとはなしをつけて、居つづけときちまったんだ」

「で、なぜその晩に帰らなかったんだい？」

「帰ろうとおもったんだけれど、目がさめると、なんだかこう腹がすいてやがるんだ。そこで酒をつけて、ちょいとつまみものかなんかしてるうちに、また酔っぱらって泊まっちまった。あくる朝、帰ろうとすると、『後生だから、助けるとおもって、もう一日いておくれでないか』っていわあ。女の子にそういわれてみりゃあ、助けてやりたくもなるじゃあねえか。しかたがねえから、そのあくる朝になるまで居つづけよ。ふふふ、けさになるとね、紙入れのちくしょうが、『親方、帰ろうじゃあねえか』と、こういやあがる。紙入れが帰ろうってところをみると、もう脈はねえなとおもったから、それで、まあ、帰ってきたんだ。あはは、いや、なんともすまねえ」

「あきれたねえ、まあ、この人は……そりゃあ、おまえさんはね、お酒を飲んであることうと、女郎屋へ三日、四日泊まろうと、おもしろいおもいをしなさるんだから、そりゃあいいだろうさ。けどね、うちのこともかんがえてみておくれよ。うちにはね、米を食う虫がふたりいるんだよ。台所のようすをごらんな。お米はきれる。薪はきれる。炭はきれる。かつおぶしはきれる。醤油はきれる。砂糖はきれる」

「おそろしくきれるものばかりだなあ。なにか切れねえものはねえのかい？」

「菜っ切り庖丁が切れないよ」

「そんなものは切れるほうがいいや。まあ、しかたがねえやな、できちまったことだ。ははははは」

「あきれた人だねえ。それで、おまえさん、なにかい、このおもちゃのはしごなんぞ、どういうわけで買ってきたんだい？」

「ああ、それか。そりゃあなあ、いくらおれだって、自分がわりいことをしちまってめんぼくねえ。てめえのうちでもきまりがわりいや。なんとなく敷居が高かろうじゃねえか。敷居が高くっちゃあがることができねえから、それで、おもちゃのはしごを買ってきたんだ」

「ばかばかしいやね、ほんとうに……あきれた人だねえ。ひとりものならともあれ、女房子どもがあるってえのに、お酒に飲まれて、女郎買いばかりそうやってしていなさるのじゃあ、あたしゃあ末が案じられてならないよ。どんなにおまえさんがかせいだところで、棟梁にふだんから前借りがあるから、それをさしひかれちまって、いつだって、うちは火の車じゃあないか。いつになったらやむか、やむかとおもっていたって、とてもおまえさんはやみそうもありゃあしない。あたしは、おまえさんのうちへ嫁にきてからというものは、着物一枚こしらえてもらったことがあるかい？　まあ、それはいいさ、自分はどんな服装《なり》をしてもかまわないから、子どもにだけは、なんとかしてぼろはさげさせたくない、世間さまから笑われないようにしたいと、あたしがこれほど苦労をしているのに、おまえさんはなんだい、お酒を飲んでは、あそびにばかりいっていなさる。もう子どもだっていくつになるとおもってるんだい？　子どものことをかんがえれば、すこしはあそびもやんでくれるかとおもっていたけど、おまえさんは、どうしてもやみはしない。あたしは、こんどというこんどは、もうつくづくとかんがえた。ひとつでも年齢《とし》の若いうちに、なんとか身のふりかたをつけたい。あたしにひまをおくれ。離縁をしておくれよ」

「こりゃあおどろいたなあ。たいそうなおかんむりだなあ。だって、おめえ、しかたがねえじゃあねえか。もうやっちまったことだからよ」

「しかたがないといってしまやあ、それでおしまいだがね。それも、おまえさんが、年に一度か二度とかいうんなら、お酒の上といってもすむけれど、おまえさんのは、のべつじゃあないか。あたしは、末が案じられるからひまをおくれ。離縁状を書いておくれよ」

「よわったなあどうも……そうこわい顔をしたってしようがねえよ。だからいいやな、これから、おれはきっと辛抱するからよ」

「いつでもきまってらあね。これから辛抱をする、辛抱をするといったって、一日か二日はかせぎだしたかとおもうと、いつだって三日坊主なんだから……一つことを始終くりかえしているようなもんだよ。だから、ひまをおくれよ。離縁状を書いておくれてえんだよ」

「やかましいやいっ。なにをぬかしゃあがるんでえ。なんだと、ひまをくれ？　やるとも、なにいってやんでえ……こっちはな、三日でも四日でもうちをあけて、わりいことをした、すまねえとおもうから、下手《したで》にでてるんだ。こうなりゃあ、いってやらあ、なにいってやんでえ、男のはたらきだ。亭主関白の位《くらい》というくらいのもんだ……いいか、わからなけりゃあいってきかせてやらあ、いいか。てめえが、さっきから、ひまをくれ、離縁をしてくれといっても、下手にでているのは、おれがわるいと知ってるからじゃあねえか。いいか、てめえが、ちいせえ声で、ひまをくれ、離縁をしてくれといってる分にゃあかまわねえや。声高《こわだか》になって、そんなことをどなられちゃあ、世間にも聞こえるし、おれのつらにもかかわらあ。てめえのいう通り、ひまをやるからでていけ。とんだ心得《こころえ》ちげえのあまだ。これ、おれのほうで、てめえにむかって、でていけ、ひまをやるから、おんでていってくれろといっても、じょうだんいっちゃあいけない、あたしは、ここのうちへ嫁にきたからには、早桶へはいらなきゃあでていかないつもりできたんだ。あたしに、わるいところがあったら、いってください。これからさきは、気をつけましょう。あやまるからというのが女じゃあねえか。それが、なんでえ、かかあの口から亭主にむかってひまをくれたあ……なんてだいそれたことをぬかしゃあがるんだ。亭主がなにをしようと大きなお世話だ。亭主は、仕事がすんで、寝酒の一ぱいもうまく飲もうとおもって帰ってくりゃあ、かかあが、つまらねえつらつきをしたり、変な処置ふりをすりゃあ、亭主は、おもしろくねえから、そとへいって酒を飲む。酒を飲みゃあ、気がかわって、女郎買《け》えにいっちまうんだ。もとはといやあ、てめえがわりいんだ。さあ、でていけ、でていけ」

「あーあ、でていくとも……でていくからにゃあ、離縁状を書いとくれ」

「離縁状？　……そんなめんどうくせえもなあいらねえや。台所のすみへいくと貧乏徳利があるから、そいつを持っていけ」

「貧乏徳利が離縁状になるかい」

「ならあな。とっくりとかんがえてごらんなさい。これがいっしょうのわかれでございます。さかさにふってもおっともない」

「なにをくだらないことをいってんだよ。あきれた人だねえ。まあ、おまえさんに魔がさしてるんだから、あたしゃでていくけど、おまえさん、あとでゆっくりかんがえたらいいだろう」

「わかった。わかった。なんでもいいから、でていってくれっ、ふざけやがってっ……こっちゃあ、うらのどぶじゃあねえが、あとはうんとつけえてるんだ」

「それじゃあでていきますがね、男の子は男につくもんだっていうが、末のことが案じられるから、亀坊は、あたしがつれていきますよ」

「いいとも、結構だ。そんな厄介ものはつれてってくれ」

「さあ亀や、おっかさんといっしょにここのうちをでていくんだよ」

「よしねえ、よしねえ、おっかあ、ここのうちにいておくれよ。おとっつあん、そんなことをいわねえで、おっかさんにあやまっちまいなよ」

「なにをいやあがるんでえ。てめえなんぞは、おっかあにくっついていっちまえ」

「なにいってんだい。いつも酔っぱらうとそんなことばかりいって……おっかあとおれだから、いばってるんだろ。大家のおじさんがくりゃあ、いつでも戸棚へかくれてるくせに……」

「なにいってやんでえ。よけいなことをいってねえで、いっしょにいっちまえ」

「さあ、亀や、これだけ背丈《せたけ》をのばしてもらったおとっつあんだ。ひとこと礼をいってきな」

「なんというんだい？」

「長々《ながなが》お世話さまになりました。いずれご恩がえしはいたしますと、こういいな」

「長々亭主にわずらわれまして、難渋《なんじゅう》をいたします……」

「なにをいやあがるんだ。縁起でもねえことをいやあがる。はやくいっちまえ」

「じゃあ、おまえさん、あたしはいきますがね、あの、ぬかみそに大根がついているがね、流し元のほうへよっているのはまだだけど、へっついのほうへよってついてるのは、ありゃあ、晩には、ちょうどつきかげんだから……」

「なにをいやあがるんだ。そんなこたあ大きなお世話だい。はやくでていってくれ」

「さあ、亀や、おいで……」

　おかみさんは、子どもの手をひいてでていこうとしますと、とびこんできたのが、となりに住む半公という男で……。

「まあまあ、おかみさん、お待ち、お待ち。聞いたよ、聞いたよ。どうもしょうがねえな、あいかわらず飲んだくれで……亀坊、泣くんじゃあねえよ。まあまあ、おかみさん、世間には人がいるんだ。わるいようにはしねえから、まあまあ、おれにまかしておきなよ。包みなんぞかかえて、じょうだんじゃねえ。おれのうちへいっておくれ。かわいそうにな、亀坊、泣くんじゃあねえぞ……おう、おきみや、おみっつあんをうちにいれて、亀坊にせんべえでもやんな。どうにかはなしをつけてやるから……おい、熊っ！　寝ちまっちゃあいけねえ。すこしはなしがあるんだ」

「おう、だれでえ……なんだ、半公じゃあねえか」

「おいおい、おめえ、じょうだんじゃあねえやな。たいがいにしなよ。あんまりばかばかしいにもほどがあるぜ。女房、子があるものが、女郎買《け》えにいって、三日も四日も帰ってこねえで、そのあげくに酔っぱらって帰ってきて、かかあにでていけ、子どももいっしょにくっついていけたあなんてえこった。みんなおめえがわりいんだぜ。それに、あんないいかみさんを離縁するなんて、とんでもねえはなしだぜ。おめえんとこのかみさんなんてえものは、じつにたいそうなもんじゃあねえか。おめえにゃあ過《す》ぎもんだぜ。針仕事はできるし、読み書きはできるし、人づきあいがよくって、あまりむだ口はきかず、それでいて亭主と世帯をだいじにして、子どもをかわいがる。あんないいかみさんなんてえものは、この長屋じゅうさがしたってありゃあしねえぜ。そのかみさんを離縁しようなんて、おめえ、かみさんの罰《ばち》があたるぜ。たいがいにしておきねえよ」

「てめえは、ここになにしにきやあがったんだ？」

「夫婦喧嘩の仲裁《ちゅうさい》よ」

「なんだと、夫婦喧嘩の仲裁だ？　ふん、てめえのことを、世間でなんといってるか知ってるか？　へコ半といってるぜ」

「どういうわけで？」

「くだらねえことをいって、人にへこまされるから、それで、へコ半てえんだ……ふん、夫婦喧嘩の仲裁でもするんなら、するような口をきいてこい。ばかっ、亭主の前へきてよ、てめえんとこのかかあはええれえもんだ。貞女だ。りっぱな女だ。てめえには過ぎもんだ。罰があたるといわれて、このおれが、『ああ、さようでござんしたか、いかにもわたしがわるうございました。どうぞかみさんにあやまって、もとの鞘《さや》におさめておくんなさい』といわれるか……夫婦喧嘩の仲裁でもするんなら、するような口をきけ。いいか、教えてやろうか。よく聞けよ。『熊さん、おたのみがあってきた。いま、おれがおもてから帰ってくると、おめえんとこのおかみさんが、包みをしょって、子どもの手をひいてでてきたから、どうしたんだと聞いたら、じつは、わたしのりょうけんちがいで、うちの人にひまをだされたが、いまさら後悔している。なんとかわびをしてくれないか、とたのまれてきたんだが、おかみさんのわるいところは、おれからも叱言《こごと》をいおう。これからはあらためさせるから、おれのようなもんでも、男が手をついてあやまるんだ。おれの顔を立てて、もとの鞘におさめてくれないか』とたのまれりゃあ、かかあにはともかくも、てめえのつらあ立てて、いっぺんはおさめてやらあ。それをなんでえ。おれを悪者あつかいにして、かかあのことばかりほめやがる。てめえ、うちのかかあとあやしいぞ」

「とんでもねえことをいやあがる。なにをいってやがる。こんちくしょうめ！」

「てめえもでていけっ、まごまごしてると、はったおすぞ！」

「なにを！」

とふたりが立ちあがろうとするところへ、長屋の連中がはいってとめましたが、おかみさんは、しかたがなく、子どもの手をとって、このうちをでました。

熊五郎は、ああ、とんだ厄介ばらいをしたと、それから、吉原の年明《ねんあ》けの女郎をうちへつれてまいりましたが、「手にとるな、やはり野におけ、れんげ草」で、ああいうところにいるからぼろがみえないようなものの、さて、堅気のうちへひっぱってくると、どうもいけません。ほころびひとつ縫えず、朝寝が大好きで、亭主といっしょに大酒を飲む、長屋の鉄棒《かなぼう》をひく（隣近所の噂をし歩く）というわけで、どうも手がつけられません。

「おたねや、起きねえよ」

「ねむいよ」

「ねむいったって、おめえ、おてんとうさまは、ずいぶん高くなっていらあ。起きてくんなよ」

「もうすこし寝かしておいておくれよ」

「じょうだんじゃあねえやな。おらあ、仕事にいくんじゃあねえか。はやくしなきゃあ間にあわねえやな」

「仕事にいきたきゃあ、はやくおいでな」

「めしを食わずにいけねえじゃあねえか。起きて、めしを炊《た》いてくんなよ」

「いやだよ。おまんまなんぞ炊くのは……おまんまを炊くくらいなら、おまえさんのところへきやあしないやね。橋場《はしば》の善さんのとこへいっちまわあね」

「ちぇっ、そんなことをいわずに、起きねえよ」

「いやだよ。もうすこし寝てね、それから起きて顔でもあらったら、おひる近くなるから、そうしたら、天どんでもとって食べるのさ」

どうにも手がつけられません。熊さんもあきれかえっているうちに、女のほうで、いつか、男をこしらえて、でていってしまいました。そこで、熊さんもつくづくと目がさめて、

「ああ、おれがわるかった。酒のために、とうとうあんな女までひっぱってきて、罪科《つみとが》もねえ女房や子どもをたたきだしちまった。これというのも酒がもとだから……」と、それから三年のあいだ、酒を断《た》って、いっしょうけんめいに仕事にはげむようになりました。

酒を飲んでいるうちは、人の信用もありませんでしたが、酒をやめて、実直にやってみると、もともと腕のいい職人ですから、だんだんと人からももちいられるようになってまいりました。


「棟梁、うちかい？」

「どなたで？　……おや、お店《たな》の番頭さんですかい」

「あのね、棟梁、かねてはなしをしておいた通り、これから、木場《きば》へいってもらいたいんだ

が、どうだろう？」

「へえ、承知いたしました。じつは、お約束がしてありましたから、もう番頭さんがおいでなさる時分かとおもって、待っていましたところで……」

「ああ、そうかい。それじゃあ、ごくろうだが、いっしょにいってもらいましょう」

「はい、よろしゅうございます。番頭さん、ちょっと待っておくんなさいまし。戸じまりをしていきますから……もし、おむこうのおばさん、ちょいと木場へいってきますから、どうか留守をおたのみ申します。それから、あとで水屋がきたら、この水がめへ一荷《いっか》いれといてもらっておくんなさい。お銭《あし》は、かめのふたの上に乗ってますから……じゃあ、番頭さん、お供《とも》をいたしましょう」

「なんだなあ、熊さん、男のひとり世帯じゃあ、さだめし骨が折れるだろうなあ」

「へえ、どうも弱っちまいます。ちょいと近所へでかければって、むかいだとか、となりだとかへ留守をたのまなきゃあなりません。そんなことはともかくとして、洗濯ものだ、なんだかんだとあって、男世帯てえやつは、どうもうまくいかねえもんで、女やもめに花が咲き、男やもめにうじがわくとは、うめえたとえでございますねえ」

「それというのも、おまえさんが、お酒でしくじったからだ。で、なにかい、熊さん、たまには、おかみさんのことをおもいだすこともあるかい？」

「そりゃあ、かかあのことなんぞはおもいだしゃあしませんが、おもいだすのはが、きのことでございます」

「そうだろうねえ。ましてや男の子だったね。ことしはいくつになるかね？」

「へえ、十歳《とお》になります」

「ああそうかい。かわいいさかりだね」

「でございますからね、おもてをあるいていましても、おなじ年ごろの子どもをみると、すぐにあいつのことをおもいだしますんで……このあいだも、まんじゅう屋の前を通りますと、まんじゅうから煙がでていましたから、ああ、うちの野郎は、まんじゅうが好きだったな、このまんじゅうを買っていってやったら、さだめしよろこびやあがるだろうとおもってね、おもわず涙をこぼしますと、まんじゅう屋の小僧がみていやあがって、『やあ、あの人は、まんじゅうをみて泣いていらあ、きっと清正公《せいしょうこう》さまの申し子だろう』なんて、とんだ大笑いでございました」

「ああそうかい……ちょいと、熊さん、むこうをごらん。あすこに、子どもが、二、三人あそんでいるが、それ、あのこっちをむいてるのは、おまえんとこの子じゃあないかい？」

「えっ、どこに？　……あっ、亀坊です。そうです……亀公だ。へーえ、えへへへっ、うごいてます」

「うごいてるのは、あたりまえだよ……親方、ちょいと会っておやりよ。あたしはね、ひと足さきへいって待っているから……」

「へえ、さようでござんすか。じゃあ、番頭さん、すいませんが、ひと足おさきへねがいます……やいやい、亀っ、亀公やいっ」

「やあ、だれだとおもったら、おめえ、おとっつあんだな」

「亀、どうした？　たいそう大きくなったなあ」

「おとっつあん、おまえもたいへん大きくなったねえ」

「ばかにするねえ。おとなが大きくなるもんか……しかし、よく、おれが、すぐにわかった
なあ、おい、亀公……」

「わかるさ……わかるさ……う、うわーん……」

「おいおい、泣かなくてもいいんだよ。なあ、おい、泣くんじゃあねえ。泣くんじゃあねえ
やな。で、うちはどこだい？」

「あすこの八百屋と豆腐屋のうら……はいってって、つきあたってね、ごみ溜めの前……」

「なめくじみてえだな。うん、そうか……で、こんどのおとっつあんは、おめえをかわい
がってくれるか？」

「なんだい？」

「いや、こんどのおとっつあんは、おめえをかわいがってくれるかてえんだよ」

「おかしいなあ、こんどのおとっつあんたって、おとっつあんは、おまえじゃあないか」

「おれは、先《せん》のおとっつあんだがよ。こんどのおとっつあんがあるだろう？」

「そんなわからねえやつがあるもんか。子どもがさきにできて、親があとからできるのは、
芋《いも》ぐらいのもんだ」

「なにをつまらねえりくつをいってるんだ。こんどのおとっつあんがあるんだろう？」

「そんなものはありゃあしないよ」

「まだ、おめえは子どもだなあ。夜、おめえが、寝てしまうとな、夜なかに、こっそりやってくるおじさんがあるだろうてんだい」

「そんなもんなんぞはきやあしないよ。きたって泊まっていくところなんぞありゃあしない。あたいのうちは、台所が入り口で、畳《たたみ》が二畳しきゃあないんだよ。そこへいろいろな道具があって、そこに、おっかあとあたいが寝るんだよ。だから、だれがきたって寝られやあしないよ。夏になって、蚊帳《かや》を釣ると、蚊帳んなかへ水がめがはいっちまうから、寝たままで水が飲めるんだ」

「便利なうちにいるな」

「あたいの寝ぞうがわるいから、ときどき、流しへころげおっちまうんだ」

「あぶねえな。で、なにか、どうやって、おめえとおっかあは食ってるんだ？」

「おっかさんがね、お仕事をしたり、洗濯をしたりして、お銭《あし》をかせいで、それで、ふたりで食べているんだよ」

「うん、ちげえねえ。あいつは針仕事をよくしたなあ……ふーん、それで、おめえ、学校へいってるのか？」

「うん、学校にいかなくっちゃあいけねえって、おっかあが、そういってたよ。おとっつあんは、お仕事はじょうずだけれど、おしいかな、明《あ》きめくらだって……よくあたいがここにいるのがみえたね」

「なにいってやがんだ。おっかあが仕事をして、おめえを学校にやってくれてるんじゃあ、なるたけ世話を焼かせんなよ。いたずらをしちゃあいけねえぜ。いたずらっていえば、おめえ、ひたいに傷ができてるなあ。いたずらでもしてこしらえたのか？　それともころんだのか」

「うーうん、いたずらをしたんでもなきゃあ、ころんだんでもないんだよ。この傷はね、このあいだ、みんなで独楽当《こまあ》てをしてあそんだときに、鈴木さんとこの坊っちゃんが、ききもしない独楽を、きいた、きいたっていうから、あたいが、なに、きくもんかっていったら、こいつ、なまいきなことをいうなって、独楽でここをぶったから、ここから血がでたんだ」

「うん、それからどうした？」

「それから、あたいがうちへ泣いて帰ると、おっかさんが、たいへんに怒ってね、男のひたいは大事《だいじ》なところだ。ましてや出世前のからだ、こんなところへ傷をつけられてたまるものか。なんぼ男親のない子だって、子どもたちまでがばかにして……さあ、だれがぶったかいってごらん。これから、おっかさんがねじこんでやるっていうから、鈴木さんとこの坊っちゃんにぶたれたんだっていったら、それじゃあしかたがない、痛いだろうが、がまんしろって……あすこの奥さんには、しじゅう仕事をいただくし、坊っちゃんの古い物を頂戴して、おまえに着せたりしてるのに、これくらいのことで気まずくなったら、もうお仕事もよこしてくれないし、おまえもあたしも食べることができなくなってしまうから、亀や、痛いだろうけれども、どうかがまんしておくれっていわれたんで、あたいは、痛くもなんともなくなっちまった」

「うん、そうか」

「そのときに、おっかさんがそういったよ。男親がないから、人にばかにされるんだ。こんなときには、あんな飲んだくれのぼけなすでもいたら、すこしはかかしになるだろうって……」

「ひでえことをいやあがったな」

「おっかさんが、ぼけなすだって、そういったよ。そのくせ、顔は、かぼちゃに似てらあ」

「よけいなことをいうねえ。それでもなにか、おっかさんが、ときどきは、おとっつあんのことをいうか？」

「そりゃあいうよ。あの飲んだくれにはこりごりしたって……」

「おやおや、ひでえことをいやあがる」

「それでもねえ、おとっつあん、雨でもふった日には、あたいが、おもてへでられないので、うちであそんでいると、あたいをつかまえて、おとっつあんのはなしをするんだよ」

「そうか」

「ああ、おとっつあんは、腹からわるい人じゃあないんだけれども、あれは、お酒という悪魔がついているんだ。それに、お女郎という狐がついたから、それでこんなことになっちまったんだ。おとっつあんとおっかさんは、もともといやでいっしょになった仲じゃあないんだ。おっかさんが、もと御奉公をしていたうちへ、おとっつあんは、お出入りの職人だったんだって……仕事にくるたんびに、半襟《はんえり》を買ってきてくれたり、前だれを買ってきてくれたりしたから、年の若いのに似合わず親切な人だとおもっていたら、番頭さんが、『あの男は、腕もよし、それにひとりもので、姑《しゅうと》、小姑《こじゅうと》もないから、どうだい、あの男といっしょになっちゃあ』と、口をきいてもらっていっしょになったんだって、ふふん、ときどきね、おとっつあんのことをのろけているんだぜ」

「子どものくせに、そんなよけいなことをいうない。で、おめえ、ここであそんでるのか、おつかいの帰りか？」

「いいま、糸を買いにいった帰りなんだ」

「そうか、さあ、おとっつあんが小づかいをやる。さあ、手をだしな」

「やあ、こりゃあ、おとっつあん、五十銭の銀貨だね」

「そうだよ」

「たいそうくれたなあ。ありがてえなあ。うちにいたときは、おとっつあん、一銭おくれっていうと、眼をまるくして怒ったねえ。それが、いまは、だまってても五十銭くれるんだから、年はとりたいもんだねえ」

「なまいきなことをいうない」

「おとっつあん、あたいのうちはね、すぐ近くなんだから、寄っておいでな」

「ばかをいえ。離縁をしたかかあのうちへ、のめのめといけるもんか。いまじゃあ、おとっつあんは、酒も断ったし、女郎という狐もおんだしちまって、身ひとつでやっているんだ」

「へえー、おとっつあんは、ひとりぼっちなのかい？」

「そうよ」

「あたいは、おっかさんとふたりだからいいけれども、ひとりぼっちじゃあ、ずいぶんさびしいだろうな」

「ああ、さびしくってしょうがねえ。亀、あした、いま時分、ここへきて待っていな。おとっつあんが、うめえものを食わしてやるから……そうそう、おめえは、ちいせえときから、うなぎが好きだったな」

「ああ、うなぎは、たいへん好きだよ。でもねえ、このごろは、ずーっと食べないから、もう顔もわすれちゃったよ」

「心ぼそいことをいうなよ。じゃあ、あした、ここへきて待っていな。うなぎを食わしてやるから……きょうは、木場まで用があっていかなくっちゃあならねえんだ。番頭さんが、一足さきにいって待っているから、もういくぜ。おめえも、おっかあが心配するといけねえから、はやく帰んなよ」

「うん」

「いいか、あしたの昼ごろ、あすこのうなぎ屋の前にこいよ。いいかい、おっかあにいうなよ。わかったなあ……おうーっ、かけだすところぶぞ。あぶねえぞっ」

「おっかさん、買ってきたよ」

「おそいじゃないか。糸屋が、どこへ越したんだい？　だから、いそぐから、はやくいっておいでよといってやったんじゃあないか。あそんでいたんだろう？」

「ううん、あそんでたんじゃあないんだよ」

「さあ、はやくこっちへおあがりな。さあ、巻くんだよ。手をおだしな。さあ、ちゃんとしなくっちゃあ、こっちが巻きにくいやね。それ、手をまわすんだよ」

「こうやってかい？」

「そうだよ。まあ、よく着物をよごすねえ、この子は……いたずらがはげしいからだよ。なぜ二本棒をたらすんだい、鼻ぐらいおかみな」

「おかみなったって、いま、手がふさがっているから、かめやあしないじゃないか」

「糸を巻いてからでいいから、おかみよ。あれ、なぜそうげんこをこしらえるんだい？　げんこをこしらえれば、糸がぬけちまうじゃあないか。手をひらいておいでよ」

「手をひらけったって、ひらくことはできないんだよ」

「なぜ、できないんだい？」

「なぜったって、持ってるものがあるんだ」

「また、つまらないものを持っているんだろう。虫けらなんぞを殺すんじゃあないよ」

「そんなもんじゃあないよ」

「なんだかひらいておみせな」

「いけないよ、これは……」

「いけなくはないよ。おみせ」

「よそう」

「みせないと、この煙管《きせる》でぶつよ」

「これなんだ」

「なんだい、こりゃあ？　まあ、五十銭の銀貨じゃあないか」

「そうだ」

「どうしたんだい？」

「もらったんだ」

「だれに？」

「だれにだって……うーん、もらったんだい」

「うそをおつき。そりゃあ、人さまのおつかいをたのまれれば、一銭や二銭はくださるだろう。だけど、おまえに五十銭の銀貨をくださる人が、いったいどこの国にいる？　まさか、さもしい心をだしたんじゃあるまいねえ。おっかさんは、こんなに貧乏はしているが、おまえにこんな心をおこさせるようには育てはしないよ。食べるものを食べなくっても、小づかい銭をこまらしたことがあるかい？　それなのに、とんでもない心得ちがいをして、さあ、どこから持ってきたんだい、このお銭《あし》を？　これから、おっかさんが、そこのうちへおわびにいかなけりゃあならない。どこから盗んできた？」

「盗んだんじゃあないよ。もらったんだ」

「それがうそだてえんだよ。おまえに、一銭や二銭ならくださる人もあるが、五十銭というお金をくださる人があるかい」

「あるかいったって、もらったんだ」

「だから、だれにもらったんだか、それをおいいよ」

「いいよ」

「よかあないよ。ちくしょう。いわないなら、ここにおとっつあんの金づちがあるから、この金づちで、あたまをたたきわるよっ」

「あーん、あーん……盗んだんじゃあねえ。もらったんだい。盗んだんじゃあねえやい……あーん」

「泣いてちゃあわからないよ。だれにもらったの？」

「わあーん……わあーん……おとっつあんにもらったんだい」

「えっ、おとっつあんに？　おとっつあんにもらったって……おまえ、おとっつあんに会ったのかいっ！」

「うふっ、おとっつあんといったら、前へのりだしたな」

「なにいってんだい。どこで会ったんだい？」

「いま、通りの四つ角んところで会った」

「そうかい。また、なんだろ、お酒に酔っぱらって、きたない服装《なり》をしてたろ？」

「ちがうよ。りっぱな服装《なり》をして……きれいな半てんを着て、腹がけや股《もも》ひきもちゃんとしてたよ。それで、あたいに、この五十銭くれたけど、まだたくさんお銭《あし》を持ってたよ。いまじゃあ、もうすっかりお酒もよしちゃったんだって、よして三年もたつって、そういってたから……それから、お女郎という狐もおいだしちまって、おとっつあん、ひとりぼっちでやってるんだって……」

「それでなにかい、おとっつあんは、なにかおっかさんのことを聞いたかい？」

「やあ、両方でおなじようなことをいってやがらあ。おかしいなあ」

「なにをいうんだい、この子は……」

「それでね、おっかさん、あしたね、あの角のうなぎ屋の前に、昼ごろこいって……うなぎ食べさしてくれるって、そういってたよ」

「ふーん、そうかねえ……そんなにも、あの人がなったのかねえ……三年前に、あの人が、いまみたいな料簡《りょうけん》なら、おまえもあたしも、こんなつらいおもいはしなかったのに……」

「あした、うなぎを食べにいってもいいかい？」

「ああ、いいとも……」

あくる日になると、女親はうれしいから、子どもに小ざっぱりしたものを着せて、さきへだしてやりましたが、自分もなんだか気になっておちつかないものですから、きれいな半てんをひっかけて、そのうなぎ屋の前をいったりきたり……。

「ごめんください」

「はーい」

「うちの子がうかがっておりましょうか？」

「ああ亀ちゃんですか。二階にいますよ。亀ちゃん、おっかさんがきたよ」

「やあ、おとっつあん、おっかさんがきたよ……」

「えっ、おっかさんが？　……だからいうなっていったんじゃあねえか」

「だって、きちゃったもの、しょうがないじゃないか……おっかさん、おあがりよっ、おっかさんおあがりよ」

「そんなにいわなくてもあがるけど……まあ、おまえはなんだい？　どうしてこういうところにきているの？」

「どうして、きているのって、知ってるじゃないか。こっちへおいでよ。ううん、心配ないよ。あたいがついているから……」

「なにをいってるんだい、この子は……」

「ここへお坐りよ」

「ほんとうにしょうがないねえ。おまえは……どなたが、そんな、おまえにうなぎを食べさせてくれるって、つれてきてくだすったの？」

「またあんなことをいって……いつまでしらばっくれてるんだろう、おっかさん、おとっつあんとはやくはなしをしなよ」

「まあ、おまえさん……きのう、お小づかいをいただいて、きょうまた、うなぎをごちそうしてくださるというから、どこのかたかと聞いても、知らないよそのおじさんだというものですから、せめてお礼のひとことも申しあげようとおもってうかがったんですが、おまえさんでしたの」

「えへん、えへん……えへん……じつはねえ、きのうね、亀坊に会ったんだよ。で、うなぎを食いてえってから、じゃあ、まあ食わせてやろうじゃねえかってんで、へへへへへ、だまっていろっていっといたのになあ……へへへへ……きのうね、亀坊に会ったんだよ。で、うなぎを食いてえってから、じゃあ、まあ食わせてやろうじゃねえかってんで、へへへへ……だまっていろっていっといたのになあ……へへへへ……じつはねえ、きのうね、亀坊に会ったんだよ……」

「なんだい、おとっつあん、おんなじことばかりいってらあ……わあーん、おとっつあん！」

「なんだ、なんだ、泣くんじゃあねえ。三人でひさしぶりに会ったんじゃあねえか。泣くやつがあるか……なあ、おみつ、おめえにゃあ合わせる顔がねえんだけれども、亀坊がかわいそうでならねえ……なにごともこいつのためだとおもって、いやでもあろうが、おれとともと通りにいっしょになってくれるわけにはいくめえか？」

「そりゃあ、あたしのほうからもおねがいします……どうか、いっしょになってくださいな」

「うん、子どもがあればこそ、おめえとも、またよりがもどるんだな」

「ほんとうですよ。子どもは夫婦のかすがい（二つの材木をつなぎとめるためのコの字形のくぎ）っていう通りですねえ」

「えっ、あたいがかすがいかい？　だから、きのう、おっかさんが、あたいのあたまを金づちでぶとうとしたんだ」

【解説】

作者は、一般的には、幕末の名手、初代春風亭柳枝といわれているが、一説には、三代目麗々亭《れいれいてい》柳橋《りゅうきょう》（のち春錦亭《しゅんきんてい》柳桜《りゅうおう》）ともいう。

この噺は、普通は三部にわけている。すなわち、夫婦別れするまでを「上」として、別名を「こわめしの女郎買い」といい、おいらんを家にいれるくだりを「中」といい、夫婦がもとの鞘《さや》におさまる終盤を「下」として、「子はかすがい」の別名がある。なお、三遊亭円朝が、女房が子どもをのこして家をでていくように改作した「女の子別れ」もある。

内容的にはストーリーの起伏もあり、涙も笑いも織りこまれ、夫婦、親子の情愛をみごとにえがいた名作で、ヴェテランの演者ならでは手がけることは至難とされている。

落語の歴史

興津　要

落語ということば

江戸時代のはじめは、〈はなし〉といわれたが、天和・貞享（一六八一～八八）以後は、上方中心に〈軽口《かるくち》〉、または、〈軽口ばなし〉と呼ばれ、上方的呼称である〈軽口〉時代が、上方文学の衰退期である明和・安永（一七六四～八一）ごろでおわり、舞台が主として江戸にうつり、江戸小咄《こばなし》時代にはいると、もっぱら〈落《お》し咄《ばなし》〉というようになった。

落語という文字が使用されはじめたのは、天明年間（一七八一～八九）からだが、当時は、〈らくご〉とは読まず、〈おとしばなし〉と読んでいた。〈らくご〉と読むようになったのは、明治二十年（一八八七）ごろからであり、それでもまだ〈はなし〉という読みかたが多かったのであって、〈らくご〉という読みかたが完全に普及したのは、昭和になってからだった。

落語家の先祖たち

落語家の遠い先祖としては、室町時代末期の戦国時代において、武将の側近にあって、そのつれづれをなぐさめるために、はなし相手をしたお伽衆《とぎしゅう》（お咄衆《はなししゅう》）の存在があった。

彼らが、なぜ落語家の遠い先祖といえるかというと、彼らの笑話を編集した『戯言養気集《ぎげんようきしゅう》』（元和活字本）の内容がそのことを立証している。

ここにあつめられたはなしは、信長、秀吉、秀次などの武将に関するエピソードが多く、純粋の笑話ばかりではないが、なかには、つぎのようなしゃれた小ばなしもみられる。

○めずらしき所望

医者の道三一渓《どうさんいっけい》のところへ顔色のおとろえた男がきて、「おねがいでございます。どうか精力の減る薬をたくさんください」といったので、道三は、「これはまことにめずらしいことをおのぞみなされる。あなたをおみかけしたところとは、まったくちがったことをうけたまわるものじゃ」といった。すると、その男は、「いいえ、わたしがもちいるのではございません。女房にたべさせようと存じます」といったので、「どちらのお宅でもそういうことなのですね」と大笑いになった。

このような艶笑小ばなしのほかにも、落語「本膳」の原話などもみられたり、落語のいろいろな原型がお伽衆によってはなされていたことをおもうと、お伽衆こそ落語家の遠い祖先として永遠に記憶されるべき人たちだった。

徳川氏が政権をにぎった元和・寛永期（一六一五〜四四）になると、京都在住の貴族的お伽衆による笑話本『きのふはけふの物語』（寛永十三年）が人気をあつめた。

それは、武将本位の『戯言養気集』に対して、あらゆる階層の人たちを主人公にした幅広い題材と、平和な時代にマッチした、ナンセンスな、またはエロチックな笑いを提供したためでもあった。そのなかには、たとえば、

上京《かみぎょう》に、平林という人がいた。この人のところへ、田舎から手紙をたのまれた男がいたが、この男はひらばやしという名をわすれて、人に読ませると「たいらりん」と読んだ。「これでもない」と、またある人にみせると「一八十木木《ぼくぼく》」と読んだ。「このうちのどれかだろう」と、のちには、この手紙を笹の葉にむすびつけて、羯鼓《かっこ》という楽器を腰につけ、「たいらりんか、ひらりんか、一八十にぼくぼく、ひょうりゃひょうりゃ」とはやして、やがてたずねあてた。

という落語「平林」の原話をはじめ、落語「おかふい」の原話などもあり、また、

ある和尚が、病気がはなはだ重態で、臨終とおもわれた。弟子や檀家《だんか》の人たちがあつまって、「さてもお気の毒なことだ。こうなったからは、毒断ちの必要もない」と、酒と盃を枕もとにおき、「これこれ、目をひらいてごらんなされ。いつものお好きなものですよ」といえば、「あれかとおもった」といわれた。

というような艶笑小ばなしの佳作もみられるなど、この本は、あたらしい時代の笑いの可能性の無限の宝庫だった。

この本とともに『醒睡笑《せいすいしょう》』（寛永五年）も人気をえていた。

これは、安楽庵策伝《あんらくあんさくでん》（一五五四～一六四二）が、京都所司《しょし》代《だい》板倉重宗の御前ではなした咄を、元和九年（一六二三）に筆録して完成したものだった。

策伝は、秀吉のお伽衆金森法印《ほういん》の弟で、茶道を古田《ふるた》織部正《おりべのしょう》に学んだ当代屈指《くっし》の茶人であり、話術の名手として、秀吉や板倉重宗などの諸侯にフリーな立場でつかえたお伽衆だった。

『醒睡笑』は、所司代の御前口演であったために、武家に関する咄、板倉父子の裁判咄などもおさめられ、庶民的で明朗な『きのふはけふの物語』にくらべると、教訓的要素がつよいことは否定できないが、それでも『きのふはけふの物語』と重複した笑話をはじめ、多くの笑話もみられた。それはたとえば、和泉の堺市《いち》の町《ちょう》に、金城《きんいち》という平家琵琶の下手《へた》な男がいた。正月の初参会《はつさんかい》に出て、「ご祝儀に一曲つかまつりましょうか」というので、一同が「それはよろしいことです」といった。そこで、金城が琵琶をはじめると、座敷がしずかになったので、「わたしの平家をみんな本気で待ちかまえて、よく聞いておられるぞ」と思って長々とかたった。そこへ世話役が出てきて、「もう平家をおやめなさい。みなさんは平家がはじまると、すぐに立ってしまって一人もおりません」

という落語「寝床」の原話をはじめ、おなじく落語「子ほめ」「てれすこ」の原話などもみられた。

このようなお伽衆の口演筆録を契機として、咄の趣味は大いに普及し、『きのふはけふの物語』だけでも、元和・寛永ごろから承応にかけて、十二、三種も刊行され、さらに、『百物語』『私可多咄《しかたばなし》』(万治二年)なども出版されるにおよんで、咄本の内容も複雑化した。とくに、武家出身の医者中川喜雲編の『私可多咄』の序文で、ただはなしの筋をしゃべるだけでは、都会人と田舎人などの区別がつかないから、身振り入りの〈しかたばなし〉で演じたといっているのは、現代においてもおこなわれている落語における描写を中心にした立体的演出が工夫されはじめた意味において記念すべきことばだった。

つぎに、『噺物語《はなし》』(延宝八年)になると、事実にもとづく笑話を〈物語〉、架空の笑話を〈はなし〉と区別したが、ここにいたって、落語の基本的内容や表現が確認された。

その後まもなく、〈はなし〉を〈軽口〉、または〈軽口ばなし〉というようになるとともに、咄のおもしろさを終局において効果的にむすぶ〈オチ〉の技術もみがかれた。

このように落語が進歩したのは、延宝・天和（一六七三〜八四）ころから、京都で辻咄をはじめた露の五郎兵衛（一六四三？〜一七〇三）と、やはり天和ごろ、江戸で辻咄をはじめた鹿野《しかの》武左衛門（一六四九〜九九）、貞享ごろから、大坂で辻咄をはじめた米沢彦八（？〜一七一四）という三人の職業的落語家の功績でもあった。

露の五郎兵衛は、延宝から元禄十六年までの三十年間、京都の祇園《ぎおん》真葛《まくず》ガ原《はら》や四条河原・北野天満宮などの盛り場や祭礼の場で辻咄を開催した。

この辻咄とは、ヨシズ張りの小屋をつくり、演者は広床几《しょうぎ》の上の机により、聴衆は床几に腰をかける。晴天に興行して、道行く人の足をとどめ、咄が佳境にはいったころをみはからって銭をあつめてまわるという、すこぶる庶民的な演芸で、はじめて純粋に娯楽的な架空の笑話を毎日提供してくれるこの街頭の芸能人は、大衆の圧倒的人気をかちえていった。

さて、露の五郎兵衛は、晩年は入道して露休と号し、また、露ということから雨洛《うらく》とも称して活躍したが、その咄は、たとえば、

○親子共に大上戸

ある親父が、酒に酔って帰り、息子を呼んだが、息子が家にいないので、「はてさて、出歩きおってにくいやつめ」というところへ、息子もたいそう酔って帰ってきた。親父が

これをみて、「やい、このバカ者め、どこでそんなに大酒をくらった。おまえのような者にこの家はやれぬ」というと、これを聞いた息子が、「これおとっつぁん、やかましいことをいいなさるな。このようにくるくるとまわる家はもらわなくてもいいわい」とこたえたので、親父は舌をもつれさせて、「このろくでなしめ、おまえのつらは二つにみえるわ」という、落語「親子酒」の原話をはじめ、やはり、落語「辻占《つじうら》」「あんまのこたつ」「山号寺号」「高砂や」「四人ぐせ」などの原話も数多くみられた。

これらの咄は、『露がはなし』（元禄四年）、『露新軽口ばなし』（元禄十一年）、『露休ばなし』（元禄末）、『かる口利益《りやく》咄』（宝永七年）、『露休置土産』（宝永二年）などにのこっている。

大坂辻咄の祖米沢彦八は、別号を豊笑堂《ぶしょうどう》また軽忽庵《きょうこつあん》といい、天和（一六八一～八四）ごろから享保（一七一六～三六）初年まで、生玉《いくたま》の境内を主として辻咄を口演し、露の五郎兵衛以後の上方落語界の中心となった。その咄は、たとえば、

○三国一

ある京の人が、大津に泊まりあわせて、相客《あいきゃく》に近づき、「あなたのお国はどちらですか」と聞くと、「遠い国です」というので、「なんという国です」とたずねると、「はずかしながら駿州です」といった。「さてさて、たいそう卑下《ひげ》なさるが、駿河は三国一の富士山という、なかなか名所もあって類のないお国です」というと、「いや、あの富士も、それほ

どいばっていえません」「なぜ」「根が田舎山です」とこたえた。

という咄は、落語「半分垢《はんぶんあか》」の原話であるのをはじめ、やはり落語「代《かわ》り目《め》」「味噌蔵《みそぐら》」「景清《かげきよ》」「有馬小便」「寿限無《じゅげむ》」などの原話もみられるなどして、質、量ともに先輩露の五郎兵衛にはおよばないが、現在もなお生きている咄もある。これらの咄は、『軽口男』（貞享元年）、『軽口御前男』（元禄十六年）、『軽口大矢数《おおやかず》』（享保初年）などにみられる。

彦八の名跡は四代までつづき、上方では、辻咄をする者の異名を彦八というほどに世に知られたことは注目すべきことだった。

江戸辻咄の祖鹿野武左衛門は、塗師《ぬし》から転じた人で、仕形《しかた》咄にすぐれ、天和・貞享ごろ、中橋広小路でむしろ小屋をつくって演じたが、さらに、座敷咄もやったことは意義深い。

なお、元禄六年（一六九三）に、江戸でソロリコロリという悪疫が流行したさい、神田の八百屋総右衛門と浪人筑紫《つくし》園右衛門とが、武左衛門の著『鹿《しか》の巻筆《まきふで》』にある、歌舞伎の馬の脚の後脚のほうが客の声援にこたえて鳴いたという笑話「堺町馬の顔見世」にヒントをえたという理由のもとにデマをとばした。そのデマは、ソロリコロリをふせぐには、南天の実と梅ぼしを煎じて飲めばよいと、あるところの馬が、人間のことばを話して告げたということで、そのため、南天の実と梅ぼしの値段が二、三十倍にはねあがった。事件に関係のない武左衛門だったが、デマのヒントになった笑話をつくったという思いがけない罪状によって大島へ流され、赦免《しゃめん》となってまもなく病没した。

これ以後、しばらくのあいだ、上方では彦八咄が流行したが、江戸では咄が衰退した。

江戸時代中期の落語

米沢彦八の名跡が四代で絶え、辻咄がおとろえた安永三年（一七七四）ごろから、大坂で、しろうとのはなしの会がさかんになった。それは、落しばなしの演劇化でもある〈大坂にわか〉や雑俳の流行、さらには、知識人の余戯としての笑話の漢訳や、『笑府』『笑林広記』をはじめとする中国笑話の翻訳が続出したことなどが原因だった。

宝永二年（一七〇五）、大坂随一の富豪五代目淀屋三郎右衛門が、町人として分際をこえるおごりをしたという理由のもとに全財産を没収されたのをはじめとして、幕府の町人に対する弾圧政策が開始された。

それは、町人たちの経済力の急激な伸長ぶりに圧迫を感じるようになった幕府が、その恐怖感をとりのぞくための手段だったが、そのために、大坂の上層町人たちはにわかに保守的になり、幕府の意にそうべく、正徳三年（一七一三）には、朱子学者三宅石庵《みやけせきあん》をむかえて、学問所多松堂《たしょうどう》（ややおくれて懐徳堂《かいとくどう》も）も創立し、幕府の奨励する儒教道徳を勉強するようになった。

その結果、漢詩文を読み、つくるというように、彼らの文学趣味も高尚になり、享保から宝暦・明和（一七一六〜七二）にかけて、大坂に混沌社、京都に賜杖堂《しじょうどう》、幽蘭社《ゆうらんしゃ》、江戸に芙《ふ》藁《きょ》社、市隠社などと、民間人のための詩社がつぎつぎに設立されていった。そして、この漢詩趣味の流行から、中国伝奇小説『水滸伝』の翻訳、中国遊里文学『燕都妓品《えんとぎほん》』『板橋雑記《はんきょうざつき》』などの解読もおこなわれ、日本遊里文学の洒落本《しゃれぼん》の源流になった漢文体の遊里文学『両巴巵言《りょうはしげん》』(享保十三年)や『史林残花《しりんざんか》』(享保十五年)なども生まれ、さらに、笑話の漢訳、その逆に、中国笑話の翻訳などもさかんになった。

中国笑話本のあいつぐ刊行、大坂にわかや雑俳の流行などが原因となって、安永三年冬から天明末まで、大坂のしろうとばなしの会は、十四、五年間もつづいた。

この時期につくられた小咄には、高級な趣味人の作だけあって佳作が多い。たとえば、

○好　物

ある屋敷で急用があって、新参《しんざん》の仲間を十里ばかりあるところへ使いにやったところが、十里の道をその日のうちに帰ってきたので、奥方は、たいそうきげんよく、「さてさて、そちは達者なもの、さぞくたびれたであろう。なんなりとも好きなものを食べて休息しや。そちが好物はなんじゃ」「いや、はい……」「はて、いちばん好きなものはなんじゃ、遠慮なしに言やいの」「はい、二ばんめに酒でございます」

というような、まことに気がきいた洒脱なものになっていた。

このころになると、京都から大坂にうつった落語家松田弥助やその門弟たちが、御霊神社

をはじめとして、諸方の寺社の境内で辻咄をはじめ、物もらいまでが彼らにならって、門口に立って小咄の一つもしゃべるようになったので、しろうとばなしの会は下火になった。しかし、寛政（一七八九〜一八〇一）になると再流行して、文化・文政（一八〇四〜三〇）までつづき、浄瑠璃・歌舞伎作者で、上方の長ばなし、人情ばなしの祖司馬芝叟《しばしそう》も登場し、小咄ばかりの上方落語も、あたらしい分野をくわえていった。

明和三年（一七六六）春、幕府小普請方朝濤《ともなみ》七左衛門は、幕命によって京都御所内准后御別殿造営のために出張し、一年半ほど滞在したが、そのころ、同地は漢文笑話の最盛期であったために、彼はその影響をうけて江戸に帰った。

折りしも江戸では、言語遊戯の地口《じぐち》や、芝居を滑稽化した茶番が流行し、川柳や狂歌もさかんになりつつあって、笑《か》いの趣味がひろがっていた。

朝濤七左衛門も狂歌師白鯉館卯雲《はくりかんぼううん》としてその一翼をにないつつあったが、彼が、安永二年に、笑話本『鹿の子餅《こもち》』を刊行すると、同年、小松屋百亀《ひゃっき》の『聞上手』初編、稲穂《いなほ》の『楽牽《がくたい》頭《こ》』もつづいて出版され、江戸の笑話本は隆盛の一途をたどった。

この時期の小咄を『楽牽頭』からひろってみよう。

○首売り

本所割下水《ほんじょわりげすい》のほとりを、「首売ろう、首売ろう」と売りあるく者がいるのでよびこみ、「首はいくらじゃ」「一両でございます」「それは安い」とお買いになり、正宗の刀をだされ、首切り場へつれてゆくと、首売りは身をひねり、たもとから張り子の首を投げだした。「おまえの首は買ったのだぞ」「わたしの首は看板でございます」

という咄は、落語「首屋」の原話になったが、そのほかの笑話本にも、落語「千両みかん」「初天神」「開帳の雪隠」などの原話が多数みられた。

このようにきびきびした江戸小咄がつくられるようになって、鹿野武左衛門事件から六十年ほど中絶していた江戸落語も復興のきざしをみせはじめた。

その推進力となったのは、烏亭焉馬《うていえんば》（一七四三〜一八二二）、桜川慈悲成《さくらがわじひなり》（一七六二〜一八三三）、二代石井宗叔《そうしゆく》（一七六三〜一八二三）などだった。

焉馬は、立川焉馬、談洲楼《だんしゆうろう》とも号し、本業が大工の棟梁《とうりよう》兼足袋屋《たびや》だったところから、狂名を鑿釿言墨金《のみちようなごんすみかね》という狂歌師であり、戯作も刊行し、五世市川団十郎と義兄弟になり、『歌舞伎年代記』をあらわすとともに、浄瑠璃『碁太平記白石噺』（安永九年）を代表作に持つ劇作家でもあった。したがって、落語は焉馬にとってはまったくの余技だったが、彼が天明六年（一七八六）四月十二日、向島の料亭武蔵屋権三方において咄の会をひらいて以来、江戸の文人や通人のあいだに、咄の自作自演の会が流行した。彼の選になる笑話本『咄し売』（寛政元年）、『青楼育咄雀《さとそだちはなしすずめ》』（同五年）、『詞葉《ことば》の花』（同九年）などがあった。

それらのなかには、「まんじゅうこわい」や「馬のす」の原話の小咄がみられた。

焉馬の咄の会に参加した慈悲成は、戯作にも筆を染めたが、話術によって諸侯や富商にまねかれた幇間《ほうかん》的な半職業的落語家であり、門下からは、桜川甚好《じんこう》、新好などの幇間も生まれた。慈悲成の作で有名なのは、落語「悋気《りんき》の火の玉」の原話だった。

石井宗叔は医者であり、音曲、三味線入りのはなしを得意にし、長ばなしの創始者で、屋敷方へ出入りする半職業的落語家でもあった。

焉馬にはじまる咄の会が、半職業的落語家を生んだことから咄はいっそう流行し、職業的落語家と、彼らの出演する寄席《よせ》とが生まれるにいたった。

江戸で寄席興行をはじめたのは、大坂下りの落語家岡本万作で、寛政三年（一七九一）、日本橋橘町の駕籠屋の二階で夜興行をひらき、同十年、神田豊島町藁店《わらだな》に「頓作軽口噺」の看板をかかげ、辻々にビラをはって客をまねいた。これがすなわち寄席のはじまりだった。これと期をおなじくして、江戸で、咄好きの櫛《くし》職人京屋又三郎の山生亭花楽《さんしょうていからく》（のち三笑亭可楽）が、下谷柳町稲荷社内で、大坂では、初代桂文治が座摩《ざま》社内で、いずれも寄席興行をもよおしたが、これはまさに時代的要請だったといえよう。

この三笑亭可楽は、江戸の職業的落語家の祖として重要な位置をしめている。

彼は、前記の寄席興行に失敗して本格的な芸人をめざし、芸道修業の旅から帰って、寛政十二年（一八〇〇）に江戸柳橋に落語会をひらき、さらに、文化元年（一八〇四）、下谷広徳寺門前の孔雀《くじゃく》茶屋で、客の出題した弁慶、辻君、狐の三題を即座に一席の咄としてまとめたことから人気をえた。

これが三題ばなしの創始であり、彼は、このような創作の才能と巧妙な話術とによって落語を職業として成立せしめ、必然的に優秀な門人が輩出した。

江戸時代後期の落語界

寄席が隆盛にむかうにつれて、いろいろの芸人があらわれた。

可楽直門としては、人情ばなしの祖朝寝坊夢楽《むらく》（一七七七〜一八三一）、怪談ばなしの祖林屋正蔵（一七八一〜一八四二）、音曲ばなしの完成者船遊亭扇橋《せんゆうていせんきょう》（?〜一八二九）、色物（寄席で落語以外の芸をさす）として、現在の幻灯にあたる写し絵の都楽《とらく》（一七八一〜一八五二）、さまざまな目かつらをつけて落語を演じた百眼《ひゃくまなこ》の可上《かじょう》などがいた。

また、扇橋門下からは、柳派の開祖となった人情ばなしの名手麗々亭柳橋《れいれいていりゅうきょう》（?〜一八四〇）や、都々《どど》逸《いつ》の始祖都々《どど》逸坊扇歌《いつぼうせんか》（一八〇四〜五二）などがでた。

一方、可楽にやや先んじて人気をあつめていたのは、三遊派の祖三遊亭円生（一七六八〜一八三八）だった。

円生は、天明から寛政初期にかけての身振り声色流行期に、その名手東亭八《や》ッ子《こ》門下になり、八ッ子（奴《やっこ》）に対して、多子（凧《たこ》）としゃれて芸名をつけた。しかし、なんといっても、これは将来性にとぼしい道楽芸だったので、これに見切りをつけた多子は、芝居に関係の深いはなしの会に目をつけ、焉馬門下立川焉笑《たてかわえんしょう》となって修業し、三十歳になった寛政九年四月、焉笑あらため初代三遊亭円生として独立し、「身振り声色芝居掛り鳴物入り」元祖という名乗りをあげて人気をえた。

円生がこういう芸を演じたのは、歌舞伎俳優の給金が高騰し、その埋めあわせのために入場料を値上げして、大衆席である切り落としをつぶして高級席の仕切り桝をふやしたために、大衆が歌舞伎と縁が遠くなったので、大衆の歌舞伎への郷愁を満たす必要があったからだった。

人格円満な円生は、数十人の門弟を指導して、浅草の堂前《どうまえ》（松葉町）に住んだところから、〈堂前の師匠〉として人望をあつめ、「東都噺者《はなしか》師弟系図」の著ものこしていた。円生門下では、二代目円生を襲名した橘家円蔵《たちばなやえんぞう》（一八〇六〜六二）、円蔵との名跡あらそいにやぶれた人情ばなしの名手初代古今亭志《ここんていし》ん生《しょう》（一八〇九〜五七）、道具入り芝居ばなしを演じ、つづきものの祖となった初代金原亭馬生《きんげんていばしょう》（?〜一八三八）などが著名だった。

一方、上方の落語界は、彦八の名跡が四代で絶えて以後は低調だったが、寛政期（一七八九〜一八〇一）になると、会ばなし、座敷ばなしが流行し、寛政四年、京都から浮世ばなしの松田弥助が下ってくるにおよんで復興の機運をむかえ、初代桂文治（一七七四〜一八一七）が、前記のように寄席興行をもよおし、芝居がかりの落語を口演したことから繁栄にむかった。したがって、文治こそ上方落語中興の祖だといえる。

江戸の三笑亭一派に呼応して擡頭した上方落語は、桂派につづいて、文政（一八一八〜三〇）末ごろ、初代笑福亭吾《ご》竹《ちく》一派が登場し、さらに、幕末には、林屋正翁一門が主導権をにぎった。しかし、江戸にくらべて上方の劣勢はおおうべくもなかった。

天保十三年（一八四二）二月十二日、老中水野越前守忠邦の改革策は、江戸中の寄席の数を十五軒に制限し、演目も神道講釈、心学、軍書講談、昔咄に限定したが、このことを知った江戸市民たちは、まるで灯の消える思いだった。というのも、寄席は、彼らにとってかけがえのない娯楽場になっていたからにほかならない。

大坂でいう講釈場、席屋、席、江戸でいう寄場《よせば》、寄せ――天保（一八三〇～四四）になって寄席《よせ》と称せられるようになったもの――が、はじめてできた寛政ごろは、まだ一定の演芸場はできていないので、舟宿や茶屋のような広い家を借りて幾日か興行し、出演者も三、四人どまりだった。

それがしだいに大衆に歓迎され、文化元年（一八〇四）ごろには、江戸に三十三軒ほどの定席《じょうせき》（いつも興行している寄席）ができて、文化十二年（一八一五）に七十五軒、文政八年（一八二五）に百三十軒あまりになって出演者もふえるにつれて、芸人の階級もできるようになった。

はじめは前座《ぜんざ》、二つ目、三つ目、四つ目、中入り前、中入り後（くいつき）、膝がわり、真打《しんうち》という順位だったが、やがて前座、二つ目、中入り前、中入り後、膝がわり、真打となり、それが、はるかのちの昭和になると、前座、二つ目、真打の三階級に簡略化されるが、とにかく隆盛の一途をたどった寄席演芸にとって、天保の改革はじつに大きな障害だった。

しかし、水野忠邦が失脚して、寄席の制限が撤廃されると、六十六軒に回復し、安政年間（一八五四～六〇）には三百九十二軒になり、明治時代（一八六八～一九一二）には八十軒前後になったが、だいたい一町に一軒ぐらいはあり、収容人員も百人ぐらいで、興行時間も三時間の短時間であり、木戸銭も、ふつうは三十六文ぐらい（安政年間に四十八文にあがる）で、下足札が四文、中入りのときに、前座が小づかい銭かせぎに十五、六文のくじを売りにくるくらいで、金のかからない寄席は、まさしく大衆娯楽の殿堂だった。

このことは、歌舞伎の主要な劇場が中央に偏在し、興行時間も夜明けから夕方までの十三時間ぐらい、木戸銭ももっとも安い土間の切り落としでも百三十二文というのにくらべるとあきらかな事実だった。

幕末の落語界に大きな影響をあたえたのは、三題ばなしの流行だった。

それは、文久年間（一八六一〜六四）にはじまったもので、金座役人高野酔桜軒《すいおうけん》を後援者に、戯作者山々亭有人《さんさんていありんど》、仮名垣魯文《かながきろぶん》、劇作家瀬川如皐《じょこう》、河竹新七（のち黙阿弥《もくあみ》）、浮世絵師一恵斎芳幾《よしいく》などに、本職の二代目柳亭左楽《りゅうていさらく》（?〜一八七二?）、春風亭柳枝《りゅうし》（一八一三〜六八）、三遊亭円朝（一八三九〜一九〇〇）などをくわえた「粋狂連《すいきょうれん》」と、大伝馬町の豪商勝田某（号春の屋幾久）を中心とした江戸の文人や通人たちから成る「興笑連《きょうしょうれん》」とがその代表的グループで、いずれも三題ばなしの自作自演に熱中した。とくに注目すべきは、このグループ活動を契機として、幕末から明治にかけての東京落語界の中心人物となった三遊亭円朝が、たとえば代表作「鰍沢《かじかざわ》」を創作口演するなど、題材上、演出上得たところが多く、大いに成長していったことは意義深い。

円朝は、二代目円生門下の橘《たちばなや》家円太郎の子に生まれた。少年時代から寄席に出演し、二十歳すぎて、「真景累《しんけいかさね》が渕《ふち》」「怪談牡丹燈籠《ぼたんどうろう》」などの芝居がかり道具ばなしの自作自演に人気をえて、幕末落語界に新風をおくった。

円朝の高座は、天保の改革以後、歌舞伎は、中央をはなれた猿若《さるわか》三座にかぎられ、以前にもまして見物しにくくなった大衆の歌舞伎見物の夢を満たす役割を果たし、円朝が大衆のアイドルとなったことは否定できない。

しかし、彼が少年時代に、内弟子として住みこんだ歌川国芳《くによし》じこみの絵筆をふるっての背景や道具や、権之助（のち九代目市川団十郎）、家橘《かきつ》（のち五代目尾上菊五郎）など若手人気俳優の声色や、ときには大道具に本水をつかって、そのなかにとびこむという、万事派手ごのみの演出によって、ミーハー族や、安政大地震後の復興景気によって収入のふえたために寄席に足をはこぶようになった職人たちなど、低級な観客に媚《こ》びたことは、若い円朝にとっては人気上昇のための苦肉の策でもあった。

明治以後現在までの落語界

明治になると、円朝は、新時代にかんがみ、派手な道具ばなしの道具を弟子の円楽にゆずって三代目円生を襲名させ、自分は、扇子一本の素《す》ばなしに転じた。それは、円朝にとって浮薄な人気にたよる芸人から真の芸人への脱皮の道すじでもあった。

明治五年（一八七二）、教部省発令の「三条の教憲」の趣旨を普及宣伝するために、芸能界も協力を要請されたさい、二代目松林伯円《しょうりんはくえん》を先頭に講談界が実録物の分野を開拓すると、円朝もまた、実地調査にもとづいて、「後開榛名梅《おくれざきはるなのうめ》が香《か》」（安中草三《あんなかそうざ》）や「塩原多助一代記」などの実録的人情ばなしを自作自演し、また、モーパッサンの『親殺し』から「名人長二」、『トスカ』から「錦の舞衣」などの翻案にも意欲をみせた。とくに「塩原多助一代記」はたいへんな評判をあつめたが、それは、無一物の青年が、義理や忠孝をまもりながら、勤労と節約の結果、一代で財を成すという、明治の新世代むきの内容のためだった。

円朝は、朝野《ちょうや》の名士と交際して、落語家の社会的地位を向上させたばかりでなく、落しばなしのほか、人情ばなし、芝居ばなし、怪談ばなしなど江戸落語の各分野を集大成し、多くの後進を養成して、明治の東京落語界に黄金時代をもたらした。

円朝こそ日本落語史上もっともかがやかしい存在にはちがいないが、明治になってからは、あまり名士になりすぎたために、大衆のアイドルとしてのヴァイタリティをうしなったことは否定できない。

円朝と同時代には、円朝とならび称せられた人情ばなしの名手柳亭（談洲楼）燕枝《えんし》（一八三八〜一九〇〇）、花柳物の名手四代目桂文楽（一八三八〜九四）、人情ばなしの名手春錦《しゅんきん》亭柳桜《ていりゅうおう》（一八二六〜九四）、芝居ばなしの六代目桂文治（一八四三〜一九一一）、滑稽落語の二代目柳家（禽語《きんご》楼《ろう》）小さん（一八四九〜九八）などがいたが、異彩を放ったのは、ステテコ踊りの三代目三遊亭円遊（一八五〇〜一九〇七）、ヘラヘラ踊りの三遊亭万橘《まんきつ》、ラッパの橘家円太郎（一八四五〜九八）、郭巨《かっきょ》の釜掘《かまほ》りの四代目立川談志《だんし》（?〜一八八九）の、いわゆる〈寄席四天王〉だった。

　円遊のステテコ踊りというのは、それまでの落語家の踊りといえば、坐り踊りときまっていたのに、立ちあがって尻《しり》っぱしょりで半股ひきをみせ、むこう脛《ずね》をつきだして、「そんなこっちゃなかなか真打になれない。あんよをたたいて、せっせとおやりよ」と歌いながら踊ったものだし、万橘のヘラヘラ踊りは、小ばなしのあとで、ふところから赤手ぬぐいをだして頰かぶりをして、肌ぬぎになって緋ぢりめんの長襦袢をだし、赤地の扇子をひらくと太鼓の紋がでるのをかざして、「へらへらへったら、へらへらへ、はらはらはったら、はらはらは、赤い手ぬぐい、赤地の扇、それをひらいておめでたや、へらへらへったら、へらへらへ……」と歌いながら坐り踊りをしたのであり、談志は、落語がおわると立ちあがり、羽織をうしろ前にして、手ぬぐいをたたんでうしろはちまき、扇子を半びらきにして襟にさし、ざぶとんを二つに折ってかかえ、あわれな声をだして「アジャラカモクレン、キューライ、テコヘン、キンチャン、カーマル、セキテイよろこぶ、テケレッツのパー」とやると、太鼓が鳴り、ざぶとんをおいて扇子をとると、鍬《くわ》で釜を掘りだすしぐさになって、「この子があっては孝行ができない、テケレッツのパー、天から金釜郭巨にあたえる、テケレッツのパー、みなさん孝行なさいよ、テケレッツのパー」という文句を早口でくりかえしたし、円太郎は、ガタ馬車の御者が吹くしんちゅうのラッパを、高座へあがる前に吹いてあらわれ、高座でいろいろな唄のあいだに、「納豆、納豆！」「豆腐ィ生揚げ！」と売り声をやったかとおもうと、突然に馬車の御者をまねて、「おばあさんあぶない！」とどなって旗を振り、ラッパを吹くというナンセンスぶりをみせた。

この四人は、人情ばなし中心の東京落語界にナンセンスによる笑いをまきおこしたわけだが、それは、新時代をむかえて東京にあつまってきた新観客層の要求でもあった。とくに、新時代風俗をとりいれ、奇想天外のギャグによって古典を現代化し、新作も手がけて笑いに徹した円遊は、近代落語史上の惑星だった。

たとえば、「転宅」では、活発な女性をえがくのに、「女のくせに瓦斯《ガス》灯へ登って煙草を吸い付け」とやったり、「穴泥」では、年末、金の工面《くめん》につまった男をえがくのに、隅田川をゆく蒸汽船にうつろな目を投げかけ、日暮れに上野公園のブランコでやるせなく憂《う》さをまぎらす設定にするなど、ギャグを通じて明治の東京風俗詩絵巻を展開した。

そんな円遊の手腕によって多くの落語が面目を一新し、とくに、仏教臭のつよい陰気な落語だった「野ざらし」は、円遊の改作が原話を追放して、原話は跡をとどめない状態となった。したがって、円朝が江戸落語の完成者とすれば、円遊は近代落語の祖だった。

一方、上方では、幕末の上方落語界を牛耳っていた林家派に対して桂派が擡頭し、文枝襲《ぶんし》名をめぐる抗争から、文都《ぶんと》を中心とする浪花三友派、二代文枝を中心とする桂派との対立となって、たがいに芸をみがいたために黄金時代をむかえていた。

明治三十三年（一九〇〇）に円朝と燕枝をうしなった東京落語界は、円朝没後の三遊派の統率者であった四代目円生（一八四六〜一九〇四）をも明治三十七年にうしなうにおよんで、大阪落語界の隆盛をみるにつけても善後策を立てねばならなかった。

明治三十八年、本格落語の確立をめざした三遊亭円左《えんさ》（一八五三〜一九〇九）は、落語・講談速記界の大御所今村次郎に相談し、その結果、三遊亭円右《えんう》（一八六〇〜一九二四）、橘家円喬《えんきょう》（一八六五〜一九一二）、三遊亭小円朝（一八五八〜一九二三）、橘家円蔵（一八六四〜一九二二）、三代目柳家小さん（一八五七〜一九三〇）とともに第一次落語研究会を結成した。

この会を中心とする芸道精進の結果、幾多の名手が生まれ、東京落語界は、明治末期から大正初期にかけて黄金時代にはいったが、とくに円喬と小さんは近代の名人とうたわれた。しかし、人情ばなしによって円朝と対比された円喬は、円朝が集大成した江戸落語にみがきをかけたという意味で前時代につながる人であり、滑稽落語に人情ばなしの人物描写の技術を持ちこんで深みのある笑いに徹した小さんは新時代につながる人だった。

明治から大正にはいると、前記の研究会の人たちの芸にいっそうみがきがかかったとはいいながら、活動写真や浅草オペラの流行の結果、落語界はしだいに不況にむかった。しかし、そのなかにあって、反時代的な生きかたによって独特の世界をつくった三人の落語家がいた。

それは、酒と女と勝負とに明け暮れ、特定のファンに愛された蝶花楼馬楽《ちょうかろうばらく》（一八六四〜一九一四）と、柳家小せん（一八八三〜一九一九）と、のちに四代目志ん生になった古今亭志ん馬（一八七七〜一九二六）の三人で、三人はすぐれた芸でみとめあったが、それよりも、蕪雑《ぶざつ》で、功利的な新時代になじめない江戸っ子風の反俗精神を共有する純粋さのゆえにおなじ世界に住み、そこに展開される〈八笑人〉的な遊びのムードが、明治末期からの都会的耽美《たんび》派文学流行の風潮とあいまって、ファンたちを魅了していた。

彼らとは反対に、エロ・グロ・ナンセンス、英語まじりの高座を展開して時代に迎合した柳家三語楼（一八七五〜一九三八）も異色の人気者だった。

大正から昭和にかけての上方落語は、衰退の一途をたどった。それは、主要な落語を東京に移植され、上方弁が方言化して上方落語の鑑賞をさまたげるにいたり、さらにわかりやすい上方弁の漫才に追い討ちをかけられたためでもあった。当時の上方では、枝雀《しじゃく》（一八六四〜一九二八）、枝太郎（一八六六〜一九二七）の老大家、東西落語に通じた二代目桂三木助（一八八四〜一九四三）、笑いの天才初代桂春団治（一八七八〜一九三四）などがいたが、とくに春団治の存在は異彩を放っていた。

春団治は、方言化した大阪弁の魅力を逆に最大限に活用し、大阪落語の特長をいかんなく発揮して爆笑の渦をまきおこしていた。

いつも派手な極彩色の高座着に、背中いっぱいに定紋のついた印《しるし》ばんてんのような羽織で高座へのぼり、シルクハットをかぶった男が駕籠に乗って、あたまがつかえると大さわぎをする「ちしゃ医者」、うなぎやの主人が、うなぎをもったまま電車にとび乗る「しろうとうなぎ」など、その奔放な日常生活を反映した高座は、とてつもないエロ・グロ・ナンセンスのはんらんで、ある意味では大阪落語の真髄をいかんなく表現した天才だったといってよかろう。
漫才優勢の上方演芸界にあって、戦時中は、五代目笑福亭松鶴《しょうふくていしょかく》（一八八四〜一九五〇）を中心に〈上方ばなしをきく会〉を開催し、雑誌「上方はなし」を発行するなど悲壮な努力をつづけたが、現在は、六代目松鶴（一九一八〜八六）、桂米朝《べいちょう》（一九二五〜）、三代目春団治（一九三〇〜）などを中心に失地回復をめざして精進をつづけ、着々とその成果をみせつつある。

昭和初期の東京落語界には、兵隊物を手はじめに、ぞくぞくと新作を自作自演をして売りだした柳家金語楼（一九〇一〜七二）、細緻な演出で名人芸をうたわれた五代目三遊亭円生（一八八四〜一九四〇）、諷刺と警句で鳴らした五代目三升家小勝《みますやこかつ》（一八五八〜一九三九）、渋い持ち味の七代目三笑亭可楽（一八八六〜一九四四）、巧技の八代目桂文治（一八八三〜一九五五）、枯淡の味の四代目柳家小さん（一八八八〜一九四七）などがいたが、太平洋戦争中は、講談、浪曲のように国家主義的イデオロギーを看板にしなかったために冷遇され、昭和十六年（一九四一）には、落語家たちみずからの手で、廓物《くるわもの》、花柳物、妾物、姦通物、酒のはなしなど五十三種を禁演落語としてえらび、浅草本法寺に〈はなし塚〉を建てて ほうむり、政府の意に添おうとしたほどだったので、まさに暗黒時代だった。

昭和落語の全盛期は、太平洋戦争以後、民間放送発足後におとずれた。
粋で軽快な春風亭柳好《りゅうこう》（一八八八〜一九五六）、綿密な演出の八代目春風亭柳枝《りゅうし》（一九〇五〜五九）、粋なうちに知的な味もみせた三代目桂三木助（一九〇二〜六一）、明快な持ち味の三代目三遊亭金馬（一八九四〜一九六四）、渋い個性の八代目三笑亭可楽（一八九八〜一九六四）、明朗な新作物の二代目三遊亭円歌（一八九一〜一九六四）、昭和落語の最高峰とうたわれた八代目桂文楽（一八九二〜一九七一）などの民間放送以後、はなやかに活躍した人たちはすでに亡く、文楽とならび称せられる五代目古今亭志ん生（一八九〇〜一九七三）は病床にあるが、現在、主として古典派の所属している落語協会には、円熟の極に達した六代目三遊亭円生（一九〇〇〜七九）、芝居ばなしや人情ばなしの名手八代目林家正蔵（一八九五〜一九八二）、本格的落語の名手五代目柳家小さん（一九一五〜二〇〇二）などがおり、新作派の多い芸術協会には、重厚な春風亭柳橋《りゅうきょう》（一八九九〜一九七九）、新作派の闘将五代目古今亭今輔《いますけ》（一八九八〜一九七六）、飄逸《ひょういつ》な個性の四代目三遊亭円遊（一九〇二〜八四）などがいて、これらの人たちは、マスコミに便乗して安住することなく芸の錬磨につとめている。

これらの人たちにつづいて金原亭馬生《きんげんていばしょう》（一九二八〜八二）、金原亭馬の助（一九二八〜七六）、立川談志（一九三六〜）、三遊亭円楽（一九三三〜）、古今亭志ん朝（一九三八〜二〇〇一）などの中堅層も活躍をつづけ、新作派も、前記の今輔をはじめとして、三代目三遊亭円歌（一九二九〜）、桂米丸（一九二五〜）、三遊亭円右（一九二三〜）、林家三平（一九二五〜八〇）などが活況を呈している。

これらの人たちの芸の発表場としては寄席のほかに、各種の研究会形式のホール落語会があって活発なうごきをみせている。しかし、社会が落語の世界におさまらないようなダイナミックなうごきをみせ、テレビを通じて全国の芸に無関心な視聴者までも対象としなければならなくなった現在、つねに大衆と直結する生きた庶民芸能であるだけに落語の道はけわしいが、四百年の歴史を持つ伝統的な笑いの芸術として、あらゆる努力を払ってもつぎの時代への道を切りひらかねばならない。

平成十四年現在の落語界

現在、東京落語界には、「落語協会」と「落語芸術協会」の二つの社団法人と「円楽党」「立川流」という二つのグループが存在する。三代目三遊亭円歌《さんゆうていえんか》を会長とする「落語協会」は会員二百九十八名を擁する団体で、機関誌「落語の友」を発行している。「落語芸術協会」は十代目桂文治《かつらぶんじ》を会長にすえ、百八十一名の会員が機関誌「季刊芸協」を発行している。また「円楽党」は、五代目三遊亭円楽《えんらく》が、先師六代目三遊亭円生《えんしょう》の遺志を継ぎ、三十七名を率いている。「立川流」は、五代目柳家小《やなぎやこ》さん門を離れた七代目立川談志《たてかわだんし》が自ら家元を称して、三十六名の弟子を養成している。

関西の落語家百五十余名は「上方落語協会」をつくり、会長に二代目露《つゆ》の五郎《ごろう》を迎えて親睦《しんぼく》をはかっているが、一方に人間国宝桂《かつら》米朝《べいちょう》の率いる一門も盛んである。しかし、いずれも吉本興業、松竹芸能、米朝事務所などに所属しているので、会としての結束にも師弟の関係にもゆるやかなところがある。

落語界の大看板五代目柳家小さんは、人間国宝の指定をうけ、昭和四十七年以来落語協会会長をつとめていたが、平成八年に三代目三遊亭円歌にその職を譲って顧問となり、平成十四年五月に大往生をとげた。その子息柳家三語楼《さんごろう》も渋い語り口で評価をうけ、孫の柳家花緑《かろく》は若くして真打になり次代の旗手として嘱望されている。このほか五代目の門下には柳家こせんをはじめ、さん助《すけ》、扇橋《せんきょう》、小三治《こさんじ》、馬風《ばふう》、さん喬《きょう》、権太楼《ごんたろう》等々と、多士済々である。

現会長三代目三遊亭円歌は古典・新作ともによくする大立者であるが、一方で中沢円法《なかざわえんぽう》の法名をもつ僧侶でもある。この門下に歌奴《うたやっこ》をはじめ歌次《うたじ》、歌雀《うたじゃく》、歌之介《うたのすけ》、歌武蔵《うたむさし》や女流の歌《か》る多《た》などが活躍している。

昭和四十八年に没した五代目古今亭《ここんてい》志《し》ん生《しょう》の子息十代目金原亭馬生《きんげんていばしょう》は、いぶし銀の芸を惜しまれて昭和五十七年に亡くなり、その弟二代目古今亭志《し》ん朝《ちょう》は次代の会長候補と目されつつも、平成十三年十月、急逝してしまった。志ん生一門には二代目古今亭円菊《えんぎく》があり、独得の「円菊節」で売れている。その門に菊丸《きくまる》、菊春《きくはる》、菊千代《きくちよ》等があるが、五代目の弟子、古今亭志《し》ん駒《こま》、志ん五《ご》、馬生門の五街道雲助《ごかいどうくもすけ》なども奮闘している。

四代目三遊亭金馬《きんば》は円歌、円菊と同年で、先代の芸風を継ぎ、新境地を開拓している。子息金時《きんとき》も真打になった。

一世を風靡した三代目林家三平《はやしやさんぺい》が昭和五十五年に没して、現在、長男こぶ平が人気を博しているが、その弟いっ平も話題をまいている。三平門下の林家こん平が独得な明るい芸風で一門を率いている。

六代目三遊亭円生《えんしょう》亡き後、五代目三遊亭円楽は円楽党を率い、テレビ番組「笑点」の司会などで人気を博しているが、正統的な古典落語を受け継ぎ、門下に鳳楽《ほうらく》、好楽《こうらく》、楽太郎《らくたろう》なども中堅として活躍している。円楽の同門に、円窓《えんそう》、円弥《えんや》、円丈《えんじょう》などがあって、それぞれ一家をなし、このほかに、八代目林家正蔵《しょうぞう》（林家彦六《ひころく》）の遺弟子林家木久蔵《きくぞう》、正楽《しょうらく》なども人気がある。

落語芸術協会の会長十代目桂文治《ぶんじ》は柳家蝠丸の子息で、古典・新作のいずれにも通じ、南画も嗜《たしな》む多芸の人である。先代会長現顧問の四代目桂米丸は、五代目古今亭今輔《いますけ》の門下で、新作一筋に今日の地位を築いた。協会の長老三代目春風亭柳昇《しゅんぷうていりゅうしょう》は六代目春風亭柳橋《りゅうきょう》の弟子で、軽妙な語り口が人気を得、創作や著述にも才能を発揮している。八代目三笑亭可楽《さんしょうていからく》の弟子三笑亭夢楽《むらく》は新作から古典に転じ、三代目三遊亭円右《えんう》と人気を競っている。このほかに三笑亭笑三《しょうざ》、七代目春風亭柳橋《りゅうきょう》、三代目三遊亭遊三《ゆうざ》などが評価をうけている。また米丸門下の桂歌丸《うたまる》、三遊亭小遊三《こゆうざ》なども「笑点」のレギュラー・メンバーとして売れている。

そのほかにも、桂円枝《えんし》、橘《たちばな》ノ円《まどか》、都家歌六《みやこやかろく》、三笑亭可楽、三遊亭円太《えんた》、雷門助六《かみなりもんすけろく》、昔々《せきせき》亭桃太郎《ていももたろう》などが活躍している。なお、歌る多、菊千代の他にも、右団治をはじめ女流の台頭がめざましいことも言いそえておこう。

立川談志は五代目小さんの弟子であったが、七代目談志を襲名した後、一時、政治家を志したものの芸界へ戻り、昭和五十八年、落語協会を離れて立川流を興して自在に活躍中で、その門に志《し》の輔《すけ》、志《し》らく、談春《だんしゅん》などを擁している。

関西において、三代目桂米朝は人間国宝であるばかりでなく、平成十四年には文化功労者にも選ばれ、小さん亡きあと東西落語界を代表する重鎮である。総領弟子に月亭可朝《つきていかちょう》があり、二代目桂ざこば、朝太郎《ちょうたろう》、米蔵《よねぞう》、歌之助《うたのすけ》、小米《こよね》、米輔《よねすけ》、吉朝《きっちょう》などがいて、子息小米朝《こべいちょう》も人気者だ。可朝門下に月亭八方《はっぽう》、ハッピー、ハッチなどがおり、ざこば門にも桂都丸《とまる》、喜《き》丸《まる》、出丸《でまる》ら、また、先年亡くなった二代目桂枝雀《しじゃく》門には桂南光《なんこう》、雀三郎《じゃくさぶろう》、雀松《じゃくまつ》、文我《ぶんが》がいる。

上方落語協会（五代）会長二代目露の五郎は、二代目桂春団治《はるだんじ》の門を叩き、八代目林家正蔵から芝居噺や怪談噺を学ぶなどして芸域を拡げる一方、大阪仁輪加《にわか》の伝承者でもある。門下に四代目立花家千橘《たちばなやせんきつ》を筆頭として、露の慎悟《しんご》、都《みやこ》、団四郎《だんしろう》、団六《だんろく》らが活躍している。

三代会長三代目桂春団治《はるだんじ》は二代目の長男に生まれ、人気・実力ともに現代上方落語界の看板である。門下に桂福団治《ふくだんじ》、春之輔《はるのすけ》、春蝶《しゅんちょう》、春若《はるわか》、小春団治《こはるだんじ》、梅団治《うめだんじ》、春雨《はるさめ》などを擁している。福団治の門に、小福《こふく》、丸福《まるふく》などがひかえ、春蝶門に昇蝶《しょうちょう》、一蝶《いっちょう》などがいる。

四代会長五代目桂文枝は、四代目に入門、五代目笑福亭松鶴《しょうふくていしょかく》や立花家花橘《かきつ》の教えも受け、しっとりとした語り口で女性物を得意としている。弟子の桂三枝《さんし》はテレビで人気を博し、桂文珍《ぶんちん》は関西大学その他でも講師を務め、ニュースキャスターとしても評価されている。ほかにも桂きん枝《し》、文太《ぶんた》、小軽《おかる》、文福《ぶんぷく》、文喬《ぶんきょう》、文也《ぶんや》などが認められている。三枝門に三馬枝《さんばし》、枝《えだ》三郎《さぶろう》らがあり、文珍門にも桂楽珍《らくちん》などがいる。

笑福亭松之助《まつのすけ》は、役者や劇作家として活躍した後、五代目笑福亭松鶴に入門し、古典の正統を継承するかたわら、創作落語の演者としても評価されている。今やお笑い芸能界のトップを行く明石家《あかしや》さんまはこの門下であり、松之助の子息明石家のんきも人気がある。

笑福亭仁鶴《にかく》は六代目松鶴の下で修業し、マスコミで人気を得るとともに上方落語の本道も堅持し、師匠没後の一門を率いている。同門に笑福亭鶴光《つるこう》、福笑《ふくしょう》、松喬《しょうきょう》、松枝《しょうし》、呂鶴《ろかく》がいるが、鶴瓶《つるべ》はタレントとしても売れている。仁鶴門下には、笑福亭仁智《じんち》、仁福《じんぷく》、仁扇《にせん》などがある。また、鶴光門に学光《がっこう》、松喬門に三喬《さんきょう》、鶴瓶門は笑瓶《しょうへい》、晃瓶《こうへい》などが活躍している。

四代目林家染丸《そめまる》は三代目に入門し、「はめ物噺」を得意とする一方、義太夫も語れば踊りもできるマルチタレントで、囃子方《はやしかた》の指導もしている。門下に林家小染《こそめ》、染二《そめじ》などを従えている。

右のほか四代目林家染語楼《そめごろう》、桂文紅《ぶんこう》、森乃福郎《もりのふくろう》、橘家円三《たちばなやえんざ》らがそれぞれ一家をなしている。

落語界の古参や中堅を軸に、売り出し中の新人は、寄席のみでなく、テレビ、ラジオによって活躍の場が与えられている。現在、都会にある国立演芸場、寄席、演芸場、ホール等の数は限られているし、地方ではさらにその条件は乏しい。そこで当今は若手が数名で連帯して小さなホールやレストラン、神社や寺院の広間などを借りて、二、三十人から百名程度の規模で公演を行なっているのは心強い。落語は大がかりな装置を要せず、一席の咄の中で、時代背景から状況描写、物語の筋、人間関係はおろか、個人の内面の葛藤まで表現してしまえる芸能なのだ。しかも、その間にちりばめられるギャグの面白さと、そこはかとないペーソス、そして絶妙な落ちのもつ笑いの開放感は、無限の魅力である。

これを演ずる場としての寄席も将来へ向けて大規模な構造改革が必要かもしれない。収入について「割り」の経済収支等の問題はしばらくおくとして、寄席の建築様式、空調等の諸設備はもちろんのこと、環境衛生や、火災、地震等に対する安全の確保をはじめ、特に伝統的桟敷席と椅子席の構成バランスを考慮し、ＩＴを駆使した音響や照明の設備によっては、立体的な怪談噺や芝居噺に新しい展開が可能かもしれない。

演《だ》し物《もの》も落語に限定せず漫談や声帯模写、口上芸等をとりこみ、色物も漫才、太神楽、曲芸、手妻《てづま》、マジックはいうに及ばず、音曲も、津軽三味線、ギターからいわゆる大道芸などまでも視野に入れてよかろう。

こうして日本の寄席芸能は世界に類をみない話芸の伝統を守りつつも、常に新しいエンターテインメント発信の基地として、いよいよ発展し続けるであろう。

〔編集部注／本稿「落語の歴史」は、初出時（一九七二年四月）の興津要氏の文章をそのまま再録し、適宜、生没年を補っています。そのために、「活躍をつづけ」と表現されている方が鬼籍に入られているなど、内容面で時間的なずれが生じた箇所もあります。なお、原本刊行時から現在までの落語界について言及する必要から、青山忠一氏による「平成十四年現在の落語界」を増補しました〕

興津要さんと私

青山忠一

講談社文庫の興津要編『古典落語』(上)(下)が、昭和四十七年に刊行されて、すでに三十年が経つ。

続編から大尾まで全六巻、そろそろ復刻をという話もあるのだが、なにぶんにも大冊なのでこのたびは、最初の二巻を一冊に圧縮して出そうという事になった。奥様のお声掛かりで私にその作業の白羽の矢が立った。私には荷が重いというより、この六十二話の中から、どれを残し、どれを削るのか、と考えるのは身を切られるようにつらいのだ。

もともとこの本の企画がもちあがった時、古典落語の代表的なもの六十余篇を選ぶについて興津さんから、「こんなもので、どうだい」と水を向けられ、生意気にも「それはこっちの方が良いでしょう」などと申し上げたのである。「これはね、今やってる咄家さんの芸の力、上手い仕《し》方《かた》や目線の動き、語りの間《ま》で唸らせても、活字には写せないからね、そのへんを考えているんだ」とおっしゃっていたのだ。

ましてその解説をしろといわれても、興津さんの簡にして要を得た名文が備わっているのだから、それに加えたり修正をしたりできるものではない。また、そんな必要もない。このまま復刻するのが一番良いし、故人に対する礼儀でもあろう。そこで興津さんの想い出と、私との関わりについて書かせてもらい責めを果たしたい。

＊

そもそも興津さんと私が初めてお会いしたのは、五十三年前の昭和二十四年、早稲田大学国文科に入学した年の六月、本邦最初の、いわゆる「落ち研」、当時の「芸能文化研究会」の第一回顔合わせの時だった。その時のメンバーが、二年先輩の興津さん、同学年の仏文科で、現在名優として名を謳われている小沢昭一君、英文科の、今や文学座の重鎮、加藤武君、劇作家で落語浪曲評論を兼ねる国文の大西信行君と私の五名である。興津さんの提案で、会長に暉峻《てるおか》康隆《やすたか》先生をお願いして、早速活動を始めたのだった。

当時の私達は、角帯を締めて高座で一席、ということは一切やらなかった。「君達は人から笑われるようなことはしなさんな。その咄《はなし》の由来や歴史を研究したり、咄家の出来不出来について批評したりするのが役割だ。咄家の真似など大学生がすべきことではない。将来は、咄家を呼んで一杯御馳走した上で、ご祝儀の一つもやるような旦那になりなさい」という、いささか大時代な暉峻先生のご訓戒を旨としてもっぱら「研究会」活動を行なっていたのだ。

先頃亡くなった柳家小さん師匠がいまだ小三治だった頃、目白駅のすぐ傍の長屋で、電車が通るたびにぐらぐら揺れるお宅を訪れたり、戦地から復員されたばかりの春風亭柳昇師にお会いしたのも懐しい想い出である。吉岡錦正師を築地のお住まいまでお迎えに上った記憶がある。大正琴ブームのきっかけを作ったのは我々ではないかと思っている。

もっとも反米学生運動が激しくなり、学園紛争が始まって、大学内集会禁止令の最中、「落語の会なら良かろう」ってんで、大隈小講堂で、「文楽・円生・志ん生三人会」を強行して、客は満員だったのに、責任者として早稲田警察署へ引っ張られ、油を搾られるなんてこともあった。こうして早稲田の落ち研が順調に発展するとともに、各大学にも続々と落ち研が誕生し、学生運動の「全学連」の向こうを張って、「全落連」を作ろうなんという話もあったのである。

興津さんは、暉峻先生の下で近世文学の研究に従い、西鶴の卒業論文を提出され、大学院に入ってからは、西鶴を出発点とした文学史的展開に沿って、浮世草子、洒落本《しゃれぼん》、人情本、草双紙《くさぞうし》と研究領域を拡げられ、幕末の滑稽本《こっけいぼん》を軸に落語も学問対象として本格的研究を深めて行かれたのである。その間、文部省の特別研究生にも選ばれ、早稲田大学の助手として大学に残るとほどなく講師として勤務されるようになった。

さらに助教授になられた頃、元来、作家志望でもあった興津さんは懇請されるままに、山《やま》家《が》源四《げんし》郎《ろう》のペンネームでラジオ東京のバラエティ番組の台本を書いておられた。これが当たって、一時は旅館に缶詰になり、学校の授業を二、三度休んだことがあった。それを嫉んだ誰かが、暉峻先生に告げ口したらしく、「早稲田を辞めるか、物書きになるか」とお叱りを受けた。「どうしよう、忠さん」と青い顔をしておっしゃるから、「暉峻先生ご自身だって、若い頃、投稿された『侍《さむらい》巾着切《きんちゃっき》り』が映画化された時、山口剛先生から同じように叱られているんだから、どうってことありませんよ。とんだ真砂町《まさごちょう》の先生だ」と申し上げたのだった。

こうした助教授時代、永年の研究が稔って昭和三十五年に、『転換期の文学—江戸から明治へ—』を早大出版部から上梓された。近世と近代という端境の時代に着目されたこの研究は、この分野のパイオニア的存在として高く評価されたのである。さらに昭和四十三年に桜楓社から出版された『明治開化期文学の研究』は、前著を拡充発展させ、誰も不問にしてきた新資料の発見蒐集の努力が結実した名著であり、学位請求の対象として評価されたのである。なかでも「円朝と幕末」「漱石と江戸文化」などの章は、落語を学問的に究明した記念碑ともいえるものであった。

その後、ラジオ・テレビへの出演や依頼講演による社会活動によって、暉峻康隆先生に次ぐ早稲田の名物教授の名をほしいままにする一方、『古典落語と落語家たち』『落語家—懐かしき人たち—』『江戸の笑い』『艶笑落語』『江戸小咄商売往来』『江戸小咄散歩』等々、積み上げれば恐らく興津さんの背丈ほどの著作をなされたのである。

手八丁口八丁で健康そのものであった興津さんが、七十五歳の春、「ちょっとおかしいんだ。夜、トイレに起きるようになってね」と歎かれた後、腎臓癌が発見され、それが驚くほどの速さで次々と転移されて行ったのも、その肉体的若さに原因があったのかもしれない。

最後にお見舞いに伺った折にも、「忠《ちゅう》さん。なおったら俺は仮名垣魯文を中心に、明治初期文学の研究を纏めるんだ」とおっしゃっていたのだ。やはり最後まで真摯な学究の徒であったのである。

私は今、都民寄席実行委員会の委員長を仰せつかっている。これは東京都庁の文化民生局に属し、都の予算で、都心から遠い都民に実際の寄席の雰囲気を味わってもらうために、一流芸能人を組織して、寄席を興行しようというもので、関係者十数名で構成されている。初代委員長が早稲田大学名誉教授であった暉峻康隆先生、二代目が興津要さん、三代目が私である。

落語はもともと現在生きている咄家によって演じられ、現代の人々を楽しませる話芸だから、古典とか新作といった区別はない。

たとえば古典文学は、作者が当時の表現法で、その時代の人間を描いたものだから、現代人にとって、言葉の意味や語法などは注釈や解説なしには理解が困難である。しかしそうした手続きを要しても、名作は現代人に充分感動を与えてくれる。『源氏物語』の現代語訳が受けるわけなのだ。樋口一葉や夏目漱石でさえ、すでに立派な古典でありながら今に愛される理由である。

逆に古代の社会を描き、歴史上の人物を登場させても、現代作家の作品は現代文学なのだ。「古典落語」がいかに昔の風俗や習慣にいろどられていても、人情や真実が描かれている限り、現代の人々に歓迎されて不思議はないのだ。同時に、だからこそ演者の話芸によっては、どのようにでも手を加え変更させることも可能なのだ。その意味でも逆に、「古典落語」の基本の形態だけは確りとした姿で残しておく必要がある。この本の意義はそこにあるのだ。

今や若手の咄家が次々と登場し人気を博している。しかし、人気は芸の力量とは必ずしも比例するものではない。古老、中堅の咄家によって鍛えられ磨かれなくてはなるまい。彼らがこれに応えて、新しい作家の成長と手を携えて、フレッシュなギャグやユーモアで現代の落語を創造していってほしいし、一方に古典も継承しながらも新鮮な息吹きを与えていってもらいたいのである。

（二松学舎大学名誉教授・文学博士）

KODANSHA

本書に収録した作品の中には、びっこ、目っかち、かなつんぼ、きちがい水、明きめくらなど、今日では差別表現として好ましくない用語が使用されたり、誤解や偏見を助長しかねない表現が用いられています。

しかし、元になった落語が語られた時代背景、および編者（故人）が差別助長の意図で使用していないこと、また、作品そのものに大衆芸能として親しまれてきた歴史があることなどを考慮し、これらについては原本発表時のままとしました。

（編集部）

興津　要（おきつ　かなめ）

1924年生まれ。早稲田大学文学部国文学科卒業。早稲田大学名誉教授。専攻は近世文学。著書に『転換期の文学』『明治開化期文学の研究』『落語』『新編薫響集』『日本文学と落語』『江戸川柳散策』など。1999年没。

講談社学術文庫

定価はカバーに表示してあります。

古典落語《こてんらくご》

興津《おきつ》　要《かなめ》

2002年12月10日　第1刷発行
2024年8月2日　第38刷発行

発行者　森田浩章
発行所　株式会社講談社
東京都文京区音羽 2-12-21 〒112-8001
電話　編集（03）5395-3512
販売（03）5395-5817
業務（03）5395-3615
装　幀　蟹江征治
印　刷　株式会社広済堂ネクスト
製　本　株式会社国宝社

© Takako Okitsu　2002　Printed in Japan

落丁本・乱丁本は，購入書店名を明記のうえ，小社業務宛にお送りください。送料小社負担にてお取替えします。なお，この本についてのお問い合わせは「学術文庫」宛にお願いいたします。
本書のコピー，スキャン，デジタル化等の無断複製は著作権法上での例外を除き禁じられています。本書を代行業者等の第三者に依頼してスキャンやデジタル化することはたとえ個人や家庭内の利用でも著作権法違反です。Ⓡ〈日本複製権センター委託出版物〉

ISBN4-06-159577-6

「講談社学術文庫」の刊行に当たって

これは、学術をポケットに入れることをモットーとして生まれた文庫である。学術は少年の心を養い、成年の心を満たす。その学術がポケットにはいる形で、万人のものになることは、生涯教育をうたう現代の理想である。

こうした考え方は、学術を巨大な城のように見る世間の常識に反するかもしれない。また、一部の人たちからは、学術の権威をおとすものと非難されるかもしれない。しかし、それはいずれも学術の新しい在り方を解しないものといわざるをえない。

学術は、まず魔術への挑戦から始まった。やがて、いわゆる常識をつぎつぎに改めていった。学術の権威は、幾百年、幾千年にわたる、苦しい戦いの成果である。こうしてきずきあげられた城が、一見して近づきがたいものにうつるのは、そのためである。しかし、学術の権威を、その形の上だけで判断してはならない。その生成のあとをかえりみれば、その根は常に人々の生活の中にあった。学術が大きな力たりうるのはそのためであって、生活をはなれた学術は、どこにもない。

開かれた社会といわれる現代にとって、これはまったく自明である。生活と学術との間に、もし距離があるとすれば、何をおいてもこれを埋めねばならない。もしこの距離が形の上の迷信からきているとすれば、その迷信をうち破らねばならぬ。

学術文庫は、内外の迷信を打破し、学術のために新しい天地をひらく意図をもって生まれた。文庫という小さい形と、学術という壮大な城とが、完全に両立するためには、なおいくらかの時を必要とするであろう。しかし、学術をポケットにした社会が、人間の生活にとってより豊かな社会であることは、たしかである。そうした社会の実現のために、文庫の世界に新しいジャンルを加えることができれば幸いである。

一九七六年六月

野間省一